上田秋成新考

くせ者の文学

近衞典子

ぺりかん社

上田秋成新考——くせ者の文学——＊目次

凡例

一、底本として、基本的に『上田秋成全集』第一巻〜第十二巻（中央公論社、一九九〇〜一九九五。第十三巻は未刊）を用いた。

一、必要に応じて『秋成遺文』（国書刊行会、一九七四）、日本古典文学大系『上田秋成集』（岩波書店、一九五九）、新潮日本古典集成『雨月物語　癇癖談』（新潮社、一九七九）、石川真弘「上田秋成発句集」（『ビブリア』第一一五号、二〇〇一・五）等を使用したところがある。その場合は各論文においてその旨を注記した。

一、表記は読みやすいことを旨とし、原本の漢字を仮名に改め、逆に仮名に漢字を宛てた場合もある。また漢字には適宜振り仮名、送り仮名を施した。

一、適宜濁点を施し、明らかな誤字は訂正した。

序論

上田秋成を研究する際には、かつては秋成の代表作である『雨月物語』『春雨物語』を中心として書き出していくことが一般であった。しかしながら、秋成の新全集が刊行されて以来、そのかつての一般論で秋成を論じることの限界が露呈しつつある。圧倒的に『雨月物語』『春雨物語』以外の作品群や領域が多いのである。そのような現状の中で、近年、秋成の国学的な活動や和文の解明など、少しずつ新たな研究の裾野が広がってきてはいるが、未だその総体を捉えるには至っておらず、改めて上田秋成の研究が問い直されている。

本書では、叙上の新たな上田秋成の研究の動向に対して豊饒な地平を切り拓くことを目的とする。そして、単なる作品論に終始するのではなく、作家の動向、時代性、環境までを視野に収めて包括的な研究を目指すため、『上田秋成新考』として提示し、大方のご示教を賜りたいと考えている。

第一部では、主として秋成の物語と古典、及び当代性との関連を扱う。上田秋成作品を論じるにあたり、古典との関わり、その享受や利用を扱うのが常套であるため、まず秋成作品と古典についてのいくつかを論じた。その際に、従来の研究史については個々の論考の中で問題意識の所在として紹介しつつ、論を構築するように努めている。更に、従来は扱われなかった作品と古典との関係についての新知見を重視しながら構成した。また新たに、これ以外の視点、当代の流行や宗教、思想界等をも踏まえた秋成作品理解の可能性と必要性に言及した。ここでは、従来の秋成研究の肥沃な恩恵を受け継ぎながら、同時に本論文の目標とする新たな秋成研究への導入ともなるべきことを目指している。

第二部は視点を全く異にしている。『癇癖談』を中心として、「大坂騒壇」と呼ばれる中期大坂の環境の中で生まれた秋成の文事を扱う。宝暦・明和（一七五一―一七七二）という特定の一時期に、大坂という限られた地で馬鹿馬鹿しくも可笑しい特筆すべき独特の文化が育まれ、その中に数多くの文藝が生み出されていった。このような大坂文藝に対する一つの捉え方が中村幸彦によって提唱され、「大坂騒壇」と名付けられた。秋成はまさにその時期の大坂に成長し、作家活動を開始したのである。彼はこの大坂騒壇に身を置き、仲間とともに愚にも付かぬ遊びに戯れ笑いさざめく一方で、古典に親しみ国学研究に打ち込み、そのあわいに生み出される戯作を楽しんでいた。従来は看過されがちであったが、その環境の中でこそ生み出し得た作品群が秋成にはある。本書では、それが秋成文学の支柱たり得ることをまずは強く指摘したい。『伊勢物語』研究と『癇癖談（くせものがたり／かんぺきだん）』執筆、『万葉集』研究と『万匂集（まにおうしゅう）』出版などはその具体例である。

第三部は、国学者としての側面から生じた和歌・和文の世界を論じる。秋成が後年、還暦を機に京都に移住してからは大坂とは異なる趣を持つ雅文壇との交流を育んでいたことに注目したものである。国学の発展に伴い中国への文化的追随を再考しようという意識が生まれ、新たなる「文」の模索が始まっていたこの時期、伴蒿蹊によって「漢文」に対しての「和文」が提唱され、秋成も共鳴して蒿蹊の和文の会に出入りし、その実作に励んだ。また和歌の世界でも小沢蘆庵によって和歌の革新が唱えられ、定家以来の伝統と権威を誇るものの形式主義に陥り、芸術としての価値を失っていた堂上和歌に対し、日々の生活の中に湧き上がる素直な思いを日常の言葉で詠むべきだという「ただこと歌」が提唱された。この和歌理論を唱えた蘆庵に対し、当時それを実践し得たのは、まさに秋成のみであったと言ってもよい。

以上、秋成の文藝活動は単に物語に収束するものではなく、こういった従来の物語研究からはこぼれ落ちてしまいがちな作品、またその作品が生み出された文化的な背景などを視野に収めることによって、初めて浮かび上がってくる世界があることを、この三部による構成で明らかにした。

最終部では叙上の展開を踏まえ、物語、国学研究、古典を踏まえたパロディ、和歌・和文、俳諧、狂歌など、広がりを持つ秋成作品研究への新たなる視座を提示した。常に「文」を通じて己の真の理解者を求め続けた秋成像、また、その具体相を明らかにするための作品論の一端を示すことにより、今後の秋成研究の進むべき彼方を展望してみたいと考えている。

第一部　秋成の物語の再検討——古典の受容と当代性と——

近世の文藝の特徴として、それ以前の古典作品の豊饒な世界を受け継ぎ、取込みながら生成しているということがある。もちろん秋成の作品もその例外ではなく、『源氏物語』や『伊勢物語』、『万葉集』や勅撰集などの作品を効果的にその作品中に取り入れている。第一章ではまず、秋成作品と『源氏物語』との関わりを巨視的に考察し、古典の受容のあり方の変遷を概観する。第二章以下では、『世間妾形気』『雨月物語』『春雨物語』を取り上げ、それぞれの古典作品の受容の様相を確認しつつ、同時にそこに込められた当代性を具体的に指摘する。

第一章　『源氏物語』への眼差し——秋成の物語と物語論——

一　はじめに

上田秋成の小説の中で特に『源氏物語』から大きな影響を受けた作品として、『雨月物語』（明和五成、安永五刊）と『ぬば玉の巻』（安永八成）を挙げることに異論はなかろう。『雨月物語』が作品の大きな枠組みは中国白話小説に借りながらも、男女の出会いの場面や夫に捨てられた妻の恨みの表象などに『源氏物語』の表現を自在に織り込んで、もはや単なる原典の切り張りとは言えない新たな魅力を発揮していることは、後藤丹治の「雨月物語に及ぼせる源氏物語の影響」(1)の指摘をはじめとしてさまざまな研究が重ねられており、今更言うまでもない。そして『ぬば玉の巻』は、『源氏物語』を生涯に二十四回筆写したと伝えられる宗椿が夢の中で柿本人麻呂に出会い、『源氏物語』を教戒的に捉えることの無意味さを教えられて筆を折る、という評論的作品であり、まとまった『源氏物語』研究書を残さなかった秋成の物語観が窺える作品として重視されてきた。しかし秋成と『源氏物語』との関係はこれに留まるものではなく、これ以外にも師の加藤宇万伎が著した『雨夜物語だみことば』（明和六自序、安永六刊）に序文を寄せ、『源氏物語』の学問的研究に親しんでいたことがわかるし、晩年の『藤簍冊子（つづらぶみ）』などの作品においても『源氏物語』に典拠を持つ多くの歌文が見られることが、近年数多く報告されている。

しかし『源氏物語』に対して、秋成がそれぞれの作品において一体どのような姿勢で向かい合い、また如何なる手法を用いてその文辞を利用しているか、それぞれの間の質的相違や秋成独自の特徴があるのか否かを総体的に捉えた論考は、未だないように思われる。秋成の物語といえばまず『雨月物語』と『春雨物語』が挙げられるが、この二作品と『ぬば玉の巻』に見える物語論とは如何に有機的に結び付けられるのか、またこれ以外の秋成作品に見られる『源氏物語』の利用の方法は『ぬば玉の巻』の物語論に照らして、どのように位置づけることができるのであろうか、といった点への考察は、未だ不十分と言わざるを得ないであろう。

　そこで本稿においては、『雨月物語』『ぬば玉の巻』にとどまらず秋成の諸作品における『源氏物語』利用の実際を概観し、そこに浮かび上がる秋成の『源氏物語』摂取の方法と、その『源氏物語』観を考察したい。[2]『源氏物語』本文引用に当たっては、新日本古典文学大系『源氏物語』（岩波書店、一九九二―一九九七）を使用した。ただし、表記を私に改めたところがある。

　なお、秋成は歌人としても著名であり、その和歌作品の中にも『源氏物語』の影響が見られる。たとえば島内景二は『藤簍冊子』巻一の和歌を分析して『源氏物語』の影響を具体的に明らかにしており、また『藤簍冊子』巻四には「詠源氏物語巻名和歌」が収められ、山本綏子の注釈が備わる。[3]巻名和歌は近世期にしばしば詠まれ、秋成没後になるが文化十一年（一八一四）には江戸において堀田正敦の主催で、「詠源氏物語和歌」が披講されてもいる。[4]そういった韻文の伝統の中における秋成和歌と『源氏物語』との関係を考察する必要があるが、本稿においてはテーマを物語に限定し、和歌に関しての論は割愛することにしたい。

二　浮世草子

秋成は格調高い怪異文学として知られる読本『雨月物語』を執筆する以前に、浮世草子二作品、『諸道聴耳世（しょどうききみみせ）

間猿』（明和三刊）、『世間妾形気』（明和四刊）を刊行している。この作品を執筆した頃の秋成は大坂堂島の裕福な商家の若主人であり、自称「浮浪子」として商売もそこそこに文事に打ち込んでいた。これらはその文学好きな不良青年の手慰みとして、日々の務めの傍らに書かれた作品である。この浮世草子の中に既に『源氏物語』の利用が見られる。

いったい秋成がいつから古典研究に手を染めたか、ということについては、実はよくわかっていない。近年、秋成が賀茂真淵の弟子、加藤宇万伎に入門した時期は明和八年（一七七一）秋成三十八歳の年であるとの説が提出された。[5] これに従えば、当然ながら、本格的な国学研究に向かうのはそれ以降のことであろう。しかし、二十七歳以前に小島重家という人物に導かれて契沖の古書に目を晒したともいい、また宇万伎と並び、秋成が師と呼んだ数少ない一人である懐徳堂の助教、五井蘭州は漢学のみならず和学にも通じていたから、浮世草子執筆時には本格的な学問としてではないにしろ、自らの作品中に利用する程度には古典の素養が身に付いていたと考えられる。

この二作品のうち『諸道聴耳世間猿』は秋成周辺の誰彼をモデルに仕立てて笑いのめした、いかにも風刺の効いた浮世草子で、風流とは程遠い作品であり、『源氏物語』はほとんど利用されていない。『伊勢物語』等の古典の利用方法についても同様で、むしろ中国種によったと思われる箇所が多い。はっきり『源氏物語』との関係を指摘できるのは巻四―一「兄弟は気のあはぬ他人の始」であろう。これは家業の商売にいそしむ兄と違い、ひたすら風流に打ち込んだ挙句に中途半端に出家して、なお迷う弟を滑稽に描いた一章である。しかし、これを見ても、弟の性癖を「此男のくせにて、何事を稽古しても最初から論がつき過て、無要の事に念を入れて、金銀を積でも、伝授といふ程の事さらへてしまはねば気が済ず。古今の三鳥三木、源氏物語に三箇の伝、勢語に七箇の大事と残りなく伝へ得て」と描いて、役にも立たない芸道への没頭を揶揄するという文脈において『源氏物語』の名を出すのみであり、とても『源氏物語』の摂取とは呼べない体のものである。そして、これ以外の箇所には『源氏物語』を踏まえた形跡はほとんど見当たらない。

ところが第二作『世間妾形気』では一転して、各話の冒頭に和歌を据えたり八百比丘尼や浦島太郎、かぐや姫といった話を利用したりするなど積極的な日本古典の利用の様が窺われ、その流れの上において『源氏物語』もまたその比重を増している。たとえば巻二―一「雛の酒所は山路のきも入嬶が附親」は九月九日の菊の節句に、月決めの妾の周旋業をする山路のお菊のもとに集まった妾たちの噂話を中心とする話であるが、冒頭の和歌に続いて「なりのぼれども、もとよりさるべきすぢならぬは心かだましく」とあるのは『源氏物語』「帚木」巻の雨夜の品定めの場面で頭中将が語る言葉、「成り上れどももとよりさるべき筋ならぬは、世人の思へることもさは言へどなをことなり」をそのまま利用したものである。[6] また巻一―一「人心汲てしられぬ朧夜の酒宴（さかもり）」には、単なる表面的な粗筋や言辞の摂取ではなく、かなりの程度に作品を読み込んでいると考えざるを得ない文章構成の跡が認められる。詳細は次章で論じたが、今、『源氏物語』味読の跡が窺われるこの巻一―一について、その一部を簡単に紹介したい。

都に住む桜戸の中将に仕える雑掌、真葛半平は花見のすきに乗じて主人の愛妾花園に言い寄る。情にほだされた花園は金の工面を条件に半平と駆落ちしたが、金と見えたはただの瓦礫であった。花園はあきれたものの、その後は大津で細々と茶店を営みつつ幸せな生活を送った、という話である。西鶴ばりの軽妙な詐欺談でもあり、一方、利に敏く抜け目がないはずの妾が情愛に引かれて得にもならぬ生活に落ち着いていくという点では、いわゆる「気質物」というジャンルにおける常套、すなわちそのカテゴリーに属する人物像を誇張して面白おかしく描き出す、という描写方法から逸脱する、『世間妾形気』全般に通じる新スタイルを持つ作品でもある。

この作品には実在のモデルがあり、前半のお調子者の半平は博識多弁の才人で、堂上で不義を働いたというよからぬ噂のあった和学者・有職学者の多田南嶺を、後半の貧しい中にも絵を鬻いで睦まじく安楽に暮らす二人は、真葛ヶ原に住し畸人として知られる南画家、池大雅とその妻玉瀾をモデルにしていることは既に指摘されているが、(7) 前半の花園と半平の密通の場面は『源氏物語』「花宴」巻から多くその構想を得ている。右大臣家の六の君、朧月夜と密かに通じた光源氏と、中将の妾花園を我がものにした真葛半平。主従である中将と半平の関係は右大臣と光源氏の関係とは重ならず、また結果的に光源氏は須磨流離の憂き目に会い、半平はそれなりの幸福を摑む、という結末は異なるが、光源氏と半平がともに、花見の宴のすきに乗じて右大臣、中将それぞれの掌中の玉を奪ったという構図は同じである。今、本作と「花宴」巻とに限定して、その利用方法を見てみたい。

『源氏物語』「花宴」巻では春の優艶な宵、右大臣家で催された花見の宴も果て、みな寝静まった頃、「照りもせず曇りもはてぬ春の夜の朧月夜にしくものぞなき」という大江千里の和歌を踏まえて「朧月夜に似るものぞなき」と口ずさみながら一人近づいてくる若き女君（朧月夜）の袖を、物陰の光源氏がふと捉える。そして驚き怯える朧月夜に対し、光源氏は「深き夜のあはれを知るも入る月のおぼろけならぬ契とぞ思ふ」と詠み掛けて、二人の縁の強さを強調するのである。この官能的な出会いの場面を、秋成はそのまま利用する。

夜食を取りに行ったまま戻らない半平を待ちかねた中将に命じられ、花園は「朧月夜に煮るものぞなき」と一人戯れ言を言いながら台所にやってくる。周囲の者がみな眠りこけてしまっている台所でごそごそと食べ物を探していた半平は、偶然のこの機会に乗じてやにわに花園を抱きすくめ、「今宵しもたなさ（十八夜）がしとや夕月のおぼろげならぬ契りとぞ思ふ」と詠み掛けて、かねてからの思いを告げるのである。すぐに見て取れるように、花園の秀句は「なんぞあたたかに煮た物」を、という中将の言葉に呼応して、朧月夜が口ずさんだ歌にさらに一ひねりを加えているのであり、また花園に濡れかかる半平の歌は『源氏物語』の和歌に拠りながらも、上句に「たなさがし」という語、すなわち『色道大鏡』に「夜起　客挙屋に一宿し、夜更人しづまりて、床より起出、酒など呑て興ずる事也。是を俗に棚さがしともいふ」と記すような遊里語を挟み込んで、近世的な浮世の恋の雰囲気を醸し出している。このようにして、光源氏と朧月夜とのなまめかしくも優雅な恋は一転して、まったく似て非なる、現実的で卑俗な日常世界の恋へと趣を変えているのである。

これらの例は既に単なる表面的な文句取りとは言えない。「朧月夜に煮るものぞなき」のごとく秀句として単独で面白さを感じさせるだけではなく、『源氏物語』のうちのある場面から言辞やストーリーなどを集中的に利用し読者にその場面を想起させておいて、それとこれとの落差に笑いを生み出そうとする、作家としての周到な仕掛けがはっきりと示されている。ここには、これに続く第三作、秋成代表作として評価の高い『雨月物語』に通底する高度なテクニックの萌芽が、確かに看取できるように思われる。

三　『雨月物語』

この作品が『源氏物語』の影響を大きく受けていることについては、先述の後藤丹治の論をはじめとして既に論じ尽くされた感がある。中村幸彦の言を借りれば、「『源氏』の文章の転用が、如何に彼の作品に雅致を添えたことか。（中略）例えば「浅茅が宿」で、今は妻亡きとも知らず、立帰った下総の故里の荒涼たる様を写すに蓬生の巻の処々を用いる。「吉備津の釜」の死霊のたたりには、葵の巻や夕顔の巻の怪気を利用する。妖艶の「蛇性の婬」一篇は『源氏』利用が最も多い。石榴市に逃げた豊雄を追う真女児には、玉鬘の巻の長谷寺詣が趣向文章共に見られ、吉野の遊山に若紫の巻の北山が、芝の里の怪奇には夕顔の巻の如くにである。語感に鋭く、時代の違った言葉を同時に用いて、渾然とした情趣を醸出することに手腕を持つ秋成は、構成を中国小説に仮ったことさえ、一見わからぬ程あやしくも妙なる文章をこの物語に創出したには、『源氏』の影響による所大なりというべきである[8]」というように、全九話のうちのほとんどに『源氏物語』の言辞や趣向を取り入れ、見事な怪奇世界を描出している。しかし中村も取り上げているように、その中でも特に「浅茅が宿」「吉備津の釜」「蛇性の婬」の三話には集中的に、また、より効果的に『源氏物語』が利用されているように思われる。たとえば「浅茅が宿」の荒れはてた故郷での妻との再会の場面、「もし其人や在すかと心躁しく、門に立よりて咳すれば、内にも速く聞とりて、「誰そ」と咎む」という行文は、『源氏物語』「蓬生」巻、「わづかに見つけたる心ち、おそろしくさへおぼゆれど、寄りて声づくれば、いともの古りたる声にて、まづ咳を先にたてて、「かれは誰ぞ。何人ぞ」と問ふ」を踏まえ、宮木と葛四郎、末摘花と光源氏の久しぶりの再会のイメージを重ね合わせると同時に、女のその後の運命の明暗をくっきりと浮かび上がらせるのである。

　故郷で夫葛四郎の帰国を待ち侘びつつ落命し、七年後にようやく戻った夫に亡霊としてただ一度まみえて消えていった妻宮木（「浅茅が宿」）、妻として心から夫に尽くしたにも拘らず手ひどい裏切りに遭い、ついに生霊となって夫の愛人を取り殺し、さらには死霊となって夫の命をも奪い去った磯良（「吉備津の釜」）、美しい女性に変身して都風の若者豊雄にどこまでも付き纏い、ついに道成寺の僧に調伏されて永遠に封じ込められた大蛇、真女子（「蛇性の婬」）といった印象深い女性達を主人公に据えたこれら三篇は、男女の間の愛や裏切りを描いているとはいいながら、やはり愛する男との間についに真の心のつながりを持ち得なかった女性の悲しみを描いているといってよいであろう。女性の描き方について長島弘明は「男性文学としての『雨月物語』[9]」の中で、『妾形気』や『雨月物語』には近世小説では描かれることの少ない女性に対する共感が見られるが、それはあくまで男の論理によるものだ、と断じた上で、「『雨月』に男の論理が持ち込まれ、磯良や真女子や宮木という女性の造形に働きかけた時、その論理と女性像の軋轢の中で、初めて男とは異なる異類としての女が自覚的に認識され、また愛という情緒的なことばの陰に蔽い隠された、男女の了解の困難さが露呈された」（傍線筆者）と述べているが、執筆者秋成の立場がいかなるものであれ、「女性」なるものを捉えようとした作品であることは間違いないと思われる。かたや他の六話、すなわち崇徳院と西行との思想的対決を描く「白峰」、丈部左門と赤穴宗右衛門との命を賭けた約束の物語「菊花の約」、鯉に変身して琵琶湖を周遊する僧興義の喜びと恐怖を描く「夢応の鯉魚」、旅人が高野山で豊臣秀次一行の亡霊に出会う「仏法僧」、快庵禅師が食人鬼と化した院主の妄執を砕く「青頭巾」、倹約に励む武士岡左内を黄金の精霊が言祝ぐ「貧福論」においては、「菊花の約」の左門の母を唯一の例外として、いずれも男性しか登場しない、という点を改めて想起しなければならない。つまり、これら六篇が明らかに「男性の物語」であるのに対し、先の三篇は明確に「女性の物語」を指向しているのであり、はっきりとした書き分けがあることは一目瞭然である。そして、その「女性の物語」に集中的に『源氏物語』が利用されていることも、また作家による意識的な操作ではないかと疑われるのである。

このことは、『ぬば玉の巻』で「一部の大むねをもとむれば、雨夜の物がた（箒木巻ノ品定メ也）（り）に世（に）のある女のうへを、さまかたち、心ばへをまで、もらさじとかいあらはしたるほどに、筆のすさみのゆくにまかせて、そこはかとなく書ひろめたる物とこそおぼゆれ」といったことに照応するのではないだろうか。すなわち『源氏物語』に何を読み取ろうとしたか、という秋成にとっての『源氏物語』論と関わってくる問題であるが、このことについては第五節において述べることにして、今はこの点の指摘に留めたい。

四　『藤簍冊子』巻四「落葉」の春秋優劣論

『藤簍冊子』は全六巻六冊。一巻から三巻までの三冊本がまず文化二年（一八〇五）秋成七十二歳の時に刊行され、翌年秋に三冊本を含んだ六冊本を刊行、更に翌文化四年春にはいわゆる文化四年本が出されている。秋成に無断で門人たちが企画した出版であると序文には言うが、その制作過程を見れば秋成の校閲を経たことが明らかで、秋成の古稀への祝意を込めた出版に不承不承ながら（という体裁を取って）秋成が協力した著作である。『藤簍冊子』という書名は、鶉居と名付けられた小庵に質素に住む秋成が常に身辺に置いていた葛籠（つづら）に由来する。この中にそれまで書き溜めてきた草稿、文反古、歌詠などが入れてあり、折々に取り出しては古（いにしえ）を偲び、また改稿の手を加えていたが、どんなに懇願されても決して人には見せない秘密の宝箱でもあった。言うなれば、この葛籠にあった歌文の中から取捨選択して編まれた本作は、秋成が選び抜いた珠玉の和文和歌集である。

この『藤簍冊子』には『源氏物語』の影響が顕著に認められる作品が収められている。特に、巻二の末に「詠源氏物語巻名和歌」の和歌五十四首があり、巻三は『ぬば玉の巻』とほぼ同内容の源氏物語論を含む和文紀行「秋山記」で占められ、その文章も多く『源氏物語』に拠っている。そして続く巻四の冒頭に配置された和文「落葉」は、従来ほとんど注目されてこなかったが、実は以下に論ずる如く『源氏物語』の世界が密かに織り込まれた作品なのである。つまり、巻三を挟んで集中的・連続的に『源氏物語』に関わる作品が並べられているのである。このことの意味は改めて考えなければならないが、本節においては、『藤簍冊子』における秋成の文章の粋を尽くした一つの到達点として、「落葉」を取り上げる。

本作は題に「ある御方の御もとめに奉る」という添え書きがあり、作品末尾には「寛政十二年の冬、おまへに在てつかうまつり侍りき」とあるが、実際には寛政十一年（一七九九）秋成六十六歳の折に、若き弟子、正親町三条公則（おおぎまちさんじょうきんのり）に奉った作品であることが既に指摘されている。[10] 作品中に、公則より庭前の紅葉を押した美しい和紙に一筆を所望されて書いたと言い、一見、紅葉を愛する公則への一般的な挨拶文のようにも思われる。しかし詳細に検討すれば、これが公則の挑みに対する秋成の春秋優劣論であることが判明する。ここに、『源氏物語』を自家薬籠中のものとして完全に消化し、それを新たな形で再編して『源氏物語』の変奏を奏でる秋成の手腕の程が窺われる。やや長文に亘るが、以下に全文を掲げ、論じていきたい（傍線・記号、筆者。以下同）。

落葉　ある御方の御もとめに奉る

Ⅰ いにしへより、春秋に心々なることを、あらそひざまにいへるなん、いともはかなけれ。をりにつけ事に臨みては、常有べきことかは。「①我は春のあした、あきのゆふべにまされり」といひし人は、そらに飛たつ蘆たづの、まさ目のどけく、哥ごゝろをさへいざなふよと見しなげきなり。「②花もひとつに霞まれて」とよみて、秋の月めづる人々にむかひしは、女々しからぬまけじ心のおどろかるゝなりき。「③秋山ぞ我は」といひしをこそ、ひたぶるにこめいたるさがとおぼさるゝなれ。又何某のおとゞの、ことよくすかいたまへるをば、すぐ〳〵しき操もて、つよく綱びかせたまひし、こや秋に打しづもりませるかしこさよ。

Ⅱ 山がつ等があやしう常なき心には、まだわかうて、物のあはれ弁まへざるほどは、春の花の林、百千とりぐ〳〵の囀りに、深き山ぶみをもはらおぼし立たるに、やう〳〵物の心おぼし知りては、其かた怠りざまになりぬるを、老のはじめにて、人あまた立こみたる所は、けのぼり、心おちゐねば、陰の休らひも、なげの旅寝も、あはれならず成んて、秋の野山にまじるかたをなんのどけうおぼえしが、かう老くだちては、また若がへるにはあらで夕べならぬにも、秋はたゞさふぐ〳〵しくて、今一たび春にあひて死ばやと思ふは、心のひたとおとろふるにこそ有けれ。

Ⅲ 此殿の御もてあそび草は、よろづ老らかに、御よはひのほどには、似げなく打しづもりませば、秋にみこゝろをとゞめさせたまふなへに、おまへの庭の風の末に、色よきをえらびとらして、うるはしきこしの国紙に、おしとゞめさせしが、いともかたじけなく、かたゐ翁めしでゝ、はしに物書べくおほせたうぶ。いみじくにほひなき言は、立田姫の思はんがやさしきを、さりとていなみたいまつらん事のかしこさに、くらきまなこ

見はたけて、朽葉一ひら拾ひとりて、かいつけてさゝげたいまつる哥、
風にちるかろきもみぢのいろ〳〵は千秋にあかぬ君が御為に
寛政十二年の冬、おまへに在てつかうまつり侍りき。

Ⅰではまず、古来の春秋優劣論を提示する。ここに挙げられた三つの春秋優劣論のうち、容易にその典拠が指摘できるのは傍線部②と③である。②は『新古今集』春上、及び『更級日記』に載る菅原孝標女の和歌「あさみどり花もひとつに霞みつつおぼろに見ゆる春の夜の月」を指すが、両者は作歌状況に多少の違いがある。『新古今集』の詞書には「祐子内親王藤壺に住み侍りけるに、女房うへ人などさるべきかぎり物語して、春秋のあはれいづれにか心ひくなどあらそひ侍りけるに、人々おほく秋に心をよせ侍りければ」とあり、サロンに集う多くの風流人が春秋論を戦わせる中で、秋を愛でる人が多かったので詠んだ歌であるという。一方『更級日記』では、或る初冬の時雨の晩、不断経の仏事でたまたま隣り合わせた年輩の見知らぬ男（源資通）と朋輩の女房と三人で語り合ううちに春秋論となり、男が「いづれにか御心とどまる」と問うたのに対して「秋の夜」と答えた朋輩に対抗意識を燃やし、「さのみ同じさまにはいはじとて」この和歌を詠んだことになっている。「落葉」では、秋成が思い描いているのが『新古今集』『更級日記』いずれの状況であるにせよ、孝標女に対して「女々しからぬまけじ心」であると言い、純粋な季節そのものの優劣を率直に自らの心に問うのではなく、「人が秋というなら、私はその逆を」と、競争心から春を称賛してみせる孝標女のあり方に、秋成は批判的な目を向けている。

傍線部③は、言うまでもなく『万葉集』所収の額田王の長歌の最終句である。天智天皇が藤原鎌足に詔勅を出して春山万花と秋山千葉との優劣を競わせた際に、額田王が春秋それぞれの美点と欠点とを並べつつ、最後に「秋山ぞ我は」と決断を下した。この額田王の判定に対し、秋成は「ひたぶるにこめいたるさがとおぼさるゝな

れ」と言うのである。今、『万葉集』についての公則への教えを纏めたとされる『楢の杣』巻一から、この長歌に対する秋成の解釈と評価を見てみよう。

この歌寔（まこと）にをみな心也。春になれば、鳥の音ほがら〳〵とおもしろく、待し花の木とも〻やう〳〵咲出るに、野山に交りて遊べば、山は茂き隈々のおそろしげなれば、深うもえ入ず、野は草葉のうら若きも、すさまじき虫のはひをらんには、手ふれんも安からずおぼえて、心ものどかならず。秋はおそろしと見し茂山も、色よく染わきて散かふには、あらはに入立て遊ぶべし。こ染なるは拾ひて、思ふ君の御心にたぐへつ〻、めでたうしのばしき。さるは、色なきはさしおかれて下歎きをぞする、それこそ怨めしけれ。秋にぞ打まかせてたのしき遊びはせんとよめる、いと優しき人の心ばへ也。[11]

同様に、秋成の晩年の万葉集研究書である『金砂』巻六には、次のようにある。

哥は実に女の情なり。春は花鳥の音色面しろきを、新草おひ、しもと原茂くて、分入がたし。秋の山は、染はて〻、散かふには、林もあらはにて、すさまじげにもあらず、心さへ打しづもりてのどけき比也。風にまかする中に、染もせで散を〻しとなげかる〻と云。かたちも心もいとあてになよびかにて、天の下のかほよ人なるべし。[12]

いずれも、言わんとするところはほぼ同じである。春山と秋山との相違の根本に秋成は山の「恐ろしさ」を見ており、その自然描写は、「すさまじき虫」に注目するなど、特に『楢の杣』においてずいぶんと具体的・個人的である。この解釈は近世期の注釈類の中でも独特であり、秋成の実体験に基づいているのではないかと思われる。未だ歌学びの途上にある若き公則に『万葉集』における「実情」とでもいうべきものの実際を教えるべく、秋成自身の自然把握を、具体例を以て示したのであろうか。

さて、それに対する評言に注目したい。この額田王の和歌について、いずれも「をみな心」「女の情」と言い、「いと優しき人の心ばへ」と言い、さらに、この歌を詠んだ額田王は心ばかりか容姿も美しいに違いない、とまで飛躍する。では、ここに言う「女の情」とはどのようなものであり、額田王はどのような人物であると捉えられているのだろうか(13)。

先述の『楢の杣』に戻れば、先の記述の少し後に、次の言があることに目が留まる。

さて、春秋の争ひと云事、西土の作文に擬(ナラ)ひてこゝにも云へど、たゞ時に臨みての戯言なるを、此哥は不負情(マケジコヽロ)のはかな言にはあらで、実にたをやめのよみつべき意也。月の遊びする秋の夜に、花もひとつに霞むを、夜よしといひしは、めゝしからぬあだ言ぞと思ゆ。

ここには額田王と孝標女とが対照される形で取り上げられており、この構図は本編「落葉」と全く同じである。そして孝標女の発言を「不負情のはかな言」「めゝしからぬあだ言」と批判し、額田王の歌の詠みぶりを「たをやめのよみつべき意」であるとして高く評価する。とすれば、「落葉」における両者への評言の意味も自ずから判然とする。「落葉」での孝標女に対する「女々しからぬまけじ心のおどろかるゝなりき」という評言は、単なる女性らしからぬ気負い込んだ競争心ということではなく、競争心に突き動かされて内実のない「はかな言」「あだ言」に走った、実情を伴わない和歌詠出の態度に対してのものであると考えられる。それと全く対極にあるのが額田王であり、その称賛されるべきあり方を「たをやめ」ぶりだというのである。[14]額田王はまさに古代の女性の理想像として描かれている。額田王について、近世の万葉集研究者の関心は高かった。しかし、秋成のような額田王への評価は例が無い。わずかに宣長が真淵に対する質疑応答（『万葉集問目』）の中で「さて此女王、かほよき人なりしにや、藤原内大臣もよばひたまへる事見えたり。さるゆゑに天武天皇もめしけるにや」と額田王の容姿に関心を示しているが、[15]基本的にはどの注釈書においても、額田王の伝記的事実の追求とそれに基づく和歌解釈に終始している。後年の伴信友に至っては、天智・天武の二人の天皇に通じた額田王に倫理的立場から「あだし心」をさえ見ている。しかし秋成にあってはあくまで優美で素直な、理想的女性像として捉えられているのだ。そして、そのありようが「落葉」においては「ひたぶるにこめいたるさがとおぼさるゝなれ」という言葉に置き換えられているのである。「こめく」「をさなし」といった言辞は既に多く指摘されているように、古代社会における素朴で虚飾の無い、理想的心性を象徴する言葉なのであって、決してマイナスの評価ではない。[16]

それに続く「又何某のおとゞの、ことよくすかいたまへるをば、すぐ〳〵しき操もて、つよく綱びかせたまひし、こや秋に打しづもりませるかしこさよ」という一文も、同様に解釈できる。『金砂』巻六には、この長歌が詠まれた背景を次のように記述する。

内相は鎌足公。（中略）内相内宴に侍して在せしに、帝酔のすゝみにや、春秋の争ひと云風流を、西土の詩賦に玩ぶをおぼしよらせ給ひて、春花秋葉の彩色、いづれに思しよらすぞと問せ給へば、かくざまの事は、ぬか田姫こそさかしきをと、酌に参りて、御前に在にゆづらせしは、帝の女王の寵遇をおぼしてなるべし。さらばとて、是定めよとおほせたうびしかば、かしこみながら奉りしなるべし。

鎌足は天智天皇の額田王への寵愛にことよせて、自身に課せられた春秋優劣の裁定を巧みに避けた。しかし、その狡猾さに対しても額田王は何ら策を弄せず、素直な心で自らの役目を引き受けたという。秋成は、このような状況の中でも臆することなく、真情を以て秋の美しさを堂々と歌い上げたとして、額田王に優れた美的感覚と知性を認めたのである。

さて、以上の二人に対して、傍線部①「我は春のあした、あきのゆふべにまされり」と言った「人」は誰を指すのだろうか。諸注釈においてはこの部分への言及がないが、秋成は誰か具体的な人物を念頭に置いているに違いない。そこで、②③のような実在の人物ではなく、『源氏物語』の世界に目を転ずると、「薄雲」巻における次の言に目が止まる。

女君（紫上）に、「女御の、秋に心を寄せ給へりしもあはれに、君の、春のあけぼのに心しめ給へるもことはりにこそあれ。時〳〵につけたる木草の花に寄せても、御心とまるばかりの遊びなどしてしかな」と（中略）語らひきこえ給。

傍線部の「女御」は六条御息所の娘である斎宮女御、「君」は紫上を指し、斎宮女御は秋を、紫上は春の曙、即ち「春のあした」を好むのも、それぞれもっともなことだ、と光源氏は言う。そして、ここに提出されている斎宮女御の「秋」という答えは、これ以前に、光源氏によって問い掛けられた次のような春秋優劣の論に導かれて出されたものである。

年のうち行きかはる時〳〵の花紅葉、空のけしきにつけても、心のゆくこともし侍りにしかな。春の花の林、秋の野の盛りを、とりぐに人争ひ侍ける、そのころのげにと心寄るばかりあらはなる定めこそ侍らざなれ。唐土には、春の花の錦にしくものなしと言ひはべめり、大和言の葉には、秋のあはれをとりたてて思へる、いづれも時時につけて見たまふに、目移りて、えこそ花鳥の色をも音をもわきまへ侍らね。せばき垣根のうちなりとも、そのおりの心見知るばかり、春の花の木をも植へわたし、秋の草をも掘り移して、いたづらなる野辺の虫をも住ませて、人に御覧ぜさせむと思給るを、いづ方にか御心寄せ侍べからむ。

光源氏は、四季の美について古来中国では春を、日本では秋を推称するが、季節にはそれぞれの良さがあっていずれとも決めがたい、と言い、四季の庭の造営への願望を語って、斎宮女御に春秋のどちらを好むかを尋ねる。傍線部に見られるごとく、ここで光源氏は春秋の美しさをそれぞれ「春の花の林」「秋の野の盛り」と表現していることに注意を喚起しておきたい。この言葉は『藤簍冊子』「落葉」にも取り入れられているのであるが、これについては後述する。この光源氏の問いに対し、斎宮女御は「あやしと聞きし夕べこそ、はかなう消え給ひにし露のよすがに思給へられぬべけれ」と答える。『古今集』恋歌一に収める「いつとても恋しからずはあらねども秋の夕べはあやしかりけり」という和歌を踏まえ、母の六条御息所が秋に、露の如くはかなく亡くなったことによそえて「秋の夕べ」を好む、と答えたのである。

こうして見れば、紫上と斎宮女御それぞれの主張は「春のあした」と「秋の夕べ」との対立と捉えることができ、前述の傍線部①「我は春のあした、あきのゆふべにまされりといひし人」は紫上であると考えることができる。とすれば、それに続く「(紫上は) そらに飛たつ蘆たづの、まさ目のどけく、歌ごゝろをさへいざなふよと見しなげきなり」という文章の意味は、当然のことながら『源氏物語』におけるこの春秋優劣論の中に探り当てることができるであろう。結論から言えば、この一文の指すものは、『源氏物語』における紫上と、今や秋好中宮と呼ばれるようになった斎宮女御との間に交わされた春秋優劣論そのものなのである。
まず「少女」巻において、四季を象った光源氏の邸、六条院が完成、春の町には紫上が、秋の町には秋好中宮が移り住む。折りから晩秋の九月、中宮方の秋の庭は紅葉も薄く濃く色づいて、まさに今がたけなわである。中宮はそのいろいろな秋の花や紅葉を取り混ぜ、箱の蓋に載せて、次の和歌を添えて紫上に奉った。

心から春待つそのはわがやどの紅葉を風のつてにだに見よ

「春の訪れを心待ちにしているそちらは、今はさぞ殺風景なことでしょうね。せめて風の便りになりと、こちらの紅葉を御覧下さい」という、この自信に満ちた挨拶を受けて紫上は、この箱の蓋に苔を敷き、岩に見立てた石を置いて、見事な細工物の五葉松の枝を植え、次のように切り返した。

風に散る紅葉はかろし春の色を岩根の松にかけてこそ見め

「風に散ってしまう紅葉など軽々しいものです。春の美しさを、この永遠に変わらぬ岩根の松の色に御覧下さい」と。つまり、秋を移ろいの相として難じ、春のめでたさを不変のものとして称賛しているのである。これを聞いた光源氏は「この紅葉の御消息、いとねたげなめり。春の花盛りに、この御いらへは聞こえ給へ。このころ紅葉を言ひくたさむは、立田姫の思はんこともあるを、さし退きて、花の陰に立ち隠れてこそ強き言は出で来め」と評し、今この季節に秋を難じることの非を言う。そして、春になってから改めて中宮への返歌をするべきだ、と諭すのである。

いよいよその時がやって来る。「胡蝶」巻に描かれる美しい舟遊びの光景と、それに引き続いての二人の和歌の贈答の場面である。春三月、紫上は春の美を凝縮したかのような庭園で船楽を催し、中宮方の女房たちを招く。身分の高さゆえ参加できない中宮は、物越しに聞こえる楽の音に、ねたましく思う。その翌日、秋の町で中宮主催の季の御読経（みどきよう）が行われ、紫上は供養の志として仏に花を奉るのにことよせて、「花園の胡蝶をさへや下草に秋まつ虫はうとく見るらむ」という和歌を贈る。この和歌が、例の「心から春待つ園は……」という和歌への返歌であると察した中宮は、苦笑しつつも「こてふにも誘はれなまし心ありて八重山吹を隔てざりせば」と返すのである。

つまり、中宮が秋の紅葉の美しさを紫上に詠みかけて挑んだことに端を発して、二人の間に春秋の優劣を巡る二度の和歌の贈答が行われたわけであり、秋成の言う「（紫上は）そらに飛たつ蘆たづの、まさ目のどけく、歌ごゝろをさへいざなふよと見しなげきなり」という一文は、このことに基づいて解釈すべきだと考えられる。すなわち、秋の紅葉の美に対して、紫上は岩根の松の緑に春の永遠の美を託した。松と鶴とは新春を寿ぎ、また永遠の齢を象徴する取り合わせである。そして紫上は「若紫」巻において、幼き頃のその存在が光源氏によって「いはけなき田鶴の一声聞きしより葦間になづむ舟ぞえならぬ」と、鶴になぞらえられているのであった。ならば、この天空を指して飛遊する蘆たづは、紫上その人の暗喩でもある。ここでは、春を愛する紫上が心のままに春の美を謳歌する素直さを賞していると考えるべきであろう。

以上、見てきたように、「落葉」冒頭には春を寿ぐ紫上、競争心から秋より春を称賛する孝標女、秋を愛でる額田王、三者三様の姿が点描され、春秋に優劣をつけることの難しさを印象付けている。そして、この三人の中で最も高い評価が与えられているのが額田王であることは、記憶しておく必要がある。

続くⅡでは秋成自身の春秋に対する思いが語られるのであるが、ここでは年齢を重ねるに従って揺れ動いてきた自らの軌跡が振り返られている。「物のあはれ」を知らぬ若かりし頃は春になると花を求め、鳥の囀りに誘われて山歩きに精を出したが、次第に物の心を弁えるようになると、そのような物見遊山からは自然に足が遠のくようになった。やがて初老を迎える頃には人込みに嫌気がさして、花を尋ねての風雅の遊びにはあわれを感じなくなり、かえって秋の野山に心惹かれるようになった、という。しかし、こうも老いさらばえた今となっては、秋は夕暮れではなくともただただ寂しく感じられるようになって、「また若がへる」（回春）というわけではないが、せめて死ぬ前にもう一度、春の季節に回り会いたいと願う。そして、その変化はひとえに心が衰えたからだ、つまり精神的な老いがもたらした心境の変化なのだ、と分析するのである。

秋成の心は春と秋との間で揺れ動く。その春秋の美を象徴する言葉が「春の花の林」と「秋の野山」であるが、この言葉は、先述したように『源氏物語』「薄雲」巻に、ほぼそのままの形で用いられている。すなわち、光源氏は斎宮女御に春秋争いを持ち掛けるに当たり、「春の花の林、秋の野の盛りを、とり〳〵に人争ひ侍ける、そのころのげにと心寄るばかりあらはなる定めこそ侍らざなれ」と表現していたのである。このことは、この段落が、光源氏からの問いかけに対する秋成自身の答えであることを窺わせる。

秋成の答えを見れば、前半部の春の表現として「山がつ」「陰の休らひ」「なげの旅寝」という言葉が見える。これらはいずれも『古今集』の表現、仮名序における大伴黒主評「その様卑し。言はば、薪負へる山人の、花の陰に休めるがごとし」と、春歌下の素性の和歌「いざけふは春の山辺にまじりなむ暮れなばなげの花の影かは」を意識したものであろう。花を求めて野山を渉猟する、浮き立つような春の気分が、これらの表現からは滲み出している。秋成は、優美で端正な『古今集』の世界の中にこそ花の美が歌い尽くされていると見たのであろう。

一方、後半の秋の表現には、捉えどころのないしみじみとした寂しさを掬い上げようとする『新古今集』的な言葉が選び取られている。「夕べならぬにも、秋はたゝさふ〳〵しくて」からは三夕の歌が直ちに連想されるし、

「今一たび春にあひて死ばや」という桜と自らの死とを結び付けた表現には西行の「願はくは花の下にて春死なむその如月の望月のころ」という和歌の影響が看取される。秋成は、『源氏物語』「薄雲」巻で光源氏によって立てられた問いに対して、春の美を『古今集』、秋の美を『新古今集』に代表させながら、揺れ動く自らの心の軌跡を描こうとしたのである。

しかし、ここに描かれた春から秋へ、そして晩年再び春へ、という秋成の心境の変化を、単なる加齢に伴う趣味の変遷とのみ捉えるべきではない。幼い頃に受けた「天命六十八歳」という神告を信じていた秋成にすれば、この作品が書かれた寛政十一年の時点で、わが人生に巡り来る正月はあとわずかに二度、という切実なタイムリミットがあった。[17] 死を凝視し始めた秋成の心に親しく寄り添ってくるのは、しみじみとした秋の風情ではなく、一度は否定したはずの、春爛漫ののどかな風景であった。「今一たび春にあひて死ばや」という一節は、西行を気取った文学的表現などではない、秋成の切なる願望の吐露なのである。

Ⅲでは、秋を好む公則の若さに似合わぬ鋭敏な感性を賞賛する。そして、美しい紅葉の料紙に一筆所望されたのに対し、謙遜しつつも和歌一首を奉ったという。一見何気ない、この和歌を詠んだいきさつを語るだけの一段と思われるが、実はこれは「落葉」という作品全体を統括する重要な一段なのであり、ここにも『源氏物語』の影響が色濃い。

秋成が語る「いみじくにほひなき言は、立田姫の思はんがやさしきを」という言辞は、『源氏物語』「少女」巻、秋好中宮と紫上が最初に和歌を応酬する場面において、秋の盛りに春を愛でる歌を詠んだ紫上をたしなめた光源氏の言葉、「このころ紅葉を言ひくたさむは、立田姫の思はんこともあるを、さし退きて、花の陰に立ち隠れてこそ強き言は出で来め」と対応している。光源氏の言が秋を司る女神、立田姫への遠慮を要請しているのに対し、「落葉」では、秋成がその言葉をそのまま用いて、これから綴ろうとする「いみじくにほひなき言」を立田姫がどう思うかを考えると身の細る思いがする、というのである。一見すると、秋の美を十分に表現することのできない拙さを恥じる謙辞としか思われない。しかし翻って考えるに、Ⅱでは秋成が春の立場に立つことが鮮明に打ち出される一方、秋成に一筆を求めた公則は秋を好む若者であることがⅢの冒頭で語られる。つまり、このⅢに至って初めて、秋成と公則とが春と秋とを巡って相対立する立場にあることが浮かび上がってくるのであり、その構図はまさに『源氏物語』における紫上と秋好中宮との関係に重なり合う。秋成が何か紅葉の料紙への賛を書くようにとの公則の「挑戦」を受け、恐れ多いが引くに引けない、という結構それ自体に、秋成と公則との対峙という構図が隠されているのであり、「立田姫の思はんがやさしき」という表現は、そのことに気付かせるための鍵であった。

公則は「おまへの庭の風の末に、色よきを選びとらして」美しい料紙を仕立てた。実はここにも『源氏物語』「少女」巻が投影している。秋好中宮が紫上に詠みかけた「心から春待つ園はわが宿の紅葉を風のつてにだに見よ」という和歌である。風に舞う美しい紅葉。秋好中宮の和歌における風は一種の比喩でもあるが、いずれにせよ「風」はその重要な道具立てである。そして、その公則の挑戦を受けて詠んだ秋成の和歌「風にちるかろきもみぢのいろ〳〵は千秋にあかぬ君が御為に」を見れば、それが紫上の和歌「風に散る紅葉はかろし春の色を岩根の松にかけてこそ見め」の全くの本歌取りであることは論を俟たない。紫上のようにあからさまな秋への批判ではないが、紫上の和歌を含み込むことで、秋成の和歌は春の立場からの秋への批判たり得ているのだ。そう考えれば、秋成がこの和歌を公則に献上するに当たり、色美しい紅葉ではなく「朽葉一ひら」を添えた理由も、自ずから明らかになるであろう。その朽葉に「秋の移ろいの相」を表現することで、「岩根の松」の如き不変の春の美を寿ぐ立場を打ち出しているのである。だからこそ秋成の側から「立田姫の思はんがやさしき」という言葉が発せられるのであって、この「落葉」なる作品は、秋の立場からの公則の挑戦に対して、春の立場に立つ秋成が受けて立った、二人の間の春秋優劣の応酬と捉えるべき作品なのである。

「落葉」一篇が傍線部①の紫上の存在から書き起こされていることは、思えば象徴的であった。本作品に底流するものは『源氏物語』に描かれた春秋優劣論の世界だったのであり、それが冒頭の紫上の存在にさりげない形で暗示されていたのである。しかし、そもそもこの「落葉」執筆の動機は公則から美しい紅葉の料紙を下賜されたことにあり、そこに求められているのはやはり、紅葉を、そして春秋においては秋を賞賛することであっただろう。優劣の裁定は当初から定まっていたともいえる。そう考えれば、Ⅰで春秋優劣論を展開した紫上、孝標女、額田王の三人のうち、秋を称賛した額田王が最も高く評価されていることの意味合いが、改めて思い合わされる。けれども秋成は、ただ求められるままに秋の美を、そして公則を称える方向には向かわなかった。公則への敬意と称賛の意を込めつつ、微妙なバランスの上にさりげなく春秋対立の構図を描き出し、末尾の和歌一首に至るまで緊張感を孕んだ、緊密な物語空間を構築せんとしたのである。そしてこの優雅な春秋優劣の論は、春を愛する立場からの異議申立てを含み込んだ、誠に諧謔味に満ちた和歌一首を以て締め括られたのであった。

以上、『藤簍冊子』の中から「落葉」を一例として見てきたが、ここには晩年の秋成が『源氏物語』の世界を完全に咀嚼し、自在にその文章、構成の枠を解体・再編して新たな文藝を生み出す手腕が読み取れる。詩人としての秋成の類い稀な資質を、ここに見ることができるであろう。

五　『春雨物語』「死首のゑがほ」と『ますらを物語』

最晩年に執筆し、逝去前年の文化五年（一八〇八）に一応の完成をみた『春雨物語』は『雨月物語』と並び称される秋成の代表作であるが、これを一読しても『雨月物語』とは全く色合いを異にし、『源氏物語』の影響はほとんど感じられない。試みに『上田秋成集』（日本古典文学大系）に収められた『春雨物語』の頭注を見ると、いくつかの『源氏物語』に由来する語の指摘がある。しかし、ほとんどが単なる語彙の使用のレベルにとどまり、これまで見てきたような構成に関わったり『源氏物語』の世界を下敷きにしたりといった凝った用い方はしていない。たとえば、自序にいう「物がたりざまのまねびはうひ事なり」が『源氏物語』「帚木」巻に「そのきは〴〵をまだおもひしらぬうひごとぞや」とあるを利用し、また「海賊」の「とにかくに紛れあるくなり」が「帚木」巻の「とかくまぎれありきはべりしとぞ」を、「宮木が塚」の「すかいこしらへ云ひさる」が「帚木」巻の「さて〳〵をかしかりける女かなとすかい給ふ」を踏まえる、といった類のものがほとんどなのである。その中にあっては、「血かたびら」で嵯峨天皇の聡明さを叙して「君としてためしなく、和漢の典籍にわたらせたまひ、草隷もろこし人の推しいたゞき乞ひもてかへりしとぞ」という場面が『源氏物語』「桐壺」巻の高麗の相人が光源氏の詩賦を褒めた場面によっており、比較的イメージそのものをなぞっていると言えるが、他の例はみな王朝的な、或いは擬古的な語彙の使用によって雅びなイメージを付与するに資するのみであって、あえて『源氏物語』を意識した表現であるとは言い得ないのではないだろうか。

この『春雨物語』の文章の特質を考察するに当たり、「死首のゑがほ」と文化四年（一八〇七）に成立した[18]『ますらを物語』とを比較したい。この二作品はいずれも、明和四年（一七六七）十二月三日に起こった源太騒動に取材して書かれた。源太騒動とは兄が妹の首を切り落とすというショッキングな事件で、その概要は次のようなものである。もとは裕福であったが今は貧に甘んじている渡辺源太の妹やゑと、同族で今も豊かに暮らしている右内という若者が恋仲になった。しかし親の反対によって別れ話となり、いったんは双方が納得したものの、最終的に話が縺れてしまった。母の命により源太が妹を右内宅に連れ行き、ことを穏便に済ませるべく話を持ち掛けたが、右内の父が取り合わなかったため、源太がその場で妹の首を切り落としたのである。

この事件は翌明和五年（一七六八）、すぐさま歌舞伎に仕組まれ、また建部綾足によって『西山物語』（明和五刊）として作品化された。秋成は後年、この事件の下手人である渡辺源太その人に偶然会い、感激を新たにして書いたのが『ますらを物語』であり、さらに同素材を構成・テーマを変えて作品化したのが「死首のゑがほ」である。中村幸彦は「『西山物語』と同題材の雅文小説『ますらを物語』（仮題、文化三年成）には、綾足に対抗意識をもって、『源氏物語』中の語を用いることおびただしい」[19]と指摘するが、『ますらを物語』における『源氏物語』利用とは、具体的にはどのようなものであろうか。また、『源氏物語』の利用という点に着目した場合、ほとんど時をおかずして書かれた『ますらを物語』「死首のゑがほ」二作品で何らかの差異があるのであろうか、またあるとすれば、それはどのような意味合いで捉えるべきなのであろうか。

『ますらを物語』の文章は、流麗とは言い難いがそれなりに王朝的な雰囲気を醸し出そうという意図は汲み取れる。たとえば、秋成が渡辺源太を初めて見たときの印象を述べたくだり、「此坐につどへる人ゝの中に、はやうより参たる翁あり。渡辺源太と申。齢六十をこえたまへど、わらは顔して、いとうるはしく、酒好み給て、物のたまへるけはひ、いたくかばらか也」は、『源氏物語』「帚木」巻「なま〳〵の上達部よりも、非参議の四位どもの、世のおぼえくちおしからず、もとの根ざしいやしからぬ、やすらかに身をもてなしふるまひたる、いとかはらかなりや」とイメージが重なる。また、右内の結婚を心積もりする父親の様子を描く「をのこ子一人もてり。（中略）父喜びて、はやくよきめあはせてんと、こゝかしこ、まゆごもりなるをえらぶほどに」、一方、貧しさゆえに自分たちを忌み嫌う右内の父親のあり方を批判的に娘やゐに諭す源太の母の言葉「こち〳〵に枝さしわかれつれど、根ざしひとつの家なれば、是をよき事とはおもはで、いみじく恥あたへつべき者也」はともに、玉鬘と光源氏とのやり取りを描く『源氏物語』「常夏」巻の「撫子のとこなつかしき色を見ばもとの垣根を人やたづねむ。この事のわづらはしさにこそ、繭ごもりも心ぐるしう思ひきこゆれ、との給ふ。君打ち泣きて、山がつのかきほに生ひし撫子のもとの根ざしをたれかたづねん、はかなげに聞こえ泣い給へるさま、げにいとなつかしく若やかなり」という場面から言葉を取捨していると考えられる。やゑは親に諫められ、右内への思いを断念すると言ったものの、「猶かたみに情しく、しのび〳〵にあひにけり」とあるのは、『源氏物語』「空蝉」巻「うつせみの羽に置く露の木がくれてしのび〳〵にぬるゝ袖かな」や「真木柱」巻「御文はしのび〳〵にありけり」等を踏まえていよう。生々しい事件を描くだけに、後半は会話を多用したテンポの速い運びとなっているが、前半の二人の恋の行方を描く場面には優雅で擬古的な言葉を用いていることがわかる。

しかし、『ますらを物語』を一読してより印象に残るのは、秋成自身の前作『雨月物語』の行文に倣った箇所が多いことである。[20] 少々横道に逸れるが、具体的に指摘してみよう。たとえば、事件の発端を語る場面、

此翁の、又さきの翁の世よりにか有けん、此里にては門高く、人のおぼえいみじかりし家の、時を失ひて、貧しげにおはしけり。（『ますらを物語』）

から直ちに連想されるのは『雨月物語』「浅茅が宿」で、宮木の死を知って嘆き悲しむ勝四郎に漆間の翁が真間の手児奈の伝説を語り出す、次の場面である。

翁が祖父の其祖父すらも生れぬはるかの往古の事よ。此郷に真間の手児奈といふいと美しき娘子ありけり。

（「浅茅が宿」）

また、右内の母が右内を諫める言葉、

いかばかりいひかたむとも、神の結ばせ給はぬはいかにせむ、思ひくづをれて、身のいたづきとならん、不孝のつみ軽からず。（『ますらを物語』）

さらに、やゐが母に恋の断念を告げる言葉、

一たびはいづちにも逃かくれて、出交はる世を待つべきものにいひしは、なぐさめかねし偽か、死は安し、ひたぶるに頼みてあれといひしは、きのふの事也。我先死なん、云かひなき人の音づれは待たじ。（『ますらを物語』）

は、状況は異なるが、秋には帰る約束をして都に旅立った夫から何の連絡もないまま、戦乱に巻き込まれて心細く夫を待ち続ける妻宮木を描く「浅茅が宿」の次の場面を連想させる。

いづちへも遁(のが)れんものをと思ひしかど、「此秋を待(まて)」と聞えし夫(おっと)の言(ことば)を頼みつゝも、安からぬ心に日をかぞへて暮しける。秋にもなりしかど風の便りもあらねば、世とゝもに憑(たの)みなき人心かなと、恨みかなしみおもひくづをれて、「身のうさは人しも告(つげ)じあふ坂の夕づけ鳥よ秋も暮ぬと」かくよめれども、国あまた隔(へだて)ぬれば、いひおくるべき伝(つて)もなし。（「浅茅が宿」）

また、ことによっては妹の命を奪うかもしれない、という決意を固め、妹を伴って右内宅にやってきた源太が右

内の父に向かって述べ立てた、結婚を巡っての妹とのやり取り、

けふめしつれしは、此ころよりことわりさま〴〵云聞すれど、「一たびたてしみさをに、玉と砕けても、瓦のまたきには習はじ、たゞ暇たまへ」と云、「ひとり木にさがり、淵に浮かび出て、親はらからの名を汚すべきには、彼庭たまひて死ね、翁は赦さずとも、男のもと也」と云に、すずろぎ立つ。（『ますらを物語』）

からは、次の『雨月物語』「浅茅が宿」における、一人戦場に残された美貌の妻宮木が言い寄る男たちを拒絶する場面と、「吉備津の釜」における、占いが凶と出てしまった結婚を取り止めた場合の娘の動揺と絶望を慮る母親の言葉がすぐに連想されよう。

適間とぶらふ人も、宮木がかたちの愛たきを見ては、さま〴〵にすかしいざなへども、三貞の賢き操を守りてつらくもてなし、後は戸を閉て見えざりけり。（「浅茅が宿」）

かく寡となりしを便りよしとや、言を巧みていざなへども玉と砕ても瓦の全きにはならはじものをと、幾たびか辛苦を忍びぬる。（「浅茅が宿」）

今のよからぬ言（婚約の破棄——筆者注）を聞ものならば、不慮なる事をや仕出ん。其とき悔るともかへらじ。（「吉備津の釜」）

ここに示したような自身の旧作における言辞や発想の多用は、あえて『雨月物語』の世界を連想させようと意図してのことではあるまい。さらに言えば「三貞の賢き操を守る」や「玉と砕ても瓦の全きにはならはじ」はそも

そも『雨月物語』が典拠とした中国小説『剪燈新話』に拠る言葉であるが、しかし、これらの言葉はもはやそのような典拠を詮索するまでもない、すっかり血肉化して秋成の言葉の嚢中にあると言ってよいものである。切迫した、成就しない恋の場面を描こうとした時に、おのずと湧き出てきた言葉だったのであろうと思われる。それよりもここで注目したいのは、『雨月物語』九篇のうち、『源氏物語』の影響が顕著な「浅茅が宿」から借りた表現が圧倒的である、という点である。秋成が生涯において同じテーマを繰り返し書く作家であることは周知のことであるが、テーマばかりでなく、言葉・表現も繰り返される、ということは、特記してよいと思われる。しかも主題が「恋」であり、第二節で指摘したような『雨月物語』における『源氏物語』利用の特徴、すなわち男女の間の恋、更に言えば女性の悲しみを描こうとする話に集中的に『源氏物語』が用いられていたことを想起するならば、王朝的な雰囲気の中に悲恋を描こうとするこの作品において、『源氏物語』及び『雨月物語』「浅茅が宿」から数多くの言葉が繰り返し用いられる、ということは、まことに興味深い現象である。

さて、この『ますらを物語』に比べると『春雨物語』「死首のゑがほ」はどうであろうか。「死首の笑顔」は先に見た『上田秋成集』（日本古典文学大系）の頭注の指摘によれば、『春雨物語』十篇の中では比較的『源氏物語』の言葉の利用が多く、十箇所の利用が指摘されている。たとえば「父がおに〳〵しきを」（「夕霧」巻「いとおに〳〵しう侍るさがな物とて」）、「世のかたち人にて」（「桐壺」巻「きさいの宮の姫君こそ（中略）ありがたきかたち人になん」）、「むすめたゞゑみさかえて」（「末摘花」巻「老人どもゑみさかえて見奉る」）などである。しかし、これらを見てもわかるように、すべて単語の利用の範囲に留まっており、それが作品に精彩を与えるような性質のものではない。これらは『源氏物語』に典拠を持つ言葉という意識すらもなく、物語を紡ぐ上で必然的に出てきた、秋成にとってごく普通の語彙としてあるのではないだろうか。その意味では先の『ますらを物語』における傾向と同じだが、より程度が甚だしい。『ますらを物語』の場合はそれでも、意識的に選び取った雅な言葉をなだらかな文脈の中に置くことによって、主人公源太を肯定的に造形し、あるいは家の論理と恋との葛藤を美文的に描こうとしているが、全般的に「寓意が作品を破壊する程度にあらわ[21]」であるとされる『春雨物語』においては、もはや「雅に描く」ということに眼目はなく、そこに『源氏物語』を意識した優雅な語を選び取ろうという意識はなかったのではないかと思われる。

六　『ぬば玉の巻』の物語論と秋成の諸作品

秋成が早くから国学に関心を示し『源氏物語』も熟読して、さまざまな形で作品に織り込み、その言辞や構想を完全に消化しきっていたことは以上の分析からも明らかであるが、本節においては、そのことと、『源氏物語』についての秋成の物語観が窺われる『ぬば玉の巻』における言説とがいかなる関係において結び付くのかを考察したい。

『ぬば玉の巻』は『雨月物語』刊行の三年後の安永八年（一七七九）に成立したとされる。『享保以後大阪出版書籍目録』によれば『源氏野真玉の巻』という書名で天明元年（一七八一）十一月に出願、同十二月に出版許可が下りており、刊行の意志はあったものの実際には出版されなかったものと思われる。現在見る『ぬば玉の巻』が安永八年に執筆されたままのものか、後年加筆訂正されたか否かは不明である。内容は、『源氏物語』を生涯に二十四部書写したとされる中世の隠士、宗椿の夢の中に柿本人麻呂が現われ、『源氏物語』は教戒の書ではないと説いて、宗椿の営為を否定する、というものである。本書から読み取れる秋成の物語論は既に多く論じられているので、ここでは再説しないが、次の一説が秋成の寓言論としてもっとも中心となる箇所である。

そも物がたりとは何ばかりの物とか思ふ。もろこしのかしこにもかゝるたぐひは、ひたすらそらごと（寓言）をもてつとめとし、専ら其実なしといへども、必よ、作者のおもひよするところ、①或は世のさまのあだめくを悲しび、②或は国のついえをなげくも、時のいきほひのおすべからぬを思ひ、③くらゐ高き人の悪（にく）みをおそれて、いにしへの事にとりなし、今のうつゝ（現在）を打かすめつゝ、おぼろげに書出たる物なりけり。

中村博保はこの部分について、物語執筆の契機は感性的なものから思想的なものにまで深化拡大されており、その過程には『よしやあしや』（寛政五年刊）に同旨のことがあることから考えて、『伊勢物語』の解釈から得た、物語の本質に対する解釈がその媒介となっていたとし、『ぬば玉の巻』が先に書かれたものと考えればその逆が成り立つ、として『源氏物語』と『伊勢物語』を等価のものと考えている。[22] しかし、果たしてそうであろうか。

ここで秋成は物語というものを、①「世のさまのあだめくを悲しび」、あるいは②「国のついえをなげ」いても、時の勢いはどうしようもないことを思い、またそれを直接表現した場合の③「くらゐ高き人の悪みをおそれて」、昔のことにとりなして書かれるものだ、と規定している。しかし、『ぬば玉の巻』や、同様の物語論を含む「秋山記」を詳細に読んでみても、紫式部がいったいどのような思いを抱懐してこの物語を書いたと秋成自身が考えていたか、が読み取れない。紫式部は世の様のどのような情勢を指して「あだめくを悲しび」、どのような「国のついえをなげ」き、どのような「くらゐ高き人の悪みをおそれて」物語を綴ったのであろうか。そこにいかなる公憤があるのだろうか。光源氏の色好みの様、光源氏と藤壺との不義密通、といったことに「皇統の乱れ」を諷したのであろうか。秋成はそのことについて、表現していない。それは後年、『伊勢物語』評論の書『豫之（よし）也安志夜（やあしや）』末尾において「猶おのが思ふかたはしだにおそりて打いづべからぬには、ふみの終に、我に等しき人（ひと）なきてふ打ほこりたるなげきせしこそ、おのが心をもなぐさめ、かつは命やしなふざえ人のしわざなれとおぼゆ」

と、明確に作者の「憤り」の内実を自分自身の言葉で抉(えぐ)り出していること、あるいは『癇癖談(くせものがたり)』という、その名も『伊勢物語』をかすめた当代批評的な作品を執筆して、周囲の誰彼を風刺しながら、その鋭い舌鋒が最終的にはそのような営みを行わざるを得ない自己にも向けられ、物語作者の苦悩を自らのものとして引き受けようとしていることとは対照的である。

すなわち、秋成の物語への関心は晩年に向かうに従って『源氏物語』ではなく『伊勢物語』の方により大きく傾いていくのであり、それはやはり秋成独特の歴史感覚に根差しているのではないだろうか。物語を執筆する原動力は「憤り」だ、という発想を前提として考えた場合[23]、秋成は『源氏物語』にその作者の「憤り」を探り当てたようには思われないのである。実際のところ『源氏物語』は藤原道長の女、中宮彰子に仕える紫式部によって執筆された作品であり、権力者への批判的な視線が「ない」とは言えないものの、所詮、体制の側に立つ者によって書かれたものでしかない。一方、『伊勢物語』は在原業平及びその周辺の者たちの物語であり、惟喬(これたか)親王出家の一件に如実に示されるように、藤原氏に圧迫された一族の物語なのである。「物語は憤りから成る」という物語観を持つ秋成にとって、物語の「執筆」という点において、結局『源氏物語』より『伊勢物語』により多くの関心を抱くに至ったのは、ごく自然なことであった。本書第二部第一章で秋成の物語観の変容について論じたが、その物語観の変質は、単に物語への認識がより自己に引き付けた苦いものに変わっていったというだけではなく、秋成の関心の在り処が変化したということにも照応しているように思われる。

作者の「憤り」というものに思いが至ったとき、秋成にはそれが紫式部のものとしてではなく、業平のものとして、切実に感得できたのではないだろうか。そこに、秋成が「物語」なるものを見る眼差しの変容と屈折がある。そして、そのような歴史に沈んでいった者たちへの視線が一層鋭く研ぎ澄まされた時にこそ、『春雨物語』は書かれた。『春雨物語』序文に言う「物がたりざまのまねびは、うひ事也」とはまさに、そのような「秋成自身の憤り」を書こうとした、初めての試みだ、ということの宣言なのである。[24]

それでは、秋成は『源氏物語』に何を見出そうとしていたのだろうか。『伊勢物語』のように、作家を内面から突き動かす原動力としての憤りを読み取ることが困難であるとしてもなお、秋成は『源氏物語』から目を離さなかった。秋成の『源氏物語』への文学的関わりを通覧してみてはっきりわかることは、『源氏物語』から秋成が汲み取ろうとしているのは作者の「憤り」などではなく、あまりにも当たり前のことではあるが、人の心の不可思議さ、そして美しく雅びやかな「表現の粋」ということだ。中村幸彦が古文辞派からの流れの上にそれを捉えているのをはじめ、[25]今さら言挙げすべきほどのこともないことではあるが、それが作品の上に改めて確認できたと思う。秋成は言う。

彼源氏物がたりも、これがたぐひにて、ふかくはかり、遠くおもひやりて、つくり出たれど、さすがにめゝしき(女ラシキ也)心ざまもて書なしたれば、専らわたくしごゝろ(即女ゴゝロ也)おほく、あだ(虚)ことをまめ(実)ごとにつとめたるを、あながちによみふけりて、しひたることわりどもゝ、よろしうおもひなりては、又わたくしごとのみもて、ときなすものなりけり。(『ぬば玉の巻』)

勝倉壽一はこの部分について、「わたくし心」＝「女ゴゝロ」＝「めゝしき心」という構図に対して「おほやけ心」＝「男ゴゝロ」＝「をゝしき心」が想定されること、公的・社会的な関心と批判の意識、及び物語創作における寓言の働きは男性作者に特有のものであり、「めゝしき心ざまもて書なした」『源氏物語』は「心なぐさ」にすぎないと秋成が考えていることを指摘し、そこに秋成の物語論における男性中心主義と理論的偏向性を見て取る。[26]興味深い指摘である。実は、秋成はその点にこそ、『伊勢物語』とは異なる『源氏物語』そのものの魅力を認めていたのではないだろうか。

飯倉洋一は、『ぬば玉の巻』と同様の『源氏物語』論を含み込む紀行文「秋山記」を分析し、この作品に主人公が旅先で遭遇したみっともない痴話喧嘩や純朴一途な娘の姿が点描されていることを、「をみなのめゝしきほん性」から「大かたの人の心のくま、名残なくあなぐり出」す『源氏物語』の筆法に倣ったものだ、と積極的に評価する。[27] 傾聴すべき指摘であろう。それでは、「めゝしきほん性」ゆえに初めて描き出すことが可能となるものは何であるか。それを考察するためには、前述したような『伊勢物語』と『源氏物語』とに対する秋成の認識の差異への視点が不可欠である。秋成にとって『源氏物語』が「女の物語」であるとすれば、『伊勢物語』は「男の物語」であると言い得る。物語に対する秋成の分裂する意識と、その内実を探ることこそが、秋成の『源氏物語』観を知るための、そして『春雨物語』の位置付けを考えるための、重要な手掛かりとなるであろう。

七　終わりに

以上、本稿では秋成の諸作品における『源氏物語』利用の実際を概観し、秋成の『源氏物語』との向き合い方を検証してきた。そこに見られるのは『源氏物語』の尽きせぬ魅力を十分に味読し、わが作品中に新たな光を添えて再生していく作家秋成の姿である。本居宣長の輝かしい学問的業績を一方に思い浮かべるとき改めて感じられるのは、秋成はあくまでも学者ではなく、美しきことばを紡ぎ出す作家であり詩人であった、という事実であろう。

注

（1）後藤丹治「雨月物語に及ぼせる源氏物語の影響」『国語国文』4—12（一九三四・一二）。『秋成』〈日本文学研究資料叢書〉（有精堂出版、一九七二）に再録。
（2）『源氏物語』本文は『源氏物語』（新日本古典文学大系、岩波書店、一九九二—一九九七）による。ただし、表記を私に改めたところがある。
（3）島内景二『源氏物語の影響史』第Ⅳ部「近世への浸透」第一章「『藤簍冊子』と『源氏物語』感動の媒体」（笠間書院、二〇〇〇）、山本綏子「『藤簍冊子』源氏物語和歌注釈稿（上・中・下）」『藤女子大学国文学雑誌』80・81・82（二〇〇九・三／二〇〇九・一一／二〇一〇・三）。
（4）『近世歌文集（上）』（新日本古典文学大系、岩波書店、一九九六）に収載されている。
（5）従来、秋成の宇万伎入門の年次については明和三年、四年、七年説があり、はっきりしなかったが、辻村尚子「秋成の宇万伎入門——『文反古』所収書簡をめぐって——」（『上方文藝研究』1、二〇〇四・五）において明和八年説が提出された。長島弘明も「秋成の俳歴——漁焉時代を中心に——」（高田衛編、論集近世文学5『共同研究秋成とその時代』（勉誠社、一九九四）。長島弘明『秋成研究』（東京大学出版会、二〇〇〇）に再録）で、根拠は示されないが、明和八年と推定している。
（6）注1に同じ。
（7）中村幸彦「秋成に描かれた人々」『国語国文』32—6（一九六三・六）。『中村幸彦著述集』第六巻（中央公論社、一九八二）に再録。
（8）中村幸彦「源氏物語の近世文学への影響」『源氏物語講座〈第3巻〉影響と研究』（創元社、一九五三）。『中村幸彦著述集』第三巻（中央公論社、一九八三）に再録。
（9）注5前掲『秋成研究』所収「男性文学としての『雨月物語』」。
（10）『上田秋成全集』第十巻（中央公論社、一九九一）「『藤簍冊子』異文の資料と考証」、『近世和文集・下』（新日本古典文学大系、岩波書店、一九九七）所収『藤簍冊子』脚注など。
（11）『上田秋成全集』第二巻（中央公論社、一九九一）。
（12）『上田秋成全集』第三巻（中央公論社、一九九一）。
（13）勝倉壽一『上田秋成の古典学と文藝に関する研究』（風間書房、一九九四）第一編第三章第三節「額田王と秋成」に、秋成の額田王研究に関する詳細な論考がある。
（14）飯倉洋一「「めめしさ」の意味するもの——「秋山記」試論——」（『秋成考』、翰林書房、二〇〇五）注4に秋を好む額田王と春を推す孝標女についての言及があるが、「落葉」及び『楢の杣』において、二人を比較する秋成の視線は推称する春秋の違いではなく、二人の純朴さ、古代的心性の有無という点に向けられていると筆者は考えている。

(15) 『本居宣長全集』第六巻（筑摩書房、一九七〇）。ただし、『万葉集問目』は写本で残り、出版されていない。

(16) 勝倉壽一は注13前掲書、第一編第二章第一節「秋成の万葉歌批評――「まこと」――」で、秋成の万葉歌批評における「をさなし」の用例を真淵と比較し、秋成が万葉歌に単なる幼児的な心情表出や幼児的な表現にとどまらない、芸術的な意義を認め、「まこと」の心情の多面性に説き及んでいることを指摘している。

(17) 秋成は元文三年（一七三八）五歳の時、痘瘡を患って危篤となった。養父が加島稲荷社に助命を乞い、奇跡的に回復して一命を取り留めたが、その際養父の夢に神告があったといい、秋成は神に与えられた寿命六十八年を信じていた。この作品を執筆したのは六十六歳の冬であるから、あと二年足らずの命と本人は思っていたはずである。実際には秋成は七十六歳の天寿を全うした。

(18) 『上田秋成全集』第八巻（中央公論社、一九九三）長島弘明の解説による。

(19) 注8に同じ。

(20) 風間誠史「「樊噲」試論――『春雨物語』論のために3」（『相模国文』37、二〇一〇・三、『春雨物語という思想』（森話社、二〇一一）「本説『春雨物語』という思想　第三章「樊噲」試論」に再録）には、『春雨物語』に『雨月物語』を意識した表現が多用されていることが指摘されている。

(21) 『上田秋成集』（日本古典文学大系、岩波書店、一九五九）「春雨物語」中村幸彦解説。

(22) 中村博保「秋成の物語論」『日本文学』13―2（一九六四・二）。『上田秋成の研究』（ぺりかん社、一九九九）に再録。

(23) 秋成の文学観の根底に、「物語」は思うに任せぬ現実への「憤り」が動機となって生まれるという考え方があったことは、中村幸彦「上田秋成の物語観」（『国文学（関西大学）』23（一九五八・一〇）、『中村幸彦著述集』第一巻に再録）、中野三敏「寓言論の展開――特に秋成の論とその背景――」（『国語と国文学』45―10（一九六八・一〇）、『戯作研究』（中央公論社、一九八一）に再録）を始め、数多くの論考が備わる。

(24) 佐藤深雪は『綾足と秋成と』（名古屋大学出版会、一九九三）第五章「『源氏物語』と雅文体小説」において、「物がたりざま」は『伊勢物語』や『竹取物語』を含めた物語一般ではなく『源氏物語』そのものを指す、とするが、本論で述べた如く秋成にとっての「物語」は、もし特定の物語を指すとすれば『源氏物語』ではなく、むしろ現実への憤りをその根底に秘めた『伊勢物語』を指すのではないかと思われる。

(25) 中村幸彦「上田秋成の物語観」『中村幸彦著述集』第一巻（中央公論社、一九八二）。
(26) 勝倉壽一「『ぬば玉の巻』の研究史的意義」『上田秋成の古典学と文藝に関する研究』（風間書房、一九九四）第一編第四章第三節。
(27) 注14前掲書。

第二章　『世間妾形気』と古典——巻一—一「人心汲てしられぬ朧夜の酒宴」を中心に——

一　はじめに

『世間妾形気』は明和四年（一七六七）、すなわち『諸道聴耳世間猿』（以下、『世間猿』）刊行の翌年、秋成三十四歳の時に出版された作品で、しばしば『世間猿』とともに「秋成初期浮世草子」と一括して称される。そして、その更に翌年の明和五年に序文が執筆された第三作、読本『雨月物語』が、その優美繊細な優れた文章と構成の妙をもって近世期最高の小説の一つと目されているのに対して、長らく低評価が与えられてきた。特にこの『世間妾形気』（以下、『妾形気』）については、ほとんど衰微しかけた八文字屋本の気質物の最後尾に連なるものとして、デビュー作『世間猿』と比較するといささか見劣りのする作品、という位置付けがなされてきたように思われる。たとえば次の中村幸彦の論評、

『世間猿』についで、明和四年出刊を見た浮世草子、『世間妾形気』は、前作に比較すれば、秋成らしさの生々しさは減少した。彼が作家として筆馴れしたと見るよりは、前作の個性の強さに対しての書肆の忠告があって、それに応じて、当時の一般の気質物に歩調を合せた結果かと想像する。この彼らしからざる平凡な書名や、ひどく腹にすえかねる所があるような序の文章からの想像である。そうした理由故か、西鶴又は其磧か

らの影響は益々濃く、素材の生地のままがなく、そのモデルは、『世間猿』ほどにも発見できない。(1) に代表されるように、『世間猿』と同様の観点から読もうとすれば、本屋からの制約が加えられたためか、周囲への風刺や当てこすりといった面白さの点で物足りず、文章も従来の八文字屋本と大差ない、あまり評価すべき作品ではない、というのである。

それに対して、次作『雨月物語』を視野に入れて考えたとき、「気質物」というジャンルが持つ特質からの逸脱が『雨月物語』での人物造形をもたらす、として、特に巻一―二・三のお春物語、あるいは巻三―二・三の遊女藤野の物語などに見られる長編化と文藝性の高さに『雨月物語』の萌芽を見る、といった方向性も認められる。また『世間猿』同様、歌舞伎や浄瑠璃を踏まえ、時事的事件を当てこすり、古典や伝承をパロディ化するなど、戯作として『雨月物語』とは別種の独自性と面白さがあることも、近年の研究成果によって次第に明らかになってきている。(2)

しかし本稿では、従来の研究の立場とは異なる観点から、もう一度この作品を捉え直してみたい。表現面から『妾形気』を考えようとする立場に、『雨月物語』に旧作二作の摂取があるとする後藤丹治、『妾形気』においては『艶道通鑑(えんどうつがん)』の古典俗解の方法と談義調の文体が参考にされたとする井上泰至などがある。(3) しかし、私が以前から腑に落ちなかったことは、この浮世草子二作と『雨月物語』との文体の懸隔である。『雨月物語』は序文執筆から刊行までの八年の間に推敲がなされたのではないか、という説が提出されるのも、その一足飛びに変化したような印象を与える文体の相違を説明するためであろう。もちろん、浮世草子と読本という異なるジャンルの作品であるから文体が違うのは当然だ、とも言えようし、秋成の器用さからいっても書き分けることは可能であると思われる。しかし、ほぼ連続して書かれたこれらの作品の間のこの懸隔は、やはり気にかかる。特に『雨月物語』における『源氏物語』摂取のあり方の見事さは改めて言うまでもなく、たとえば「浅茅が宿」では夫婦の七年ぶりの再会の場面に「蓬生」巻を重ねて、単なる文句取りにとどまらず、そのストーリー全体を含み込んでの照応を成し遂げているし、「吉備津の釜」における六条御息所の生霊の再生も同様である。

では、『妾形気』ではどのような形で古典利用がなされているのだろうか。本稿では、浮世草子二作と『雨月物語』の間に線を引くのではなく、『妾形気』を『世間猿』と『雨月物語』とをつなぐ作品、その間にある作品という眼差しで、特に文章表現に注意を払ってその連続と断絶の様を検討してみることにしたい。そして、『妾形気』の中に古典作品がいかなる方法で取り入れられているか、という観点から『雨月物語』との距離を測り直すことを試みたい。

二　各章段冒頭の和歌の検討

ところで、浮世草子二作品と称したが、実はこの二作は作風を異にする。デビュー作である『世間猿』は、各話の大枠としては先行の浮世草子や中国故事などを下敷きにしつつ、歌舞伎の話題を取り込み、またモデル小説として多くの秋成周辺の友人、知人、著名人といった実在人物を描き込んで笑いのめす、悪意と嘲笑に満ちた悪ふざけの作品となっている。一方、第二作目の『妾形気』は、書名からも明らかなように八文字屋本の気質物に連なる作品で、したたかに男をたぶらかす妾なるものの生態を誇張し嘲笑する立場から描かれている。モデルは何人か指摘されているが、多くの話は純粋な創作と思われ、歌舞伎を取り入れるといった当代性も大幅に後退している。しかしその代わりに、ストーリーには『源氏物語』ばかりでなく『伊勢物語』、浦島伝説、八百比丘尼伝説といった日本の古典作品がふんだんに取り入れられており、『世間猿』とはその重心の置き方が異なっている。また全十二篇すべて、冒頭に和歌を提示して物語への導入とするという形式的一貫性を持っている。[4] 明らかにこの二作品は、作家の作意によって書き分けられたものと思われるのである。

この、すべての章段の冒頭に和歌を提示するという形式は秋成独自のもので、管見の限りでは、従来の浮世草子にこの形式は見られない。[5] これについて高田衛は、『妾形気』では説話の巻頭には必ず和歌を置く。これなど、「唱一回説一回」という白話小説が、はじめに歌謡を置く形式をまねたもの[6]」であるとして、八文字屋本の亜流を脱しようとした秋成が白話小説から得た新発想であると位置付けた。少なくとも、これが新機軸を打ち出そうとする意欲の現れであることは間違いなく、『世間猿』に比べて劣ったもの、意欲の衰えたもの、とする評価は訂正されるべきであろう。そこで、まずは『妾形気』各話冒頭の和歌を検討したい。次に、各歌の出典を掲げる。

①巻一—一　恋せじと御(み)たらし川にせし御祓(みそぎ)神はうけずも成にけるかな
（『伊勢物語』第六十五段。『古今集』（巻十一、恋歌一、題知らず、詠人知らず）では第五句「なりにけらしも」）

②巻一—二　百とせに一とせたらぬつくも髪(かみ)われを恋らしおもかげにみゆ
（『伊勢物語』第六十三段）

③巻一—三　夏の夜は浦嶋が子の箱なれやはかなく明てくやしからまし
（『拾遺集』巻二、夏、題知らず、中務）

④巻二—一　こゝにしも何匂ふらん女郎花人のものいひさがにくき世に
（『拾遺集』巻十七、雑秋、「房の前栽見に、女どもまうで来たりければ」、僧正遍昭）

⑤巻二—二　蜘(くも)の囲(ゐ)にあれたる駒は繫(つな)ぐともふたみちかける人はたのまじ
（『徒然草』第二百二十一段「くものゐかきたる水干につけて歌の心」について、『寿命院抄』『野槌』等に古歌

として掲出。第四句「ふたみちかくる」）

⑥巻二―三　極らくの玉の台（うてな）のはちす葉に我をいざなへゆらぐ玉の緒（を）

（『太平記』巻三十七、京極御息所。『艶道通鑑』巻二―四にも掲出）

⑦巻三―一　いで人は言（こと）のみぞよき月草のうつし心は色ことにして

（『古今集』巻十四、恋歌四、題知らず、詠人知らず）

⑧巻三―二　鯨（くじら）とるかしこき海の底までも君だにすまば波路しのがん

（『六百番歌合』恋七、七番左、「寄海恋」、顕昭）

⑨巻三―三　さりども（ママ）と待し月日も過ぬればこや絶（たへ）はつる始め成らん

（『六百番歌合』恋三、十六番左、「絶恋」、藤原兼宗）

⑩巻四―一　諏訪（すは）の海氷（こほり）のうへの通ひ路は今朝ふく風に跡たえにけり

（『六百番歌合』春上、十四番右、「春氷」、藤原家房。第一句「諏訪の海の」）

⑪巻四―二　あかなくに月のうちなる薬もが老をかくして幾秋も見む

（三条西実隆『雪玉集』巻三、秋、「見月傷老」。第四句「老をかへして」）

⑫巻四―三　さま〴〵にかはる願ひをいのるてふひとつまことを神やうくらん

（ナシ。ただし『玉葉集』巻十九、釈教歌、「薬草喩品の心をよませ給うける」、崇徳院、「さまざまに千々の草木の種はあれどひとつ雨にぞめぐみそめぬる」を踏まえる）

①の歌は『伊勢物語』と『古今集』とにほぼ同じ形で出るが、後述するようにこの冒頭部分は和歌のみならず『伊勢物語』第六十五段の話全体を意識しているから、『伊勢物語』が典拠であると考えられる。また⑤「蜘の囲

にあれたる駒は繋ぐともふたみちかける人は頼まじ」の和歌は従来、謡曲などに見られる趣を取ったものとされてきたが、『寿命院抄』『野槌』等にはっきりと掲出句の形の和歌が示されている上に、『妾形気』巻四—三の本文中には『鉄槌抄』の書名も登場することから、『徒然草』注釈から採用したと考えてよいであろう。

しかし、これらの中で特に注目すべきは、⑧⑨⑩の『六百番歌合』、⑪『雪玉集』、それに⑫『玉葉集』から和歌を利用しているという点であろう。『六百番歌合』は藤原俊成の判詞中の「紫式部、歌よみのほどよりも物書く筆は殊勝のうへ、花宴の巻は殊に艶なるものなり。源氏見ざる歌よみは遺恨の事なり」という揚言で知られる、規模、質ともに歌合史上もっとも注目すべき作品の一つである。しかし秋成はこの中から、巻三—二においては万葉調で「いと恐ろしく聞こゆ」「ゆるしがたし」と判詞が下される⑧の鯨の歌を、あえて選び取っている。[7] しかもこの章段は、堂島の活気のある米市場の情景から始まり、零落した生活を立て直すべく江戸に出た主人公才太郎が八丈島に渡る途上、海賊に襲われすべてを失う、という内容であって、まさに運命の波に翻弄されていく人間を描く章段の冒頭を飾るにふさわしい、柄の大きな歌であると言えよう。なお、大部な類題集である『夫木和歌抄』には「鯨（くぢら）」では立項されておらず、また鯨の歌そのものは数首載るが、この歌は見当たらない。つまり、この和歌は類題集等から安直に引用されたのではないのである。次の巻三—三では、故郷に一人残された才太郎の妻藤野は夫の運命も知らず、夫のために苦界に身を沈めて帰りを待ち侘びていたが、ある日、夫からの手紙でその死を悟る。⑨「さりともと待し月日も過ぬればこや絶はつる始め成らん」の和歌は、その藤野の悲しい身の上を、さながら歌っているようではないか。⑩は春の訪れとともに氷に覆われた湖の表面が緩んでいく様子を詠んでいるが、ここから『和漢三才図会』巻六十八や『西鶴諸国ばなし』巻三—五「行末の宝舟」にも載る、諏訪湖にまつわる狐の伝承[8]を導き、狐を利用した詐欺譚へと滑らかに繋げている。実によく歌を知悉し、物語の内容に適った歌を選び出していると評価しうる。

⑪の『雪玉集』は三条西実隆の歌集で、当時の堂上歌壇で重んじられた三玉集の一つである。出版もされ、入手しやすかったとはいえ、歌道の初心者がまず手に取るという類の本ではあるまい。また⑫で挙げた『玉葉集』も同様に、二条家がこれを重んじなかったゆえもあって、江戸時代、ほとんど注目されなかった。⑫「さまざまにかはる願ひをいのるてふひとつまことを神やうくらん」は、典拠となる歌そのものは見出せなかったが、[9]崇徳院の『玉葉集』入集歌「さまざまに千々の草木の種はあれどひとつ雨にぞめぐみそめぬる」を踏まえていることは、本文中に「同じ種にさへ心はひとつならぬ物ぞかし」という行文があることより明らかである。そして秋成の改変によって出来上がった歌の下句は「ひとつまことを神やうくらん」であるが、振り返れば、作品の冒頭は①「恋せじと御たらし川にせし御祓神はうけずも成にけるかな」と始められているのであった。すなわち⑫の歌は①に呼応して、妾とはいえ、恋に人生を捧げたそのひたすらな真心は神も受けるであろうか、と『妾形気』最終章を締め括るのである。

このように、秋成が様々な和歌作品に十分に目配りをして、数多い和歌の中から物語の内容に沿った和歌を的確に選び出していることには、驚きを禁じ得ない。秋成は『妾形気』執筆時、既にこれだけの素養を身に付けていたのである。

三　冷泉家への入門時期

先述したように秋成が賀茂真淵の弟子、加藤宇万伎に入門した時期は明和八年（一七七一）、秋成三十八歳と考えられるが、[10]秋成が契沖の古書に親しむようになったきっかけは宝暦十年（一七六〇）秋成二十七歳の時に没した京都の人、小島重家の導きであるといい（『秋の雲』序）、また秋成が学んだ懐徳堂の助教、五井蘭州は漢学のみならず和学にも通じていたから、浮世草子執筆時には、自らの作品中に利用する程度には古典の素養が身に付いていたと考えられる。

今、改めて秋成の古典学習について確認しておきたい。『胆大小心録』第五段に次のような記述がある。

若い時は人真似して、俳諧と云ふことを面白くたうとがりしが、歌よみ習ひて後も、時々言うて楽しむ也。歌は中〳〵よみえられぬ事じやと、思ひたえて在りしが、人のすゝめにて、何がしの中納言様の御墨をかけさせ給ふが有りがたかりしにつきて、所々知らぬことのあるは問ひ奉りしに、「そちは心ざしのよい者じや。考へておこぞ」とおしやつて、ついに御こたへなきに、心さびしくて、契沖の古語をときし書どもをあつめてよんだれど、猶所々にいぶかしい事が有つて、ふしぎに江戸の藤原の宇万伎といふ師にあひて、其いぶかしき事どもをつばらに承りしが（後略）

異文では、和歌を習った「何がしの中納言様」を「下のれんぜい様」とする。この人物について中村幸彦は、『上田秋成集』（日本古典文学大系）頭注において「中納言で終った下冷泉家の藤原為栄（天明二年没、四十五）であろう」とする。一方、丸山季夫は『義正聞書』に見られる上冷泉為村の言、「歌をよく心得て読と言門人すくなく候。宗家卿地下の添削もゆるし候。其外には人の歌を直す程の門人なく候」に拠り、「此の下冷泉宗家は大納言で明和六年八月十八日に薨ぜられ、享年六十八歳と諸家伝にある。（中略）冷泉家には当時上・下共に中納言はない。恐らく、蘆庵や義正の師の為村卿ではあるまい。すると、下冷泉様の御点を願ったのは、明和五六年頃の事であろうか」として、「中納言」は秋成の記憶違いであり、大納言下冷泉宗家の門であろうと言う。[11]しかし秋成の記述に従えば、堂上和歌に飽き足りない思いでいた時に、小島重家の慫慂によって契沖の古書を繙くようになったのであり、その時期は重家の没した宝暦十年以前でなければならないだろう。公卿は極官で呼称するということを念頭に置けば「中納言」は当然、下冷泉宗家の息、為栄ということになる。しかし久保田啓一によれば、この当時、下冷泉家は上冷泉家に指導を仰がなければならないほど実力が低下しており、下冷泉宗家が年少の上冷泉為村に入門するという屈辱的な立場にあった。[12]秋成より四歳年少で当時二十歳そこそこであった為栄が地下を指導するということは、実力の上で可能であっただろうか。

「中納言」「下冷泉」が秋成の記憶違いでないとすれば、秋成は入門当時、実際に相手を「中納言様」と呼び、その後関係が途絶え、後年その呼称が修正されないままこの記述がなされたのではないか、と考えられる。そもそもこの記事が収められた『胆大小心録』は秋成最晩年に執筆され、出版の計画もなかった、とりとめのない心覚えの記なのである。下冷泉宗家は延享三年（一七四六）に中納言、宝暦七年（一七五七）に大納言に任ぜられている。秋成の堂上入門が宝暦十年以前だとすると、秋成は下冷泉宗家がまだ中納言であった宝暦七年（秋成二十四歳）以前の早い時期に、この宗家に入門したのではないだろうか。しかし、その指導に満たされない思いを抱いて次第に遠ざかり、その後、京都の公家の官位の情報などに関心も高くなかったために、大坂在住の秋成は宗家が大納言になったことも知らずじまいで終わってしまった、という可能性は否定できない。

一方、上冷泉家に入門した可能性も検討しなければなるまい。上冷泉為村は寛延三年（一七五〇）任中納言、宝暦九年に大納言に任ぜられており、任官時期は宗家とほとんど同時期である。しかし、為村は当代きっての歌人でもあり、また晩年の秋成が親しく交流した歌人、小沢蘆庵の師でもあった。二人の話題にも上ったであろうその為村の極官を知らず、晩年の秋成が「中納言」と呼ぶとは考えにくい。

あれこれ突き合わせて、秋成は未だ大納言に任ぜられる以前の下冷泉宗家に二十四歳以前に入門したものの、間もなく離れた、と考えておきたい。その後、二十七歳までの間に小島重家の導きで契沖の古書に親しみ始めたのであり、三十代で『妾形気』や『雨月物語』を執筆する実力を、その頃から蓄え始めたのであった。

四　巻一—一導入部と六条御息所・業平・浮世之介

さて、本節では、第一章第二節で取り上げた『妾形気』巻一—一「人心汲てしられぬ朧夜の酒宴」（以下「朧夜の酒宴」）を再度扱いたい。主君の目を盗み、その妾を奪って駆落ちした主人公であったが、妾を誘い出す手立てとした金は実は見せかけであった、という軽妙な詐欺譚である。先述したように、この章段は『源氏物語』「花宴」巻を下敷にしているが、どうやらそれだけではないらしい。また『世間猿』の手法を受継ぎ、モデルとして多田南嶺や池大雅、玉瀾夫妻が指摘されているが(13)、本作品においてはモデル小説の面白さよりもむしろ、このストーリーの中にいかなる手法をもって古典作品を生かすか、という点にこそ秋成の意が払われていると考えられる。まず一篇の導入部から見ていきたい。

[a]恋せじと御たらし川にせし御祓、神はうけずも成にけるかな。むかし[b]伊勢加茂両社の斎宮をたてられし例、彼六条の御息所が、[c]伊勢まで誰か思ひおこさんと、もてはなれたるすね詞も、[d]かち人のわたれば濡る業平のへ自だらくより。今も[e]在原の氏なる人はお影参りもならぬよし。恋に和らぐ国の風俗も、[f]たはれ過しの浮世之介は、無筆むくつけの角内にも劣りやせんと、残口が艶道通鑑のおもむきに洩たるは必くり言成るべし。[g]天子に十二人諸侯に七人と聖人の任せ米。いづれ家勢相応に、三千の後宮でも有てつまる勘定ならそれが果報といふ物よ。

冒頭[a]「恋せじと」の和歌は、『伊勢物語』第六十五段、むかし男が叶わぬ恋を思い切ろうとして禊をしたが、尚いとおしさが募るばかりだ、と止むに止まれぬ恋を嘆く歌である。そして続く本文を見ると、[c]が『源氏物語』「賢木」巻から六条御息所の和歌「鈴鹿川八十瀬の波にぬれぬれず伊勢まで誰か思ひおこせむ」を引き、[d]が『伊勢物語』第六十九段、伊勢斎宮と業平の逢瀬の翌日、女から詠みかけた歌「かち人の渡れど濡れぬえにしあれば」をもじっていることは、すぐに了解される。これらは一見、「伊勢」の語から導かれた表面的で単純な連想であるように見える。しかし詳細に検討してみれば、この部分を解釈するにはもっと複雑な手続きが必要であることがわかる。物語を[b]「伊勢加茂両社の斎宮をたてられし例」と語り起こすことによって、読者に賀茂斎院をも想起させていることは見逃せない。なぜなら、冒頭の和歌中の「御たらし川」の語、「伊勢加茂」両社の斎王、そしてこれに続く「六条御息所」の名によって、単純なる「伊勢」にまつわる言葉の列挙ではなく、一転して『源氏物語』のより大きな世界、すなわち「葵」巻のいわゆる車争いの場面が隠されていることが明らかになるからだ。

賀茂祭の前日、新斎院の御禊の行列を見ようとする人込みの中で、六条御息所は光源氏の正妻、葵上との車争いで恥辱を受けた。しかも、その行列に供奉して多くの見物衆の賛嘆を浴びている麗しい光源氏一行が、葵上方の車には恭しい敬意を払っているのに引き換え、自分はすげなく無視されてしまったことに身の程を思い知らされ、「影をのみみたらし川のつれなきに身のうきほどぞいとど知られる」と詠む。六条御息所は光源氏への未練を断ち切ろうと懊悩した挙句に、折りしも斎宮として伊勢に旅立とうとしている娘と共に都を離れることを決意、引き止めようとする光源氏に、[c]「鈴鹿川八十瀬の波にぬれぬれず伊勢まで誰か思ひおこせむ」、遠い伊勢に旅立ってしまった私が悲しみに袖を濡らすかどうかなど、いったい誰が想像して下さるでしょうか、とつれなく詠んで、きっぱりと思いを断つのである。つまり[a]、[b]、[c]は密接に関連して、六条御息所の恋の断念の物語を包み込んでいるのであり、それを暗示するのが「御たらし川」「伊勢加茂」「六条御息所」の語なのである。

さて、その「濡れる」の語の縁で、次は『伊勢物語』第六十九段に描かれるスキャンダラスな業平と伊勢斎宮との恋、いわゆる「狩の使」の話題に転じていく。禁忌を犯して密かに語らった二人は、再度の逢瀬を願うものの叶わず、血の涙を流す。翌朝、女から業平に送られたのは、浅くはかない縁を嘆く「かち人の渡れど濡れぬえにしあれば」という上句だけの和歌であった。しかし秋成は「濡れぬ」を d 「濡れる」に置き替えることによってこの夢幻的な世界を一変させ、ありとあらゆる恋に生きた「色好み」の業平像を近世的な「好色」の、自堕落な男として描き直すのである。すなわち、光源氏は六条御息所が「もてはなれたるすね詞」を述べて予想した通り、ついに伊勢まで足を運ぶことなく縁も途絶えてしまったが、一方の業平は「かち人のわたれば濡る」「へ自だらく」で、わざわざ伊勢までやって来てかの事件を引き起こしたのだ、とその好色ぶりをあげつらうのである。

このあたりの文章は、井上泰至の指摘があるように(14)、本文中に名が挙がる増穂残口の『艶道通鑑』(正徳五刊)巻一「神祇之巻」十三の、次の文章に拠っている。

> 在原の中将は、竹の園生の末葉にて平人の種ならねば、宵々毎の関守を破りて「何ぞ」と咎められ魂を飛ばせ、露と答て消るばかりの術なさ。此野の盗人と囲はれて棒づくめに、我も困れりの詫言哥。大神の御杖代を唆して、手入らずの鳥居に朱の月血を汚し、抜参りの道切せる戯れ。妹の若草を寝よげと見て、人の結ぶを惜しむ自堕落。

抜参りはすなわちお影参りのことで、自然発生的に起こる伊勢神宮への熱狂的な集団参詣である。秋成は、この伊勢斎宮との恋を始めとする業平の数々の恋を「自堕落」と評する残口の口吻を真似つつ、こんな不名誉なことを仕出かした業平の一族に連なる在原氏は以後、伊勢に出入り禁止になった（e）、と戯れる。
続く f「たはれ過しの浮世之介」は従来、西鶴の『好色一代男』の主人公「世之介」を指すとされてきたが、今、それに続く g「天子に十二人諸侯に七人」が、次に示す同じく西鶴作かとされる『色里三所世帯』巻一―一「恋に関有女ずまひ」からの引用であることを指摘したい。

ただ人のもてあそびは女道と思ひ入、金銀有にまかせて酒淫美色に身をかため、うきよの外右衛門と申ならはせり。（中略）されば天子に后十二人、諸侯に七人の艶女、大夫に三人の愛女、諸子に二人の戯妾あるに極れり。

ここに登場する「うきよの外右衛門」も世之介と同様、女色に打ち込んだ挙句に、衰えて死んだつわものであり、これを念頭に置けば「浮世之介」は、「世之介」及び「うきよの外右衛門」の名をかすめているのであり、二人に代表される、近世の好色物に描かれたような男たち一般を指すといってよいであろう。そして、たとえ残口の目に余るような恋であったとしても、それで家計が立ち行くなら一向に構わないではないか、と玄宗皇帝の例（「三千の後宮」）を引き合いに出して当世の恋を全面的に肯定するのである。つまりこの導入部は、『伊勢物語』『源氏物語』という優雅な物語と『好色一代男』『色里三所世帯』といった近世的な好色物の浮世草子を同列に並べ、正妻との争いに敗北した六条御息所を妾に、業平を自堕落な好色男にとりなし、古典を卑俗化して笑いのめしているのである。

五 『源氏物語』利用の方法

さて、いよいよ物語の本題に入る。「朧夜の酒宴」前半の花園と半平の密通の場面は先述したように、『源氏物語』「花宴」巻から構想を得ている。右大臣家の六の君、朧月夜と密かに通じた光源氏と、桜戸の中将の妾花園を我がものにした真葛半平。光源氏と半平はともに、花見の宴のすきに乗じて女性を奪うのであるが、その場面の描写は両者を念頭に置くことによって、笑いを生み出すものとなっている。すなわち、「照りもせず、曇りもはてぬ春の夜の朧月夜に似るものぞなき」を踏まえて、「煮るものぞなき」と戯れ、また台所を物色する際に口ずさむ和歌に近世の遊里語「棚さがし」を挟み込んで、「花宴」巻の優雅な恋を、現実的で卑俗な恋へと転じているのである。

ところが、『源氏物語』を踏まえた表現はこれだけにとどまらない。注意して見てみると、桜戸の中将がすっかり寛いで花見を楽しんでいる場面、

花園が膝を枕にして、半平に酌とらせつつ、今昔の物語とりまぜて、石川のこまうどに帯をとられてと、うたひ興じさせ給へば、半平も御前酒が額面(ひたい)にわき上りて、中殿様、催馬楽より朗詠より、私が隠し芸を差上ましよと、扇しやにかまへて宮古路がいたづら節。(「朧夜の酒宴」)

という部分にも、「花宴」巻の表現が生かされていることが判明するのである。先述した光源氏と朧月夜の逢瀬の後、別れに際して取り交わしたのが、まさに「扇」であった。

> 人々起きさわぎ、上の御局にまゐりちがふけしきどもしげく迷へば、いとわりなくて、扇ばかりをしるしに取りかへて出で給ひぬ。（中略）かのしるしの扇は桜かさねにて、濃き方に霞める月をかきて、水にうつしたる心ばへ、目馴れたる事なれど、ゆゑなつかしうもてならしたり。（「花宴」巻）

確かな素性を知らないまま、手元に残された扇に女君をしのぶ光源氏は、その後、再び右大臣家で催された藤の花の宴に招かれる。朧月夜との再会を求めて当て所なく屋敷内を彷徨う光源氏が二人だけにわかる暗号として口ずさむのが、催馬楽「石川の高麗人に帯を取られてからき悔する」をもじった「扇を取られてからき目を見る」であり、事情を知らない周囲の者は「変な高麗人だ」と反応するのみである。

> さしもあるまじき事なれど、さすがにをかしう思ほされて、いづれならむと胸うちつぶれて、「扇を取られて、からき目を見る」と、うちおほどけたる声に言ひなして、寄りゐたまへり。「あやしくもさまかへける高麗人かな」といらふるは、心知らぬにやあらん。（「花宴」巻）

ところで、ここに催馬楽「石川の高麗人」が利用されていること、「帯」が「扇」に置き替えられていることに気付けば、『源氏物語』の精読者には直ちに他の場面も想起されたことであろう。すなわちこの場面以前に、好色の老女房、源典侍と光源氏との滑稽なやり取りが描かれているのである。「紅葉賀」巻において、源典侍は年に似合わぬ派手な扇に顔を隠しつつ、光源氏に流し目を送ってきた。ある夕立の夜、この二人の逢瀬を発見した頭中将は悪戯心を起こし、正体を隠して現場に踏み込み、二人を脅す。慌てて逃げ惑う光源氏は、やがて頭中将の悪ふざけと気付いて反撃に出るのだが、結局、双方ともみっともない格好でその場を引き上げることになった。常は麗しい光源氏がぶざまな姿を晒す、愉快で印象的な場面である。翌日、忘れ物として源典侍から誤って頭中将の帯が届けられ、光源氏はこの帯を頭中将に送り返すのであるが、その際の和歌「中絶えばかごとやおふとあやふさにはなだの帯をとりてだに見ず」がまさに、先の催馬楽「石川の高麗人に帯を取られてからき悔する、いかなる、いかなる帯ぞ、はなだの帯の、中はたいれるか、かやるか、あやるか、中はたいれたるか」を踏まえているのである。これに対する頭中将の返歌もまた、同様である。また、「葵」巻にも再び源典侍が登場し、祭の当日、車の中から光源氏一行に見物場所を譲ろうとするのだが、この時の重要な小道具もやはり扇であった。

つまり「石川の高麗人」の催馬楽、「帯」、「扇」は強い連関性を持っており、これらは「花宴」巻に描かれる優雅な恋ばかりでなく、「紅葉賀」巻の光源氏と老女との滑稽な恋をも同時に想起させる言葉だと言えるであろう。そう考えた時、『妾形気』「朧夜の酒宴」においてなぜ中将が「石川の高麗人」を歌い、また半平が「扇しやにかまへて」宮古路節を歌った、と表現されたかが明らかになる。『源氏物語』のこれらの場面を重ね合わせて読む時、何も知らずにおっとりと催馬楽を口ずさんでいる中将の、その後の間抜けさがいっそう際立つのである。

そして、以上の「朧夜の酒宴」に登場する『源氏物語』「紅葉賀」「花宴」、および冒頭部に利用された「葵」「賢木」は、連続した一連の巻々なのである。ここには単なる粗筋や言辞の摂取でない、『源氏物語』への深い理解に支えられた文章構成の跡が認められる。「朧月夜に煮るものぞなき」のごとく秀句として単独で面白さを感じさせるだけでなく、『源氏物語』のうちのある場面から言辞やストーリーなどを集中的に利用し読者にその場面を想起させておいて、それとこれとの落差に笑いを生み出そうとする、作家としての周到な仕掛けがはっきりと示されているのである。ここには、これに続く第三作、秋成代表作として評価の高い『雨月物語』に通底する、古典作品の世界を咀嚼し再構成して作品中に織り込んでいく高度なテクニックの萌芽が、かすかにではあるが、確かに看取できるように思われる。

六　終わりに

以上、『妾形気』がいかなる手法で日本の古典作品を取り入れているか、その結果、いかなる作品世界が立ち現れてきたかを、巻一―一に即して検討してきた。この「朧夜の酒宴」が『源氏物語』の少なくともある一連の場面については完全に咀嚼した上で、それを再構成して作品化している、ということが認められるとするならば、他の作品にも同様に、古典作品との密接な関連性が見出される可能性があるのではないだろうか。例えば巻二―一「雛の酒所は山路のきも入嫭が附親」（以下「雛の酒所」）は、九月の菊の節句に、月決めの妾の周旋業をする山路のお菊のもとに集った妾たちの、とりとめのない噂話を中心とする話である。冒頭の和歌に続いて「なりのぼれども、もとよりさるべきすぢならぬは心かだましく」とあるのは、『源氏物語』「帚木」巻の「雨夜の品定め」の場面で頭中将が語る言葉、「成り上れどももとよりさるべき筋ならぬは、世人の思へることもさは言へどなほことなり」をそのまま利用したものであることは、早く後藤丹治によって指摘されているが[15]、この発言は従来ほとんど注目されてこなかった[16]。しかし「朧夜の酒宴」での秋成の工夫を知った今、この「雛の酒所」における『源氏物語』の利用は、単なる言葉の上だけの影響関係にとどまるものではなく、女たちが噂話をするという構図そのものが男たちが女性の品評をする「雨夜の品定め」の世界を反転させたものなのではないか、と考えることは許されよう。

こういった多面的で重層的な世界を見るならば、従来の『妾形気』の評価は再考の必要があるのではないかと思われる。また、『妾形気』執筆時、秋成には既にこれだけの古典的素養があったということも銘記しなければならない。秋成は明確な意思を持って『世間猿』と『妾形気』を書き分けたのである。特に、作品の冒頭に置かれたこの巻一―一「朧夜の酒宴」には、『妾形気』に込められた秋成の意気込みが先鋭的に、象徴的に表出されていると言えるであろう。そして続く『雨月物語』も、従来の浮世草子ではなく中国白話小説の世界を前面に押し出した新たなる小説を書くのだという確固たる意思のもとに、文体も含めて書き分けたのである。『雨月物語』の優れた文章及びその構成の妙は突然に現出したものではなく、浮世草子時代の秋成が確かに身に付けていたものであった。その驚嘆すべき文才は、長寿を保った秋成によってますます磨かれ、やがて晩年の『春雨物語』や『藤簍冊子』のような枯れた味わいのある作品へと結実していくのである。

注

(1) 中村幸彦「秋成に描かれた人々」『中村幸彦著述集』第六巻（中央公論社、一九八二）。

(2) 堤邦彦「和訳太郎と当代劇壇――『世間妾形気』を中心として」（『近世文藝』35、一九八一・十二）、同「『世間妾形気』の地方説話をめぐって――巻一―二・一―三私註」（『文学・語学』94、一九八二・七）、長島弘明「秋成浮世草子と浦島伝承」（『実践国文学』18、一九八〇・十）、同「秋成の狐詐欺談」（『日本文学』35―11、一九八六・十一）、古相正美「上田秋成の『世間妾形気』と浦島伝承」（『日本文学論究』一九八三・五）、元田與市「『世間妾形気』の趣向――「お春物語」と歌舞伎「鳴神物」」（『近世文藝史論』桜楓社、一九八九）、佐伯孝弘「お春の造型――『世間妾形気』一の二・一の三小考」（『近世文学論輯』和泉書院、一九九三）など。

(3) 後藤丹治「秋成の旧作と雨月物語――世間猿、妾形気の再現」（『国文学』（関西大学）9、一九五三・一）、井上泰至「秋成の浮世草子と『艶道通鑑』」（『上智大学国文学論集』22、一九八九・一、『雨月物語論――源泉と主題』（笠間書院、一九九九）に再録）など。ただし、井上は同稿で『艶道通鑑』と『妾形気』との関係性を論じているが、『艶道通鑑』巻一―十の赫夜姫の話は『世間猿』巻四―三「公界はすでに三年の喪服」の末尾、唐土太夫が行方知れずとなったという末路の表現にも生かされており、より広くその影響関係が考えられよう。

(4) 冒頭部の和歌を分析した論に、浅野三平「世間妾形気をめぐって――諸国廻船便、歌枕染風呂敷に及ぶ」（『国語と国文学』36―5、一九五九・五）がある。また森山重雄『上田秋成初期浮世草子評釈』（国書刊行会、一九七七）も全歌の典拠を示す。

(5) 多田南嶺『鎌倉諸芸袖日記』巻三―一「比丘の五百戒は芝居の看板」には冒頭に和歌を掲げる。ただし同書においてもこれ一話のみで、全篇にわたっているわけではない。

（6）『シンポジウム日本文学10 秋成』（学生社、一九七七）「第一章 和訳太郎の世界――秋成文学の出発」における高田衛の発言。

（7）鯨は古来、枕詞「いさな取り」として詠まれることが多く、『六百番歌合』の如く和歌に「くぢら」と詠むことは稀である。念のため、当該歌の判詞を掲げる。「判云、左歌、くぢらとるらんこそ、万葉集にぞあるやうに覚え侍れど、さやうの狂歌体の歌共多く侍る中に侍るにや、然而、いとおそろしくきこゆ、秦皇の蓬壺をたづねしも、ただ大魚をいよなどはおほせしかど、とれとまではきこえざりき、凡は歌は優艶ならん事をこそ可庶幾を、故令恐人事、為道為身無其要也、右のいはみがた、身のうらみかなといへる、如官途怨望にもや、恋の心はすくなくや、但、尚左歌ゆるしがたし、以右為勝」。

（8）諏訪湖の狐の話としてはこれらを参照したのであろうが、『雨月物語』「菊花の約」に「智を用うるに狐疑の心おほくして、腹心爪牙の家の子なし」という表現があり、疑い深い狐は凍った河の上を、水の無い所の音を聴きながら渡る、という本来の「狐疑」の故事を秋成が知っていたことは明らかである。また、『和漢三才図会』巻六十八に掲出された和歌は『堀河百首』「諏訪の海の氷の上の通ひ路は神のわたりてとくるなりけり」であり、秋成が⑩の歌をここから引用したのではないことも明白である。なお、堤邦彦の注2前掲論文（『近世文藝』）に、諏訪の湖狐の渡り初めが歌舞伎の当て込みである、との指摘がある。

（9）「ひとつまこと」という語に関しては、国学との関係を考える必要があろう。たとえば『ぬば玉の巻』には人麿の言葉の中に「何ごとにもあれ、いのる心のまことだにあらば、必其ねぎ事はたしめ給はんは、八百よろづの神の御心なりけり」との言説が見られるが、今は指摘のみに留める。

（10）辻村尚子「秋成の宇万伎入門――『文反古』所収書簡をめぐって」（『上方文藝研究』1、二〇〇四・五）。長島弘明も「秋成の俳歴――漁焉時代を中心に」（高田衛編、論集近世文学五『共同研究秋成とその時代』（勉誠社、一九九四）所収、長島弘明『秋成研究』（東京大学出版会、二〇〇〇）に再録）で、根拠は示されないが、明和八年と推定している。

（11）丸山季夫「秋成の俳諧と和歌」（『国文学解釈と鑑賞』23―6、一九五八・六、『国学者雑攷』（吉川弘文館、一九八二）に再録）。

（12）久保田啓一『近世冷泉派歌壇の研究』（翰林書房、二〇〇三）第二章第二節「上下冷泉家の確執」による。

（13）注1前掲論文、丸山季夫「上田秋成瑣談」（『上方』90、一九三八・六、『国学史上の人々』（吉川弘文館、一九七九）に再録）。なお、篠原進「ノイズと浮世草子――内なる南嶺」（『青山語文』28、一九九八・三）は、「桜戸の中将」のモデルを示唆する。

（14）注3前掲論文。

（15）後藤丹治「雨月物語に及ぼせる源氏物語の影響」（『国語国文』4―12、一九三四・一二）。

（16）美山靖『秋成の歴史小説とその周辺』（清文堂出版、一九九四）第三章第二において、このことに注目し、注意を促している。

第三章　『雨月物語』の当代性——夢占と鎮宅霊符——

一　はじめに

『雨月物語』巻之三「吉備津の釜」は吉備津神社の釜占いをその大きな枠組みとし、占いを無視したことによって起こる悲劇を描いた作品である。主人公の正太郎が磯良の亡霊に追い詰められ、髻（もとどり）と壁に流れる血だけを残して忽然と姿を消した、という結末は印象的で、その鮮烈な表現は近世小説の中でも白眉と言ってよい。

ところで、秋成が出発点としての浮世草子から晩年の『春雨物語』に至るまで、作品にさりげなく現実世界の事件や事象を描き込んでいることは周知のことである。『雨月物語』においても、たとえば「夢応の鯉魚」における鯉の絵に当代の画家、葛蛇玉の作品が意識されていることなど、早くに中村幸彦の指摘があり(1)、その後、数多くの事例が報告されている。ということは、同様の視点で「吉備津の釜」の当代性を考えることも出来るのではないだろうか。

改めて「吉備津の釜」の結末部分に着目すれば、「されば陰陽師の占のいちじるき、御釜の凶祥もはたたがはざりけるぞ、いともたふとかりけるとかたり伝へけり。」とある。凶と出た結婚を強行したために起こった悲劇、というテーマは明確で、この作品の結構を支えているのが吉備津神社の霊験であることは疑いようがない。しかしここに、吉備津神社の釜占いばかりでなく陰陽師の占いについても言及されていることは、案外見過ごされているのではないだろうか。(2) 陰陽師の占いが的中した、とここで強調することによって、吉備津の釜占いでは言及されていなかった正太郎の死の意味が明確になる。磯良のうらみ・悲しみの深さが強く印象付けられるのである。しかし、陰陽師の占いが的中したと言及することの意味は、ただそれだけなのであろうか。

そこで、陰陽師の占いから正太郎の死までの一連のストーリーを改めて俎上に上げ、考察していきたい。この後半部については従来、「篆籀のごとき文字」や「朱符」を「戸毎に貼」という表現・描写については典拠が指摘されているが、(3) 陰陽師の占いについて、また「光」ということについては、未だ定説を見ない。本文には「刀田の里」「陰陽師」とあるが、なぜ占師が陰陽師でなければならないのか、そしてその居場所が刀田(4)なのであろうか。また、磯良の襲撃には「光」が重要な役割を果たす。磯良の亡霊が正太郎を襲撃した際、窓の紙にさっと赤い光が差して「あな悪やここにも貼つるよ」という声が聞こえる。そして最後の晩、「やや五更の天もしらじらと明けわたりぬ」、待ちに待った朝が来た、と思って外に出たら、「明けたるといひし夜はいまだ暗く、月は中天ながら影朧々として」いた、つまり未だ夜は明けておらず、正太郎は「光」に惑わされて禁を破ってしまった、というのである。小学館の日本古典文学全集本『雨月物語』の頭注には「磯良の怨霊は、夜が明けたと錯覚させ、正太郎を戸外におびき出して襲った」と言うが、実は磯良の策略で「光」が操作されたと本文に明示されてはおらず、磯良が「錯覚させ」「おびき出した」のかどうか、判断することは困難である。高田衛はこの光に着目して、備後の伝説との関連を指摘し、空からの光、そして一人の男の失踪、という要素が重なるのではないか、と問題提起している。(5) だが、この備後の伝説における隕石の落下と、直後の不可思議な男の失踪という二つの要素はたまたま同時期に起こったということであって、その関連は不明確であり、「吉備津の釜」との直接的な関係性についてはなお再考の余地があると思われる。

本稿では、正太郎の最期を描く結末部分に注目して、従来指摘がなかった典拠のいくつかを明らかにし、また、

「朱符」という言葉に注目して、これまで問題にされて来なかったこの部分における当代性について、一つの説を提示したい。

二　『夢卜輯要指南』の利用

さて、陰陽師の占いを考える前提として、まず秋成が占いをどう把握していたのかを考えたい。秋成及び当時の読者たちは、占いの時どのような書物を見ていたのであろうか。雲をつかむような話だが、一つの手掛かりとして、秋成の国学上の弟子、池永秦良(はだら)が「天霽」の名で出版した占書『占夢早考』（寛政七・正刊）に注目したい。秦良は寛政八年（一七九六）、三十歳に満たぬ若さで世を去った弟子であるが、二人は確実に同じ文化圏に属していた。また秦良が秋成を親のように慕っていたという『万葉集見安補正』の記述から想像すれば、出版する書物の選定に当たっても秋成から何らかのアドバイスを得ていた可能性もある。『占夢早考』の序文を次に掲げる(6)（訓点は原則として原文のまま。句読点、筆者。以下同）。

往昔、在二如環先生者一。深二通陰陽一、精二究暦算一。著二書数部一。緒餘嘗採、訳二解夢之法、百怪之占、及咒符穰術一、益二于日用一。名曰二輯要一。余閲二此書一数、感三其婆心能存ク二解惑ノ之志一。然以三其撰次之體未レ便二索閲一、因今為二童蒙一、以二国音四十八字一分二類之一。数次校訂始乃卒レ業。百千繁乱、悉皆帰レ部。一呼即応、豈愉快哉。更題曰二占夢早考一。於二其旨趣一乎、固倚二頼先生之指帰一。漫以二私意一無レ転二換之一。以鐫レ布伝二于海内一云、先生京師之人、姓中西、名敬房、寛延宝暦之間、以二博達一聞。所二以知一レ世復不レ贅。

寛政七禩乙卯春

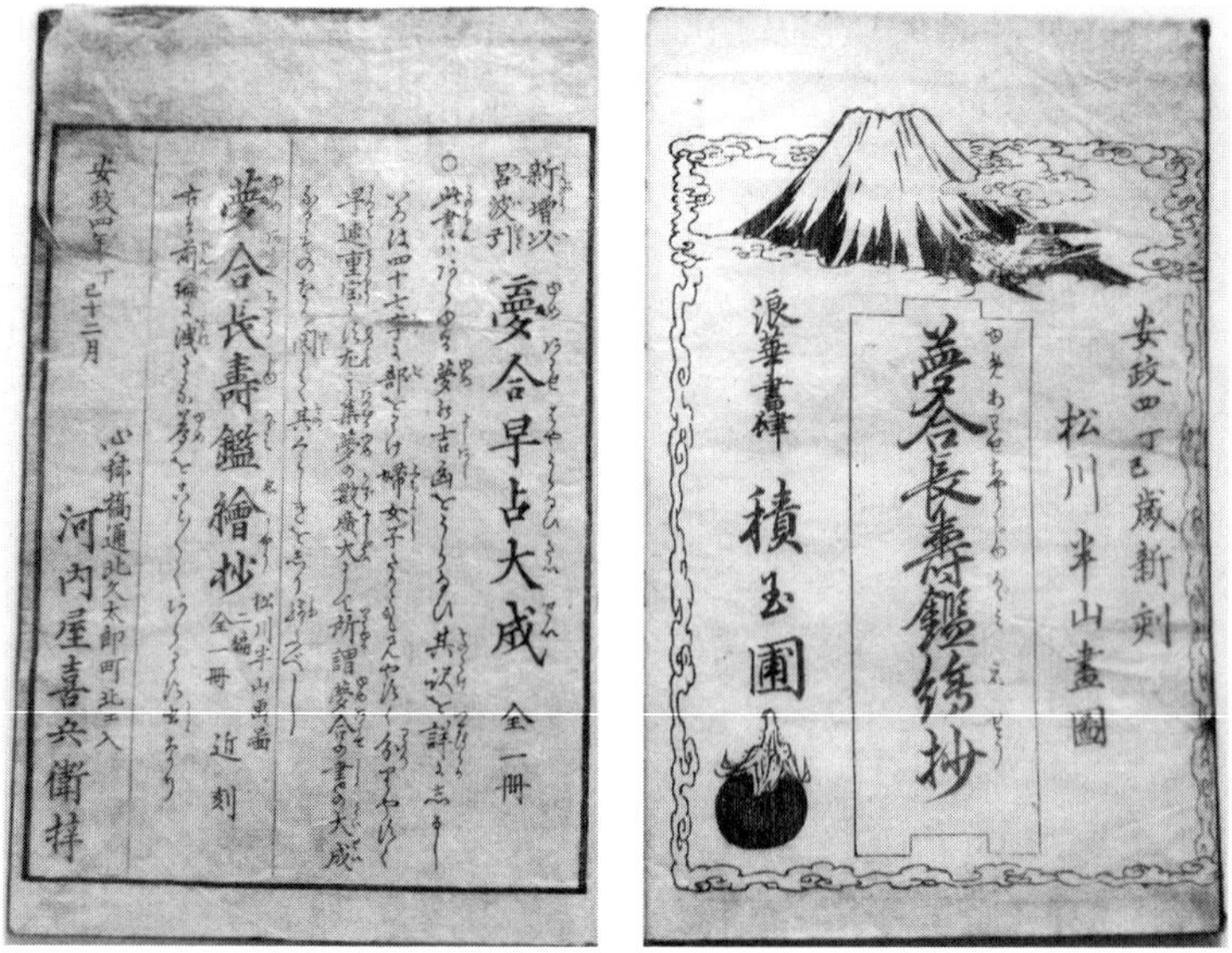

『夢合長寿鑑絵抄』（駒澤大学蔵）見返しと巻末広告

天鷲識［印］［印］

ここには、如環先生の書いた「解夢之法、百怪之占、及咒符穣術」を訳した本は日用に役立ち、書名を「輯要」という、如環先生は中西敬房のことだ、とあり、また、これを童蒙のために仮名に和らげ分類したのが本書であるという。中西敬房の著作でこれに該当するのは宝暦四年（一七五四）序の『〈百怪占法〉夢卜輯要指南』であろう。つまりこの『占夢早考』は秦良の新規の著作というより、中西敬房の『夢卜輯要指南』の焼き直しであり、その内容の一部を簡便にイロハ引きにして読者の便に供した本、と言い得るであろう。

なお、夢占いの書物に関する先行研究の一つに、中国と日本の夢占いについて考察した名島潤慈の論考がある(7)。ここに掲載された表2「江戸時代における夢占い書」によれば、『占夢早考』の名はなく、寛政七年刊の『夢合早占大成』という改題本が挙げられる。この表によれば『占夢早考』は『夢合早占大成』の名で流布したらしく、安政四年（一八五七）には岡田玉山画、松川半山補による一書が出され、またその後も『夢合早占大成』を利用した書物が数多く出版されて、この書が後々まで広く読まれたらしいことがわかる。ちなみに、安政四年十二月に河内屋喜兵衛より出版された松川半山画『夢合長寿鑑絵抄』（駒澤大学蔵）巻末広告に『夢合早占大成』を紹介して「此書はあらゆる夢の吉凶をうらなひ、其訳を詳にしるし、いろは四十七字に部をわけ、婦女子たりともみやすく分りやすく早速重宝とす。尤其集夢の数広大にして、所謂夢合の書の大成なるものなり」とその意義を説き、また『夢合長寿鑑絵抄』については「右は前編に洩たる夢をことごとくあらわす書なり」とあって、ここからもやはり『夢合早占大成』即ち『占夢早考』が近世において夢占の書として最も流布した基本書であったことが窺える。つまり、当初は中西敬房の『夢卜輯要指南』が流布したのだが、後にそれを秦良が改変、順序良く並べ替えて簡便に利用し易くしたために、『占夢早考』すなわち『夢合早占大成』が後々まで流行し、多くの類書を生み出した、というわけである。

そこで次に、『夢卜輯要指南』の内容を見てみたい。まずは序文を掲げる。(8)

蓋夫夢之発也、皆縁二心神思想之所一レ致、而有二怪異之不一レ同、則夢応之験亦各異焉。故周禮有二六夢之占一。曰、季冬聘二王夢一、献二吉夢于王一、王拝而受レ之、乃舎二萌于四方一、以贈二悪夢一。可レ謂夢学之行二于世一也、亦尚矣。予閲二于解夢全書一、発夢之因、釈夢之占、燦然且盡矣。唯恐童蒙之徒、不レ可二暁達一。故今省レ繁補レ遺、更弁レ之以二俚諺一、綴為二三巻一、號曰二夢卜輯要指南一。要只欲レ使下二初学之士一易上暁耳。勿三君子叱二笠レ笠之誤一、云レ爾。

呰

宝暦四歳次二甲戌一臘月良辰序

洛東住中西氏敬房（印）（印）

「蓋し夫れ夢の発るや、皆な心神思想の致す所に縁る。而も怪異の同じからざることある時は、則ち夢応の験も亦た各異なり」、夢に応じてその験は様々ある、と言うのだが、ここで目を引くのは「夢応」の語である。『雨月物語』「夢応の鯉魚」があまりにも有名なため我々は「夢応」の語に違和感がないが、この言葉はよく考えれば不思議な言葉ではなかろうか。夢を解くのは「解夢」、夢を見るのは「発夢」、この伝で行けば、夢に感応するのは「夢応」ではなく「応夢」の方が普通であろう。しかし「夢応の鯉魚」の典拠『醒世恒言』「薛録事魚服証仙」には「霊応」の語は散見するが、「夢応」の用例は見当たらない。また『日本国語大辞典』を紐解けば、「夢応」の用例は「夢応の鯉魚」しかない。改めて『夢卜輯要指南』を見ると、この序文以外にも二例、「夢応」の用例が見出せる。

解夢応遅速　孫真人調神論曰、半夜前夢、其応遠。〈孫真人が調神論にいわく、凡夢みる事、夜半より前にあれば、その応遠しと也。〉半夜後夢、其事応近〈夜半の後に夢みる時は、其応近き内にある也。〉（「解夢尅応篇」）

凡そ夢応（むわう）の吉凶を占ふものは、先此理を詳かにすべし。しかふして後、将来未萌の禍福を考ふる時は百度発ちて百たびあたらざる事なし。学者必ずゆるかせにすべからず。（「解夢尅応篇」）

実は、「夢応」なる語は、仏典には多く見出される。しかし、それをもって一般的な用語であったとは言えないであろう。秋成が仏教語を援用したとも考えられなくはないが、「夢応」の語の典拠は、一応は『夢卜輯要指南』

に求められるのではないだろうか。本論の主題からははずれるが、この点を指摘しておきたい。
「吉備津の釜」における悪鬼への対処法にも『夢卜輯要指南』の影響が見られる。

怪しき事を夢みる時は、後に記す所の悪夢を除くの法の如く、神符を書記して身におび、或は貼り、又は咒ひ、悪夢をおさめて、未だきざさざるの禍ひを救ひ（「発夢篇」）

「神符を書記して身におび」の部分は「吉備津の釜」においては、単に札を身に付けるのではなく「身体中に呪文を書く」という、より強烈な行為に書き換えられている。しかし、魔を除けるために呪文を用いるということは、当たり前のことのようだが、これを一つの典拠と考えていいのではないだろうか。もちろん、先行の日本文藝作品において魔除けに身体に書き付けをする例がないわけではない[9]。しかし、その場合に書き付けられるのは仏教の経文であって、呪文ではない点に留意すべきであろう。「篆籀のごとき文字」を身体中に書き付けるというおどろおどろしい表現は、秋成の創作であった。

ところで、秋成が『雨月物語』においてこの『夢卜輯要指南』を利用していたとすると、磯良の亡霊が正太郎を襲う際に「光」が描かれることにも説明が付くように思われる。先述したように、磯良が正太郎を襲った際に不思議な光が現れ、特に最後の一夜にはまだ夜明け前であるにも拘わらず、朝かと見紛うばかりの光が差し込む。しかし、なぜ光が現れるのか、磯良が光を操作しているのかどうか、本文を読む限り、説明が付かない。ところが、『夢卜輯要指南』「百怪占法要覧」の「屋宅諸怪占」の項目には、次のような記述がある。

屋舎墻院、無故自光、或見鬼火出現者、主孝服、凶。〈家内に故なくして光りあらわれ、或は鬼火あらはる

る事有は、其家に死する者有なり。〉（百怪占法要覧・屋宅諸怪占）

家の中に理由の付かない光が現れる時は死者が出る、という占いがあるのである。物語では「窓の紙に赤い光が差した」とあり、家の「外」から光が差したのであるが、この光は本来あるはずのない深夜の「光」であり、戒めを破って家の中に入りたい磯良の霊とともに在る、不吉極まりない「光」である。そして正太郎はこの光を家の「内」で見ているのだ。正太郎が恐怖の余り気絶するのももっともだと思われる。そして当時の読者たちは、「吉備津の釜」を読んだ後には、深夜、もし自分が家の中で、あるはずの無い怪しい光を見てしまったら、と恐怖が掻き立てられたのではなかろうか。どうやって光が差したかの理由とはならないが、磯良とともに光が現れたと表現することの意味はここにあると思われる。

三　大坂の妙見信仰（一）——星田妙見宮と鎮宅霊符——

このように時代設定は過去であっても、当時の読者は現実にも通じる恐怖を味わいながら物語を読んでいたと考えた場合、次に、陰陽師が与えた魔除けの「朱符」なる言葉に当時の読者は一体何を想起したかについて考察したい。この「朱符」に注釈を施す場合、何をどう記述すべきであろうか。

中国において「朱符」と言えば、間違いなく赤い紙のお札を想像するであろう。しかし日本の読者は「朱符」という言葉に、中国的な赤い紙をすぐにイメージすることができたであろうか。そもそも、赤い色の札というのは当時、一般的だったのだろうか。改めて諸注を確認すれば、「白地に朱で書いた護符」というのが基本的なイメージとなっており[10]、大方はこれに異論はなかろう。日本人にとって、「朱符」なる言葉から「赤い紙のお札」

は想像しにくく、「白い紙に赤い文字」、そして何やら怪しげなお札、というのが自然な発想だったのではないだろうか。

大坂周辺の読者に焦点を絞って考えていきたい。結論から先に言ってしまえば、この作品の背後には大坂における新興の宗教、妙見信仰の高まりがあり、「朱符」なる物はそのイメージの内にあった、つまり、大坂周辺の読者はその具体的な像として鎮宅霊符をイメージしていた可能性があるのではないか、ということである。

本題に入る前に、妙見信仰について簡単に確認しておきたい。「新興の宗教」なる言葉を用いたが、もちろん妙見信仰は古くから日本に流入していた。中西用康『妙見信仰の史的考察』によれば、奈良朝以前に流入し宮中の行事として定着、また鎌倉時代には広く武家の間でも信仰されていたが、応仁の乱頃には廃れかけており、周防の大内氏や下総の千葉氏のように各武家の家ごとの信仰として命脈を保っていたようである。[11] 肥後の八代では古くから盛んに信仰されており、キリシタンの小西行長が一旦は破却したものの、細川氏によって復興された。近松門左衛門の墓がある尼崎の広済寺は妙見信仰で知られ、近松及びその周辺の演劇界の人々が尊崇していたことも周知のことである。

また、坂出祥伸『日本と道教文化』によれば、[12]「真武大帝はもとは玄武神であり、北宋の真宗の時に聖祖（実在しない）の諱（いみな）趙玄朗を避けて真武としたという。中国では古来、北天の守護神である。これが鎮宅霊符信仰がわが国に伝来すると、北斗星信仰という類似性から、早くから密教とともに伝来していた妙見菩薩スドリシュティの信仰と習合したのであり、そこで現在でも、妙見を祀る寺社では北斗星が尊ばれ、あるいは鎮宅霊符が発布されたりしているのである。（中略）十念寺沢了『鎮宅霊符縁起集説』によれば北辰菩薩は妙見であり、霊符神像の前に亀蛇が置かれているから、妙見は玄武神であると分かるという。つまり、霊符神＝妙見菩薩＝真武神となるのである」と言い、「推測するに、中国の元・明時代に当たる鎌倉・室町時代に「太上秘法鎮宅霊符」が日本に伝わってきて、その図像に見える亀蛇からただちに北辰・妙見菩薩を連想し、真武神よりも通りのよい妙見菩薩に当てたのではなかろうか」として、星田の妙見山小松神社、能勢妙見を紹介する。

このように、妙見が日本の宗教史において深く、広く信仰されてきたことは事実である。しかし、近世における妙見信仰を考える際には、黄檗文化の流入の影響という視点が不可欠であるように思われる。近世に入り、黄檗山萬福寺第六代住持の千呆性侒（せんがいしょうあん）や水戸の徳川光圀に仕えた東皐心越（とうこうしんえつ）などによってもたらされた、当時の人々にとって目新しい、道教の色合いの強い中国文化の影響が、ここにもあると考えられるのである。仏教の妙見と道教の霊符神、そして神道の天御中主神（あめのみなかぬしのかみ）が習合したのが近世の妙見信仰の姿であり、それが一般庶民の日常にまで深く浸透し、日本文化に大きな影響を与えていったということが、前代までの妙見信仰と大きく異なる点であると推測される。先述した近松の墓のある広済寺も、以前からずっと妙見信仰で栄えていたわけではなく、荒廃していた寺が正徳四年（一七一四）に再興されたものなのである。

そこで、この妙見信仰の実態を知るために、今回調査した星田妙見宮（小松神社）と能勢妙見について報告する。星田妙見宮は河内国交野（かたの）にある。交野は古来、文学の舞台として知られ、特に『伊勢物語』における、天の川のほとりでの惟喬（これたか）親王と業平の風流な桜狩りはその代表と言ってよいであろう。野崎参りで有名な慈眼寺からも一里半ほど、そう遠くない距離にあり、近世の大坂の住人にとっては身近な場所であったと思われる。ふもとにこの天の川が流れる星田妙見宮では、現在も鎮宅霊符や十二支霊符を授与しており、江戸時代の鎮宅霊符の版木を所有している。資料1がその鎮宅霊符で、朱色で刷られており、左下に刊記がある。宝永五年（一七〇八）に刊行された十念寺沢了『鎮宅霊符縁起集説』[13]と見比べると、順序は違うものの、霊符の画像と言葉はほぼ同一である。資料2は信州諏訪で発行された鎮宅霊符の掛け軸（架蔵）で、釈迦三尊に倣った道教風の三人（太上神仙鎮宅霊符神・抱野童子・示野童郎）と、蛇と亀が合体した玄武の絵を間にはさんで七十二枚の霊符をずらりと並べた体裁は資料1とほぼ同様である。江戸時代、実際にこのようなものが使用されていた実例と考えてよいであろう。これらの一枚一枚がお札として実際に書かれ、占いの結果に従って選び出され使用された、ということであろう。「吉備津の釜」で正太郎に授けられた「朱符あまた」も、こういった札の中の一部であったと考えられる。ここで注目すべきは、『鎮宅霊符縁起集説』所載の第四三図「霊符七十二道之解釈」の最初の霊符の文言である。

釜鳴て病事をこり、狗床の上へあがりて口舌火難をこり、亦火光とてひかりもの飛などする、一切霊鬼を厭除く霊符也。

つまり、この札は「釜鳴」と「飛ぶ光」と両方に効く霊符であるというのである。狗云々は今は措き、ここでいう釜鳴は吉備津神社の釜鳴ではないが「釜鳴」と「飛ぶ光」の二つがセットになっているという点で、「吉備津の釜」の世界と連関性がある。この霊符(資料3)は資料2でも最上段にあり、資料1では下から三段目、左から三つ目にある。

また資料4に挙げたのは星田妙見宮の十二支霊符の一部である。これを資料5、大江文坡の『天真坤元霊符伝』(架蔵・安永二刊)の霊符と照合してみると、動物の絵柄は異なるが、まじないの記号はすべて一致していることがわかる。『天真坤元霊符伝』は『雅俗文叢』に全文翻刻・紹介され、南里みち子の解説には「十二支の霊符は、明末清初の庶民的符呪文化が、黄檗の帰化僧によって伝えられ、その刺激・影響によって生まれたもの」であるとし、現在も残る例として京都の霊符神社を挙げている。[14] これは京都の閑臥庵のことで、山号を瑞芝山という黄檗宗の寺であり、もとは梶井常修院宮(慈胤法親王)の院邸であったが、江戸時代前期に後水尾院が夢枕に立った亡父後陽成院の言葉に従って、王城鎮護のために貴船の奥の院より鎮宅霊符神を勧請、初代隠元禅師から六代目に当たる黄檗山萬福寺管長、千呆性侒を請じて寺としたのがその起こりであるという。[15] しかし、それ以外にも、ここで取り上げた大阪の星田神社にこの十二支霊符が現存するのである。

それればかりではない。霊符神社という名の神社も各地に現存する。たとえば千呆性侒と同様、明国から来日して水戸の徳川光圀に仕えた東皐心越を開基とする群馬県高崎市の達磨寺はブルーノ・タウトがその美しさに心酔し、一時滞在したことでも知られるが、ここにも立派な霊符堂が現存する。達磨といい霊符といい、中国趣味が横溢した寺院である。

また、特に大阪に関して言えば、大阪天満宮内の霊符社の存在を逸することはできない。[16] これは江戸時代になって建立されたもので霊符社に専属で仕える社家がおり、今は衰微しているが、江戸時代には鴻池氏が深く信仰し度々寄進していたという。鴻池氏については今更説明の要もないが、『雨月物語』執筆当時、堂島永楽町に在住であった秋成にとってみれば、『胆大小心録』五三段、一〇七段等にもその名が見える近所の知人の一人でもあり、その大町人、鴻池氏が信仰する天満宮のお社、ということであれば、当然、秋成を含む大店の大坂町人たちにとって、身近な存在であったと考えられる。

また、契沖が延宝七年（一六七九）から元禄三年（一六九〇）まで住持していた大坂今里の妙法寺にも霊符神社があったことも、特記すべきことであろう。妙法寺の学僧、山岸乾順がその著『鎮宅霊符神　感応秘密修法集』自叙に、明治以後の衰微を惜しみ、この書をものしたと述べている。[17]

資料２（版面　縦96.2×横26.6糎）

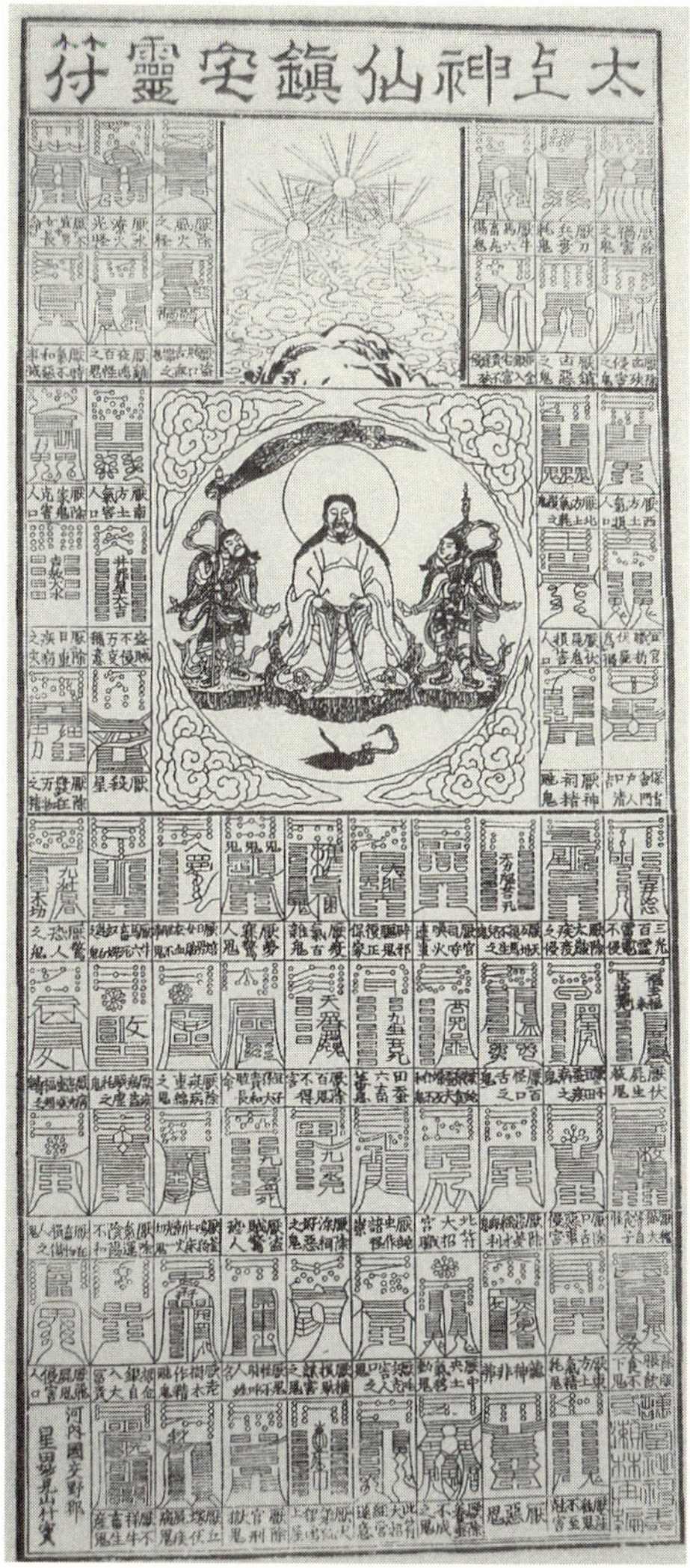

資料１（版面　縦53.4×横23.5糎）

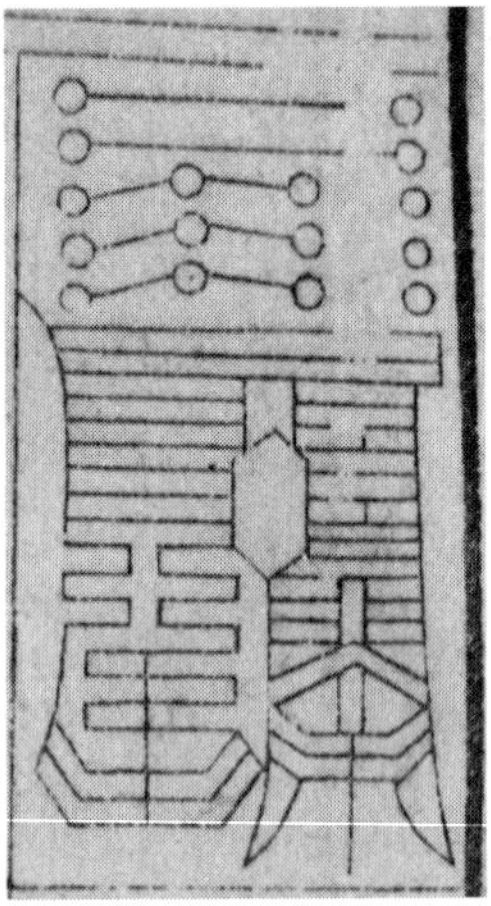

資料 3

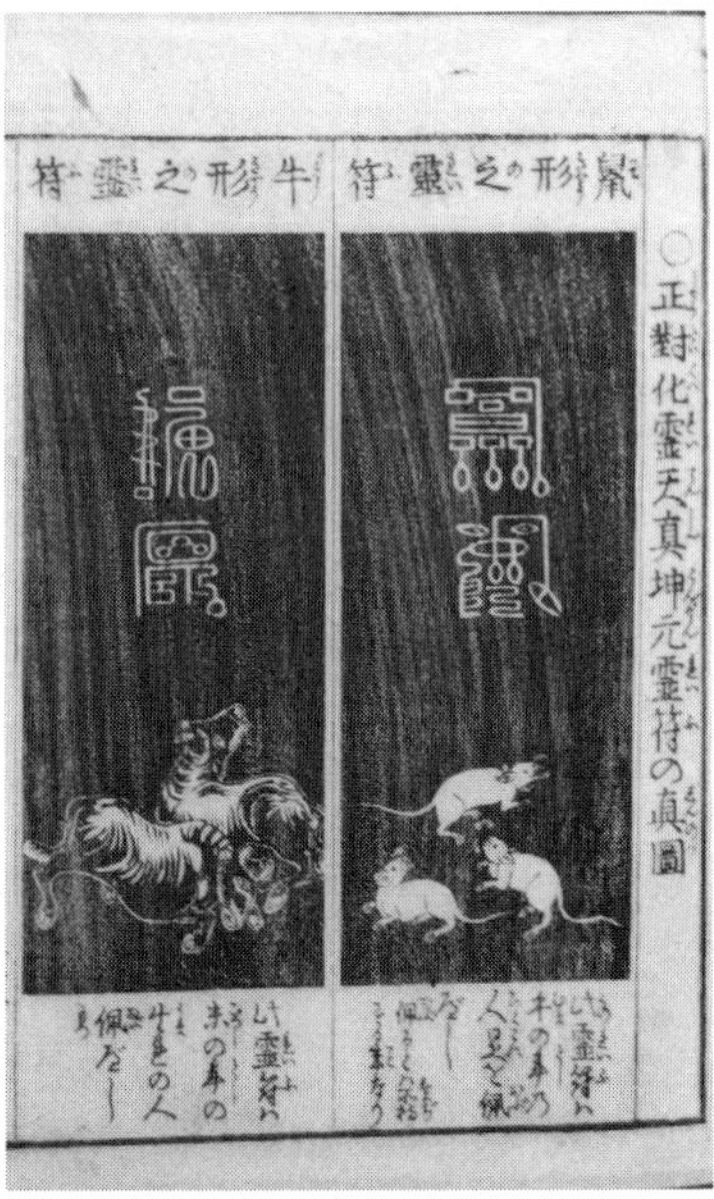

資料 5

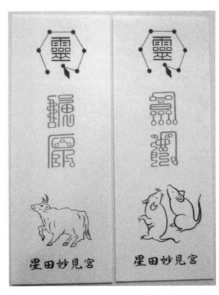

資料 4

四　大坂の妙見信仰（二）――能勢妙見――

次に、能勢妙見について報告したい。明治年間に能勢妙見堂により発行された『妙の見山』[18]によれば、もと真言宗の寺を法華宗に改宗、慶長年中から元和三年（一六一七）頃にかけて改築が行われたもので、開基は日乾上人、とある。長文に亘るが、次に引用する。

爰に無漏山真如寺は往古真光寺と称へ真言宗の旧跡なり。慶長年中日乾上人此の地に弘通し玉ふや当寺の麓に庵室を結び名けて覚樹庵と号す。後ち一般改宗の命あるの時当真光寺亦た本宗に改めしは言を俟たずと雖も、全く改築の功なりて日乾上人を開基と仰ぎしは蓋し元和三年の頃なる可し。

（中略）

『旧記』に曰く『野間妙見大士は開山御弘通の頃法華勧請となし給ふ。日々御利益新なり。然りと雖も女人禁制の山と伝へ云ふ。時に信者有て曰く、当宗の神所にして女人を禁ずること本意ならずと、当山受持十五代日通上人に語る。通公の曰く、往時開山勧請の砌、女人を禁ぜしむるにあらず。然るに往昔曾て仏法の声なし、依て悪魔の住處たり。

慶長の頃より法華勧請の善神ありと雖も一乗の法味少なし。随て神力も薄し。故に邪魔の餘残山中に散在して障りをなすと見へたり。信者の曰く、妙経の効用を以て魔を退け女人参詣の山となし玉はば宗門の威光なる可しと。依て示談に及ぶと雖も是非決しがたく、所詮善悪を神慮に任かす可しと一同に祈念して神意を伺ふ時、女人を許す可き鬮（みくじ）三度に及べり。然るに通公登山年を重ねて読経祈念し明和五年三月十五日巻数成弁し終んぬ。翌十六日横川氏内室大原氏女性達参詣せんことを願ふ。
此に奇事あり。当山（真如寺）什宝紀州御母儀養珠院殿身延七面山へ初めて女人参詣の道をふみあけ給ふ時、自ら持ち給ひし御数珠あり。是れを懸けて登山せしむ。然るに聊か恠事（けじ）なし。是より妙見大士の威光高く顕はれ日に増し参詣の男女多く御名ひろく流布して勧めずして宗門を改ため教へずして題目を唱ふ。宗門独り繁昌す。実に尊きことなりけれ。

つまり、ここでも荒廃していた寺が慶長・元和の頃に再興されているのである。能勢氏の氏寺であったこの妙見山が「能勢の妙見さん」として広く一般に信仰されるようになったのは、十五代・日通上人の頃であった。そして、明和五年（一七六八）に初めて女人禁制が解かれ、大いに賑わったというのである。その当時の具体的な動向がわかりやすくまとめられている『東郷村誌』を次に見てみたい。(19)

一、霊像の出開帳……明和三年修理を加へ、京都中立売愛染寺にて一週間開帳あり。村雲瑞龍寺の宮御信仰浅からず、三日間同御殿内にて衆人の参拝を許さる。
一、女人登山解禁……当山は古来より女人登山を厳禁し居りたるも、明和五年三月十六日、日通上人此禁を解き、本村横川氏内室、大原氏子女等初て此霊山に登る。此日日通上人は、真如寺の宝物たる養珠院殿が始て身延七面山へ女人として登られたる際所持せられたる数珠を、此人々に持たせ登山したりと云ふ。
一、講社の出来……明和九年始て大阪に講社出来す、講名不明。
一、内　拝……安永二年始て内拝を許す。

明和三年（一七六六）、すなわち『雨月物語』成立の二年前、荒廃した堂宇の修理のため、京都中立売愛染寺で一週間の開帳があった。村雲瑞龍寺の宮の信仰浅からず、その御殿内でも三日間、庶民の参拝を許した、とある。瑞龍寺は豊臣秀次の実母が、処刑された子や孫の菩提を弔うために創建した寺院である。後陽成天皇から寺の土地と「瑞龍寺」の寺号、寺領千石を与えられた、日蓮宗寺院では唯一の門跡寺院であり、代々皇室や摂家から入山し村雲御所とも称された、格式の高い寺である。[20] そしてその二年後の明和五年（一七六八）三月、まさに『雨月物語』の序文が執筆されたのと同時期に、能勢妙見は初めて女人禁制が解かれた。そして明和九年（安永元年・一七七二）には大坂で初の講社が作られ、安永二年（一七七三）には内拝が許された。つまり明和三年から安永にかけて、上方に能勢妙見の一大ブームが巻き起こったと考えてよいであろう。

大坂におけるこの妙見信仰の賑わいが実際にどのようなものであったのか、幕末の資料であるが、自身が妙見の信者であった田中華城の慶応二年（一八六六）十二月序『大阪繁盛詩後編』巻之中を見てみよう。[21] まずは道頓堀とは目と鼻の先、千日前にある自安寺についての記述である（原漢文）。

> 角戯場の南に自安寺有り。〈法華宗。〉北辰星を祭る。〈霊符神と称す。法華宗は別に其の称を建てて妙見と曰ふ。此の寺、本と寥寥たる女僧菴のみ。妙見は明和中、某の家に在て、大に奇瑞を露はす。某、遂に此に奉じて香火甚だ盛也。〉（中略）俳優娼妓の来り禮する者甚だ多し。俳は乃ち贔屓、岡の如く陵の如く松柏の茂きが如くならんことを願ふ。妓乃ち狎客の軽羅と成つて細腰に著き、雙棲一身を共んことを願ふ。〈香花甚盛なるに及んで女僧絶へ、喇嘛（おとこぼうず）と為る。〉午の日は大繫昌。〈妙見の祭日と為す。〉此の夜、道頓溝より寺門に至るまで、栽種戸（うゑきや）、盆假山（はちやま）、膠餳肆（あめみせ）、餈餅店（もちみせ）、瞽女坐して絃を弾じ、跛尼列して経を誦す。吁北辰、妙に一派の銷金郷を見はす。（二五丁オ・ウ）

「俳優娼妓の来り礼する者甚だ多し」とあって、芸事に携わる人々の信仰を集めたことがわかる。道頓堀という土地柄もあろうが、言葉の連想からも、「妙なる見目」を願う者たちの厚い信仰が寄せられたのである。縁日には多くの出店や芸能で賑わい、道頓堀から自安寺への参道を埋め尽くすほどであった。ここにも、能勢妙見がブームとなった年、「明和」の年号が明記されていることに注目したい。また同書には、次のような記述もある。

夫婦橋に妙見祠有り。〈夫婦橋は天神橋條の北に在り。能勢山の支祠也。近来、能勢氏邸を築き、邸中に之を祭る。乃ち山上の神像と同作と云ふ。午日は必ず帳を開く。此の夜、賓客雑紛、夜市甚だ盛なり。自安寺の繁昌と相拮抗す。〉（四八丁ゥ・四九丁ォ）

天神橋筋の北方、夫婦橋にも妙見が祀られているが、これは能勢妙見の支祠であり、ご開帳の日には夜市が立って、その賑わいは先の千日前にある自安寺の繁昌と拮抗するほどであったという。つまり、明和のブームの後には、人々はわざわざ能勢まで行かなくとも、大坂市中の繁華街にある千日前の自安寺や大坂天満宮近くの妙見さんに参詣できたのである。今や自安寺は移転してその地には面影もないが、明和に始まった妙見信仰の賑わいは少なくとも幕末までは続いて、大坂の人々を引きつけていたのである。廃仏毀釈で今は跡形もなくても、江戸時代には他にも同様の妙見があり、多くの参詣者があった。[22]

そして、その繁盛の様子がほかならぬ秋成によって書き留められている。移り変わる世の姿を批判的に記す『癇癖談』下（寛政三成）に、

（幇間は）なべてむかしのごとく物むさぼりても、やがて手をむなしくするはまれまれにて、（中略）大師めぐり、妙見、主夜神、赤山、関帝などにたえずあゆみをはこびつつ、身のすゐのさいはひあらむことを祈るに（後略）

と、中国文化の影響を受けた他の近世的宗教と共に「妙見」の名がみえる。秋成は確実にこれらの信仰に関心を抱いていたのである。

五　『諸道聴耳世間猿』に見られる鎮宅霊符

ではなぜ「朱符」を授与したのが陰陽師であり、その陰陽師の住まいが刀田の里であったのであろうか。高原豊明『晴明伝説と吉備の陰陽師』は、陰陽師の職務細目の一つに地祭屋敷堅を挙げる。これは地鎮祭に由来するもので、新屋のための祈禱札に鎮宅霊符を用いたのではないかと推測されている。そして、先述した京都閑臥庵の境内に祀られている鎮宅霊符神像は安倍晴明開眼と伝わり、以前は貴船神社奥宮に祀られていたとされることを始め、各地の鎮宅霊符と陰陽師との深い関係を述べている。[23] また「吉備津の釜」の舞台が吉備・播磨であり、特に後半で播州加古郡荒井村の地が主舞台となっていることに触れ、「無論、話自体はフィクションであるが、設定された舞台・人物について、現実にいたとか、そのような伝説が既に流布されていたとかいう、ある種のリアリティをもった設定であったと考えられる」との印象を述べている。[24] また『枚岡市史』には、枚岡（現東大阪市）に陰陽道の神である鎮宅霊符神を祀った祠があり、土御門家に属して公武の陰陽道の祭儀に具官として参加奉仕してきた人々がこの祭祀を担ってきた、と記述されている。[25]

秋成がこういった詳細を知っていたかどうかは、不明である。また、なぜ刀田の陰陽師という設定になったかも、残念ながら未だ解明に至ってはいない。しかし、陰陽師と鎮宅霊符との関わりを考えるに当たり、思い出される一話がある。秋成の最初の著作である、明和三年（一七六六）刊行の浮世草子『諸道聴耳世間猿』巻五―一「昔は抹香けむたからぬ夜咄」である。

京都二条室町に店借りする幇間、川口や磯右衛門は嘘が上手で「川獺（かわうそ）」の異名を取る男。夜ごと磯右衛門宅に集まり咄を楽しむ連中の中に、平野や七左衛門という有徳人がいた。裕福であるにも拘わらず吝嗇で、常に人の懐を当てにする七左衛門に迷惑していた磯右衛門らが、ある日、狂言「釣狐」を趣向に一芝居を打ち、七左衛門に大散財させて溜飲を下げる、という話であるが、この一話に、早くも陰陽師と鎮宅霊符との関わりが垣間見えるのである。

七左衛門は、東国下野那須野辺の浪人、三浦介兵衛が先祖の秘伝として伝える狐釣りの技の噂を聞き、是非とも見物したいと懇望する。見物を許された七左衛門らは、介兵衛から「此方より呼（よび）申までござる事は御無用。秘伝を行ひますうち見へさつしやると向後（けうこう）の妨（さまたげ）となります」、つまり「見るな」と堅く制せられたが、あまりに暇を取るのでつい磯右衛門が、次いで七左衛門らが見に行ったところ、介兵衛は「身が秘事にしてつつしむ所を、磯右衛門が忍びて来りしは、ちんこの呪（まじない）を見届ん結構よな」と烈火の如く怒り出す。ここで「ちんこの呪」なる言葉に注目したい。この語は未詳とされ、『上田秋成初期浮世草子評釈』頭注では「ちんこはちびのことだが、ここではいつわりの呪か」と言う。[26] しかし、明治三一年（一八九八）に大阪船場の木綿問屋に生まれた牧村史陽が編んだ『大阪ことば事典』には「チンコノマジナイ」が立項され、次のように記述される。

幼児などがうっかり何かで頭を打ったりすると、おばあさんはすぐ「オオ、よしよし、チンコノマジナイ、チンコノマジナイ」といいつつ、指先に唾をつけてその部分を軽く撫でてやったものである。東京で「チチンプイ」といったのがこれにあたる。これにはつぎのようないわれがある。鎮宅霊符という中国の神があり、家を新築して移転するとき、居住安全や厄除けのために鎮宅霊符という呪符をその神から受けた。その鎮宅がチンコとなり、護符を受けるかわりにその名をとなえて指で撫でたのである。天満天神の東門内にこの霊神がまつられ、門そとを俗に霊符とて、宝暦ごろからその辺に下等な遊所があったが、これはこの神とは関係はない。もともとこれは妙見信仰（北斗七星を神格化したもの）からおこったらしく、陰陽師などに利用されていた。(27)（以下省略）

ここに、大阪で日常に使われるまじないの言葉が鎮宅霊符に由来することが指摘されているのである。先述した星田妙見宮の宮司、佐々木久裕氏からも、河内では近年までこの語が使われていたことをご教示いただいた。管見ではこの言葉をこれ以外の辞書に見出すことはできなかったが、このような伝承があることがかえって、この語が歴史的な由緒のある言葉ではなく近世期の大坂に一時的にブームになった新造語であることを示しているのではなかろうか。またこの記事には、天満天神に祀られた鎮宅霊符神と陰陽師にも言及する。詳細は後考に期したいが、ともかくこの事典において霊符神と陰陽師との関連が指摘されている点を確認しておく。

改めて『世間猿』本文に戻れば、磯右衛門が狐釣り見物の約束を取り付けたことを七左衛門に報告する一段で、さりげなく陰陽師に触れていることに気付く。

此間の一義段々頼みましてござりますれば、浪人衆申されまするは何ともめいわく千万な義、是は手前が家の一大事の秘伝。今にもあれ玉藻の前が二度の勤にて御悩(なう)ならせられた時、安倍晴明が祈り除(のけ)はめされうが生捕（いけどる）事はおもひもよらず。其時は拙者天晴（あつはれ）の知行にいたすつもりで、かくの仕合ながら時節を待てまかりある。

浪人は、もし今、玉藻の前が現れたとしても、陰陽師の安倍晴明は単に祈り伏せるだけであり、これを生け捕りにする自分の技の方がうわ手である、と自慢したと言う。そしてまた話の末尾において、磯右衛門らがさんざんに七左衛門をなぶり、彼に出資させて歌舞伎の桟敷を取らせたところ「世には似た事もある物にて」、よりにもよって演目が『芦屋道満大内鑑（あしやどうまんおおうちかがみ）』であった、と茶化しているのであるが、もちろんこれも狐と安倍晴明の縁からの言であろう。

つまりこの一話において、いかがわしい技を操る浪人に明らかに「陰陽師」のイメージを重ねているのであるが、その浪人が行う秘術が鎮宅霊符にまつわる呪術であるという点に、当時の大坂における一般的な理解を看取することが出来るのではないだろうか。モデル問題に象徴される、現実の事象を作品中に織り込んで笑いのめすという『世間猿』の執筆態度を考慮すれば、ここに見られる陰陽師と鎮宅霊符との関わりは無視できない。そして、「利欲にふけるが町人のつね、身が秘伝も覚へたら銀もうけにもならんかと思ひ某（それがし）をたばかりしなり」と激昂する浪人の言葉からは、いかがわしい陰陽師の渡世の様子とそれにしたたかに対応する町人の姿をかすめた、秋成一流の皮肉が読み取れるように思われる。

六　終わりに

浮世草子『諸道聴耳世間猿』には、多くの切れ味のいい秋成の現実認識が見られるが、その姿勢は読本『雨月物語』にも貫かれ、遺憾なく発揮されていると言ってよかろう。『諸道聴耳世間猿』『世間妾形気』の二作品で気質物の最後を飾った秋成は、三作目で突然、読本に舵を切った。この読本は当時、中国白話小説を換骨奪胎した最新のジャンルであったわけであるが、秋成は単にその中国小説の流行を追っただけではなかった。秋成は、「陰陽師」なるもののいかがわしさと、新しく流入してきた道教的な怪しげなお札、この現実世界に見られる二つの要素を、小道具として「吉備津の釜」の作品世界に取り入れたのではないだろうか。そして、『世間猿』では陰陽師のイメージを下敷きにした詐欺師を登場させて、彼に振り回され右往左往する有徳人を面白おかしく描き上げたのに対し、「吉備津の釜」においては一転して、中国渡来の書物におけるストーリー展開の面白さを利用すると同時に、陰陽師の操る摩訶不思議な呪術を以てしても防ぎきれなかった磯良の怨念のすさまじさを見事に描き切ったのである。

以上、述べ来たったように、秋成は『雨月物語』「吉備津の釜」において、陰陽師のまじないの札に「朱符」という言葉を用いることによって、身の回りに現実的に流入してきている「鎮宅霊符」のような目新しく不思議な白話的・道教的世界をいち早く重ね、取り入れていると考えられる。そして、もしそうだとすれば、それは大江文坡の霊符に対する関心[28]よりもさらに数年早い、流行の最先端を行くものだったのである。

注

(1) 中村幸彦「秋成に描かれた人々」『中村幸彦著述集』第六巻（中央公論社、一九八二）。

(2) 陰陽師に対する近世的理解について、参考までに『貞丈雑記』の記述を掲げる。「物忌と云事は夢見悪きか、又は何ぞ軽き事有て気に懸る事有時、陰陽師に占はすれば、是は大事の事也、幾日が間つつしみ給へといふ時、其日数他所へもゆかず家内に引こもり居て人にも逢はず謹みて居る也。其間は柳の木を三分斗りに削りて物忌と書付て、糸を付てしのぶと云草のくきにゆひ付て冠にもさし、簾にもさし置也。白き紙を小く裁て物忌と書く事もあり。しのぶ草の一名をことなし草とも云故、用るなるべし。」「まいす　坊主、山伏、陰陽師、神子、禰宜などいろいろの偽をいひ愚人をたぶらかし金銀を取る工をする、是をはとのかいと云也。はとのかいとは法度の害也。正道なる事を為さず人をたぶらかす故、天下の法度の害に成也。」これに照らせば、「吉備津の釜」に描かれた陰陽師は、まさに近世に生きる庶民にとっての一般的な陰陽師の姿であったことがわかり、それ故にこそ、馬鹿にせずに陰陽師の占いを信じよ、という末尾の言葉が生きてくるのである。

（3）井上泰至「『雨月物語』典拠一覧」『秋成文学の生成』（森話社、二〇〇八）。

（4）「刀田の里」は、小学館の日本古典文学全集『雨月物語』頭注によれば、「兵庫県加古川市、北在家の刀田山鶴林寺聖霊院の辺。荒井から東約四キロメートル」とある。

（5）高田衛「『雨月物語』の構造　復讐の主題」『定本上田秋成研究序説』（国書刊行会、二〇一二）に、夜明けの光について、怪光降神談と人身消失談という共通点から、備後地方の伝説「鹿深谷の怪光」との関連を指摘する。

（6）早稲田大学図書館九曜文庫蔵『占夢早考』（請求番号、文庫三〇e〇三四三）古典籍総合データベースによる。

（7）名島潤慈「日本における夢研究の展望補遺（Ⅲ）古代日本に対する中国の影響」『熊本大学教育実践研究』13（一九九六・二）。

（8）東京国立博物館蔵、中西敬房『〈百怪占法〉夢卜輯要指南』（宝暦四序）による。訓点は原文に従った。

（9）注3参照。

（10）「朱符」の語注を見ると、小学館の日本古典文学全集では「朱で書いた護符」とし、岩波書店の日本古典文学大系・新潮社の日本古典集成も「白地に赤」とする。

（11）中西用康『妙見信仰の史的考察』（平泉明事務所、二〇〇八）。

（12）坂出祥伸『日本と道教文化』〈角川選書〉（角川学芸出版、二〇一〇）第四章「民間に伝わった道教的習俗（二）」「妙見信仰と鎮宅霊符」による。

（13）沢了編『鎮宅霊符縁起集説』（宝永五刊）、『信仰叢書』（国書刊行会、一九一五）所収。

（14）『雅俗文叢――中野三敏先生古稀記念資料集』（汲古書院、二〇〇五）所収。

（15）京都市によって作成された説明書きによる。

（16）平成二十五年度日本近世文学会春季大会での発表後、尾崎千佳氏より大阪天満宮内の霊符社の存在をご教示いただいた。

（17）山岸乾順（金華山人）『霊符神感応秘密修法集』（瑞祥書院、一九一二。増補版、三密堂書店、一九八三）。

（18）『妙の見山』（能勢妙見堂、一九〇三）。

(19) 山田文造編『東郷村誌』(大阪府豊能郡東郷村長・山田四郎、一九一六)。
(20) 『望月仏教大辞典』(世界聖典刊行会、一九五四)、『日蓮宗事典』(日蓮宗宗務院、一九八一)、『国史大辞典』(吉川弘文館、一九八七) 等を参照した。
(21) 田中華城『大阪繁盛記後編』(慶応二・十二序)、架蔵。
(22) 山路天酬『〈北辰妙見〉鎮宅霊符神呪法』(青山社、二〇〇五) 巻末に、主な妙見信仰伝承地を掲載する。
(23) 高原豊明『晴明伝説と吉備の陰陽師』(岩田書院、二〇〇一) 第二部「上原大夫」第一章「土御門家との関係」3「陰陽師の職務細目」二〇五頁。
(24) 注23掲載書、第一部「晴明伝説」第二章「播磨の晴明伝説」2「神宮寺と土御門家」五六―六〇頁。
(25) 枚岡市史編纂委員会『枚岡市史』(大阪府枚岡市役所、一九六七) 第一巻・本編第三章「中世の枚岡」第六節「陰陽道と枚岡」二九三―三五一頁。
(26) 森山重雄『上田秋成初期浮世草子評釈』(国書刊行会、一九七七)。
(27) 牧村史陽編『大阪ことば事典』〈講談社学術文庫〉(講談社、一九八四)。
(28) 坂出祥伸『江戸期の道教崇拝者たち――谷口一雲・大江文坡・大神貫道・中山城山・平田篤胤――』(汲古書院、二〇一五) 前篇第二節「江戸時代中期の戯作者・大江文坡が唱えた仙教」に詳しい。

[付記] 関西身延真如寺・能勢妙見山執事の新實信導氏、尾崎千佳氏より数々の資料のご教示をいただいた。また星田神社・星田妙見宮(小松神社)宮司、佐々木久裕氏には数多くの貴重な霊符を拝見させていただき、資料の掲載もご快諾いただいた。平成二十五年度日本近世文学会春季大会での発表の席上でも、多くの有益な助言を賜った。記して厚く感謝申し上げます。

*本文中に現代の人権意識に照らし合わせると不適切な表現があるが、歴史的事実の解明のためにやむを得ず言及した場合がある。人権問題の解決を強く願うものである。

*本研究は科学研究費助成事業(学術研究助成基金助成金(基盤研究C))「日本近世期における中国白話受容の研究――『陰隲録』を中心に――」【課題番号23520243】による研究成果の一部である。

第四章　「二世の縁」論――「いといぶかしき世のさま」の解釈をめぐって――

一　はじめに

『春雨物語』第四話の「二世の縁」は、土中より掘り出された入定僧が蘇生して、再びこの世でからき世を送るという話である。この一篇が、あまりにも幻滅的な定助（じようすけ）の姿を通して秋成の仏教批判を語るものだ、というのは既に定説となっているが、それに加えて近年、その定助自身の描かれ方に注目して、晩年の秋成が自ら苦しみ、模索していた人間の生のあり方を見ようとする説が提出されている。なかでも木越治は、定助を盲目的な生への意志に突き動かされてみすぼらしくグロテスクな生を続ける男と見て、「定助に託して書かれた生の姿は、そのまま、晩年の秋成自身の生の姿であった[1]」とし、また日野龍夫も「「精神世界を喪失し、肉体的機能によってのみ生きている存在」である主人公「入定の定助」とは、（中略）意志を超えた生命力によって生を強いられ、老醜をさらし続ける秋成自身の戯画化である[2]」と述べている。

「狂蕩の子」を自覚していた秋成は、六十八歳の寿命を信じて、死後の諸手続きについてこまごまと実法院に書き送り[3]、六十九歳の折には寿蔵を卜してもいる。にも拘わらず来たるべき時が来ても死にもせず、生き永らえる自らをあさましく感じていたらしいことは、その頃の数々の歌文によって窺うことができる[4]。定助が秋成の戯画であるという二氏の論考は十分に納得できるものであり、私もその立場に立つものである。

しかし、定助を秋成の戯画と見るとき、「二世の縁」を「いといぶかしき世のさまにこそあれ」と締め括った秋成の心境がどのようなものであったのか、解釈が今ひとつはっきりしないように思われる。(5)
本稿では、古曾部の地名に象徴される能因伝説を踏まえつつ、定助像の持つ意味と、定助再生後の村人たちの反応とを分析し、秋成が「いといぶかしき世のさま」と表現した世の有り様の具体的な様相について、考察を試みたいと思う。

二　古曾部と能因

「二世の縁」は次のように書き出される（文化五年本による。濁点筆者。以下同）。

山城の高槻の樹の葉散はてゝ、山里いとさむく、いとさふ〴〵し。古曾部と云所に、年を久しく住ふりたる農家あり。山田あまたぬしづきて、年の豊凶にもなげかず、家ゆたかにて、常に文よむ事をつとめ、友をもとめず、夜に窓のともし火かゝげて遊ぶ。母なる人の、「いざ寝よや。鐘はとく鳴たり。夜中過てふみ見れば、心つかれ、ついには病する由に、我父ののたまへりしを、聞知たり。好たる事には、みづからは思したらぬぞ」と、諫られて、いとかたじけなく、亥過ては枕によるを大事としけり。

『春雨物語』中の他の作品を見てみると、秋成は、たとえば「目ひとつの神」では妖怪の宴が張られるのを老曾の森と設定し、或いは「宮木が塚」では舞台である摂州を、摂州から離れて書いた最終稿においても「本州」と呼び続けている。そして、そのいずれもが周到な配慮のもとでの選択であったことが指摘されている。(6) 一字一句に至るまで意を凝らし、改稿を重ねる秋成の述作態度から考えれば、この一篇が展開する舞台を「古曾部」と明示したことにも、何らかの意味が込められていると考えるべきであろう。

古曾部は古来、中古の漂泊歌人能因法師が一時住した所として、また女流歌人伊勢が隠棲した地として有名である。『摂津名所図会』には能因法師塚の存在と、林羅山の撰文になる碑名等が紹介されており、寛延元年（一七四八）の『摂津国名所大絵図』[7]にも、摂津山城国境の近く、高槻城の真北に能因塚の位置が記されている。秋成自身、古曾部と能因との密接なつながりを熟知していたことが、ほかならぬ「二世の縁」天理冊子本断簡から読み取ることができる。次に引用してみよう。

さて、入定の定介と名づけて、庭はき男とするより外なし。古き歌に、
我やどの木末の夏になりし□(かーカ)ばいこまの山もみえず成にき
とはよんだい(り)。今は冬なり。木の葉おちゝりて、はらふにいとまなし。定介にかはりてよむ。
いこま山朝はれたりと見し空ははやくもかくす夕しぐれかな
母もよむ。
飛鳥川瀬となりし人の跡はあれどもとめし人のいつの代にか絶し

ここで古歌としてあげられる「我やどの」の一首は、多少の語句の異同はあるが、

つのくにのこそべといふところにてよめる　　能因法師
わがやどのこずゑの夏になるときはいこまの山ぞみえずなりぬる

という『後拾遺集』所収歌である。(8) 明らかに秋成は能因を意識しているのである。最終稿においてこの部分は消され、わずかに「山田あまたぬしづきて」という一節に能因の歌が暗示されているにすぎないが、(9)「二世の縁」形成の初期段階に示されたこの意識は、作品の基調として最終稿にまで脈打っていると考えてよいのではないだろうか。

それでは、能因を持ち出すことによって秋成は何を語ろうとしたのであろうか。まず、伝承の中の能因像を確認しておきたい。能因は『後拾遺集』初出の歌人である。(10) 事務官僚としての道を歩みながら二十六歳の若さで出家したが、その理由については「永愷の文章生時代における、文章道への期待とその反面をなす失意こそ、歌僧能因への転生の契機として看過し得ないものがあ(11)」り、「官途への挫折感が、その覇気と功利を払拭、新に生涯を賭けた和歌への耽溺が始ま(12)」ったと考えられている。能因にまつわる逸話は数多く残っているが、その一つである『袋草紙』六十四段を見てみよう。

> 加久夜長帯刀節信ハ数奇者也。始テ逢二能因一テ相互ニ有二感緒一。能因云、今日見参ノ引出物ニ可レ見物侍トテ、自二懐中一錦小袋ヲ取出。其中ニ鉋(カンナ)屑一筋アリ。示云、是者吾重宝也。長柄橋造之時鉋クヅナリト云々。于レ時節信喜悦甚テ、又自二懐中一紙ニ裏物ヲ取出。開レ之見ニカレタルカヘルナリ。コレハ井堤(デ)ノカハヅニ侍云々。共感嘆シテ各懐レ之退散云々。今世人可レ称二鳴呼(ママ)一歟。(13)

長柄橋も井手の蛙もともに『古今集』以来の歌材として著名であり、伝統的美意識に支えられた歌語と考えられる。語彙そのものが過去に詠まれた歌の数々によって形成された奥行きを持ち、聞き手に単なる地名・物名以上の感興を呼び起こすのである。観念的な広がりを具有した語、と言ってよいかもしれない。ところがこの二人の場合、語彙の遊びの世界にとどまらず、生々しい、具体的な形で長柄の橋や井手の蛙を捉えている。そして、具象化されたそれらは歌語としての優美な情趣を失って、より現世的な、偶像崇拝の対象となってしまっているのである。清輔はこの話の最後に「今世人可レ称ニ嗚呼一歟」と述べ、この二人の風狂の姿が今の世には受け入れられ難いものであることを示している。しかし清輔は、この能因の一話に続けて源経兼や山口重如の常識をはずれた行動を列挙し、「古ノ歌仙ハ皆スケルナリ。然者能因ハ、人ニ、スキタマヘ。スキヌレバ秀歌ハヨムトゾ申ケル」と、数奇に徹した歌人たちをむしろ肯定的に描いているのである。この姿勢は『袋草紙』の他の段にも一貫したもので、「従レ昔執レ道ハ有レ興事也」（六十段）といった言葉が再々語られる。そして藤原長能、紀斉名、源経信、源頼実といった人々が、それぞれ過去の自分の詠歌についての煩悶や怨嗟を死の間際まで引きずり、或いは秀歌と命とを引き換えにしたという話を載せる。これほどまでに和歌に執着心の強かった歌人を是とし、賛美する立場から見れば、道に執することは秀歌を詠む基本であると人にも勧め、自らもまた実践した能因の存在が強い印象を以て記憶されることとなるのは自然なことであろう。

同じく『袋草紙』に端を発し、能因の数奇ぶりが強調され説話化していった例として、能因の奥州下向がある。『後拾遺集』第九、羈旅に載る次の一首、

　　みちのくにまかりくだりけるに、しらかはのせきにてよみはべりける
　　　　　　　　　　　　能因法師

都をば霞とともにたちしかど秋風ぞ吹く白河の関(14)

は、万寿二年（一〇二五）実際に奥州に下った折の詠であるが、清輔はこの事を知っていたにもかかわらず、能因が奥州に行かず、ひそかに籠居して詠んだ和歌だという伝説を書き付けている（六十五段）。これがやがて、能因は都にいながらにして詠んだこの和歌に真実味を添えるために、ひそかに家にこもって顔を黒く日焼けさせた、というような話に発展成長して『古今著聞集』巻五、『愚秘抄』鵜末、『十訓抄』第十、『源平盛衰記』第三十七巻等に伝えられている。能因の数奇ぶりは肥大し伝説化して、確実に後世に伝承されていったといえよう。

もとより、和歌の実作に関わり自己の歌論を確立していた秋成も、『袋草紙』に目を通す機会はあったはずである。『万葉集』の撰者を論じて「又聖武の御時に橘公のえらびと云伝への、袋冊子・古来風体抄には見えしかど、世継物話（ママ）には高野の御時とありて」と述べているのが『金砂剰言』に見える。秋成が指しているのは二十七段であるが、精密に本を読み進める秋成がこの段に限らず『袋草紙』を通読していたと考えることは許されよう。また、『古今著聞集』や『源平盛衰記』にも目が及んでいたことは、秋成の著述によりわかる。[15] 何より、秋成は、

能因窓よりかしらさし出したる
いつはりを我心からゆるされて迷ふか道のはてしらぬそら　（『藤簍冊子』）

の一首を残しているのだ。この一首については成立事情が『山霧記』に詳しく述べられているが、その解釈は後述したい。

以上に述べたように、「二世の縁」はその成立初期から明らかに能因を意識していた。更に、秋成は能因にまつわる諸説話やその発展過程を視野に収めており、「数奇者」として伝承されてきた能因像を明確に把握していたのである。とすれば、「二世の縁」は何らかの形でそういった能因伝説を包含していると考えてもよいであろう。

ここで「二世の縁」に立ち返ってみると、一言でいえばこれは、掘り出されたミイラを期待をもって「よみちがへら」せてみたところ、何の変哲もないつまらぬ男であったという話である。「仏の教へに、禅定と云事して、後の世たふとからんと、思入たる行ひ」の、その仏果を我が目で拝めると喜び、尊い奇跡の現出を信じて定助の蘇生を見守っていた人々が見たのは、期待をことごとく裏切って、高僧の面影などさらにない幻滅的な男の姿であった。この定助のあり様をつぶさに見て初めて、村人たちは因果応報を説く仏説の偽りを悟ったのである。逆に言えば、定助が「よみぢがへり」してその無残な生を人々にさらすまでは、定助は仏教の霊験を体現すべき崇高な存在として人々の畏怖の対象であり得たのである。定助がミイラのままでいる限り、仏説の虚妄が暴かれることもなく、定助自身も畏敬の的であり続けたはずであった。人々の信仰の頂点であったこの定助が一挙に俗世の底辺に引きずり下ろされることによって、仏説の無意味さが露呈され、無批判に仏教を信仰してきた人々にその無意味さが容赦なく突き付けられたのであった。

　この掘り出された時点でのミイラを法力の象徴と捉えるとき、能因説話においてやはりミイラが象徴的意味合いをなしていた、前述の『袋草紙』六十四段が想起される。長柄の橋柱や井手の蛙をひそかに所蔵し、神聖視している節信と能因とが、同好の士に巡り合って歓喜し、共感し合って別れるという一節である。だがこれが奇矯な行動であることは、清輔が大方の反応を予想して「今世人可レ称二嗚呼一歟」と書き添えたことに表れていよう。掘り出された定助と干からびた井手の蛙とをひとしなみに見ることが許されるとすれば、蘇った定助が精神性も何も感じられぬつまらぬ男として描出されているということはすなわち、節信や能因が押し戴く蛙の干物も、実は二人の思い入れによってまつりあげられているに過ぎず、そんなものを勿体ぶって珍重する能因らを揶揄する意図が秘められていたのであろう。ひいては数奇者能因の執着心や風流心に対する秋成のこだわりが表出されていると言うことができるのではあるまいか。

そう考えると、冒頭にさりげなく置かれた母親の「好たる事には、みづからは思したらぬぞ」という説諭の言葉が、以後の物語の方向を先導するものとして鮮明に浮かび上がってくる。

三　秋成の目に映る能因

ところでここで、能因と節信の伝承に似た体験が秋成にもあったことを想起したい。秋成は安永年間（一七七二―一七八一）に、神崎川の遊女宮木の墓を探訪した。秋成は哀れな遊女宮木の境遇に深い共感を寄せて、長歌「見二神崎遊女宮木古墳一作歌」を作し、後に『春雨物語』に収める「宮木が塚」という短編に作品化してもいるが、一方で探訪の前後、旱魃で川の水が干上がった時に現れ出た宮木ゆかりの橋柱を切らせ、文庫や茶箱を作らせたという事実がある。この所為について長島弘明は「長柄の橋柱を伐らせあるいは秘蔵したという能因以下、伯の母・永縁・俊恵・雅経・後鳥羽院等（『袋草紙』『愚秘抄』『古今著聞集』『家長日記』『続後撰集』等）の風狂の伝統につらなるものであって、半ば虚構化したそれ（現実）である」[16]と規定している。能因伝説を揶揄しているという先ほどの解釈が成り立つとすれば、秋成のこの行為はどう位置付けられるであろうか。

上述のように、秋成は能因が窓から頭を差し出している絵に添えて「いつはりを我心からゆるされて迷ふか道のはてしらぬそら」の一首を残している。この一首の作歌経緯は、歌の意味を唯心尼に尋ねられた際の秋成の答として『山霧記』に語られ、早くに高田衛が秋成の風流の問題として論じているが[17]、改めて検討したい。秋成の能因観が如実に表われていると思われる部分を、少々長くなるが次に引用する。

かゝるに歌よまんは、大かたの例にたゝほめにほむべきを、こは物狂ほしくほしきまゝに打出しかば、いともなめしとや、此とひ言はせらるなるべし。此絵の昔がたりは、まこと偽はしらねど、伝へしまゝに今はよみしが、いみじきはかせ、大とこの物云さまにさかしめき、いと鼻しろむわざ也き。又、あづまにはくだらでといへど、法しの歌に、竹くまの松は跡だになかりけりとみゆるが有につきて、まことには下向ありしと云人も有、かの関路にいたりてとならば、何事も無くめでたきを、大かた人はおのがしれ〲しき心より綱引過して、中々に瑾もとむるわざしいづるなり。されど、此法師、井出の蝦(ママ)をほしさらして、人に是見たまへとて、をさな遊びしあるきたるとも聞からに、真言は下らずて、我心からゆるして譌は打出けん、人ごとにひとつのくせなん有を、我にはゆるせと聞えしも、いみじき大徳の御心なり。仏だに罪ゆるさるべきを、おのれ等何をかいはん、後の人の、そこにいたらでよみたるは、浅はかに所のさまにたがふも有とや。この歌は、そこの山のたゝずまひ、水の流、岩木のさまをこまかにいはざりしかば、いき見ぬにも、あなめでたと打きく、いにしへぶりにならへる、おほらかのしらべなり。

秋成は決して能因の「都をば」の歌の出来栄えを認めていないわけではない。「かゝるに歌よまんは、大かたの例にたゝほめにほむべき」ことであるという。それどころか「いにしへぶりにならへる、おほらかのしらべなり」、秋成が理想とする詠みぶりをこの歌に認めてさえいる。『後拾遺集』や『八雲御抄』等で評価されている歌の名手としての能因像は受け入れられているといってよい。ところが、秋成はその歌詠への賛意を素直に表出することができず、「物狂ほしくほしきまゝに打出」てしまったのである。秋成を「物狂ほし」さに駆り立てたものは、能因が問題の羇旅歌を「我心からゆるして譌は打出」ただろうという一事であった。そして秋成が能因の奥州下りを偽りであると断定する根拠は、能因が井手の蛙を珍重するといった「をさな遊び」をする人だったことにある。

とすれば、秋成が遊女宮木の哀話に同情と共感を寄せ、宮木の遺骸が掛かったという長柄の橋柱を伐採、細工させ、これを人に見せては分け与えるという所業も、秋成には「をさな遊び」と意識されていたに違いない。そして、能因になされたと同じ思考過程を辿るならば、それは秋成が嘘いつわりを言う人間だというのと同義である。つまり秋成は、長柄の橋柱の古杭を玩び珍重しつつ、同時に、常に自分が「嘘いつわりを言う者」という意識に苛まれ続けていたのではなかろうか。

「ひとごとにひとつのくせ」とは『癇癖談』冒頭にも述べられている言葉であるが、能因にとっての「癖」とは和歌に執着し、秀歌詠出のためには虚構も辞さないということであった。能因はきっぱりと「スキタマヘ。スキヌレバ秀歌ハヨム」と言い切る。そこには、蛙の干物を尊び、にせの奥州下向に真実味を出すために顔を日焼けさせるような小細工も弄しかねない自己の風狂の姿に対する、何らの懐疑も羞恥も感じることができない。能因はためらいなく歌道に執心し、その我が姿を是として「ひとつのくせ」を突きつめていったのであった。秋成は、長柄の橋柱を愛玩し文事に遊ぶという、能因とほぼ軌を一にした行動を取りながら、というよりはむしろ同じような体験を踏んでいるからこそ、より一層鮮明に、究極的な面での能因と自己との懸隔を思い知ったのではなかろうか。

秋成は自分の癖を次のように観ずる。

それら（あしきといふことも、いつはりも――筆者注）を見聞たびことに打もなげき、あるひはいかりなどしつゝ、また書よめばむかしのみしのばしくて、今の世をうとみ、芸にあそべば、古き世の人は、上手も下手もこゝろたかしとあふぎ、今のまなこのつけどころをさげしみて、楽しまぬにより、とし月をいたづらにくらすなり（『癇癖談』）

晩年に至るまで秋成が自らに抱き続けてきた感慨が、この「いたづらにくらす」という意識であった。秋成は能因と同じく世間を逸脱し、背を向けて風雅に生きるという道を選びながら、能因のようには自己の風狂の姿を達観し、その境遇に安んじることはできなかったのである。秋成の苦しみは、自己の所業を「我心からゆるす」ことができず、常に後ろめたさを感じていたことにあるといってよい。かといって、文事に携わるのを思い切ることもまた不可能であることは、古井に草稿類を投げ込むというような自己否定行為に出た後もやはり筆を執らずにはいられなかった事実が示している。そういう秋成にとって、自分と同じ所業に執着しながら何ら自己矛盾に苦しんだ様子のない能因は、羨望と、同時に一種の反発とを禁じ得ない存在だったのではないだろうか。

以上に述べたような秋成の屈折した心情と、定助が秋成の戯画であることを考え合わせれば、定助は次のような性格を付与されていると考えられよう。すなわち、定助はそのあまりにも幻滅的な姿によって、風流に生きる能因の何の迷いもなく和歌の道に傾倒していく有り様を揶揄する一方で、その揶揄される対象の能因と結局同じような行為に惹かれ、執着してしまう秋成自身を、実生活上の敗残者という形で体現しているのである。

「我心からゆるされて迷ふか」という賛は、単なる絵の添え物としての賛にとどまらない。自らもまた道に迷いながら、心からその行為を肯定することができず常に自嘲の思いに責め苛まれていた秋成が能因に向けて思わず発してしまった、狂おしい問いなのであった。

四　村人たちの変化

それでは、富農の母親の「好たる事には、みづからは思したらぬぞ」という偏執を戒める言葉は、能因、及び秋成の戯画としての定助にのみ向けられたものであろうか。目を転じて、村人たちの有様をみてみたい。

定助が掘り出され蘇生させられて、次第にそのぶざまな生を晒すようになって、明らかに村人たちの意識は変化していった。定助を見て心を入れ替えた後の、主人の母の様子は次のように記されている。

「年月大事と、子の財宝をぬすみて、三施をこたらじとつとめしは、きつね、狸に道まどはされしよ」とて、子の物しりに問て、日がらの尸まうでの外は、野山のあそびして、嫁、まご子に手ひかれ、よろこぶ〳〵。一族の人々にもよく交り、めしつかふ者らに心つけて、物をり〳〵あたへつれば、「貴しと聞し事も忘れて、心しづかに暮す事のうれしさ」と、時々人にかたり出てうれしげ也。

ここには、極楽往生を願って熱心に寺社へ参詣していた頃よりも、そんなことをすっかり忘れた現在の方が「心しづか」であるという皮肉な現実が語られている。ひたすら極楽往生を願う気持ちはやがて、仏への帰依の程度を信心の深さではなく物量で計ろうとする態度を生み、欲望は際限なくエスカレートしていく。来世の安楽の保証が布施の多少によって左右されると考えるところから、子供の財宝にまで手を伸ばすという堕落も始まるのである。だが本人には、そういった信仰態度がいかに盲目的、利己的で愚劣なものであるかが、定助によって極楽浄土の幻想を破られるまで全く見えなかったのである。定助が体現するであろう奇跡への期待が裏切られてみて初めて、それまでの自分の誤まった信仰態度を思い知ったわけである。それは、己れが煩悩にまみれた卑小な存在であることを自覚して仏の慈悲にすがるという本然の信仰とはかけ離れた、安楽を願っての狂奔であったのだ。

同じことが、定助を取り巻く、往生を願っていた村人すべてに言える。定助のぶざまな様子を見て目が醒めた村人たちは、後生安楽を求めて仏教を信仰する行為の底に潜む功利心を見、そのような仏教信仰のためにないがしろにされていた現実の生の基盤に思い至る。それは、地道に人間としての日々の務めを果たしていくことであった。臨終を前にして、里長の母は医師に言う。「（我子六十に近けれど）時々意見して、「家衰へさすな」と示したまへ。……年くるゝとて、衣そめ洗ひ、年の貢大事とするに、我に納むべき者の来たりてなげき云事、いとうたてし」。村人たちも口々に語り合い、子供に教え聞かす。「命の中、よくつとめたらんは、家のわたらひなり」。彼らは定助を媒介として、自らは思い足らぬ「好たる事」、つまり来世往生を祈願してやまない執着心を認識した。だが、この世を苦界と見てひたすら来世での救済を願うだけの逃避的態度からは、決して心静かな境地は訪れてこない。現実にこの世で生きている自分たちの幸福の拠り所となるのは結局、日々のわたらいを真面目に務め、一族や近隣との交わりを大切にするという日常生活での努力以外にはあり得ないことを悟ったのである。

「我に納むべき者の来たりてなげき云事、いとうたてし」とは、村人としての大事な責務である年貢を納めることを怠って泣き言を並べるようなことは、社会の一員としてあるまじき態度であり、嘆かわしいことだ、ということである。牛馬は牛馬なりにその生に喜びを見出すこともあるように思われる。人間も、現在ある境遇に不満を漏らすのではなく、その生をありのままに受け止めて日々精一杯生きてこそ、心の平安も得られるのであり、そのためには生活の基盤となる生業に励むことが何より大切なのだ――これが、村人たちの達した結論であった。

ところで、定助のあさましい姿を見て来世祈願の空しさを知った人々は、一転、この世にあって幸福に暮らすようになったであろうか。富農の主人の母が「心しづかに暮す事のうれしさ」と言い、村長の母が往生を願わず端然と死を迎えるといった目覚めた人々を描いていた秋成の筆が、最後に至って屈折しているのではなかろうか。その屈折とは、村人の「かの入定の定助も、かくて世にとゞまるは、さだまりし二世の縁をむすびしは」という嘲笑であり、「何に此かいぐしからぬ男を又もたる」という定助の妻の恨み泣きである。

確かに定助の生のあり様は、人々が当初思い描いていた高僧のそれとは埋め難い隔たりがある。肉食妻帯し、時には腹を立て目を怒らせることもあり、竹輿かきや荷担ぎのような仕事に従事して生活苦に喘いでいるような定助の姿は、期待がはずれた分、なおさら嫌悪の情を以て迎えられたに違いない。しかしなぜ、定助がここまで侮蔑されなければならないのだろうか。「かくて世にとゞまるは」、つまり、死んだ方がましなのに、と言い、前夫を引合いに出して定助に屈辱的な卑しめを加える行為は、果たして肯定され得るものなのであろうか。

彼らは定助によって来世往生の幻想を打ち破られた。彼らが現世で生きていくことを考えたとき、仏説に代わる新たな規範として登場してきたのが「家のわたらひ」を「命の中、よくつとめ」ることであった。なるほど、現実に立ち返って生業に励むことは、産をなし家の繁栄を支え、安心をもたらすものである。しかしそれは同時に、新たなる欲望をそそる危険性を胚胎しているといってもよい。その欲望とは、富を貪る心である。同じく『春雨物語』に収められた「死首のゑがほ」の五曾次を想起するとよい。理想的と思われた宗と五蔵との結婚に五曾次が強硬に反対する理由は、ただ宗が「あさましき者の娘」であるというそれだけのことであった。巨富を蓄えた五曾次は、貧者に憐れみをかけたり近所付き合いに心を遣ったりするどころか、無駄なことだとしてそれらを拒絶し、ひたすら金儲けに奔走する。宗と五蔵の悲劇は、この五曾次の吝嗇に端を発しているといってよい。際限のない人間の欲望というものが、五曾次を駆り立てているのである。

定助を見て軽蔑し侮辱する村人たちの心には、五曾次に通ずる利潤追究の欲望が萌している。致富を是とする経済倫理から見れば、定助は生活者として無能な、忌避すべき存在であることを免れない。それ故に、定助の妻は恨み泣きをし、村人たちは定助の腑甲斐ない生き方を嘲りののしるのである。

だが、定助を敗残者として軽蔑し、現世的な利益を追い求める彼らに、心の平安はあり得まい。仏説の偽妄を認識し、来世祈願の欲望から解放されたはずの彼らは、その実、「致富」という新たな「好たる事」に向かって走り出したに過ぎないのではなかろうか。

五　「いぶかしき世のさま」とは何か

「いと執ね」く鉦をたたくところを掘り出され、蘇生後も実生活上の敗残者として生き続ける定助のぶざまな姿は、歌文に執する能因を揶揄しつつ、その実自分もまた文事にかかずらって生きる「いたづら者」であるという秋成の自意識を反映していることを見てきた。秋成は、生業を営まず居も定めず、ただ年齢を重ね、文を弄ぶような自己の生に終生後ろめたさを感じ続けていたのである。己れの不幸もそういった所業に起因するものと考えていた。が、しかし、文事との絶縁は不可能だということもまたわかっていた。

一方の、まじめに生業に励む人たち、ここでは定助を見て現実の務めの大切さを悟った村人たちは、仏教の妄信を脱し、一見執着を去ったかに見えた。が、彼らの心中には新たな欲望の現出が見て取れる。一たび安心悟入の機会を得た彼らは、再び自ら進んで、必ずしも人間を幸福に導くとは限らない物質的繁栄を求めるという執着に入っていくのである。

「二世の縁」に描かれているのは、さまざまな欲に引かされて満足ということを知らぬ人間の姿である。秋成は既に、自分の生と世間一般の人々の生、善と悪といった二元対立的な価値判断を超え、人間の生を相対化する目を獲得している。欲望の果てに満足はなく、従って精神の充実はあり得ない。にも拘わらず、一つの執着を去ったかと思えば新たな執着に拘泥して、真の魂の安らぎを得ることができないこの世の人間の姿は、まるで自ら苦しみを選び取っているようなものではないか――このような不可解な人間の本質を、秋成は見抜いていたのである。苦しみを招くことがわかっていながら、なお執着心や欲望から逃れられずに右往左往する姿。それが、飽くことなき我執を自覚し苦悩する秋成の目に映じた、自分自身を含めた世の人々の現実なのであった。この、救われない人間存在のあり方をもって「いぶかしき世のさま」と観じているのである。

繰り返し述べてきたように、秋成は己れの生を悔やみ、恥じ、歎いている。だが、一たびこの世の人間たちの姿を注視してみれば、誰しもが何らかの執着に縛られ、あくせくと日々を過ごしているのだ。秋成の目は、人間の生そのものにつきまとう深い悲しみを見つめている。弱くあさはかな人間というものは、知らず知らずのうちにおのが好む方へと引かれ、道に迷ってしまう。そして道に迷ったことに気付いた時、覚醒した意識はその迷いを断つことの困難を知り、それでもなお永らえる自らの生を全うしなければならないのである。この世の現実を「いといぶかしき世のさま」と観じた秋成は、それだけ切実に、この煩悩多き人間にとっての心の平安を探し求めていたといえよう。

「二世の縁」で人間のあさましく愚かな姿を凝視した秋成は、救われる道を切望し、模索し続けた。その挙句に辿り着いたのが「人情の慾のかぎり」を捨て去って無の見地に入る「無の見成就」(『胆大小心録』一六一)の境地であり、それを具体的な人間の生き方として形象化した作品が、『春雨物語』最終話として描かれた「樊噲」だったのではなかろうか。

注

(1) 木越治「「二世の縁」試論――「春雨物語」の人間学」(『井浦芳信先生 華甲記念論文集芸能と文学』所収、笠間書院、一九七七。『秋成論』(ぺりかん社、一九九五)に再録)。
(2) 日野龍夫「老境の秋成」(『文学』52、一九八四・七)。
(3) 『秋成遺文』所収「実法院あて書簡」。
(4) 『文反古・下』「難波の竹斎あて書簡」、『自伝』、『藤簍冊子』自序等。
(5) 「いといぶかしき世のさま」について論じたものに、野々村勝英「上田秋成覚え書――『二世の縁』をめぐって――」(『京都教育大学国文学会誌』13、一九七七・三）がある。なお、本論文発表後に飯倉洋一「いぶかしき世のさま――「二世の縁」私見」（『読本研究』6―上、一九九二・九、『秋成考』（翰林書房、二〇〇五）に再録）が出されたが、本論文においては特に訂正を加えていない。

（6）長島弘明「「目ひとつの神」の原型」（『日本文学』32、一九八三・五、『秋成研究』（東京大学出版会、二〇〇〇）に『春雨草子』の「目ひとつの神」として再録）、木越治「「宮木が塚」研究」（『国語と国文学』54―3、一九七七・三、前掲『秋成論』に再録）。

（7）国会図書館蔵本。

（8）引用本文は『国歌大観』によった。

（9）日本古典文学大系『上田秋成集』（岩波書店、一九五九）頭注参照。

（10）能因の伝記については目崎徳衛「能因伝における二・三の問題」（『平安文化史論』所収）、犬養廉「能因法師研究（一）・（二）」（『国語国文研究』30・35、一九六五・三、一九六六・九）等を参照した。

（11）注10犬養廉前掲論文。

（12）注10犬養廉前掲論文。

（13）『袋草紙注釈』（小沢正夫他、塙書房、一九七六）に拠る。以下同。

（14）引用本文は『国歌大観』による。

（15）『古今著聞集』は『雨月物語』「夢応の鯉魚」に材を提供していることが指摘されている。また『歌聖伝』等にも書名が見える。『源平盛衰記』の書名は『山霧記』等に見ることができる。

（16）長島弘明「『春雨物語』と和歌――「宮木が塚」「歌のほまれ」を中心に――」（『国語と国文学』60―5、一九八三・五、前掲『秋成研究』に再録）。

（17）高田衛「紫蓮覚書――秋成・風流についての試論として――」（『上田秋成研究序説』所収、寧楽書房、一九六八）。

（18）『金砂』『楢の仙』等に説かれる。

第二部　『癇癖談』と大坂騒壇

秋成は『源氏物語』と同等、あるいはそれ以上に『伊勢物語』に関心を払っていた。ここでは『伊勢物語』研究の傍ら、秋成周辺の多くの実在人物をモデルとして描かれ、写本で流布した戯作『癇癖談』を取り上げる。まず秋成の『伊勢物語』観を分析し、『源氏物語』とは異なる物語観が見られることを提示し、秋成が『癇癖談』を執筆した動機についても考察する。さらに「大坂騒壇」と称される宝暦・明和期の独特の大坂文化の中での本書の享受の様相を、秋成の国学の弟子池永秦良、及び友人高安蘆屋に注目して明らかにする。

第一章　物語の変容——『癇癖談』の位置——

一　はじめに

上田秋成の小説家としての出発は、『諸道聴耳世間猿』（明和三年刊）、『世間妾形気』（明和四年刊）からであった。文学史的には浮世草子の最末期に位置付けられるこの時期、この二書は八文字屋本の驥尾に付すとはいいながら、それまでの人間一般の類型を誇張し戯画化したのとは異なる作風を示している。具体的な個人を念頭に置き、それを明確に諷刺の対象に据えているという点には、後年の秋成の諸作品に打ち出されてくる、現実への不満、憤りを物語によって表現するという態度に共通するものが早くも見られるのである。

秋成三十三歳にしてまとめた『諸道聴耳世間猿』から最晩年の『春雨物語』に至るまで、秋成の物語執筆に対する姿勢には一貫したものがあるといってよい。しかしながら、四十数年の歳月を経て、そこにはおのずからなる物語観の深まり、或いは変質があろう。

寛政三年（一七九一）春に、『癇癖談（かんぺきだん／くせものがたり）』なる一書が成った。本書が刊行されたのは秋成没後の文政五年（一八二二）七月になってからである。それ以前の形、つまり初稿は、成立ののち周囲の読者たちの間に回覧され、同時進行で逐次秋成の手が加えられて成長していった。いわば秋成の揺れる文学観、人生観をその都度取り込み、或いは刈り取りながら生成していった物語だと想像できる。つまり、この作品における矛盾は矛盾なりに、逆に明確に示される思いはそのままに、流転していく秋成の物語観を示す格好のテキストと言い換えてもよいであろう。

本書は題名からも窺えるように『伊勢物語』を下敷きにした作品で、古くは『仁勢物語』を始めとする古典のパロディの系譜を引くものである。具体的には『伊勢物語』古注釈のスタイルをとって現実を茶化し、頭注を付すことによって、滑稽で気の利いた世界を構築している。にも拘わらず、直接『伊勢物語』を踏まえた章段は少なく、逐語的に『伊勢物語』をもじった『仁勢物語』などとはだいぶ趣を異にする。(1)

刊本では冒頭に秋成宛の森川竹窓の書簡を掲げるが、もちろんこれが秋成の生前、彼の仲間が感嘆し、争うように回覧していた原『癇癖談』にあったはずはない。秋成の十三回忌に彼を偲んで本書刊行を計画した、原『癇癖談』の愛読者たちのさかしらである。ここで問題としたいのは、その原『癇癖談』である。この書を執筆した者、モデルとして描かれた者、そしてまたこれを回覧する者同士が、ある一つの連帯感を以て仲間であることを確認し合っていた『癖癖談』とは如何なる書であり、また何が彼らをかく惹き付けたのか、彼らはこの書に秋成の何を見、何を感じ、秋成の十三回忌に出版するに何の価値を見出したのであろうか。本章では、この『癇癖談』生成の背景を考察し、ここに込められた秋成の意図、及びそれに対する周囲の人々の受け止め方について考察を加えたい。

二　三つの序文

先述したように、刊本では竹窓の書簡の次に秋成の自序があり、以下、上巻十五段、下巻十段、合計二十五段の話が収まる。しかし具さに見ると、この構成、特に第一段が奇異に感じられる。他の段がすべて『伊勢物語』

の「むかし男ありけり」の書出しに倣って「むかし」で始まるのに対して、第一段のみが「ひとごとにひとつのくせとは、むかし〳〵の諺ぞかし」で始まっているからである。本来この一段は序として冒頭に置かれていたと考えられている。つまり、以下の二十四段がいわゆる本来の本文であり、刊本の自序は何らかの理由で、後年になって加筆されたと思われるのである。その時期は、序中に「されば、吾妻に京伝あり、こゝに都のやぼ伝が、まはらぬ筆はかすが野の、若紫のすりこ木ぢやまで」とあることから、秋成が大坂淡路庄村を捨てて京都に移住した寛政五年（一七九三）以降のことであることが推定できよう。だとすれば、秋成は既に序を備えた、それなりに完成した作品にわざわざ第二の自序を草したことになる。しかも、新たな序を草したにも関わらず、当初の序を削除せずにそのまま残すという不自然なあり方を敢行したのである。そこでまず、この第二の自序の検討から本稿の論を進めたい。まずは刊本『癇癖談』の二つの序文および第一段冒頭を掲げる(2)（原文以外に適宜、濁点・ルビを補った）。

①森川竹窓書簡

御うはさのくせものがたり、拝借候而寛々拝見いたし候。天王寺の法師がくすしの条、物産老人の類尽、屈江書家のくだり、其人々を見るやうにて、あかずくりかへし見申候。誠に人には一くせとて、才有人は才を相手とし、わるがうものはわるがうを言たをさんとするがくせにて、いづれ、其才、其くせを持ぐさりにはしがたくて、夫（それ）を捨てゝ仕舞ごもく場を拵らゆる物なれば、此本の作も、定めて其ごもく場なるべし。其種につかはれたる人も、定て、才子かわるがう者なるべし。是を面白と見る人も、亦痴人にはあらざるべし。われらも其中間入にと、一本を写して原本を御返上申上候。法論味噌（ほろみそ）一曲（まげ）、薪（たきぎ）より貫候。其御口へ御あがり可レ被レ下候。かしこ。

上田翁の
御もとへ申参る

竹窓

②秋成序文（「以下、第二の序文」）

この物ものがたり（ママ）は、朱雀のくつわが、ぬりをけの中に、へしこめてありしなり。作者はたれともしるさゞれど、つたへていふは、在郷の中将とかや。さだめて、田舎道場の新発意（しんぼち）どのが、やつし腹して、才まぐるものか。文辞（ことば）の京（みやこ）めかせると、故事を雅俗に摘きたれるとを、これやそれと闇のつぶての、当粋（あてずい）なかしら書して、おのが洒落社中（なかま）にひけらかさむとす。されば、吾妻に京伝あり、こゝに都のやぼ伝が、まはらぬ筆はかすが野の、若紫のすりこ木ぢやまで。

③第一段冒頭（以下、「第一の序文」）

ひとごとにひとつのくせとは、むかし〳〵の諺ぞかし。今の世の人は、心辞のくせの外にも、たつに癖、居るにくせ、それにも、これにも、癖なきはあらぬを、みづからは痼症とのがるゝを、他人からは、わるぐせとも、気まゝ病ともなづけたり。さて、そのそしれる人も、また、此癖のなきはあらねば、人のくせが世のすがたとなりて、たかきもいやしきも、みやこもゐなかも、あまねくいひはやす、痼癖談を、癖（くせ）ものがたりとも、よめばよめかし。きのふもむかし、さきの間もむかし、おとつひ、跡の月、去年の大むかし、十とせ廿とせのとつとのむかしまでを、かたりつゞけて、冊子めくものとはなりにけり。

ここで注目したいのは、②の第二の序文に「京伝」の名が登場する点である。これについては、京伝の先行作『百人一首和歌始衣抄』や『小夫つれ〴〵』を意識したものだとする説や、江戸の新進作家京伝に対する上方側の対抗意識を見る説がある。(3) しかし、「京伝」の名は初稿にはなく、京都移住後のある時点で書き加えられたであろう第二の序文にある、という点に注意したい。このことは、京伝の具体的な作品、或いは江戸の人気作家京伝への対抗意識といったものを『癇癖談』成立の契機と断じることをためらわせる。作品成立後、改変を重ねる過程で、何か「京伝」の名を記さずにはいられない秋成の内面的欲求が生じたことを思わせるからである。この、京伝の名が記される第二の序文が付されたという問題を考えるためには、『癇癖談』成立の時点に遡って、誕生に至る過程と背景を見る必要があろう。

三　秋成の『伊勢物語』理解

『癇癖談』は『伊勢物語』注釈のスタイルを襲ったものであり、寛政五年（一七九三）に秋成の手で刊行された賀茂真淵の『伊勢物語古意』と、それに付した秋成自身の『伊勢物語』論、『豫之也安志夜（よしやあしや）』を準備する傍らに生み出された作であることが既に指摘されている。まず、この秋成と『伊勢物語』との関係を、煩を厭わず整理してみる。

秋成は、早く安永二年（一七七三）の加島移住後間もなく『伊勢物語考』を著わす。わずかに五〇段と一二四段の二章を取り上げるのみではあるが、その一つ、一二四段は次に掲げるように、最終段の直前、死を目前にした男を描く段である。

昔をとこ、いかなることを思ひけるをりにかよめる、
　おもふこといはでぞたゞにやみぬべき我とひとしき人（し）[ママ]なければ

『伊勢物語考』で、ここに男の深い感慨が込められていると解釈していることは注目に値しよう。

此上段には、妹背の中らひの終を結ひ、下には、終焉の哥をもて記せし中に、おもひかけぬ歌を出せしは、此記者の心をこゝにあらはす物歟。此物語りの始終におきて、此哥の心もてみんには、解うる事のあるらんを、いかゝおもひたまへる。(4)

この解釈は、後年の『よしやあしや（稿本）』にも引き継がれている。

詞にいかなる事をおもひけるにかとありて、いはでぞたゞにやみぬべきとよめれば、哥はあきらかなれど、おもへる心はしりがたし、人のこゝろの常にねがふこと、思ふ事、なべて解ずてやむぞ世のならひなれば、終(ヲハリ)にあげたるなん心づかひいとおもしろ、
〔上欄書入〕おほよそ此物語かける記者の意、此哥に目をつけなば解やすからんを、人はいかゞ見給ふらん。(5)

そのほとんどが契沖の『勢語臆断』と真淵の『伊勢物語古意』の説を紹介することに費やされている『よしやあしや（稿本）』において、この段では前説『伊勢物語考』を継承して自らの説を開陳している。これは、今一つ確言できないためらいを見せながらも、自説に対してこだわる秋成の態度を示すものであろう。この書の成立に

ついて日野龍夫は、天明年間（一七八一—一七八九）か、或いは末尾の歌の内容から推して寛政初年（一七八九—）頃と推定している。(6) 同書八七段で「わがよをばけふかあすかと待かひのなみだの滝といづれたかけん」の和歌の解釈を契沖と真淵の説に従わず、官位の昇進しないこと、即ち身の不遇を悲嘆する歌であると捉えていることから考えても、本書執筆の時点での秋成の独特な敏感さが窺えよう。やはりこの『よしやあしや（稿本）』は、いわゆる『呵刈葭』論争を経て破れ去った秋成の敗北感、それ故に深まりゆく不遇認識を前提とした、この時期の作であると考えるのが妥当であろうと思われる。

更に寛政五年（一七九三）校刊の『伊勢物語古意』に付刻された『豫之也安志夜』では、契沖・真淵の説より敢えて離れて、この和歌に込められた「おもふ事」の内容を饒舌に語り始める。

> 契沖の、この思ふ事を何ゝなどいふはわろし、いかなる事をかおもひけるをりにと書たれば、手をふれまじといはれしを、翁はよしといはれたるを、しひていはんと為(ス)るはつたなきわざなれど、此比見し或人の説に、作者此条にいたりて、己が下情を見せたるよといへるぞ、かねておもひしにかなへるもの故、猶云はん。此条をしも終焉(いまは)の条の前に出せしは、実に記者の意をあらはせるなるべし。凡物学びて才ある人の時にあはぬは、我ニ有二一ノ宝剣一といひ、しら玉はよししらずとも我ししれらばとよみ、或は書は憤りになるとも云、やまともろこし、人の心は異(こと)ならぬもの也けり。彼土(かしこ)にては演義小説(エンギセウセツ)といひ、こゝには物がたりとよぶ。(7)

この段に至り、作者がそれまで心中に秘めてきた感懐を垣間見せたのだとする。「或人の説」とは五井蘭洲の『勢語通』に見られるものであり、後述するように秋成は『よしやあしや（稿本）』執筆の段階でも十分に知っていたはずの説である。にも拘わらず、稿本の段階では蘭洲の説に触れず、後になって蘭洲の説に与することで契沖や真淵から乖離したのである。このことは、秋成の関心が微妙に変化、或いは拡大を遂げたことを示しているのではないだろうか。ここに至って、それまで漠然と捉えられてきた物語作者の像にまで踏み込んで「物語」が語られる。即ち、物語とは「物学びて才ある人の時にあはぬ」者のなせるわざだと規定し、物語作者に「才学」があり、しかも「不遇」なる者という、くっきりとした輪郭が与えられるのである。(8)

そして、その「不遇」という認識は『伊勢物語』の主人公「むかし男」、すなわち在原業平像にまでも及ぶ。先の一二四段での記述の増加、作者に対する関心の高まりと軌を一にして、序文における業平への言及が稿本から刊本へと変化を見せているのである。稿本で、業平像「体貌閑麗、放縦不レ拘、略無二才学一、善作二和歌一」(『三代実録』)について、蘭洲の『勢語通』を踏まえ、「略無二才学一」の「無」は「有」の誤りだという独自の説を述べる。(9) この論点は刊本において更に拡大され、まず国史に見える貶められた業平像に対しての服部南郭の「奚ッ独責テ二在中将ヲ一為ン二婬首ト一哉」(『南郭先生文集』初編巻八「在中将論」)という説を支持し、さらに業平の官位昇進、異国の客の接待などの根拠を挙げて「略無二才学一」は国史の誤写だと主張する。(10) つまり、業平が放縦・婬首の人、無学の人であるというのは文献によって捏造された虚像であり、その誤った伝承によってその像が固定され、後世に汚名を残すことになったというのである。そして、事実と異なる「あだ言」によって決定されてしまった業平像に異を唱えているのである。これを業平にとっての「不遇」と称してよいのであれば、「才学」がありながら、不当なる評価を永遠に甘受し続けなければならない、報われぬ業平のあり様が「不遇」だと言い換えることができよう。

とするならば、刊本『豫之也安志夜』について見れば、『伊勢物語』とは即ちのちの作為による「ふみ」の暴力に蹂躙された「不遇」の人、業平を主人公とする物語であり、作者が業平にことよせて自らの思いを述べた書として秋成が理解していたと考えられる。そして、その作者の思いを表明することの限界に対する絶望が、主人公の終焉の前段、一二四段に至って最も高まったのだと、秋成は考えたのであろう。『よしやあしや（稿本）』から見ると、驚くべき理解の深まりを看て取ることができると思う。既に初期の『伊勢物語考』で着眼していた一二四段、それは読者としての秋成の視点の特異性を一応は示すものではあろうが、次の稿本でも師の教えの祖述が専らであった。しかし最後の刊本に至って、業平、及び物語作者の内面にまで踏み込み、肉迫し、言及・理解しようとしているのである。一見、源氏物語論『ぬば玉の巻』に見られる物語観を繰り返したかに見えるが、より作品世界に密着し、具体的に表現に即した理解を示していることに注目したい。

この『伊勢物語』への解釈が変化しつつあった時期が、音韻・日の神をめぐる本居宣長との激しい応酬があった時期といみじくも重なることを見逃してはならないであろう。秋成の退隠には今なお不明の点があるものの、この秋成の敗北に終わった『呵刈葭』論争も秋成の退隠の遠因であったのではないかと思われる。秋成が精神的に打撃を蒙った時期に稿本の『よしやあしや』が成り、更に退隠後の京都移住直後にこの『豫之也安志夜』を版行して世に送り出したのである。『伊勢物語』への理解の深まり、移ろいは、この秋成の失意の実生活と切り離すことはできないと思う。

以上、煩雑になったが、秋成の『伊勢物語』理解は、

①その解釈に変化が見られること。

②秋成の失意に満ちたであろう時期に、この変化が見られること。

の二点を特記しておきたい。原『癇癖談』はまさにこの時期に執筆されたものであり、この原『癇癖談』の愛読者たちは当然こういった秋成の変化を知っていたことが予想できるからである。『癇癖談』はこの作者・読者の

共通認識の上に初めて賞美され、順次その毒性を深めながら、不遇な秋成の「心を遣る」作品として回覧されていったのである。この視点に立つ時、『癇癖談』はどういう姿を我々に見せてくれるであろうか。

四　不遇なる者

今一度『癇癖談』に立ち戻ってみたい。『癇癖談』は叙上の『伊勢物語』研究、即ち「憤りを晴らすための物語」とその「不遇な主人公業平」という秋成の理解に重ね合わせる形で執筆された。いわば、物語における理論とその実作といった形で作り上げられた戯作であったといってもよい。とすれば、本稿の冒頭で述べた、改稿の不自然さを敢えて冒しながら新たな序文を加え、そこに「京伝」の名を記した意味を、従来の二つの考え方とは別の角度から捉え直す必要があるのではないだろうか。

山東京伝は当時、戯作界の第一人者として活躍した作家である。今、『癇癖談』成立前後に当たる天明・寛政期の状況を見てみたい。大田南畝の激賞により一躍有名となった京伝は、天明五年（一七八五）、黄表紙『江戸生艶気樺焼』、洒落本『令子洞房』の二作でその名声を確立した。ところが寛政に至り、大きな転機が訪れる。寛政の改革のさなか、まず寛政元年（一七八九）、黄表紙『黒白水鏡』（石部琴好作）が幕府の忌憚に触れ、京伝はその挿絵を描いた科で罰金刑を受けた。更にその二年後の寛政三年（一七九一）三月、細心の注意を払ったにも拘わらず、洒落本三部作『娼妓絹籭』『錦之裏』『仕懸文庫』が絶版、作者京伝は手鎖五十日の刑の憂き目を見たのである。(11)この一件は京伝をひどく打ちのめし、以後、京伝が大きく作風を変えていくことは、今更詳述するまでもない。

この間の事情は生々しいニュースとして早速上方にも伝えられたと思われる。もちろん秋成の耳にも届いたことであろう。その、京伝が処罰された年の春に、いわば初稿の『癇癖談』は成立したのである。そしてこの時期は、先述したように『伊勢物語』について『よしやあしや（稿本）』（天明～寛政初）から『豫之也安志夜』（寛政五刊）へと物語観の変化が見られ、実生活上での敗北感、不遇意識が秋成の物語を読む目を研ぎ澄ました時期である。物語は語り尽くせぬ思いを寓言に託して語るものだ、という実感を伴いながら、不遇の人業平を主人公とする『伊勢物語』を素材として、秋成周辺の誰彼を諷して『癇癖談』は著わされた。その脱稿と相前後して届いた京伝処罰の報は、政治向きには本来関わらないはずの一介の町人、京伝さえもが当局の処罰の対象となったことへの驚きとして受け止められたであろう。そして、「教訓読本」という体裁をとることで真意を隠しながらもあえなく公権力に屈し、手痛い処罰を蒙った戯作者京伝のあり方に、秋成がまさに物語作者の運命の必然を見たであろうことは想像に難くない。物語とは何か、という関心が高まっていた秋成にとって、この一件は単に人ごととして済まされる問題ではなかったであろう。秋成は当代の、我が身にも関わる問題としてこの事件を心にとどめ、そして寛政五年（一七九三）の京都移住後のある日、さりげなく「京伝」の名を新たな序に記したのではないだろうか。この間の事情と『癇癖談』の関係を図示してみる（表1）。新序に称揚された「京伝」は、古典のパロディの先駆者としての、或いは江戸の人気作家としての京伝その人でなく、この時期の京伝、筆を執り、世を諷することによって社会的な懲罰を受け、「不遇なる者」へと転落していった京伝を記したのであろうと考えたい。

表1

年号	秋成の動向	『癇癖談』	京伝の動向
天明年間	・宣長との論争 ・実生活上の敗北 ・『伊勢物語』理解の変遷		

寛政三年		・春、一序のみの『癇癖談』成立	・三月、筆禍を得る。
寛政四年	・十一月、『安々言』自序		
寛政五年	・京都移住 ・『豫之也安志夜』刊	・この年以降、二序を持つ『癇癖談』成立	

更に、このことは秋成に政治と庶民の問題をも考えさせずにはおかなかったと思われる。秋成と宣長との間で交わされた『呵刈葭』論争では論点になっていなかった「分度」が、寛政四年（一七九二）十一月の自序を持つ『安々言（やすみごと）』で新たにクローズアップされてきたことは既に飯倉洋一の指摘があるが、(12)この自序の成立はちょうど『癇癖談』成立、及び京伝の手鎖の刑受刑の翌年に当たる。飯倉によれば、『安々言』に述べられた分度論の一つ、

> 豊国公の此役（朝鮮出兵）に於ては、窺に不審すべきこと一条のみならず。然ども中人以下ハ不レ可レ語レ上ヲと聞には、庶民の評論すべきに非ず。上下分度は皇朝異域より厳也。(13)

の傍線部は『論語』雍也篇に基づき、寛政元年（一七八九）刊の京伝の黄表紙『孔子縞于時藍染（こうしじまときにあいぞめ）』の本文冒頭にも見えるものである。つまり秋成と京伝は偶然にも、同じ表現を有していたことになる。この京伝の黄表紙は寛政の改革に材を取り、それを町人生活の面から描いた作品であった。これが好評を博し、京伝は翌年、後篇『藍（そめ）返行義霰（かえしぎょうぎあられ）』を著わし、またこれに追随する作品をも生んだ。この『孔子縞于時藍染』が、京伝が罰金刑を受けることになった『黒白水鏡』と同年正月に出版されており、秋成がこの書に目を通した可能性は高い。その、「中人以下ハ不レ可レ語レ上ヲ」と記した京伝が数年を俟たず、自ら再び「上」の忌憚に触れて処罰を蒙ることになる

のである。『安々言』が記されるに当たって、京伝の書にあるこの『論語』の一節と、その後の京伝の運命とが一連の脈絡を以て秋成の脳裏をかすめなかったであろうか。その京伝を如何に観じていたかは、本稿で問題にしている『癇癖談』の第二の序文のみが拠り所であるが、視点を「分度」という点に転じてみると、次の『癇癖談』初稿の第一段が思い出されてくる。

むかし、をとこありけり。ならぬ狂言をかりにも、でかしたがりけり。それをたとへていはゞ、儒者たちの、経済りきみ、国学家の、上古こがれ、（以下略）

この儒者は、寛政の改革を断行した松平定信に『草茅危言』を上呈した中井竹山を指すとされる。(14)『癇癖談』執筆時、秋成の視野には確実に寛政の改革が入っていた。この竹山への言は、次の「国学家の、上古こがれ」すなわち宣長と共に、分度を踰える人としての認識に基づく、と飯倉は述べているが、この『癇癖談』初稿成立直後、京伝は文筆を以てその町人としての「分度を踰え」、ために罪を得て不遇の人となってしまったのである。この事件は秋成を大きく揺さぶったであろう。京伝と同様、現実に不平を抱き、それを「そら言」に託して表現する自分、そして、やがて自らにも降りかかってくるであろう「罰」。秋成は京伝の如く社会的な制裁を受けることはなかったものの、晩年、たびたび「天罰」を口にすることになる。それは「そら言」を綴る秋成にとって、避けることのできない運命だったのである。戯作者京伝の事件は、物語とは何かという思索を深めつつあった秋成に、「そら言」を綴る者の運命をまざまざと突き付けるものであったといえよう。

先に、業平を不遇の人と見る見方が秋成独特のものであることを述べた。不遇の人業平に寄せる共感と、その業平をめぐる物語『伊勢物語』を借りて現実に対してわだかまる思いを表現するのとよく似た手法は、後年再び繰り返される。歌集『秋の雲』には、序文に平安時代の歌人、曾禰好忠（そねのよしただ）（曾丹）への共感が記される（第三部第三章）。秋成の曾丹に対する共感は、彼の和歌そのものの芸術性よりもむしろ、不遇の思いを和歌に詠まずにはいられなかった作者のあり方に向けられていた。『秋の雲』はその曾丹の「毎月集」に想を得て、自らの孤独と憤りを物語的排列をとって詠い込めた作品である。しかも『癇癖談』も『伊勢物語』の注釈の形式を借り、『秋の雲』も和歌の注釈の形を採るという、酷似した構造、表現方法を採用しているのである。秋成が数ある古典作品の中から特に『伊勢物語』や「毎月集」に引き寄せられ、それらを踏まえた作品を書くということの根底には、不遇な主人公、不遇な作者に自らの姿を重ね合わさずにはいられない秋成の衝動があったのではなかろうか。つまり、秋成の「物を書く」思いそのものに、不遇な者に左袒するという内的欲求があるのである。

五　秋成にとっての物語

秋成は生涯に幾つかの小説を残している。今、叙上の考え方に沿って、『秋の雲』を含めてそれらを年代順に並べ、序文に記された作家の名を挙げてみる（『春雨物語』との間に出入りのあった作品を除く）（表2）。

表2

作品名	成立・刊年	序文中の作家名
①『諸道聴耳世間猿』（刊本）	明和三（一七六六）刊	釈迦・荘子
②『世間妾形気』（刊本）	明和四（一七六七）刊	其磧・自笑・（西鶴）
③『雨月物語』（刊本）	安永五（一七七六）刊	羅貫中・紫式部
④『書初機嫌海』（刊本）	天明七（一七八七）刊	西鶴・紫式部
⑤『癇癖談』（生前は写本）	寛政三（一七九一）成	京伝
⑥『秋の雲』（写本）	文化四（一八〇七）成	曾禰好忠
⑦『春雨物語』（写本）	文化五（一八〇八）成	（ナシ）

①②は西鶴以来の現実描写の

小説である浮世草子に追随したもの、③は浮世草子後の新形式である読本の定石通りに中国白話小説を基にし、和漢の古典を巧みに取り入れた作品であり、④は西鶴の『世間胸算用』で描かれる大晦日の一日を正月の一日に転じた作品である。そして、序文に掲げられた名は釈迦・荘子にしろ羅貫中・紫式部にしろ、寓言論の中で既に言い古されてきた名前であったといってよい。また西鶴、其磧・自笑も浮世草子作者を代表する先達として挙げられているに過ぎず、そこに秋成の特別な思い入れはないと思われる。

ところが天明七年（一七八七）の退隠以後、序に現われる人物は一変する。京伝、曾禰好忠（曾丹）、それに先述した業平を加えれば、秋成の関心はおのずと明白になるだろう。親から譲り受けた財産一切を火災で失い、医を志したもののそれをも廃し、宣長との論争にも破れて、我が半生への悔いを募らせつつ、この世の遇不遇を思わずにはいられなかった。しかも、このような境涯にあってなお文筆を捨てることのできない自分を否応なく意識させられた時期に、序に現われる人物が一変するのである。秋成にとって、「書く」ということ、そして「書く」ことが当然招くであろう不幸は、伝説中の人、羅貫中や紫式部といったありきたりの名を挙げるだけでは済まない、より切実な問題として迫ってきていたと思われる。京伝・曾丹の名は、そのような秋成の逼迫した意識によって択び取られたものではないだろうか。

『癇癖談』冒頭に「ひとごとにひとつのくせ」といい、「人のくせが世のすがた」という。しかし、たとえば西鶴が「人は化け物」（『西鶴諸国ばなし』）といいつつ、愚かにも哀しい人間のあり様を冷静に、淡々と写し取っていったのとは対照的に、人それぞれの持つ偏執を暴き、攻撃しながら、結局はその刃が反転して自らをも刺し貫くという狂おしさのままに、この書は終わるのである。『癇癖談』がその姿を変容しつつ、京伝の名の記された第二の序が付される時期が、序に描かれた人物の質的な差違の現われる画期と重なることは興味深い。『癇癖談』は後述する『秋の雲』と同様、変貌しつつあった彼の物語観の大きな過渡期を象徴する作品であり、その転換点に立脚する作品であるといえるであろう。

まさにその転換点を示す作品であるために、この作品は生前に刊行されることはなかった。同様に『秋の雲』も『春雨物語』も刊行されることはなかった。秋成の関心は、刊行して自分の物語を世間の目に曝すことよりも、より内なる問題へと向かい、内面への深化と共に物語観を変化させていったのではないだろうか。

本稿では刊本の冒頭に付された二つの序文、特に京伝の名を記す第二の序文の不自然さに着目し、その流動的な姿のままに称揚された『癇癖談』の性格について考察してきた。『癇癖談』は、秋成の『伊勢物語』理解の変化と重ねてみると、業平を不遇の人と見、作者はその思いを業平に仮託していたとする彼の考え方と微妙に響き合っていることがわかる。その目で序文にことさら「京伝」の名を付した意味を考えるならば、当然、不遇な人物、思いを「そら言」に託しながら結局は罪に堕してしまう物語生成者の宿命への共感に拠るのだということができる。それは秋成の実生活上の不遇感、憤りと共に、彼の物語観や「書く」という行為にも微妙な陰翳をもたらした。その微妙さ、あやうさ故に、『癇癖談』の冒頭はかく不整合なのであった。しかし、そのあやうさ故に、『癇癖談』は秋成の変容しつつあった物語観のまさに転換点に位置する作品であったといえよう。

写本の多くは「京伝」の名を記す新序と、本来の序とを続けて記すという。[15] しかし刊本において序文が二つに分けられるということは、『癇癖談』を刊行した読者たちは秋成が序文に込めた寓意を理解していたと考えてよいのではなかろうか。彼らがその寓意をどこまで理解し得たかはわからないが、少なくとも『癇癖談』に秋成の生成・深化しつつある物語観と内面に根ざしつつあった執筆態度を看ていたと思われる。故に彼らは、『癇癖談』が流動する作品であったとしても、その流転そのものを読み、互いに回覧していくといった形の読者たり得たのであろう。彼らが『癇癖談』に惹かれた理由はこの点にあると考えたいと思う。

『癇癖談』『秋の雲』で業平・京伝・曾丹を意識し、彼らに自身の作家としての逼迫感、不遇感を仮託した秋成の、最後の到達点は『春雨物語』である。もはや『春雨物語』の序には何者の名も記されない。秋成は『春雨物語』に至って、作家としての逼迫、焦燥、複雑な怒りから解放されたのであろうか。『春雨物語』には人の名が記されないが、代わりに次の一文がある。

物がたりざまのまねびは、うひ事也。

溌剌たる若き日、『諸道聴耳世間猿』の筆を執って以来、あまたの物語が秋成によってつむぎ出されていった。しかし、淡路庄村退隠を契機として秋成の物語観は深まりを見せ、変化していったように思われる。『癇癖談』や『秋の雲』を書き、京伝や曾丹と共に物語生成者としての苦悩を分かとうと試みた秋成は、『春雨物語』に至って、初めて「自分自身のための物語」を語り始めたのではないだろうか。「物がたりざまのまねびは、うひ事也」とはそれ以前の物語の否定や彼の謙辞の謂ではなく、王朝物語のまね事という意味でもなく、もはや何物をも模倣しない、まさに彼自身が不遇の人となって語り出す、初めての秋成の物語と解すべきであろう。その『春雨物語』の性格を色濃く浮き彫りにするために、転換点としての『癇癖談』は重要な示唆を与えてくれているのではないだろうか。

『癇癖談』は物語とはいいながら、小説的結構を離れつつある。故に随筆的とも評される。しかし秋成にとって物語というものが「身幸ひなきを歎くより、世をもいきどほりて」「むかし〴〵の跡なし言に」(『豫之也安志夜』)書かれるものであってみれば、それこそが「物語」なのであった。そして『春雨物語』も、やはり紛れもなく「物語」なのである。

注

(1) 具体的な行文・構成における対応関係は姜錫元「『癇癖談』をめぐって――その重層構造を中心に――」（『待兼山論叢』23、一九八九・一二）に詳しい。

(2) 本文は『上田秋成全集』第八巻（中央公論社、一九九三）により、新潮日本古典集成『雨月物語　癇癖談』（浅野三平校注、一九七九）をも参照した。

(3) 重友毅（日本古典全書『上田秋成集』解説）、中村幸彦（日本古典鑑賞講座『秋成』解説）、高田衛（『上田秋成研究序説』「『癇癖談』の位相――毒舌の風流について――」）、浅野三平（新潮日本古典集成『雨月物語　癇癖談』解説・頭注）、井上泰至（「京伝『初衣抄』と秋成『癇癖談』――戯注もの戯作の系譜（上・下）」『国語国文』65―7／65―8、一九九六・七／八、『雨月物語論――源泉と主題』に再録）などの説がある。

(4) 『上田秋成全集』第五巻（中央公論社、一九九二）所収『伊勢物語考』四五頁。

(5) 『上田秋成全集』第五巻所収『よしやあしや（稿本）』四七二頁。

(6) 『上田秋成全集』第五巻解説。

(7) 『上田秋成全集』第五巻所収『豫之也安志夜』五一〇頁。

(8) このことについては既に飯倉洋一が「秋成における「憤り」の問題――『春雨物語』への一視点――」（『文学』52―5、一九八四・五、『秋成考』（翰林書房、二〇〇五）に再録）で言及している。

(9) 『上田秋成全集』第五巻所収『よしやあしや（稿本）』二六三～二六四頁。

(10) 『上田秋成全集』第五巻所収『豫之也安志夜』四八一頁。南郭の論については解説に指摘がある。

(11) 水野稔『山東京伝年譜稿』（ぺりかん社、一九九一）による。

(12) 「秋成と分度――『安々言』試論――」（『文学』54―7、一九八六・七）、『秋成考』に再録。

(13) 『上田秋成全集』第一巻（中央公論社、一九九〇）『安々言』四八頁。

(14) 中村幸彦「癇癖談に描かれた人々」（『近世大阪芸文叢談』大阪芸文会、一九七三）、『中村幸彦著述集』第六巻（中央公論社、一九八二）に再録。

(15) 浅野三平「『癇癖談』の原注と諸本」（『日本女子大学紀要』文学部30、一九八一・三）、『上田秋成全集』第八巻解説（中央公論社、一九九三）。

第二章　『癇癖談』の読者たち

一　「癖」の時代

中国における明末清初の文化的揺動の中で近世前期の日本に多くの文物及び思想が流入し、それ以後の日本の文化を彩ってきたことは、中野三敏の指摘をはじめ枚挙にいとまがない。その影響の一つに、強烈な個性を持った人間を「癖」なる語で捉えるという発想があった。(1) 天保二年（一八三一）に中国の聞道人撰・袁宏道評という『癖顛小史』が出版されていることは夙に知られているが、その原典である『癖史』が早く正徳四年（一七一四）に刊行された平住専庵著『分類故事要語』に収められていることも中野三敏に指摘がある。すなわち『分類故事要語』巻十一「附録」に「癖史門」という分類を立項、「陸雲カ笑フ癖」「杜預カ左伝ノ癖」に始まり「簡文帝詩ノ癖」まで、すべて四十八癖を挙げているのである。「癖史門」の割り注には次の一文がある。

> ソレ癖ハ嗜好ノ病ト字注シテ、巳（ママ）カ欲フ所ニ偏リ泥テ好ムヲ云ナリ。史ハシルシブミナリ。此書ハ聞道人ノ撰ム所ニシテ袁石公評アリ。今和解シテコ、ニ載セ、間愚評ヲモ加テ好事ノ者ニ便リス。

これによれば、「癖」とはすなわち「嗜好の病」であって、己が好みに「偏り泥む」ことを言うのである。秋成

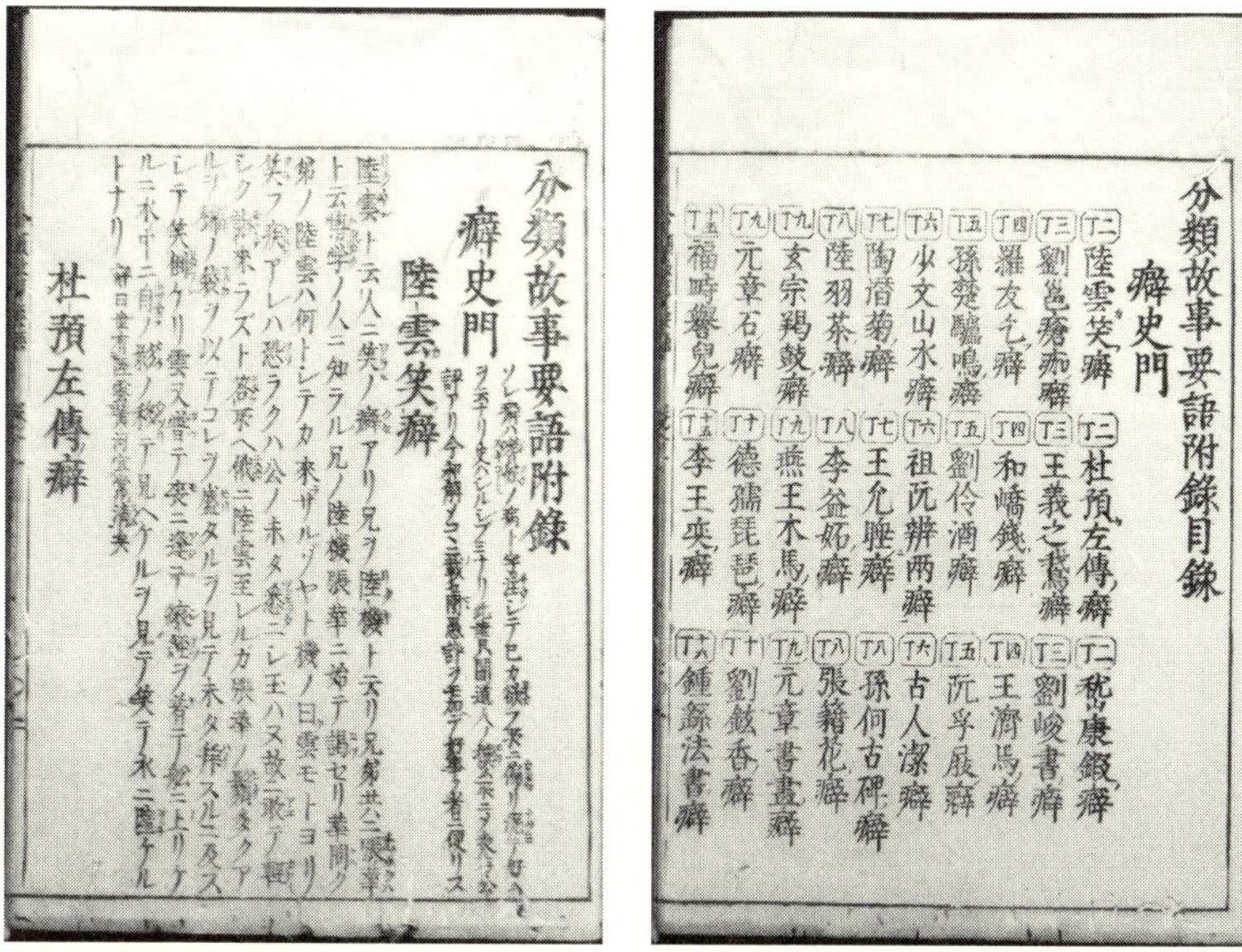

『分類故事要語』附録「癖史門」(架蔵)

の生きた時代は、「癖の時代」とも言うべき時代であった。『癇癖談』は、そのような時代相の中で執筆された作品なのである。そして秋成自身、『癇癖談』第一段で「それにも、これにも、癖なきはあらぬを、みづからは癇症とのがるゝを、他人からは、わるぐせとも、気まゝ病ともなづけたり」[2]といい、最終段では駒王に「あるじは世にいふ、癇癖のやまひをつのらして」と語らせて、この「癖の時代」の一員たることを揚言しているのである。[3]

『癇癖談』は版本になる以前、草稿成立ののち周囲の読者たちの間に回覧され、同時進行で逐次秋成の手が加えられて成長していった、揺れ動く作品であった。そして、そのそれぞれの写本の形式を一つのテキストとして読み、賞玩賛嘆していたグループがあったのである。その一つ一つの写本のテキストがその時点における本来の姿であって、その享受のあり方を探ってみることがそのまま、秋成の生きた時代の相を探ることになると思われる。

本章ではこの写本『癇癖談』を心より愛し、その成立の過程に読み取られる秋成の心の揺れをそのままに賞玩し、逆にその成立にも何がしかの刺激を与えていたであろう写本『癇癖談』の読者たちについて、若干の考察をしてみたいと思う。もちろん『癇癖談』に描かれた秋成周辺の人物がその読者たるのは当然であろうが、それ以外にいかなる人物たちによって写本『癇癖談』は回覧されていたのであろうか。

二　確実なる読者たち

刊本『癇癖談』では前掲の如く秋成宛竹窓書簡が冒頭に置かれ、世への憤懣を狂蕩なる筆致で綴った『癇癖談』を歓声を以て迎える、静かな中にも喧噪を孕んだ巻頭となっている。今一度、竹窓の序文の検討から論を進めたい。

　御うはさのくせものがたり、拝借候而寛々拝見いたし候。（中略）われらも其中間入にと、一本を写して原本を御返上申上候。

「御うはさの」「われらも其中間入にと、一本を写して」との記述から、写本『癇癖談』の存在と、それが仲間内で回覧されていたことが裏付けられる。竹窓は『続浪華郷友録』に、「竹窓　書及画竹　名世黄　字離吉　俗称森川曹吾　住高麗橋丼池」とあるように大坂の人で、著名な書家、篆刻家である。写本『癇癖談』の第一の読者たちは、まず竹窓周辺にいたことは論を俟たない。

しかし、この記述から確実に写本『癇癖談』を見たと断言し得るのは竹窓のみであって、その周辺、及び竹窓と同様に写本を読み得た具体的な人物名はそれ以上に窺いようがない。そこで、早く中村幸彦によって紹介された、宝暦明和の大坂騒壇の様子を書き記した『当世癡人伝（とうせいちじんでん）』に目を転じたい。(4) 書名中の「癡」の文字について、八木章好は「「癖」は、「癡」と字義が一部重なる。「癡」字は、『説文解字』に「不慧也」とあり、原義は、慧くないこと、精神の働きが足りないことを言う。ここから派生して、一つのことに心を奪われ、愚かしいほどそれにのめり込むという意味で用いられるが、のめり込みの対象によっては「癖」と言い換えてもほぼ同義である」(5) という。この『当世癡人伝』巻之四「大村屋権右衛門」の項に、次の注目すべき記述がある。

肝癖先生の話に曰、このごろあるもの妓をこふて問ていふ。そちの息子ハ〈割注―コレハ妓ノオヤカタヲ云ナリ〉今ハなにが楽しみじや、ちいさ人形でもつかふか、扇の手ハ眠獅の弟子か(6)（以下略）

この「肝癖先生」が秋成を指すこと、及びこの話柄そのものも『癇癖談』と重なることも中村幸彦に指摘があるが、いま問題となるのがこの『当世癡人伝』の刊年である。この書の刊記は「寛政七歳卯正月新刻」、即ち『癇癖談』が版行される以前、しかも写本『癇癖談』が成立した寛政三年（一七九一）の直後、もちろん秋成在世時である。とすれば、この書の著者、顛鰲（てんごう）道人、即ち『万葉集見安補正』を秋成に託した大坂の若き門人池永（いけなが）秦良は、(7) その秋成との交渉までも勘案してみれば、写本『癇癖談』の一読者であったとみて間違いない。そして、その『当世癡人伝』に癡人として取り上げられた大坂の騒人たち、もちろんその中には物故者も多いが、その中の何人か、たとえば『諸道聴耳世間猿』巻四にも登場する坂町の茶屋瓜生、「病」の名を持つ書家、高安蘆屋なども写本『癇癖談』の読者であったことは大いに考えてよいであろう。

ところで、『当世癡人伝』に、

野沢藤兵衛
野沢氏ハ列仙伝に劇主(さもと)をつとめたる人也。

という記述が見える（傍点筆者）、秋成を「ひとり武者……ぞゑん」と紹介したことで有名な『列仙伝』（宝暦十三年刊）は、宝暦明和の実在する大坂騒人たちの乱痴気をそれぞれに記したものである。(8) この『列仙伝』と『当世癡人伝』は右の野沢藤兵衛の記事からも窺えるように、恐らくは同圏内の人間を描き、その圏内で味読し合っていたものであり、野沢藤兵衛が『雨月物語』を出版した大坂の老舗の書肆、文煥堂野村長兵衛（先代）であることを考え合わせるならば、この野村長兵衛は言うまでもなく、『列仙伝』に記された騒人たちもまた写本『癇癖談』の読者であった可能性がある。そこで次に、『列仙伝』に描かれた人物を見てみる。

登場人物には、写本『癇癖談』の段階で既に世を去っていた者が多い。しかし冒頭の「半淡翁」は上方の享保俳壇の中心的存在であった松木淡々であり、秋成の『胆大小心録』にもその名が散見している人物である。その松木淡々の門弟の俳人たちが、写本『癇癖談』を読んでいたと考えてもよいであろう。事実、「半淡翁」の次に「周章」と記される秀鏡も淡々の弟子であって『胆大小心録』二十一に名が見える。この秀鏡が、中村の指摘するように『虚実柳巷方言(きよじつさとなまり)』（寛政六年刊）「大尽株粋株」の項にある「長源」と同一人物とするならば、秀鏡は同書「名家」の項に登場する漁焉（秋成）、（木村）蒹葭、十時（梅厓）、榎半（入江昌喜）らと同圏内に遊んだ人物と考えられ、同じく「大尽株粋株」に並べられた泉明（佐々木氏）の逸話を記す写本『癇癖談』の読者の一人に加えてもよいであろう。以下、八十名を越える『列仙伝』の面々のうちの数人、たとえば書家牟岐瓏陽(むぎろうよう)、画家福原五岳などは確実に秋成と関わりをもった人物であり、またその圏内の楽屋落ちを楽しむ人物たちであってみれば、彼らが写本『癇癖談』に目を曝していた可能性が考えられる。

以上の『当世癡人伝』『列仙伝』に描かれた人物たちは、秋成が『諸道聴耳世間猿』を出版する以前からの知己、もしくは竹馬よりの遊興仲間も多く含んでおり、秋成の一番の理解者たちであったことは想像に難くないであろう。その中には、柳沢淇園や中井竹山とも交渉があり、なおかつ加藤宇万伎の『雨夜物語だみことば』の版下を書いた先述の高安蘆屋[9]、『諸道聴耳世間猿』巻一のモデルといわれ、再び『癇癖談』で皮肉られた江田世恭などがおり、彼らは写本『癇癖談』の読者であったと考えてほぼ差し支えはないと思う。

京都に目を転ずれば、秋成より「かのくせ物語、橋本より御とりよせ、密々御校訂たのみ入、面上にて申上候通にて、やぼな筆は捨たし、所々おし紙にしめし給へかし[10]」と校訂を依頼された中原某、その仲介の労をとった京都梅宮神社の禰宜、橋本経亮なども、もちろんその読者であった。この中原は、月渓宛秋成書簡中に何度か登場する京都の「中原国手」であろうか。先の手紙には、校訂依頼に続いて『書初機嫌海』を「此冊子四年前のあた言也」「御好物なれは進し候ども、塩の過たる御玩味に足らざるべし」と、謙遜しつつも進上する旨が述べられ、中原も秋成の著作を賞玩し得る騒人の一人であって、稿本の校訂を依頼されるほどの親しい文藝上の交流があったことが認められる。この中原氏がいかなる人物であるかは残念ながら未詳であるが、「国手」というからにはおそらく医者であろうと考えられる。彼が京都の医者で、大坂在住の秋成と知人であり、しかも文藝上の交流を持つという点から秋成と中原をつなぐ人物として浮び上がってくるのは、まず都賀庭鐘であろう。この中原某は、或いは都賀庭鐘の門人、もしくは庭鐘と同門の香川修庵門下ではないだろうか。可能性の一つとして指摘しておきたい。

江戸にあっては大田南畝が、その読者であった。長町の貧民窟の哀れを描いた『癇癖談』下巻の印象深い一段が、南畝の『仮名世説』に抄記されているのである。『仮名世説』は遺稿であり南畝が没したのは文政六年であるから、生前、刊本『癇癖談』を見ることも可能だったはずであるが、『仮名世説』に写し留められた一段は明らかに刊本とは違うものである。一例を示せば、刊本『癇癖談』に、

霜月のはじめごろにて、ゆふさりがたのそら霜をれて、うみふく風の、汐しみて、いとさむし。生駒やまを見れば、冬がれのところ〳〵、赤はげて、西にいる日のかげにあらはにて、あいなく、見る〳〵さむげなり。[11]

とある部分が、『仮名世説』では、

霜月のはじめ比にて、夕さり方の空おぼつかなう霜がれて、海吹風の塩じみていと寒し。いこま山を見れば西に入日の影ぞ所々兀て、あいなうあらは也。[12]

と記されており、その異同の甚しさを見れば、刊本からの抜粋とは考えられない。南畝は享和元年（一八〇一）初めて秋成と相見え、互いの才能を認め合った間柄であり、また田宮仲宣を通じて『諸道聴耳世間猿』のモデルを詮索するなど、秋成の作品には並々ならぬ関心を抱いていた。その南畝が、未だ写本で回覧されていた『癇癖談』を目にすることができたとしても、何ら不思議なことではなかろう。

もう一人、写本『癇癖談』を見た人物として、大坂の書肆と思われる杉野恒の名を挙げたい。「書肆ノ童僕ヲシテ日夜暗記セシメ業ヲ励ムノ便リニモナレカシトテ」という意図のもとに「好事ノ家ニタヨリテ教ヲウケ、マタ諸家ニ秘メヲカル、目六（目録）ヲモ乞テ」「年来渉猟寓目セシマ、ヲ」集録したという彼の著書『典籍作者便覧』（文化九年）に、写本『癇癖談』の名が見られるのである（句読点筆者）。

諸道聴耳世間狙　五
世間妾形気　四
コノ二種、児女輩ノ翫物トシテ元ヨリ壮年ノ時ノ著書ナレトモ、其人情世態ヲ説タル、妙トス。文面ノ波瀾、味ヒテ知ヘシ。
雨月物語　五
コレハ稗官体ノ奇談ニテ、手際ナレトモ妙トスルニタラス。
癇癖談　一
伊勢物語ニ擬シテ、近世ノ人情ヲトキ尽セリ。捧腹（抱腹）ニ堪サル筆才也。

秋成没後の文化九年（一八一二）に出版されたこの書において、小説では写本『癇癖談』と共に秋成初期作品の『諸道聴耳世間猿』『世間妾形気』の浮世草子二作と『雨月物語』の四作のみが記されている点に注意したい。秋成の作品を語る際、『春雨物語』をその到達点とする前提で論じられるのが現状の常であるが、『典籍作者便覧』に拠れば、『春雨物語』を切り捨てて、写本『癇癖談』を一つの到達点とする大坂での秋成理解があったことを知る。この杉野恒の理解こそ本稿が求める読者の姿であることは言うまでもない。和訳太郎に代表される、若しく客気に才能をほとばしらせる大坂騒壇の中の秋成の世界の具現化が、一つ一つの写本『癇癖談』であろう。もちろんその理解者・読者も同好の、世を屈折したままに韜晦する難波雀たちであったことを示す好箇の資料である。

以上、管見に及ぶ範囲で、写本『癇癖談』をほぼ確実に見たと言い得る人物たちを探ってみた。大坂においては森川竹窓、池永秦良、杉野恒、いずれも秋成よりも一世代若い面々である。そして京都に中原国手、橋本経亮、江戸に大田南畝がいた。しかし、既に先走って何人かの名を挙げたように、写本『癇癖談』の読者たちは如上の人物たちに限られないことは当然であろう。以下、写本『癇癖談』の読者としての蓋然性のある人物について記してみたい。それは、単にこの期の秋成の交遊関係を縷々記すだけだという譏りを受けるかもしれないが、彼らの中にも写本『癇癖談』を読み得る人物がいたこともまた事実であろう。彼らの中の主たる人物をあらあら記してみる。

三　読者である可能性のある人々

先述の竹窓と『当世癡人伝』、『列仙伝』、『癇癖談』を突き合わせてみて、やはり一番の読者たり得るのは大坂騒壇の人々である。そう考えるならば、もちろん「物産老人」のモデルとも思われる木村蒹葭堂、江田世恭と親交があり、かつ自身の著作の版下がすべて先の高安蘆屋の手になる入江昌喜、秋成と共に宇万伎に接し、寛政年間には京都に移住して終生変わらぬ交わりを結んだ細合半斎、幼な馴染みの十時梅厓、竹窓と共に晩年の秋成を見守る釈斉収なども、写本『癇癖談』の読者として数えられよう。

さらに、秋成の大坂の医者仲間に目を転じてみたい。というのは、先述したように『癇癖談』の確実な読者の一人である京都の中原氏が、医者である可能性が高いからである。秋成が医学に目を開かれたのは、都賀庭鐘への入門がその機縁となったと考えられるが[13]、果たして写本『癇癖談』が庭鐘の目に触れることがあったのであろうか。

前章において、①宣長との論争、天明七年（一七八七）の淡路庄村退隠、寛政二年（一七九〇）の左眼失明といった度重なる失意と後悔の中で秋成の物語観が研ぎ澄まされていったこと、②その時期と並行して『伊勢物語』の注釈書『豫之也安志夜』とその戯作『癇癖談』が執筆されたこと、③第二の序文中の「京伝」の名には、寛政三年（一七九一）手鎖の刑に処せられた物語作者京伝の運命への凝視が感じ取られること、④寛政四年（一七九二）『安々言（やすみごと）』で初めて論点となる「分度」の語は、以上の『癇癖談』の成立と関わること、を論じた。その『安々言』は宣長の古道論に対する反論を纏めたもので、写本『癇癖談』と同様、写本でのみ流布した。この『安々言』に次の序を送ったのが、ほかならぬ庭鐘である。

> あし原田のいなつき蟹の、たけくかひなげをしつゝ横はしるをも、おのれは直路とやおもふ覧など、道々の人のかたみにいひしろふなん、いつの世にかは事はつべき。それも東を指す人の西に行を見て、あは何しにと思ふは、もとよりのおもむけたがひぬれば、うべさる事なるを、ひとつ方に轅さしむけて、かよりかくよりすずろきあらそふは、其真中にこそ直き条は虚しからめとさへおぼゆかし。すまひが手つかひ、博奕の石かぞへつむるにこそ、勝さびのけぢめはあれ、異端寞滅、孔子小見、おのかどち〳〵云得たりとせんもあぢきなし。時に名をしられ引かた多き人の、其ことわりのよしあしにはあらで、身のほど〳〵の幸ひをいかにせん。さる人もやがてむなしき世と成ん（ママ）ては、朝日さす野の露霜のいづら跡なきが、いにしへよりすくなからずなむ。さるは首ほそき人の心やりをもかつ〳〵打出て世に試んも、何ばかりのわざかはとて、おしてる難波江のむらきみ、此はし書てあたふものぞ。
>
> 大江漁人誌(14)

秋成と宣長との論争を踏まえ、論の正否と論争の勝敗とが必ずしも一致しないことを述べて無益な争いの空しさを説く庭鐘の序は、弟子秋成の心情への限りない理解と共感を示す。さらに秋成門人、谷魚臣の対校本には表紙見返しに付箋があって、興味深い書き込みが見られる。すなわち、庭鐘の師である香川修庵が自著『薬選』に対して向けられた戸田旭山の反論『非薬選』に対して、思いはありながら黙し続けたという例を引き、秋成自らもその態度に倣うのだ、と記されている[15]。つまり庭鐘から見れば師と弟子との二人までもが、共に学問上の論争に破れ去り、複雑な思いを噛みしめつつ舞台から降りたということであり、この香川修庵をめぐる昔話は秋成の境遇に重ね合わせる形で、憤懣やる方ない秋成への慰めの意味を込めて庭鐘から秋成に語られたのではないかと思う。この時期の秋成と庭鐘の交渉はほとんど窺い知ることができないが、序文における庭鐘の口吻には、事情をすべて理解した上で諭すような、師としての重みと温かさが感じられる。このような時期に、秋成のやり場のない憤りの「ごもく場」（竹窓序文）として軽妙な筆致で綴られた写本『癇癖談』を、庭鐘もあるいは寓目し得たのではないだろうかという甘美な推測と期待をこの序文は抱かせる。庭鐘は寛政六年（一七九四）刊の洒落本『北華通情』にも序文を寄せており、最晩年に至ってなおそういった類の書に序を求められる庭鐘の姿を考えれば、彼が写本『癇癖談』の読者たり得ることは大いに考えられよう。

次いで、川井立斎。五井蘭洲に和学を学び、勝部青魚とも親しかった。秋成の京都移住後も、蘆庵や伴蒿蹊らと同座して和歌を詠じている。『浪華郷友録』には弟鈴木寿伯とともに「医家」として載るが、この弟は、これまで未詳とされてきた『胆大小心録』五二に登場する「寿伯」であろう。ここで寿伯は中井履軒にからかわれる「あほな医しや」としてユーモラスに描かれており、恐らくは兄立斎も、同じ交遊圏の中で互いに悪態をつき合う享楽的日々を過ごしたのではないかと考えられる。『癇癖談』に描かれた中井竹山・履軒兄弟ともども、写本『癇癖談』の読者として、秋成の若年そのままの毒舌に苦笑したのかもしれない。

他に、秋成が西福寺に寿蔵を作り、親しい友人たちが歌文を寄せた際、先述の細合半斎に続いて一章をものし

た力斎がいる。この力斎は、既に指摘されているように、寛政二年版『浪華郷友録』「医家」の項に、

雲林院克誠　字子享号力斎　瓦町筋百貫町　雲林院玄仲

とある雲林院玄仲のことであろう。[16] この力斎も秋成晩年まで交流のあった人物で、『藤簍冊子』巻五には「春夜宴」を国ぶりに翻案した力斎の文章に秋成が和した序文、「応二雲林院医伯之需一擬下李太白春夜宴二桃李園一序上」と、かつて力斎が称讃した韓退之の「送三李愿帰二磐谷一序」を秋成が和文で綴り直した「不留佐登」とが収められている。また、森銑三の紹介する国会図書館所蔵『行かひ』所収「余斎文」[17]に「竹窓に（藤簍冊子の）後序のから文をと申やりしに、すゝまぬ気にやいなむやうにて、雲の林にと譲きこゆ」とある「雲の林」も、この力斎のことと思われる。すなわち、力斎とは医者仲間としてのみならず、文藝上でも相呼応する間柄だったのであり、竹窓との関係も無視できず、やはり写本『痼癖談』の読者であった可能性が高い。

ところで、述べ来たったような宝暦・明和の大坂の騒壇を中心として『痼癖談』が読まれていたとするならば、若かりし頃「ひとり武者」として鳴らした秋成の俳諧仲間たちにも配慮しなければならない。大坂の重鎮、松木淡々とその門弟たちをその一に考えることは既に述べたが、秋成が最も親しんだ俳人といえば、まず几董・月溪の名を挙げるべきであろう。その几董は寛政元年（一七八九）、写本『痼癖談』成立以前に急逝しているので読者として除外されるが、几董の追悼集出版をめぐって秋成と宮紫暁との間に確執が生じた際、秋成はその憤懣を月溪にたびたび訴えている。月溪はこのような出版以前の秋成の草稿を寓目し得る立場におり、写本『痼癖談』の読者でもあったことが推測できる。そこで今、この月溪を中心に俳人仲間たちを考えてみたい。

月溪は言うまでもなく蕪村に学んで画・俳に卓越した秋成の友人であり、秋成の京都移住を喜んでしばしば訪

問したことが『胆大小心録』に記されている。寛政元年（一七八九）まで八年間を摂津池田で過ごし、呉服里に因んで呉春とも称した。この池田には几董門人も多く、その縁であろうか、寛政初年頃には秋成と池田の夜半亭社中との交渉が窺われる。月溪宛秋成書簡には（傍線、ルビ筆者、以下同）、

追善集の喧花買（マヽ）、黒舟忠右衛門貴僧の役割受込候、併紫子（紫暁）の物がたり、銀子なき不景気芝居おもふにたがひ候、誰是より春坡は福者且善人也、如何ちと筆をやめて説客の口入となりたまへ、池田は文中にて事ゆくべし、紫子始而の会面五郎八の仕内、ちと臆病過てはへなし。（以下略）（寛政元年十一月カ二十八日付[18]）

のように、几董の追悼集上梓に当たって春坡や池田の俳人たちに経済的支援を依頼するように勧める言葉や、

池田老人過日発句所望のため御訪来、面上にはことわり申かね、跡より変改申入候所、以外（もってのほか）顔を損じられ候や、其後音信を申入ても貴答なし、コレモ薄命のひとつとおもひ棄て、心にもおかず候也。○おつい女事、秋の頃池田大和屋どのに途中にてあひ承候也、今度日向へとやら、（以下略）（寛政二年十二月十六日付[19]）

などと池田の人々との一件を報告するものがあり、通り一遍の付き合いではないことを思わせる。文中の「池田大和屋」は池田で代々酒造業を営む富人、山川星府であろう[20]。宝暦十一年（一七六一）の生まれで秋成より二十七歳年少、俳書『から檜葉』に収められた蕪村の追善俳諧に初めてその名が見え、蕪村没後は几董に入門して、几董の『新雑談集』『吉野紀行』や『遊子行』にも入集している。「池田老人」は今のところ不明であるが、地元の俳人たちを蕪村、几董に引き合わせ、また月溪の池田移住にも尽力した長老、川田田福としてもあながち誤り

ではなかろう。池田の地に多くの夜半亭社中を育て、寛政五年（一七九三）七十三歳で没した田福は「池田老人」と称されるにふさわしいように思われる。こういった池田の地で、写本『癇癖談』が読まれた可能性はあったのであろうか。

池田の俳人で僧侶の瓜坊は、寛政元年（一七八九）頃には越前に住し、寛政八年（一七九六）以前に池田の地に居を移して山川星府らと交わった。この瓜坊と秋成との交渉は不明ながら、『名家消息』（大阪女子大学（現大阪府立大学）蔵）に次の瓜坊の一文が収められている。

> 市中にかくれて風雅に遊ぶのくせもの有りと其名を聞事としありけるが、けふや時を得てこしかたを語るに、かのむかし道に深き人を我友にせむものをと古翁の言葉も、かゝる人をやしたひ玉ひけむと儲香和尚に呵て
>
> 　涼しさのはじめや懐ふ人に逢ふて

この「くせもの」が何ぴとを指すのかは判然としない。しかし、秋成を「くせもの」と称したのはほかならぬ蕪村であって、早く安永三年（一七七四）、『也哉抄』（天明七年刊）に次のような序文を送っている。

> 爰に我友無腸居士なるものあり。津の国かしまの里にかくれ栖ミ、客を謝して俗流に交らず、ふかくやまとの国ぶりにふけり、人しらぬ古き書をさへさがし見ずといふことなし。もとより俳諧をたしみて、梅翁を慕ふといへども、芭蕉をなみせず。おのれがこゝろの適ところに随ひて、よき事をよしとす。まことに奇異のくせもの也。[21]

蕪村に評された「くせもの」の語を受け、医を廃してひたすら文事へとのめり込んでいく自らの思いを「くせものがたり」と題する一書に韜晦していく秋成の姿は、まさに瓜坊のいう「市中にかくれて風雅に遊ぶのくせもの」そのままであり、この「くせもの」の語は、或いは写本『癇癖談』に触発されて大坂や池田の俳人たちの間に流行していた言葉、いわば秋成の置き土産であったのかとも読み取ることができ、池田の俳人たちも写本『癇癖談』の読者であった可能性が考えられる。

また、先述した寛政二年十二月十六日付の月溪宛秋成書簡中に、大江丸旧国の名が見える。

> 旧国上京、御会面に僕より無音との逆ねだり承候故、橋本へ戯れ申つかはせし也、去冬来此方よりは三四度の書信、貴答は今度のみ、しかし世業の人は咎ムル事にあらず、此方ヨリハ御遠慮申ベキ事ナリ。

旧国が、自分には秋成からの手紙が来ないと月溪にこぼしたと聞いて、橋本経亮に戯れを言い送った、というものである。旧国も几董、月溪を介して秋成と知った一人であった。しかも、先述した写本『癇癖談』を中原に渡す仲介の労をとった経亮とも知己であり、秋成の書を渇望していたばかりでなく、自らの古稀を賀した『俳懺悔』（寛政二刊）では秋成に草案の校合を仰ぐ[22]、といった関係をも考慮するならば、旧国も写本『癇癖談』の読者の一人であった可能性がある。

そのほか、大坂で注意しておかなければならない人物は、『癇癖談』のモデルともなった佐々木泉明の周辺である。佐々木泉明は大坂藤右衛門町に住む酒造業者で、その製品、順養酒は当時の大坂名物ともなっていた。先述したように『虚実柳巷方言』では「大尽株粋株」の項に載る粋人として知られ、俳諧はいわばその旦那芸である。秋成が作中で皮肉った泉明の松島行脚は明和六年（一七六九）のことであるが、泉明はその途路、下野国那須の芦野の里で西行ゆかりのいわゆる「道辺柳(みちのべ)」を折り取って、大坂に持ち帰ってきた。それを後に大坂吉祥寺に移植建碑するに当たり、諸家に短冊を乞うて柳樹下に埋め、更に記念として明和八年（一七七一）、『一人一首短冊篇』を編んだのである。(23) その物々しさは大坂騒人たちの耳目を引き、大いに喧伝された。一方、その年正月、秋成は火災にかかって産を破り、嶋屋当主としての安穏な生活から一転して厳しい現実に直面したのであり、まさしく泉明を見る眼に忸怩たるものがあったことは『癇癖談』からも容易に看取できる。その『一人一首短冊篇』は、単に大坂のみならず全国各地の俳人、歌人、漢詩人、狂歌人たちの作を収め、まさに当時の文人揃えといった観を呈している。その中にはもちろん秋成の知友も散見する。試みに挙げてみれば、既に写本『癇癖談』の読者に想定した木村蒹葭堂、旧国、入江昌喜、力斎の一族であろうと思われる雲林院了作、『癇癖談』下に登場する加藤景範、さらに入江昌喜の再従弟に当たる国学者の小山儀(こやまただし)、『俳諧新選』編者の三宅嘯山、『剪燈随筆』巻四に「世に阿(おもね)らぬ直言面白し」と秋成を評した勝部青魚など、いわば秋成の友人でしかるべき人物はほとんど皆参加しているといってもよいのではないだろうか。とすれば、この一連の泉明の華々しい行為を見聞し、それに連なった者たちにとって、写本『癇癖談』のこの泉明を皮肉った一段は楽屋落ちのおかしさを含んだものであったはずであり、彼らもその読者であった可能性がある。

同様の観点から秋成とその周辺を熟知した人物を京都文壇に求めれば、先述した加藤景範の『蔵山集』に対して匿名で難書『難蔵山集』（写本）を著わした小沢蘆庵、京都移住直後に軒向かいに住み（『胆大小心録』二十二）、秋成の墓碑も書いた村瀬栲亭、池永秦良が『当世癡人伝』を執筆する際に意識した『近世畸人伝』の著者・伴蒿蹊、茶道の友人で先述の寛政二年の月溪宛書簡にも名が見え、のちに秋成自ら『茶神の物語』を浄書して与えた世継直員などがその読者に加わっていたとしても、不自然なことではない。また、『藤簍冊子』や『文反古』編集に携わった釈昇道・大沢春作・松本柳斎ら、秋成を看取った羽倉信美など、直接に晩年の秋成の面倒を見た人々の存在も無視することができない。

四　終わりに

以上、確実に写本『癇癖談』を読んだ人物たちと、その読者たる可能性のある人物たちを概観してみた。写本『癇癖談』はまさに「知る人ぞ知る」といった形で、『列仙伝』『当世癡人伝』の悪ふざけを楽しんだ大坂の騒人墨客を中心として、京坂にわたる歌人、漢詩人、俳人、国学者など種々の騒客の間で回覧されたと考えてよいのではないだろうか。竹窓は「其中間入にと、一本を写して」「あかずくりかへし見」たと言う。その内容たるや「其種につかはれたる人も、定て、才子かわるがう者なるべし」（竹窓序文）という如く、モデルとなった人物たちも秋成と同様、時代の閉塞を抜きんでようとして韜晦する「くせ者」として評価され、「近世ノ人情ヲトキ尽セリ」（杉野恒）という評の下される作品であった。またその読者たちも、「是を面白と見る人も、亦痴人にはあらざるべし」（竹窓序文）という同好の騒人であった。その竹窓や杉野恒の解釈はそのまま、京坂の好事家たちの好尚を反映していたものであり、写本『癇癖談』を秘め置いた騒人たちの『癇癖談』評価を物語るものであろう。現実への不平を、周囲の知己を悪しざまに戯文化する悪ふざけに託して表現する、という屈折した韜晦を楽しんでは陸続と生み出し、それを許容してきた京坂の騒人墨客たちに、写本『癇癖談』は理解され、愛でられたのである。そして随時、その刺激・興味の赴くままに姿を変えて享受・生成を繰り返していったのだと思われる。

もちろん、秋成の作品、もしくは秋成にとっての「書く営み」が彼らのみの為にあったというのではない。ただ、晩年の多くの秋成の作品があたかも出版されることを拒否するかの如く写本のみで流布していったこと、神経質なまでの加筆訂正、自己の原稿を井戸に放擲するといった行動に象徴される異常なほどの写本作品への偏執ぶり、これらの問題を考える際に、本稿で述べたような読者（周囲と呼んでもよい）への考察が一つの方向性と示唆を与えてくれるのではないだろうか。すなわち、その写本へのこだわりを単に秋成自身の内面に向かう方向でのみ解釈している閉塞的状況に、本章での考察が読者との関わりという新たな視点を与え得るのではないかと思う。

後に『秋の雲』という秋成の歌集における、その沈潜する小沢蘆庵への追悼の念について述べるが、興味の赴くままに作品の改変を繰り返していくという営みと、同好の士を常に自分の「書く物」で追認していく、ということが、秋成の原動力である「憤り」のなにがしかを癒やしたことは想像に難くない。なぜなら秋成にとって、作品に忍び込ませた自らの思いを真に理解してくれる者こそが「知己」、すなわち「己を知る人」であり、秋成はまさにその「知己」を渇望していたからである。秋成の作品、特に生存中の写本作品を考える上で、こういった秋成の周囲を考えることが必要であろう。

注

（1）中野三敏『江戸文化評判記』（中公新書、一九九二）「巻ノ五　伝記屋開店　四　癖史」、同「近世の人物誌」『当世江戸百化物・在津紀事・仮名世説』（新日本古典文学大系、岩波書店、二〇〇〇）。

（2）『癇癖談』の本文は『上田秋成全集』第八巻（中央公論社、一九九三）の刊本『くせものがたり』による。新潮日本古典集成『雨月物語　癇癖談』（新潮社、一九七九）頭注も参照した。

（3）福田安典「村田嘉言『按腹図解』をめぐる諸問題――上田秋成を考えるために――」（『上方文藝研究』2、二〇〇五・五）において、「癇症」および「胆大小心」の語が医学用語であることの指摘がある。

（4）中村幸彦「宝暦明和の大坂騒壇――『列仙伝』の人びと――」、同「秋成に描かれた人々　4癇癖談」（『中村幸彦著述集』第六巻所収）参照。

（5）八木章好「袁宏道と『癖顛小史』」（『藝文研究』98、二〇一〇・六）。

(6)『〈上方藝文叢刊10〉浪華粋人伝』（上方藝文叢刊刊行会編、一九八三）所収。
(7)森銑三「高安蘆屋」（『森銑三著作集』第四巻（中央公論社、一九七一）に指摘がある。
(8)注4に同じ。
(9)注7に同じ。
(10)寛政三年三月二十三日付中はら大兄宛秋成書簡（日名子太郎氏所有、史料編纂所蔵）。未見。高田衛『完本上田秋成年譜考説』（ぺりかん社、二〇一三）に拠った。
(11)『上田秋成全集』第八巻『くせものがたり』四六頁。
(12)『大田南畝全集』第十巻（岩波書店、一九八六）。
(13)中村幸彦「秋成の漢文学」（『上田秋成全集』月報1、一九九一・八）参照。
(14)『上田秋成全集』第一巻（岩波書店、一九九〇）。
(15)『上田秋成全集』第一巻『安々言』解題。なお、『薬選』をめぐる香川修庵と戸田旭山との論争については、福田安典『平賀源内の研究　大坂篇』（ぺりかん社、二〇一三）Ⅱ、第二章、二「修庵と旭山――『薬選』と『非薬選』――」に詳しい。
(16)「雲林院」は「うじい」と読むとご子孫からご教示いただいた旨、水田紀久氏より教えていただいた。
(17)「上田秋成雑記」（『森銑三著作集』第二巻（中央公論社、一九七一））所収。
(18)『秋成遺文』（修文館、一九一九）五八三頁。
(19)『秋成遺文』五七八頁。
(20)『池田人物誌』（太陽日報社、一九二四）参照。
(21)『上田秋成全集』第六巻（岩波書店、一九九一）。
(22)大谷篤蔵「大伴大江丸」（『俳句講座』第三巻、明治書院、一九五九）参照。
(23)『〈上方藝文叢刊2-2〉上方俳書集・下』（上方藝文叢刊刊行会編、一九八一）所収。

第三章　大坂騒壇の中の秋成――秦良と秋成――

一　はじめに

宝暦・明和（一七五一―一七七二）頃の大坂において、漢詩文や和歌などの学藝と、遊所を中心に繰り広げられた遊藝とが相俟って、そのあわいの中より文藝を生み出しては互いに鑑賞するという輝かしい躍動の時があった。当時の大坂にあって、その市井の人々の生み出す自由闊達な文藝のありように驚きの目を見張った頼春水は、『在津紀事』一〇九段にこう記している。

浪華市井の人往往文墨を弄す。而してその詩文多く誦読するに足る。その他風流好事を以て世に名ある者、亦た少からず。蒹葭木世粛の如きはその選なり。（中略）京及び江戸市井の人、則ち恐らくは浪華の文に如くこと能はざらん。(1)

春水は後に昌平黌でも教鞭を執った広島藩儒であり、大坂の混沌社で過ごした青春の日々への追懐の書がこの『在津紀事』であるが、弄文に耽溺する浪華の風流の士たちが、京・江戸を凌ぐ、それらとは全く別の興趣を持っていると、春水は素直に評しているのである。そういった風流士たちによって形作られた文壇は夙に中村幸彦によって「大坂騒壇」と名付けられ[2]、洒落本や滑稽本のモデルの検討によってその具体的様相が明らかにされている。この大坂騒壇という語によって、この地の生き生きとした文藝興隆の様、時には悪ふざけに傾く戯作の風、総じてつかみにくい大坂文化のありように一つの輪郭が与えられたと言ってよい。この大坂に人となり、明和三年(一七六六)に初めての著作『諸道聴耳世間猿』を書いた秋成も亦この騒壇の一員であることは言を俟たない。にも拘わらず、従来この視点から秋成を論ずることは少ないように思われる[3]。そもそも、俳諧に遊ぶ秋成の青春期を「ひとり武者」と評する唯一の資料は、中村が大坂騒壇の典型的な作品とする『列仙伝』なのである。秋成の文学に対する目を開き、その作品及び文学観を生み育てるバックボーンとなったであろう大坂騒壇の中に秋成を置いてみた時、秋成はいかなる姿を現わすのであろうか。この試みにより、彼の後半生における屈折した姿勢を新しく捉え直し、より明確な秋成像を結べるのではないかと思う。

そこで本章の狙い通りに秋成を捉えたいと思う時、当然、次の最低条件を満たす作品を俎上に載せなければなるまい。

一、大坂騒壇に身を置く人物に材を取るモデル小説であること。

二、特定の狭い、互いをよく知る集団・社中の範囲でのみ読まれていること。

この二点を満たす作品として前章で取り上げた『癇癖談』が挙げられることに異論はないであろう。『癇癖談』は寛政三年(一七九一)春には成立しながら秋成生前は写本でのみ回覧され、その内容は例えば桂井蒼八、江田世恭、佐々木泉明、中井竹山といった大坂騒壇の人物をモデルにしているのである。そこで本章では『癇癖談』を手掛かりとして、この作品を支える騒壇とは秋成にとって如何なるものであったのかを、秋成とその弟子、池永秦良との関係に注目しつつ、前章よりも掘り下げて考察したい。

二 『癇癖談』と『当世癡人伝』

写本『癇癖談』は成立の後、周囲の人物の間で回覧され愛でられた。その読者については前章に論じたが、その読者の一人に大坂の書肆と思われる杉野恒がいる。家業の助けとして年来渉猟してきた書物の名を記し留めた『典籍作者便覧』[4]（文化九刊）に『癇癖談』の名が見えるのである。必要な箇所を再説すれば、秋成の小説として『諸道聴耳世間猿』『世間妾形気』『雨月物語』『癇癖談』の四作が取り上げられているが、興味深いのは、それらの評価が今日の我々とは異なっている点である。特に『雨月物語』は「稗官体ノ奇談ニテ手際ナレトモ妙トスルニタラス」とそれほど高い評価は与えられず、一方『癇癖談』は「伊勢物語ニ擬シテ近世ノ人情ヲトキ尽セリ。捧腹ニ堪サル筆才也」、つまり人情をよく捉え得た抱腹絶倒の書である、と高い評価、しかも今日の評価からしてみれば少々意外な評価が与えられている。同様に浮世草子二作も「其人情世態ヲ説タル妙トス。文面ノ波瀾味ヒテ知ヘシ」という肯定的な語を以て評されている。当時の大坂に於いてこの『癇癖談』と初期の浮世草子を『雨月物語』よりも高く評価した人間がいたことは注意されてよい。『雨月物語』『春雨物語』を以て秋成を論じるありかたを一度捨ててみるところから、初めて大坂騒壇の中の秋成の姿が浮かび上がってくるのではないだろうか。

そこで、この「捧腹ニ堪サル」という当時の大坂での『癖癖談』評価について、改めて検討してみたい。その為には杉野以外にも広く当代の評価を集め求める必要があろう。杉野以外に写本『癇癖談』の読者と想定できる人物の一人として、これも前章に論じた顚鼇（てんごう）道人、すなわち秋成の国学門人、池永秦良がいる。彼は『癇癖談』

成立の四年後の寛政七年（一七九五）に刊行された『当世癡人伝（とうせいちじんでん）』巻四に「肝癖先生の話に曰」として、『癇癖談』第五段と重なる一段を記しているのである。

ところが、『癇癖談』と『当世癡人伝』との関わりはそれのみではない。他に二例、『当世癡人伝』巻二「万金丹」と巻三「金太郎」をこれに付け加えることができる。まず、「万金丹」を見てみよう。これと『癇癖談』第十一段が重なっているのである。「万金丹」の章は、吝嗇な万金丹が柄にもなく粋人ぶって生嶋屋の富という妓と言い交わす仲になったものの、富と盗賊（実は富の恋人）とに謀られ金銭をゆすり取られた、という内容であるが、『癇癖談』第十一段はこれと同じ実話に材を取っている。(5) 対照してみれば（表1）、その類似性は明らかである(6)（傍線・記号、筆者）。

表1　『癇癖談』と『当世癡人伝』巻二「万金丹」の対照表

『癇癖談』第十一段（★は頭注）	『当世癡人伝』巻二「万金丹」
むかし。色このみのかしこきをとこありけり。①かねはつかはねど。おやまはわれに身をうつことゝ。つねにほこりていひけり。さはいへど。相応にかねもつかひけり。まはりごゝろ。人にすぐれて。いと②すゝどくありければ。逢ごとの娼婦は。もてわづらひにけり。たま〳〵。よるべにとおもひたのみては。身もくつるゝばかりに。心づくしすれど。とにかくに。あばずれにて。たのもしげなく。うたてうとむべきふしも。おほかりけり。 ★あばずれとは淡々しきに過たるといふなり、水くさ	万金丹ハあだ名にして嶋の内の⑦古手屋なり。姓を綿、名を蛮といふ。……爪の長ひ性質にも粋といふ一字ハ憎からぬものにおもひ込て、①銭さへいらぬ事なら、……こふいふ黠智なる人物ゆへ、妓かはしてミたところか②すゝどさからすなさせん、惚さそとして力味があつて贅が有て、こせついて自慢で、……女良買にしてハとんといけぬ筋な男、其くせ大の帚なりしが、ふと瓜生が処で 〈割註〉瓜生ハ坂町ノ茶屋ナルコト世間狙ニミユ伝ハ二編ニアリシ」生嶋屋の富といふ京から仕かへに来てゐる

きといふより、いさゝか深し、

月のあかき夜。このまめをとこと。たゞ二人。影くらき軒づたひして。③金五郎八郎兵衛などつれぶしに。④声おかしくながしあるきけり。鬼あるところともしらで。とほく来にけり。そこなる辻のかくれより。顔よくおしつゝみたるをとこの、⑤せたかくおそろしげなるが、ふと出来て。⑥このまめをとこにつよくあたりけり。

★金屋金五郎、⑦古手や八郎兵衛、ぞめきうたのふしなるものなり、ながしあるくとは、吟行なり、古言にこれを、によぼふといふ、鬼とは、おそろしき物といふに、こゝは用たり、

いとすさましけれは。立わづらひけるひまに。⑧女のさせる髪のかざりともを。いちはやくぬきとりていにけり。あなやといひけれと。人気どほき所なれば。⑨いつちにかにけうせにける。男あしづりして泣ども甲斐なし。さるはおもひかけぬ事にしあれば。いかにせん。

そのあした。血のなみだをながしつゝ。ありしにかはらぬを。とりそろへて。まどひにけり。その価は。こがね二十両ばかりをかさねあけてやりけり。

妓。首のよし評判あれば、ちよつと掃てミやふかと閨へ意入たが、……（約一丁分略）……これをいもせのはしめとしてかしに来たり呼出したり、軍ハ牛角のせりふにて、ちつとも⑪すりおりるめのない万金丹、……

今夜も宵からかしに来てさしむかひの酒に酔まほり、蛮様ながしてこふかと富かいふに、よかろふと万金丹小禿を供に引つれて、彼富か手を携て③金五郎八郎兵衛など④うたひながし、芝居うらの方江あゆミ来るに〈割註〉此地難地イマダ開発セズ」秋ハまだきなれど、虫の音かごとがましく、心なかふ茂りたる夏草の陰より⑤雲つくやふなる男一人、富かうしろよりしつかと抱付に、富ハあれ〳〵とうつぶくとたん、⑧手早く櫛笄ぬきとつてうろつく⑥万金丹をつき飛し⑨行方しらず成にけり。

サア此跡かどよミ出して首飾ハ五十両程のものしやとゆすりぬかれ多からぬ万金丹か箔をはがして金七両弐歩出してあつかひになつて仕まひぬ。

★まどひにけりは、心まどひの義にあらず、まどふてかへすの、まどひなり、
さて。⑩後よく聞ば。彼夜の盗人は。おやまのせうとといひて。実には。ふかくいひかはしたるをとこになんありける。それを鬼ともいふなりけり。いかに⑪すりおろされじとするとも。おやまばかりかしこきものはあらずなん。
★せうとは、兄の事なり、すべて、おやまの兄分、⑫兄判などいふもの、大かたあやしきなり、⑪すりおろすとは、⑬玉石を、磨なすよりきたる、

⑩跡にてきけば此妓いまだいれこんでゐるうちにて京の⑫兄判といふ奴、大かたならぬあやしき くせもの ゝよし噂あれと、何を証拠としもなければ、底ハしれてもふたとつて明ていはれぬ⑬玉櫛笥の(ママ)の計略、これぞ万金丹か一期のおもひ出なりけり。

『当世癡人伝』二重傍線部に注目したい。「瓜生が処で」という記述に割註をつけ、「瓜生は坂町の茶屋なること世間狙にみゆ」と、秋成の第一作『諸道聴耳世間猿』の書名を明記している。つまりここで敢えて読者に秋成を意識させ、秋成の影響下にこの作品が成立したという読み方を読者に促しているのである。この「瓜生」のモデルが大坂坂町の呼屋よしりんの主人「迂柳」であることが長島弘明によって明らかにされたが、(7)「瓜生」の名で諸書に登場し、宝暦・明和の粋人仲間たちにとって絶好の話題となり得る著名人であった。問題は、秦良がここに、数ある先行作品のうちで他ならぬ『世間猿』の名を挙げていることにあろう。しかも、『世間猿』では舞台を大坂でなく京都宮川町にとりなすことによってモデルをおぼめかしており、「坂町の茶屋なること」は『世間猿』の文章の上からは見出すことはできない。秦良はここに、敢えて現実の「瓜生」像をすべり込ませているのである。そしてこのことは図らずも、秦良が『世間猿』をどのように読んでいたか、という問題を考える際に一

つの示唆を与えてくれよう。すなわち、十年も以前の秋成作品を、当時の楽屋落ちを知る読者たちと同じ眼差しで楽しんでいるのであり、その密やかな愉悦を無邪気に誇示しているのである。かつての粋人仲間たちの列に、遅れ馳せながらも加わりたいと背伸びする秦良の姿がほの見えるようである。このことは、『癇癖談』と『当世癡人伝』の両者が偶然に同じ実話を書き留めたのではなく、写本でしか回覧されていなかった『癇癖談』から『当世癡人伝』が直接に材を取った可能性を十分に窺わせる。

更に波線部①から⑬までを対照すれば『当世癡人伝』が『癇癖談』の文辞や構成を利用していることが明らかである。特に⑩に注目したい。⑩は『伊勢物語』第六段、いわゆる芥河の章段の文章に倣った書き出しであるが、「万金丹」でもこれを踏襲している。『癇癖談』は『伊勢物語』の戯作化であるからこの書き出しが出てくるのは自然なことであるが、『当世癡人伝』にこの表現がある必然性はなく、これは明らかに『当世癡人伝』が写本『癇癖談』を利用したと考えるべきであろう。そればかりでなく、その直後に「くせもの」の一語を記していることも、一種の種明かし、さりげない暗示と考えることが出来るのではないだろうか。以上のことから『当世癡人伝』の著者、顚鰲道人こと池永秦良は、この段でわざわざ師である秋成の作に登場する茶屋の事件を取り上げ、秋成の作品をなぞり、秋成の名前をかすめるという、明らかに意図的な操作をしていると考えられる。

第二の例として、『当世癡人伝』巻三「金太郎」の章が挙げられる。ここでは池田屋の金太郎という大の潔癖症である男の話を取り上げるが、末尾の作者の評において様々な職業に特有の「病」を列挙した後に、「唯癇症潔癖のみ貧乏人の疾にあらす。よく此人にしてこのやまひあり」と、論語の一節（「雍也編」）を戯れに引用しながら述べる。金太郎の異常なほどの潔癖を示す逸話に付する評としては、「癇症」の語には違和感があり、唐突であるという印象は否めない。しかし、ここでも間に『癇癖談』を想定してみれば、そのような違和感はなくなる。この「癇性」の語は、『癇癖談』第一段、当初は序文であったかと思われる一章に見出され、しかもそれは秋成が自らを指して用いた語なのである（傍線筆者）。

今の世の人は、心辞のくせの外にも、たつに癖、居るにくせ、それにも、これにも、癖なきはあらぬを、みづからは癇症とのがるゝを、他人からは、わるぐせとも、気まゝ病ともなづけたり。

つまり「癖」といい「病」という、その人特有の抜き難い個性として「癇性」が捉えられている点で、両者は一致すると考えてよいであろう。即ち、作者池永秦良はここでまたしても師秋成の『癇癖談』をかすめているのである。

以上、既に指摘されている「肝癖先生の話に曰」を含めて、さして長くもない『当世癡人伝』において三箇所も『癇癖談』を踏まえた記述が見られた。これは明らかに著者の一貫した意図に基づいてなされた作為だと考えられよう。つまり『癇癖談』という作品は『当世癡人伝』に通じる趣を持ったもの、むしろ、敢えて強く言うならば『当世癡人伝』に襲われるほどの魅力を漂わせていた作品として、当時の大坂で理解されていたことをまず指摘しておきたい。そして、先の杉野恒の「捧腹」という評価にこの『当世癡人伝』における『癇癖談』享受のありかたを重ねてみた時に、冒頭で述べた大坂騒壇中の秋成についての一つの像を結ぶことが出来るのではないだろうか。

そこで次節ではまず、叙上の問題点に立って『当世癡人伝』の作者池永秦良について考察したいと思う。なぜなら、秋成と秦良の関係を念頭において秦良の著作及びその活動を再検討することが、そのまま秋成大坂在住時の著作の性格をも浮き彫りにすることになると考えられるからである。

三　池永秦良の著作及び活動

まずは池永秦良の事跡について確認しておきたい。先述の『典籍作者便覧』「池永秦良」の項には次のようにある。[8]

池永秦良。名は豹、号は南山といふ。通称太郎吉、幼年より奇才の聞えあり。もと商家なれども文雅に耽りて業を廃す。其後著述をことゝして楽む。高安蘆屋、阮余斎を師の如くして事ふといへども、不幸にして早く没す。著す所、万葉集見安六。業半ばにして卒す。余斎続て全くなる。諸家人物志一。荘子国字解四。占夢早考一。大人遊二。近世痴人伝四。[9]

「万葉集見安六。業半ばにして卒す。余斎続て全くなる」とは、『万葉集見安補正』完成前に秦良は逝去したが、秋成（余斎）が引き継いで完成させた、ということである。『万葉集見安補正』秋成序文によれば、秦良は富裕の町人であったが父を早く失い、文事に遊んで彼の代で産を破った。秋成を父のように慕う秦良は寛政七年（一七九五）冬、自らまとめた万葉集研究書を京都の秋成寓居にはるばる持参して校閲を乞うたが、秋成が強く拒絶したため、稿本を秋成の手元に残し、空しく辞去した。翌八年六月、秋成のもとに秦良の訃報が届く。まだ三十歳に満たぬ若さであった。慚愧の念に苛まれた秋成は、折しも大坂の葛城宣英堂・奈良屋長兵衛が秦良と版行の約束があると言って草稿を引き取ろうとしたので、今や形見となった秦良の著作に補正を加えて奈良屋に手渡したという。後年の『万葉集見安補正』出版を巡る秋成と奈良屋との間のトラブルは周知のことである。

ところで、長島弘明「秋成伝記資料拾遺」に秋成の新出の手紙が二通紹介されている。[10]その二通目は次の通りである。

寒中御無恙申祝。病老も同事にて、前日増田屋へ伝言達候也。冠辞考加筆之事あれど、詞藻小苑とかいふ物にさしつかへはなき歟、いかゞ。若くるしなくば、申したき事もありと、申候。
一、俵太郎へ状ひとつたのみ入候。猶春御のぼりに申止候。頓首。
十二月十七日　　　　餘斎
（端裏）長兵衛様

奈良屋長兵衛に宛てたこの秋成書簡について長島は、秋成が京都移住後の寛政五年から『冠辞続貂』脱稿（寛政八月九月）前の寛政七年のいずれかの年の十二月十七日の手紙であると考証する。この手紙の末の一つ書きに「俵太郎」なる名前がある。長島はこれについて言及していないが、後述するように、秦良は俵屋太郎吉とも名乗っていたという。[11]だとすると、時期的に考えても、また人物関係から考えても、この「俵太郎」は大坂の俵屋太郎吉、すなわち池永秦良のことではないかと考えられる。「俵太郎」が秦良だとすれば、掲出の手紙からは、秋成が秦良宛の書簡を奈良屋長兵衛に託していることがわかり、秋成と奈良屋、秦良の三者の緊密な関係が伺えて興味深い。『万葉集見安補正』の出版計画が奈良屋と秦良の間で立てられていたというのも、あながち奈良屋の勝手な言い分でもなさそうである。

秋成と秦良との交流を確認しておけば、秋成が京都に居を移して後、秦良はしばらく秋成邸に滞在していたことがある。『麻知文』および異文『秋翁雑集』を見ると、「故さと人池永秦良が、ここに来て日ごろ在ほどに、雪のふる夜、哥よみて聞せよ、と云に、筆とらせて、ともし火かかげそむるより、夜中にいたりてやむ」として、雪の歌三十六首を書き留めている。これについて、一戸渉は「上田秋成詠・池永秦良録『聴雪編』（東丸神社蔵）について」で京都市伏見区にある東丸神社所蔵の東羽倉家文書の中の一本、写本『聴雪編』を紹介し、『麻知文』所収の和歌三十六首は全て『聴雪編』からの抄出であり、『聴雪編』が成ったのは寛政五年ないし翌寛政六年の十一月末日であるとする。[12]雪の夜の美しさに秦良が和歌を所望し、秋成がそれに応えて日暮れから深夜に及ぶまで和歌を詠み続ける、二人の風雅な交流の一端が垣間見える。寛政七年正月には、秦良は前節に取り上げた『当世癡人伝』を刊行。そして同年冬に先述の『万葉集見安補正』を巡る秋成からの拒絶に遭っている。

寛政七年冬の秋成の秦良拒絶の背景に何があったのかは不明だが、『万葉集見安補正』序文からは秋成が一方的に腹を立てて拒絶している様子が窺われ、また秦良が辞去する際、来春に再訪するのでそれまでにお目通しいただきたいと言い残していったのに、と秋成が歎いていることから考えると、別れたのち訃報が届くまで二人は没交渉であったと思われ、先の書簡が書かれたのはこの一件の後ではないと考えられる。また十二月十七日は年末の慌ただしい時期であり、奈良屋から届けられた書簡を見たのち秦良が年内に秋成宅を訪問し、拒絶を受けたということも考えにくい。とすれば、この書簡は寛政七年の可能性は低く、寛政五年か六年に出されたものではないだろうか。いずれにしても、秋成が京都に移住後も大坂時代と変わらぬ秦良との交渉が続いていた。

そこで、俵屋太郎吉の事跡を考え合わせ、改めて秋成と秦良との関係を考えてみたい。まずは『享保以後大阪出版書籍目録』を用い、俵屋太郎吉、及び池永秦良（太郎吉）両者の名で書籍開版御願書の出された書物を検索してみれば、次の通り十点の著作が確認できる。

天明六年十月『論語訓』二冊（『東岳先生筆疇』の一部を改題発行）

板元　俵屋太郎吉（南本町三丁目）
天明六年十月『孟子訓』二冊（『東岳先生筆疇』の一部を改題発行）
板元　俵屋太郎吉（南本町三丁目）
天明六年十一月『心の栄』四冊
作者　森川曹吾（南本町二丁目）・板元　俵屋太郎吉（南本町三丁目）
天明七年十一月『絵入おしえ草』二冊（後撰夷曲集抜抄）
作者　俵屋太郎吉（南本町三丁目）・板元　加賀屋善蔵
天明七年十一月『再板二十四孝絵抄』一冊
画工　岡田玉山（南本町一丁目）・板元　俵屋奈良吉（「太郎吉」の誤記――筆者注）
寛政二年正月『大阪島之内南問屋町孝女伝』一冊
作者　俵屋太郎吉（雛屋町）・板元　井筒屋伝兵衛（梶木町）
寛政六年九月『占夢早考』一冊
作者　池永太郎吉（本町四丁目）・板元　河内屋善兵衛（北久太郎町五丁目）（「喜兵衛」の誤記――筆者注）
寛政七年二月『茶功適』折本一冊
作者　俵屋太郎吉（雛屋町）・板元　塩屋忠兵衛（北久太郎町五丁目）
寛政七年八月『和歌呉竹集』中本二冊（再版発行願出）
校合者　俵屋太郎吉（本町四丁目）・板元　奈良屋長兵衛（博労町）
文化四年十一月『万葉集見安補正』四冊

作者　池永太郎吉（故人）（大坂）・校者　上田余斎（京都）・板元　奈良屋長兵衛（本町四丁目）

俵屋太郎吉は天明六年（一七八六）、まずは板元として登場する。池永太郎吉と俵屋太郎吉が同一人であるか否か、これを一覧しただけでは今一つはっきりしないが、秦良は『浪華郷友録』（寛政二年版）「聞人」の項には「永勇　字文尉、号豹山、ひなや町　池永太郎吉」と掲載され、寛政二年正月届出『大阪島之内南問屋町孝女伝』の俵屋太郎吉の住所と同一の雛屋町に住していたことがわかる。また寛政六、七年の池永太郎吉、俵屋太郎吉の住所を見ても、雛屋町、本町四丁目の間を移動しており、関連がありそうである。そこで、これらの書を検証してみると、天明七年に板元「俵屋太郎吉」で届出が出されている『再板二十四孝絵抄』が、天明八年正月に『画本廿四孝』として板元「池永太郎吉」より出版されており、奈良屋長兵衛も名を連ねている[13]。つまり俵屋太郎吉は秦良なのである。

天明六年十一月に届出がなされた『心の栄』は翌年正月に『昭代著聞集』として刊行されており、その作者寧倹堂主人が当時二十四歳の森川竹窓であることが、肥田晧三によって明らかにされている[14]。竹窓も秦良も共に秋成を慕い、大坂騒壇への限りない憧れを抱いていた若者であり、この二人が手を携え、作者竹窓、板元秦良として、若さに任せてこの書を企画・発行したのだと考えられる。この書は西村源六、銭屋長兵衛、奈良屋長兵衛、俵屋太郎吉の四肆合刻で出版されており、もうこの時点で秦良と奈良屋との関係は出来上がっていたのである。

また、寛政七年中に刊行された『茶功適』には「一雨庵抄録」とあるが、同じく一雨庵の書に、折本の体裁も同じく『茶湯独稽古第二編』（享和元年四月刊）なる一書があり、享和元年四月の出願記録には「作者一雨庵（故人）」とあって、一雨庵も秦良の号の一つかと考えられる。

以上、これまでに判明した池永秦良の著作活動と秋成との関わりを年譜にしたのが表2である。

表2　池永秦良略年譜

年号	西暦	秦良の出版活動等（★は秋成の事蹟）
天明六	1786	十月『論語訓』『孟子訓』（『東岳先生筆疇』の改題本）（版元・俵屋太郎吉）開板届出。[15] 十一月『心の栄』（『昭代著聞集』）（作者・森川曹吾、板元・俵屋太郎吉）開板届出。
天明七	1787	正月『昭代著聞集』（作者・寧倹堂主人、板元・俵屋太郎吉・奈良屋長兵衛他二肆）刊。 正月『黒珂稿』（作者・顚鰲道人、数斗壺斎蔵板）刊。 十一月『再板二十四孝絵抄』（画工・岡田玉山、板元・俵屋太郎吉）開板届出。
		十一月『絵入おしえ草』（後撰夷曲集抜抄）（作者・俵屋太郎吉、板元・加賀屋善蔵）開板届出。
天明八	1788	正月『画本廿四孝』（画図・岡田玉山、板元・池永太郎吉・葛城長兵衛他四肆）刊。 正月『夷曲集絵抄おしえ草』（作者・衆楽堂主人、板元・加賀屋善蔵・奈良屋長兵衛他四肆）刊。[16]
寛政二	1790	正月『大阪島之内南問屋町孝女伝』（作者・俵屋太郎吉、板元・井筒屋伝兵衛）開板届出。 正月『破帋子』（作者・豹山逸人、肸蠁（きつきようどう）堂蔵板）刊。[17] 三月『大阪島之内燈心屋孝女伝』（作者・豹山逸人、板元不明）刊。[18]
寛政三	1791	★春、秋成『癇癖談』成。
寛政四	1792	春『絵本大人遊』（作者・兵三子、板元・菱屋孫兵衛）跋。[19] 七月『諸家人物誌』（作者・池永豹（南山道人）、板元・奈良屋長兵衛他二肆）刊。
寛政五	1793	正月『絵本大人遊続編』（作者・飄散人、板元・菱屋孫兵衛）題。[20] ★六月、秋成、京都移住。 この年か（あるいは翌年）、十一月末日、秦良、秋成宅で雪の歌を所望、秋成『聴雪編』成る。

寛政六	1794	九月『占夢早考』（作者・池永太郎吉、板元・河内屋喜兵衛）開板届出。
寛政七	1795	正月『当世癡人伝』（作者・顚鰲道人、板元・塩屋長兵衛他二肆）刊[21]。 正月『占夢早考』（中西敬房『夢卜輯要指南』の改題本、序・天鬻、板元・河内屋喜兵衛）刊[22]。 二月『茶功適』（作者・俵屋太郎吉、板元・塩屋忠兵衛）開板届出。 八月『和歌呉竹集』（校合者・俵屋太郎吉、板元・奈良屋長兵衛）再板発行願出。 九月『和歌呉竹集』（序・尾崎雅嘉、板元・奈良屋長兵衛）刊。 冬、『万葉集見安補正』の原稿を持参、秋成に校閲を乞う。原稿を残し、帰郷。 この年、『茶功適第一箋』（抄録・一雨庵、板元・塩屋忠兵衛）刊[23]。
寛政八	1796	三月、病に倒れる。 六月、死去（三十歳未満）。 ★十月、秋成、『万葉集見安補正』を書き改め、序を執筆。書肆奈良屋長兵衛に手渡す。
享和元	1803	四月『茶湯独稽古二篇』（抄録・一雨庵主人、板元・塩屋忠兵衛）刊[24]。
文化四	1807	十一月『万葉集見安補正』（作者・池永太郎吉（故人）、校者・上田余斎、板元・奈良屋長兵衛）開板届出。
文化五	1808	八月、秋成『万葉集見安補正』に新たに序文を付す。 ★十月、秋成、父の五十年忌のため下坂。森川竹窓宅で奈良屋長兵衛による『万葉集見安補正』無断上木の噂を聞き抗議、大坂本屋仲間行司の金谷与右衛門に苦情申し立て。
文化六	1809	★六月二十七日、秋成、死去。 九月『万葉集見安補正』刊。
文政元	1818	正月『新和歌呉竹集』（池永秦良編、石津亮澄校、板元・河内屋嘉七・奈良屋長兵衛他三肆）刊。

先述した『典籍作者便覧』には「高安蘆屋、阮余斎を師の如くして事ふ」とあったが、この秦良の文藝活動を一瞥すると、単なる早世した秋成の国学上の弟子というだけではない、以下に述べる如く、秋成や蘆屋に憧れ、学問でも戯作でも彼らに追随しようとした若き才人の姿が浮かび上がる。

四　秦良と『黒珂稿』

秦良は従来『万葉集見安補正』の著者として知られ、秋成の国学門人と見なされてきたが、秋成と秦良の関係は国学にのみとどまるものではない。狂詩、洒落本、人物誌など秦良の著作は多方面に亘っているが、それらの中にも秋成の影を読み取ることのできる作品があるのである。そこで今、そのうちの幾つかを取り上げて考察してみたい。

まず、秋成と秦良の関係を述べる前に、秦良と大坂騷壇との関わりについて述べておかねばならないが、その際に彼の初めての著作である狂詩集『黒珂稿』（天明七刊）が問題となってくる。この作品については既に頴原退蔵によって、顚鰲道人が京都の聖護院宮の近習侍であった銅脈先生畠中観斎と交流があったらしいことが指摘されている。[25]だが、もしそうであれば秦良は大坂騷壇からやや外れた銅脈らの圏内とも関わっていたことになり、秦良の評価を以て大坂騷壇のそれと見るには無理が生じてくるからである。しかし、頴原説の段階では顚鰲道人が何者であるか、未だ明らかにされていなかった。顚鰲道人が秦良であろうことが判明した今、それを踏まえて改めて頴原説を再検討する余地がある。

そもそも頴原説は『黒珂稿』中に秦良と銅脈の関係を窺わせる箇所が二ヶ所あることから生まれたのだと考えられる。序文（猪癡南濱）中の「吾友銅脈」の語、及び「観戯場次銅脈子之韻」の作がそれである。まず序文であるが、「我友銅脈」は次の文脈に見出される。

余絶倒反曰、此何之化物哉、顔如四国之猿、其酔似砂脱之帍也、道人即変乎色叱曰、尓何以吾比之鵺、吾友銅脈有常言曰、我是粋也、而非妖物也、尓今可以人不如鵺乎、不然何得出我於四條川原為見世物哉、如何化物人、

突然やってきた顛鰲道人を序者が化物と見誤ったのに対して、銅脈の口癖を借りて道人が抗議した、という文脈において、秦良は「吾友銅脈」という語を使う。銅脈がわずか十八歳で狂詩集『太平楽府(たいへいがふ)』を出版し華々しいデビューを飾ってから既に十八年、狂詩界の西の重鎮として大田南畝と名声を二分する彼を、未だ齢弱冠足らずの少年にすぎない秦良が「吾友」と呼ぶという、まことに奇妙な文脈である。或いは両者の間に事実としての交友があり、銅脈は若くして才能を迸(ほとばし)らせる秦良にかつての自分を重ね合わせて「友人」の称を許していたのであろうか。そこで、二重傍線部に注目したい。実はこの一節は『太平楽府』の業寂僧都の序文中に見られるものである。

忽有入菴来者、曰汝指人為鹿耶、勿怖我是粋也、而非妖物、陳奮翰嫡流、所謂銅脉先生者我是也、

すなわちこの二重傍線部は、序者の庵に突然乱入した銅脈が驚く庵主に対して弁明した言葉の中に見出される語なのである。つまり、先の『黒珂稿』の序文はこの『太平楽府』の序文を襲っただけのことであり、その文脈に「吾友銅脈」の言葉があったとしても、それは秦良からの一方的な親近の情によるものであって、それを以てただちに秦良と銅脈の交流があったと断言することは躊躇される。

もう一つの「観戯場次銅脈子之韻」はどうであろうか。

仇若殿放埒。　隣国殆違中。
降雪紙切白。　殺人綿屑紅。
腕先抑締幕。　口上分引風。
救姫君難義。　多是奴之忠。

多くの芝居に纏わる狂詩を詠んでいる二人のこと、秦良と銅脈が連れ立って歌舞伎見物に出掛けたと考えたいところであるが、これにも疑問がある。次に掲げるのは同じく『太平楽府』中の「観戯場」という作であるが、秦良が次韻したのはこの作品であると考えられるからである。

一従失宝物。　騒動及家中。
若殿初践土。　上使肩切風。
説愁幽魄白。　巧事悪人紅。
梅幸此場出。　詮議皆尽忠。

『太平楽府』が出版された明和六年（一七六九）には秦良は未だ産声をあげていたかどうかも不明である。まして一緒に芝居見物することなどはあり得ない。しかも、漢詩文の常識からいって、次韻詩の存在を以てただちに両者の直接の交遊を認めるというのは早計に過ぎよう。この次韻の詩も先の序文同様、『太平楽府』を襲ったもの、言い換えればこの二例は『黒珂稿』が『太平楽府』の影響下に生まれたことを示しているに過ぎず、両者の直接交遊の証左とすることはできないと考える方が妥当なのではないだろうか。

『典籍作者便覧』の著者杉野恒は、この銅脈を「凡狂詩に於る、狂中に画あり、格調体裁、李杜の詩を吟ずる如し、実に日本三百年の一人なり」と激賞しているが[26]、その才気あふれる銅脈の作品を日夜憧れを以て繙き、初めての我が狂詩集を出版するに当たっては特にそのデビュー作『太平楽府』を意識して「吾友銅脈」と呼び掛け、その中の一編に次韻し、また名作「婢女行」を模して「芸子行」を綴っていく秦良の姿に、自らを恃む初々しい文学青年の面影が認められる。『黒珂稿』から読み取るべきは銅脈との親交ではなく、狂詩界に文名を轟かす銅脈先生に限りない憧れを抱きつつも密かに野心を燃やす、大坂の若き青年像である。つまり、『黒珂稿』のみを以て秦良と銅脈の関係を意識する必然性は全くないのである。秦良はやはり大坂騒壇の一人であったと考えるべきであろう。

五　『諸家人物誌』・『破帋子』と『万句集』

次いで、秋成との関係が見られる『諸家人物誌』（寛政四刊）及び『破帋子（やぶれかみこ）』（寛政二刊）の二作に注目してみる。『諸家人物誌』は、漢学者、国学者、書家、画家など三百名を超える近世の人名録であるが、この中の「国学者」の項を見てみる。本書では大概、世を去った人か既に大家として遇されている人物を取り上げており、国学者の項でも秋成はもちろん、当時文名漸く上がった本居宣長もその名が見えない。しかし加藤宇万伎の項には、秋成の名こそ出さないものの、前年の寛政三年（一七九一）に秋成が編集した宇万伎の『しづ屋の歌集』と真淵の『県居の歌集』を、「浪華の某氏」の仕事であるとわざわざ明記して採録している。これは他には例の無いことである。また、真淵の門人として採用されてしかるべき他の人を差し置いて宇万伎の恋人と目される油谷倭文子（ゆやしずこ）が取り上げられている。その家集『文布（あやぬの）』もまた、寛政二年（一七九〇）、秋成の序文を付して再刊されたばかりの書である。この、採録に当たっての偏りがすべて秋成に関わっていることに注意したい。そこに師を称揚する秦良のさりげない心配りを看取することができないであろうか。本書巻頭の例言には蘐園派の書目の扱いに関する記述に続いて「又は国学をなすものは、契沖の校本を索む故に賀茂文庫書目を出すなんど、記者の微意をもちゆる処なり。看る人亮察したまへ」と記す。この「記者の微意」を汲み取ろうとするならば、上述の秋成に対する破格の扱いの意味、秋成への敬愛を認めるべきであろう。

　ところが、そういった秦良の秋成に対する態度と相反するように思われるのが洒落本『破帋子』である。内容は、大坂嶋の内の茶屋で、大尽を始めとする遊客が芸子、妓女を交えて粋論議を戦わせているところへ破れ紙子姿の藤屋伊左衛門の幽霊が現われ、誠の粋道の奥義を記した書一巻を授ける、という他愛もないものである。「豹山」の序文には「陳古郎作」とあり、跋文は「ぐはらの翁」、印には「釣雪漁人」、もう一つの跋文は「いさみ」、という戯名があるが、実はすべて池永秦良一人の手になったものと推定されている。しかし、既に中村幸彦によって、跋文が何故か秋成の文体と字体とを模していることが指摘されている[27]。つまり、敬愛する師の文体と字体とを以て、色遊びの戯作を著しているのである。一体このことを如何に解釈すべきなのであろうか。『万葉集見安補正』をめぐる真摯な学問上の関係、及び『諸家人物誌』に見られる秋成への密かな肩入れ、一方で『破帋子』での師を茶化し、笑いの対象にするふざけた態度、その態度は一面『当世癡人伝』にも通ずるものと思われるが、この秦良の著作における両極端の態度は、どのように理解したらよいのであろうか。

　ここで思い出されるのが、秋成の旧作『万匂集（まにおうしゅう）』（安永四刊）である。この作品については次章に詳述するが、一名「万葉体狂歌集」ともいい、古典愛好者の一時の慰みとして典雅な趣を保ち、少数出版で同好の士のみに配られたものと考えられている。しかし、序文が加藤宇万伎をもじった「苅菰の知麻伎」なる狂名で書かれており、秋成が尊敬してやまぬ宇万伎をはたしてこのように扱うことがあり得るであろうか、という点から、秋成作であるか否か、論が分かれている。しかしながら、縷々述べてきたように、秦良は実際に秋成を心から敬愛し、学問的著作の批正を仰ぐ関係にありながら、戯作の中ではその師を俎上に載せ、作中に登場させ、その著作を逐語的にもじり、『破帚子』ではすまして師になり替わっているのである。秦良にとっては恐らくこれは少しも矛盾することではなく、親とも頼む秋成に対する尊敬と親愛の情を持ちながら、と言うよりもむしろ、尊敬と親愛の情を持っているからこそ、その表現が戯作においてはこのような方向に向かったのだと思う。秦良にすれば、かつて若かりし秋成が師宇万伎に対してしてみせた戯れを、今度は自身が秋成を逆の立場に回して試みてみせた、ということではないだろうか。秦良は秋成の戯作のあり方にも共鳴し、自身も秋成と同じ著作態度を試みたのだと思う。その他の疑問点は残るものの、この秦良のあり方を考えれば、秋成が宇万伎を茶化すことがあってもおかしくはないと思われ、『万匂集』を秋成作と考える蓋然性は増すように思われる。

六　秋成にとっての大坂騒壇

そしてそのことは逆に、大坂騒壇における秋成の著作のあり方を浮かび上がらせるものともなる。すなわち、真摯な学問のかたわら、敬愛する師を戯作の中でモデルに仕立てて茶化し、同門の弟子たちがそれを回覧して、笑いを介して一層師への親しみと結束を強める、という一つの独特な表現の方法が大坂の文学風土にはあったと思われるのである。悪口と見えて実は悪口ではない、悪しざまに言うことが逆に親近の表現である場合もある、という大坂騒壇の表現のあり方の中で、秋成もその読者たちも人と育ったのである。そしてその風土が、モデル体小説といわれる『諸道聴耳世間猿』や『癇癖談』に対する、『典籍作者便覧』に見られたような今日の我々とは異なる評価を生み出す基盤となっていると思われる。このような大坂の文学風土の中に秋成が育まれ、文学に対する目を開かれていったことを念頭に置くならば、『癇癖談』を単なる辛辣な風刺とのみ捉えることについては、改めて再考する必要があるのではないだろうか。

晩年の『胆大小心録』もまた同様であろう。自在な語り口であらゆる関心事を縦横に語った奔放な手記、といった趣のある作品であるが、そこに取り上げられた人々には、たとえ憎まれ口に終始しているとしても、秋成が死を目前にして我が人生を回顧した時に書き留めずにはおられなかった懐かしく愛おしい人々の群像、という側面があることを見逃してはなるまい。その表現が悪口に傾くのは、青年時に身に付けたこういった文藝のありようが晩年に至るまで失われなかったことを示していよう。そして、この『胆大小心録』と並行して思索的・内省的な『春雨物語』が執筆されていたことの背景にはそのまま、初期浮世草子や『書初機嫌海』、『癇癖談』といった一連の作品の間に文学的完成度の高い『雨月物語』があることとパラレルの彼の文学観がある。秋成の晩年が貧と孤独に苛まれつつ人間の運命の不可解さを凝視し続けた、苦悩に満ちたものであったことは否めないにしても、その一方でこういった軽やかな作品が書かれたということを、単に晩年の、苦悩の果ての突き抜けた明るさ、と片付けてしまってはならないであろう。身近な誰彼を俎上に載せて茶化し、悪口し、笑いのめすという表現方法は、秋成が大坂騒壇の中で身に付けてきたものであり、秋成自身の性情の中にそういう笑いを志向する隠れた一面があり続けたのではないだろうか。狷介固陋と評される秋成を晩年に至るまで暖かく取り巻き、見守った大坂騒壇の人々は、そういった秋成を深く理解し、その文藝を心待ちにし、毒舌の奥に潜む親愛の情を酌み取ることができたのだと思われる。

『春雨梅花歌文巻』（文化五成）に次の和歌がある。(28)

故さとを思たえてもはるさめのほろとなかるゝ雨のおとかな

晩年の一日、ほろほろと間断なく降りくる春雨のひそやかな音に耳を傾けつつ、思わず落涙する秋成の心に去来するのは、とうの昔に思い切ったはずの故郷、大坂の風景であった。我が身の腑甲斐なさゆえに捨てざるを得なかった故郷ではあるが、孤独の中にあって彼の心に鮮やかに蘇ってくるのは、家業の傍ら仲間同士で互いに豊かな才を競い、悪態をつき合っては笑いさざめいていた、無邪気な、輝かしい大坂での日々だったのではなかろうか。呵々大笑する「明るい」秋成、といった表現にはどうしても違和感がつきまとう。しかし、それは『雨月物語』や『春雨物語』の内面的な深まりを以て秋成の文藝だと盲目的に信じている近代的な解釈に過ぎないことも、忘れてはならないのではないだろうか。

本章で取り上げた秦良や大坂騒壇と秋成とのあり方を見る時、俳諧に遊び、和歌に魅惑され、国学に熱い時を過ごしながらも、実はそういった中から生まれる人との出会いを人一倍大切にしていた秋成、笑いの渦中の秋成、といった観点を以て、今一度秋成を捉え直してみてもよいのではないかと思う。もちろん、こういった時代を跳躍する軽やかな秋成の姿が、『雨月物語』や『春雨物語』に見られる人間の心の奥底に潜む魔を凝視し、運命の不合理に苦悩する秋成の姿に先行するものではない。しかしながら、軽やかさと深刻さの相反する両面を終生持ち続けた秋成という観点が、大坂で人となり、最晩年に大坂の思い出に涙する総体としての秋成像を結ぶ、一つの有力な補助線になるのではないかと思う。

注

（1）新日本古典文学大系『当代江戸百化物　在津紀事　仮名世説』（岩波書店、二〇〇〇）所収『在津紀事』による。

（2）中村幸彦「宝暦明和の大阪騒壇——列仙伝の人々——」（『語文研究』9、一九五九・九、『中村幸彦著述集』第六巻（中央公論社、一九八二）に再録）。

（3）秋成と大坂騒壇との関わりについては、中村幸彦が前掲書、及び「秋成に描かれた人々（一）（二）」（『国語国文』32—1／32—6、一九六三・一／六、『中村幸彦著述集』第六巻に再録）、「癇癖談に描かれた人々」（『近世大阪芸文叢談』大阪芸文会、一九七三、『中村幸彦著述集』第六巻に再録）においてその具体相を明らかにした。また長島弘明は「『雨月物語』における作者・絵師・書肆・読者」（『秋成研究』東京大学出版会、二〇〇〇）において、『雨月物語』の成立に大坂騒壇が大きく関わることを指摘している。その他、主に『諸道聴耳世間猿』『世間妾形気』や『雨月物語』『癇癖談』について、そのモデルや著名な事件、歌舞伎などとの関係が数多く報告されているが、その多くが秋成の側から対象をどう捉え、作品中に如何に描いたか、という視点からの論考である。

（4）森銑三・中島理寿編『近世著述目録集成』（勉誠社、一九七八）所収。

（5）秦良が目にした写本を特定できないため、便宜上、刊本の文章を掲げた。『上田秋成全集』第八巻（中央公論社、一九九三）所収の写本本文に就いてみれば、波線部に関してはほとんど変更がない。

（6）『当世癡人伝』の本文は『〈上方藝文叢刊10〉浪華粋人伝』（上方藝文叢刊刊行会、一九八三）による。

（7）洒落本『列仙伝』『雅仏小夜嵐』に「瓜生」の名が見えることは夙に指摘されているが、長島弘明によって巷説集『つれ〴〵飛日記』に登場する大坂坂町の呼屋よしりんの主人「迂柳」がそのモデルであることが考証された（「和訳太郎論——ゴシップ小説の方法——」『〈共同研究〉秋成とその時代』〈論集近世文学5〉勉誠社、一九九四）所収）。長島は『癇癖談』の「むかし、哥舞伎ものがたりおかしくするおきな」もこの迂柳のことではないかと推測している。

（8）森銑三「池永秦良」『森銑三著作集続編』（中央公論社、一九九二）でこの記事を紹介する。

（9）注4に同じ。

（10）長島弘明「秋成伝記資料拾遺」（『秋成文学の生成』（森話社、二〇〇八）所収。

（11）池永秦良が俵屋太郎吉とも名乗っていたことを、肥田皓三氏よりご教示いただいた。

（12）一戸渉「上田秋成詠・池永秦良録『聴雪編』（東丸神社蔵）について」（『国学院雑誌』110—12、二〇〇九・一二）。

（13）肥田皓三「昭代著聞集の著者」『上方學藝史叢攷』（青裳堂書店、一九八八）。

（14）無窮会平沼文庫蔵『画本廿四孝』（請求番号八一二〇）刊記には、「画図　法橋岡田玉山／彫工　松井忠蔵／天明八年戊申正月発行／京都書林　額田正三郎／江戸書林　西村源六／大阪書林　松村九兵衛／仝　葛城長兵衛／仝　吉田善蔵／仝　池永太郎吉」とある。
(15)『論語訓』『孟子訓』は出版されたか否か不明、現在のところ、所在未確認である。
(16)筑波大学附属図書館蔵『夷曲集絵抄／おしえ草』（請求番号ル二WKロ五八〇—一三）による。
(17)国立国会図書館蔵『破帋子』（請求番号一八八—二三八）による。
(18)国立国会図書館蔵『大阪島之内燈心屋孝女伝』（請求番号一五九—一〇六）による。
(19)国立国会図書館蔵『絵本大人遊』（請求番号一八一—六—七四）による。
(20)国立国会図書館蔵『絵本大人遊続編』（請求番号一八一—六七四）による。
(21)無窮会神習文庫蔵『当世癡人伝』（請求番号四八一五）による。
(22)早稲田大学図書館九曜文庫『占夢早考』（請求番号、文庫三〇e〇三四三）古典籍総合データベースによる。
(23)大阪市立中央図書館蔵『茶功適』（請求番号、貴重書庫大阪七九一／一〇〇／七（一））による。
(24)大阪市立中央図書館蔵『茶湯独稽古』（請求番号、貴重書庫大阪七九一／一〇〇／一—四）による。
(25)頴原退蔵「狂詩概説」『頴原退蔵著作集』第十五巻（中央公論社、一九七九）。
(26)注25前掲書に指摘がある。
(27)『日本古典文学大辞典』（岩波書店、一九八五）「破紙子」の項。
(28)『上田秋成全集』第九巻（中央公論社、一九九二）。

［補記］　本章は拙稿「大坂騒壇の中の秋成——秦良と秋成——」『国文（お茶の水女子大学）』84（一九九六・一）、及びその補遺としての「寛政年間の秋成のこと二、三——秋成の著書廃棄・秦良との交流——」『駒澤国文』49（二〇一二・二）の一部を連接改編したものである。なお、一戸渉『上田秋成の時代〈上方和学研究〉』（ぺりかん社、二〇一二・一）第三部第二章に「池永秦良と大坂書林——『万葉集見安補正』の変遷——」と題して、葛城宣英堂こと奈良屋長兵衛と秦良との関係に着目した論が収載され、教えられることが多かった。内容が本稿と一部重複するが、本論とは立脚点が異なるので、旧稿を改めることはしなかった。氏の論を併せ参照されたい。

［付記］　貴重なご教示を賜りました肥田晧三氏、またご所蔵の書物の閲覧を許可下さった各図書館に深く感謝申し上げます。

第四章　高安蘆屋をめぐる諸問題——藤井紫影旧蔵『万句集』を起点として——

一　はじめに

『万句集』は一名『万葉体狂歌集』とも言い、安永四年（一七七五）九月に山口吉郎兵衛、辻文介、木邨嘉介の三書肆より発行された小冊である。現在、天理図書館、京都大学潁原文庫、慶応大学、都立中央図書館東京誌料、国文学研究資料館等に所蔵されているが、古典文庫『秋成狂歌集』の解説において丸山季夫は、「其他、鈴鹿三七翁、藤井乙男博士も一本を蔵して居られたと鈴鹿翁は話して居られた」と述べている。(1) この度、その藤井紫影（乙男）旧蔵本が愛媛大学鈴鹿文庫に確認できたので報告し、さらに『万句集』出版に関わるさまざまな問題について、高安蘆屋の事跡を中心に考察したい。蘆屋は『万句集』の版下を書いた人物であるが、その事跡を追うと、蘆屋が単なる本書の筆耕であることを超えて、大坂における秋成の文藝の生成に甚大なる影響を与えた重要人物であることが浮き彫りになってくる。蘆屋の事跡を視野に収めることにより、『万句集』なる書物の性格とその出版をめぐる背景について、新たなる視界が開けるように思われる。

二　藤井紫影旧蔵『万匂集』

今回確認した藤井紫影旧蔵『万匂集』（以下、鈴鹿文庫本と称す）を、便宜上、上記の古典文庫『秋成狂歌集』所収の複製と対照しながら、簡単にその書誌を記す。

- 書型　中本一冊。
- 表紙　原表紙。横一二・五糎×縦一八・四糎。薄標色無地。
- 題簽　原題簽（刷）。中央。横二・二糎×縦一三・〇糎。薄黄色。題「万尓ほ不」。
- 丁数　全十四丁。見返しはなく、一丁表は白紙、一丁裏が古典文庫本の見返しにあたる。
- 刊記　「安永四年乙未九月発行」「江戸日本橋通山口吉郎兵衛、大阪御池通辻文介、同心斎橋通木邨嘉介」。
- 本文　異同なし。
- その他　一丁表の白紙部分に藤井の識語あり（後述）。

本文は体裁、字配り等は全く同じであるが、版面は鈴鹿文庫本の方がより良好な状態を保っている。また大きな相違点として題簽の位置の違いがある。字体等は同じだが、古典文庫本では左上にある題簽が、鈴鹿文庫本では中央に貼られている。題簽は「寛永時代（一六二四〜四四）以降の刷り題簽になると歌書・俳書・絵本・草子の類は短冊簽を中央に貼り、その他の本はおおむね左上に貼られ」（『日本古典籍書誌学辞典』「題簽」の項）るようになったというから、鈴鹿文庫本は歌書の体裁を模したものと見ることができる。狂歌書も多くは題簽が中央に貼られ

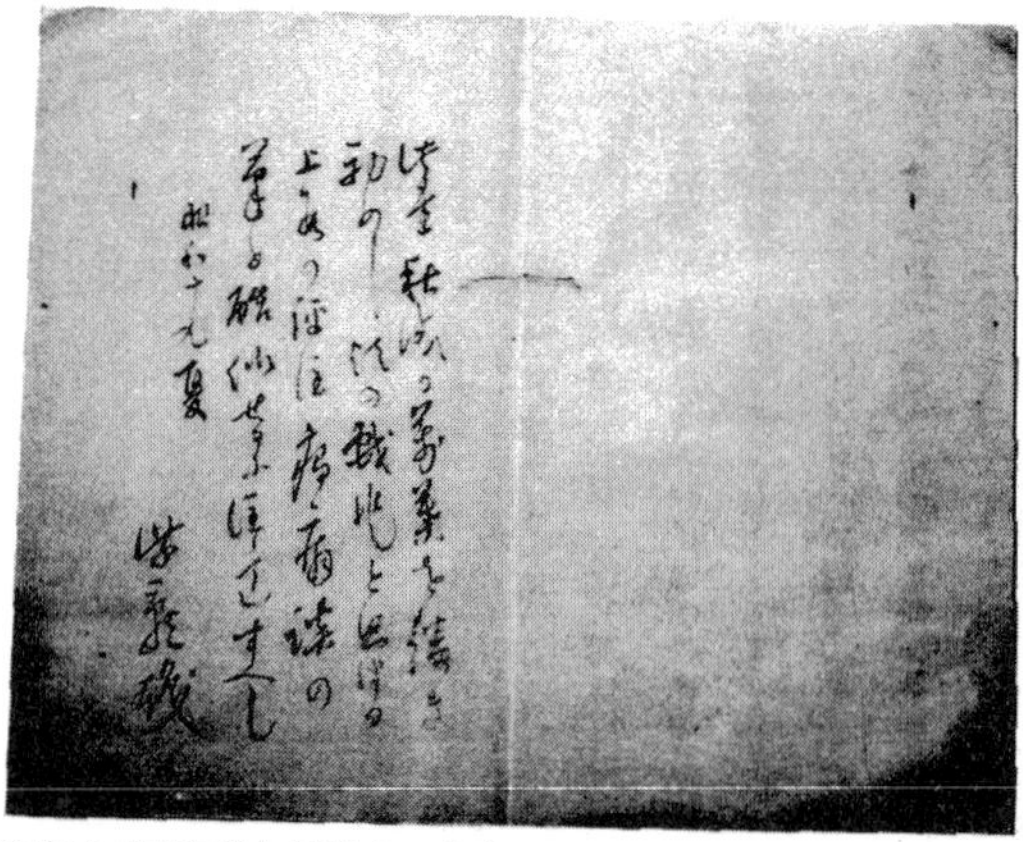

鈴鹿本『万匂集』見開き・1オ

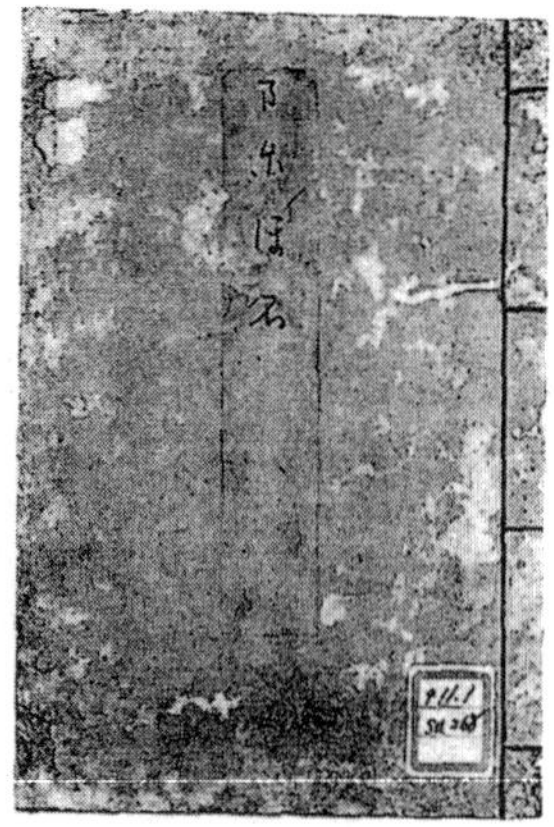

鈴鹿本『万匂集』表紙

る、と言ってしまえばそれまでだが、『万匂集』が『万葉体狂歌集』とも称する和歌集の戯作であることを思えば、上段に注を施すという『癇癖談』に通じる戯注の形式ばかりでなく、題簽の位置についても、明らかに歌書の体裁を意識して戯れているのである。この点からも、鈴鹿文庫本の方が本来の『万匂集』の形であると考えられよう。

さて、この『万匂集』なる書が秋成作であるかどうかは説の分かれるところで、高田衛はその著『上田秋成年譜考説』において、『享保以後大阪出版書籍目録』に「作者　難波村北之町　西明儀右衛門」とあること、『万匂集』の序文署名が秋成の師、加藤宇万伎をもじった「苅菰（かりこも）の知麻伎（ちまき）」となっており、秋成の宇万伎に対する感情からいえば、このようなカリカチュアはしないと考えられること、安永四年という時期に秋成がこのような戯作に筆を執る必然性もないことなどから秋成作に疑問を呈し、秋成国学社中の中に広く、複数の作者を求めるべきだとした。(2)それに対して丸山季夫は上記解説において、無窮会蔵『芦汀紀聞』の巻九・十合冊本に「上田余斎著述之書目」として『万葉体狂歌集』の名が見えること、題材、文体に秋成らしさが窺え、複数の作者群は想定しにくいこと、『万匂集』の版下は宇万伎の『源氏物語』注釈書である『雨夜物語だみことば』と同じく高安蘆屋と考えられることから、高田の指摘する書籍目録の問題は残るものの、秋成の作品である可能性が高いと結論付け、「藤井博士も傍証のない為之を遺文には落されたが、芦汀紀聞の記事によって、秋成作とされたと記して居られたかと記憶する」と書き添えている。この藤井の言とは「上田秋成の匿名著作紹介（上）」（『学海』第二巻第一号、昭和二十年一月）に見られる次の言説であろう。

秋成全集や秋成遺文で、此人の著作は活版本になつて、殆ど紹介されつくしてゐるやうであるが、それでも不思議にまだ極一部の人々より他に書名すら知られてゐないものが二つある。

この二書とも刊本ではあるが稀覯のもので、これまで更に人の注意を惹かなかつた。その一は万葉体狂歌集である。此書は大正七八年の頃自分が寓目して確かに秋成の戯作と睨んだのだが、全く客観的の旁證が無いために躊躇して、秋成遺文には収め無かつたのである。然るに昭和十三年六月『上方』九十号に丸山季男氏が無窮会蔵本『蘆汀紀聞』の上田余斎著述之書目中から、年徳機嫌海（後書初トアラタマル）万葉体狂歌集の二種を発見して報告されたのを見て、覚えず手を拍つて是ある哉〳〵と叫んだ。

すなわち藤井は、『秋成遺文』編集当時からこの『万句集』には着目していたのであったが、客観的証拠に欠けるため、採録は見送ったのである。丸山の報告を目にして、我が意を得たりと快哉を叫んだのであった。

ところで、鈴鹿文庫本には冒頭に藤井自身の識語があることは先述した。それは次のようなものである。

此書、秋成か万葉を繙き初めし比の戯作と思はる。上段の評注、癇癖談の筆と酷似せるに注意すへし

昭和十九夏　　紫影識

丸山の報告によって本作が秋成作品であることに自信を深めた藤井が、この時期に本書を入手して、改めて内容を検討し書き付けたものであろうか。ここで注意されるのが、「上段の評注、癇癖談の筆と酷似せる」という指摘である。藤井の言は、『万匂集』と『癇癖談』において、単に本文に頭注を付すという形式が似ているというだけではなく、典雅な（言い換えれば真面目くさった）古典注釈書の形を襲いながら、本文で遊ぶばかりか、ふざけた戯注をも施すことで徹底的に笑いのめそうとする、まさにその執筆態度が酷似しているという意であろう。まじめに古典研究に打ち込む傍ら、学業の合間にはそれを題材にふざけた営みを繰り出して楽しむ、その両方が同時に成り立つことこそが、秋成の、またその周辺の文学書生たちの独特のあり方であると言い得る。

そこで本稿では、このような秋成周辺の学問と戯作との独特な関係性を考える一助として、高安蘆屋なる人物の文藝活動と秋成及びその周辺との関わりを確認し、『万匂集』が蘆屋版下であることの意味を再考したい。確かに丸山の指摘の通り、『雨夜物語だみことば』では蘆屋が版下を書き、秋成が序文を認めた。しかし、そのことから直ちに『万匂集』秋成作者説を導き出す根拠は曖昧である。宇万伎を介した学問的接触のみを以て、一足飛びに『万匂集』秋成作者説へと結び付けるのだとしたら、あまりに短絡的に過ぎよう。我々は、蘆屋と秋成が如何なる交流を持っていたかを見定めなくてはならない。なお、蘆屋の事跡については森銑三、中村幸彦、肥田晧三の先行研究に拠るところが多いことを断っておく(3)。

三　高安蘆屋の人となり

『典籍作者便覧』『大阪人物誌』『大阪名家著述目録』等に拠って粗述すれば、高安蘆屋、修姓、高。名は昶、通称、今田屋荘次郎または庄次郎、字は載陽・春民、号、柳洲・蘆屋。雑喉場の富商であったが衰え、生涯独身、書を以て生計を立てた人物である。生没年未詳。彼の「病」というあだ名は諸書に見えるが、今、秋成の門弟で『万葉集見安補正』を纏めた池永秦良が寛政七年（一七九五）正月に出版した『当世癡人伝』巻四から抜粋してみる。

病

病はまだちかき頃までゐられたる今田屋庄太郎といひし人なり。つねに病装をなしていられしゆへ、人よんでやまひといへり。少年のうち彼柳大夫なとの許へも遊はれしに、柳大夫も甚た奇才を称せられし也。今田やも親父の時代までは雑喉場の豪家なりしかど、此人の成長しられし時分には家も貧しくなりしゆへ、つねに傭書して自給せられき。……其後難波に卜居しられし也。[4]

『当世癡人伝』は、このとき既に世を去っていた難波の粋人たちの逸話を収めたもので、秋成の『諸道聴耳世間猿』及び『癇癖談』の世界とも重なりを持つ書だが[5]、蘆屋もその粋人たちの一人であって、「柳大夫」すなわち『近世畸人伝』にもその名が見える風流人で大和郡山藩の重臣であった柳里恭（りゅうりきょう）（柳沢淇園）にもその才が愛されていたのである。蘆屋の生年は不明だが、天明三年（一七八三）、蘆屋の母が還暦を迎えたのを祝して皆川淇園が寿詞を寄せている。天明三年には秋成は五十歳であるから、蘆屋は秋成よりも十歳前後の年少ということになろうか。

　蘆屋が没落して雑喉場から撤退し、傭書に日を送るようになった時期については未だはっきりしない。今、『享保以後大阪出版書籍目録』から抜粋した蘆屋の著作出版の際の届け出住所（括弧内はその住所の見える最終年月である）、及び『浪華郷友録』に見える住所から、蘆屋の居住地を追ってみる。

安永四年（一七七五）三月　難波村（安永五年十一月まで）
安永六年（一七七七）十月　木挽北町
安永七年（一七七八）八月　安堂寺町五丁目（天明元年四月まで）
天明四年（一七八四）十月　南久太郎町四丁目（天明五年八月まで）
天明八年（一七八八）三月　北平野町九丁目
寛政二年（一七九〇）四月　本町四丁目（寛政二年九月まで）
寛政三年（一七九一）十一月　住所不記載

また、『皆川淇園門人帳』安永八年七月の項に「攝津大坂　高荘二郎　以書投贄」と見える。以上を総合すれば、少なくとも安永四年（秋成四十二歳）以前には雑喉場を離れ、住居を転々と移しながら書を以て身を立てていたのであり、安永八年七月に皆川淇園に入門、居住地の判明する最後の年である寛政二年以降、『当世癡人伝』の刊行された寛政七年正月以前に世を去ったのである。

では、没落する以前、雑喉場では何を商っていたのであろうか。延宝七年（一六七九）刊の『難波鶴』には「同（ざこば）今津屋（かいや町）庄二郎」と見える。の記事があり、[6]『難波雀』（同年刊）にも「生魚問屋」の項目に「同（ざこば）今津屋庄二郎」とあり、「かいや町（生魚問屋）　今津屋庄二郎」と見える。豪富の家であったこと、『当世癡人伝』では実在のモデルの名を少しずつもじっていることから考えると、蘆屋は諸資料にいう「今田屋」ではなく、代々「今津屋庄二郎」を名乗る、雑喉場かいや町の生魚問屋であったと考えてよいであろう。西鶴の時代から百年以上も続いた豪商、今津屋の当主であった蘆屋が、産を失って筆耕に転じたのであった。

次に、蘆屋の文藝活動を概観してみたい。後に広島藩儒となった頼春水の『在津紀事』は安永期前後の混沌社を中心とする大坂の学藝の実情を伝えることで知られるが、この書に蘆屋についての記述が見える。「高荘次郎、流蕩落魄し、傭書を生と為す。戯草、源語梯及び入江昌喜半二郎と称すの著述、皆高生の書に係はる。初め書法俗陋なり。余が家渡辺素平の書一軸を蔵す。借し与へて之を摸せしめ、書法一変す。常に余が徳を称す」（一五八段）という。(7) すなわち雨森芳洲の『戯草』、五井蘭洲の『源語梯』、入江昌喜の全著作の版下は蘆屋の筆であり、蘆屋は春水が貸与した渡辺素平の書を学んだために自らの書の品格が上がったと、常に春水に感謝していた、というのである。実際、春水が安永六年十二月に渡辺素平の書を故郷の安芸国竹原からわざわざ取り寄せていることが指摘されており、(8) また渡辺素平の法書は蘆屋の跋文を附して刊行されてもいる（『渡辺曾平臨摹藤原行成卿省草』）。そうだとすれば、蘆屋の筆跡が変わったのは安永七年以降ということになろうか。

しかしながら、何しろ蘆屋の人と為り、「高生放誕、動もすれば無根の談話を造し、甚だしければこれを筆し、稍世間に伝播す。人或いは就いて之を質すに、生笑って与に理めず、更に一話を出して人を悦ばしむ。余も亦たしばしば騙せらる。後これを覚り、人に語げて曰く。高生の説話を造すは、猶ほ人の客を見て茶菓を供するがごときのみ」（一五九段）であるという。春水の言によれば、蘆屋は何かといえばすぐに法螺を吹き、時には書き物まで作ってそれを広める、何だかおかしいと思って問い返せば答えるどころか、更にでたらめの話をして煙に巻き、人を面白がらせるのであり、それはまるで客が来たらお茶を出すような、ほとんど習性に近いものであるという。実に人を食った性格なのである。そんな蘆屋にとって、謹厳実直な春水は誠にからかい甲斐のある相手であったに違いなく、春水はしばしばかつがれているのである。「お前さんのお蔭で書道の手が上がった」と顔を合わせる度に褒められ、顔をほころばせる純粋一途な春水と、それを眺める蘆屋の顔付きとが目に浮かぶようである。書法一変の一事もまた、どの程度信の置けるものなのであろうか。

蘆屋の書道における師承については、蘆屋が安永五年（一七七六）十一月に校合出版した『東涯先生消息』によって知ることができる。(9) 本書は伊藤東涯の法帖に附録として用語の抄釈を付した一種の往来物で、大坂の石原茂兵衛、谷嘉兵衛の二書肆より出版されている。蘆屋跋文によれば、幼時、書を巽（たつみ）真漁に学んだが、この帖は師が「是東涯先生所作、余嘗得二其真跡一雙鈎シ以テ蔵ス」と言って蘆屋に示したものであり、その後、疎遠なままに師が世を去って十数年、再びこの帖を市に見出し、亡師を偲んで出版したのである。巽真漁、名は正音、字子聲、新興大蔵とも称し、牧夏嶽（新興周平）、泉必東らに並ぶ新興蒙所門下の俊秀である。(10) つまり、都賀庭鐘と真漁とは書道における相弟子ということになる。蒙所は篆隷二体に特に優れており真漁もよくそれを学んだというから、蘆屋もそれに連なるものとすれば、春水の言う蘆屋の書法上達の一件は、もし真なりとすれば、仮名文字についてということになろうか。

四　蘆屋の文藝活動とその周辺

ともあれ、蘆屋が渡辺素平を評価していたことは間違いなく、春水がここに指摘する蘆屋版下も確実なものと考えてよい。その他、森銑三、中村幸彦、肥田晧三によって蘆屋版下と推定されたものも数多くある。なお探索の余地はあることと思われるが、今、これらの指摘に従い、『享保以後大阪出版書籍目録』等も参照しながら蘆屋自身の著作、版下を書いたと推定される作品（「筆」とする）、彼が出版に関わった作品（序跋の執筆、校合などを含む）を、その他の関連事項をも加え、年次順にまとめてみる。

明和八年（一七七一）『四鳴蟬』（都賀庭鐘。桂宗信画）筆。

安永三年（一七七四）『幽遠随筆』（入江昌喜）筆。

安永四年（一七七五）『甘谷先生遺稿』（篠崎三島、田中鳴門編）筆。『古今俄選』筆。『万匂集』筆。

安永五年（一七七六）『東涯先生消息』跋・刊行。

安永六年（一七七七）『雨夜物語だみことば』（加藤宇万伎。秋成序）筆。『会約』筆。

安永七年（一七七八）『静舎雑著』（宇万伎）校合。

安永八年（一七七九）皆川淇園に入門。『青陽唱詁』（入江昌喜。蔀関月画）筆。『祝枝山楷書千字文』双鈎。『女房百人一首』校合。『左氏捷覧』校合。『日本詩選続篇』（江村北海）に蘆屋の詩二首所収。

安永九年（一七八〇）『女房三十六人歌仙』（渡辺素平法書）跋・刊行。『夜鶴庭訓抄』校合。

安永年間か、『有斐斎剳記』（皆川淇園）訳・刪校。

天明元年（一七八一）『装劔奇賞』（稲葉通龍。片山北海、龍公美他序）筆。『東詁』。『掌中金銭相場割図』。

天明二年（一七八二）淇園に林淡水（稲葉通龍伯父）の墓碑銘を乞う。『大成正字通』題・校。

天明三年（一七八三）蘆屋母の還暦の祝いに淇園が寿詞を寄せる。友人中村僧隣を悼み、篠崎三島に文を請い碑を建立。『鬼貫発句集』筆。『義経磐石伝』（庭鐘。蔀関月画）筆の出版許可が出る（出版は文化三年）。

天明四年（一七八四）『源語梯』（五井蘭洲）筆。『竹取物語抄』（小山儀。入江昌喜増注。頼春水序）筆。『久保之取蛇尾』（入江昌喜）筆。『吉野冬の記』（蝶夢）筆。『訳文要訣』（其斎主人。蘆屋著か、或いは皆川淇園か）。渡辺曾平臨摹藤原行成卿省草』跋・刊行。

天明五年（一七八五）『後撰夷曲集』（稲葉通龍識）筆。『鮫皮精義』（稲葉通龍補正）筆。『挹芳斎雑画』（橘国雄）

序・図意。『更紗図譜』（稲葉通龍補正）筆。『訳文要訣附録』。

天明六年（一七八六）『非なるべし』（富士谷成章）序・筆（出版は寛政七年）。『莠句冊』（庭鐘）筆。『遠江記』（蝶夢）筆。『和漢書画一覧』。この年、稲葉通龍没。

天明七年（一七八七）『昭代著聞集』（森川竹窓。篠崎三島序）筆。

寛政元年（一七八九）『たはれぐさ』（雨森芳洲）筆。『絹布重宝記』（田宮仲宣）序。『巻懐四書』校合。『琴曲新歌ふくろ』。

寛政二年（一七九〇）『草庵和歌集類題拾遺』。

寛政三年（一七九一）『小説字彙』（秋水園主人）題首（秋水園主人が蘆屋か否かは不明）。『琴曲筑波山』。

寛政六年（一七九四）『言葉の玉』（花丸。序・跋は庭鐘、本文は蘆屋筆か）[11]。『異名分類抄』（入江昌喜）筆（但し天明三年成）。

寛政七年（一七九五）正月以前、蘆屋没。

寛政八年（一七九六）『都会節用百家通　雅俗類字両点』（蘆屋草、鎌松荷増刪、丹桃渓画）。

寛政九年（一七九七）『和漢年契』（寛政元年蘆屋識）。

寛政十年（一七九八）『西遊記続編』（橘南谿）筆。

寛政十二年（一八〇〇）（入江昌喜没。墓碑銘、頼春水撰、篠崎三島書。）


もちろん傭書であるからには書肆の求めに応じて筆を執ることも多いであろうが、このように通観してみると、やはり蘆屋が関わる仕事には、ある傾向が窺えるように思われる。たとえば、既に指摘されているように入江昌喜、稲葉通龍といった特定の個人や混沌社中との深い関わり、加えて秋成との関係で言えば庭鐘、宇万伎との関係、また、琴曲・俄・『挹芳斎雑画』（ゆうほうさい）での風流絵解き等に見られる芸能への親近などである。

蘆屋がそのすべての著作の版下を書いたという入江昌喜は、大坂石灰町の商人、榎並屋半次郎である。『虚実（きょじつ）柳巷方言（さとなまり）』「名家之部」に「蒹葭」、「十時（梅厓）」、「漁焉」らと並んで「榎半」の名で登場する。家事に繋がれ、晩年、西高津の幽遠窟に隠棲してのち初めて精力的に学問に打ち込んだ人で、特別な師承関係はないが、契沖に私淑し、また小沢蘆庵とも親しく、蘆庵の推挙により妙法院宮に『万葉類葉抄補闕』編纂を命ぜられた(12)。『痾癖談』に大坂の酒造家、佐々木泉明の奥州行脚を茶化した一段があるが、泉明が帰国後、その道中で折り取ってきた西行ゆかりの道辺柳を植樹し、記念に諸方から歌句を募って『一人一首短冊篇』にまとめた際、昌喜もまたそれに応じて一首を収めており、昌喜の随筆『幽遠随筆』でもそのエピソードに触れている。この昌喜の再従兄弟が、混沌社の怪物と言われ秋成にも学んだ小山儀（こやまただし）で(13)、早世した儀の遺著を昌喜が増注して出版したのが天明四年（一七八四）刊『竹取物語抄』である。

稲葉通龍は万屋新右衛門、春禽（『装劔奇賞』）とも称し、塩町通心斎橋筋に芝翠館という店を営んだ刀剣装具・雑貨商だったが、安永九年（一七八〇）四六歳、決然として家業を廃し、天明元年（一七八一）念願の刀剣の鑑識法に関する書『装劔奇賞』を編述、自らもこれを鬻ぎ、ついには出版業に転じた(14)。蘆屋は通龍から仕事の供給を受けていたばかりでなく、もう一歩立ち入ってその事業を助けていたのであろうと森銑三は推測している(15)。

ここで、少々横道に逸れるが、通龍の出版事業に関して言及しておきたい。というのは、通龍の出版を考えることが、蘆屋及び秋成と大坂騒壇のあり方を考察するに当たり、あるヒントを与えてくれるからである。

既に知られている以外に通龍が出版したものとして、其斎主人著『訳文要訣』（天明四刊）、『訳文要訣附録』（天明五刊）、鬼貫の『ひとりごと』（天明五刊）などがある。『訳文要訣』は荻生徂徠の文を批評・改訂したもの、同『附録』は服部南郭の詩を評したもので新井白石の手簡を合刻する。届出には『訳文要訣』の版元は塩屋平助、

『附録』の方は不記載となっているが、試みに新潟大学附属図書館佐野文庫本『訳文要訣』を見ると、[16]刊記は「天明四年甲辰三月発行／浪華書林　高橋平助／稲葉新右衛門」とあり、また『附録』は「天明乙巳暮秋上梓浪華書林　稲葉新右衛門蔵」となっている。また、この二書の柱題はそれぞれ「訳文要訣」、「訳要附録」と異なっているものの同一の罫紙が用いられており、『訳文要訣』の最初の三丁には柱に「芝翠館蔵」と刻まれている。両書とも、稲葉通龍が中心となって出版したと認めてよいと思われる。『訳文要訣』の作者、其斎主人については『日本古典文学大辞典』「文章薫蕕弁（くんゆうべん）」の項（中村幸彦執筆）に、「上巻は、其斎主人著『訳文要訣』（天明四年（一七八四）刊）で荻生徂徠の文「記昌俊襲義経第」を逐一に評して改訂したことについて、徂徠学派の著者が、古文辞の立場から、その改訂の誤りを更に詳しく指摘したもの。（中略）文中、『訳文要訣』を皆川淇園の著とする。『享保以後大阪出版書籍目録』によれば、著者は高庄次郎（高安蘆屋）と見える。蘆屋は別に淇園の著を編刊しようとした例もあり、あるいは淇園の業かも知れない」と指摘する。「其斎主人」が蘆屋であるか皆川淇園であるか、今にわかには定め難いが、いずれにせよ本書は蘆屋が主導して通龍に出版させたものであろう。

また、当時は鬼貫再評価の機運が高まっていた時期ということもあろうが、蘆屋はかねてより鬼貫を高く評価し、『鬼貫発句集』（天明三刊）では自ら板下を書いた上、蘆屋が鬼貫門人であった友人から直接見聞した逸事を三宅嘯山に提供し、跋を請うている。その『鬼貫発句集』刊行から間もなく、『ひとりごと』は出版された。早稲田大学図書館蔵本により確認すれば、[17]「天明甲辰冬十一月求板乙巳二月再治　浪華書坊　心斎橋塩町西へ入稲葉新右衛門蔵」とあるから、天明四年（甲辰）に板木を入手、手を入れて翌五年二月に出版したのであろう。この出版にも、或いは蘆屋の導きがあったかと想像される。

これ以外にも、享保十二年に出雲寺和泉掾が出版した『田舎荘子』を天明四年十一月に求板・出版し、また天明五年九月には京都の西邨平八と相版で、これも嘯山が編した許六と野坡との往復書簡集『許野消息』を出版するなど矢継ぎ早に出版しているが、一方、天明四年正月に蔀関月の門弟、流光斎如圭画の『旦生言語備』を村上九兵衛と相版で出していることが注目される。[18] この『旦生言語備』は流光斎役者絵の初作で、当時京坂で活躍中および近年物故した役者五十名の全身像を一頁一名ずつ描き、自作発句と屋号・俳名を記したものである。滑稽味を帯びた独特の画風で、以後の上方役者絵様式を確立した記念すべき作品であるが、[19] これを通龍が出版しているのである。まさに大坂ならではの出版と言ってよいであろう。

しかし、二人の関係は天明六年（一七八六）の通龍の死によって断ち切られ、通龍が版元となって出版する予定であった『非なるべし』は後年、別の書肆から発刊された。その『非なるべし』は『胆大小心録』にも名が載る富士谷成章の遺著で、徂徠著『南留別志』に対する反論書。言うまでもなく成章は蘆屋の師、皆川淇園の実弟である。

さて、この出版を通じた蘆屋と通龍との交渉にもう一つ、秋成との関係という要素を加えて考えた場合、もっとも注目すべきは『諸道聴耳世間猿』の出版である。『上田秋成全集』第七巻所収の『諸道聴耳世間猿』解説によれば、『諸道聴耳世間猿』には十種の版本が現存するが、推定刊行順に分類された版本の五番目、寛政・文化頃の版と思しき山田屋嘉右衛門版のうちの一本、天理図書館本の見返しに、「芝翠館」の名が見えるという。

> 一之巻の見返しが二種に分かれるが、いずれもこれ以前の版の袋の板木を流用したものか。（中略）②の見返しは、「浪速和訳太郎著／諸道／聴耳／世間狙　全五冊／当時流行の珍説を／聴あつめ故八文字が／文勢に倣ひて怜悧可／笑かきたる話本なり／芝翠館蔵」とあるもの。天理図書館本（上田秋成雑集一）。「芝翠館」は大坂の書肆万屋（稲葉）新右衛門。この見返し及び寛政二年改正『板木総目録株帳』の記載（同帳の板木所有者は、最初は「万新　大宗」とする）が存在を示唆する万屋版とは、あるいは、三の無刊記版や四版の河内屋

版（河内屋と万屋はこの頃相版の実績がある）のことかもしれぬが、万屋版が別にあったとすれば、『諸道聴耳世間狙』の版は、もう一種増えることになる。[20]

残念ながら芝翠館・万屋新右衛門（通龍）によって出版された版本『諸道聴耳世間猿』は所在不明であるが、もし芝翠館から『諸道聴耳世間猿』が出版されたのだとしたら、それは天明元年（一七八一）自ら出版した『装劔奇賞』を出版業のスタートとし、天明六年（一七八六）その死によって活動にピリオドが打たれた書肆、万屋新右衛門の短い活動期間のうちのことであっただろう。そしてまた、このことは、万屋版『諸道聴耳世間猿』の出版に蘆屋が必ずや関わっていたであろうこと、彼らにとってこの作品が再版に値する作品であったことを、強く示唆するのである。

もう一点、付け加えておきたいのは、天明五年（一七八五）稲葉新右衛門他二肆によって刊行された『後撰夷曲集』である。日本名著全集『狂文狂歌集』解説に述べるところをまとめれば、『後撰夷曲集』は寛文一二年（一六七二）大坂の俳人・狂歌師の生白堂行風が『古今夷曲集』に引き続き出版した狂歌集で、早くに板が絶え、寛延三年（一七五〇）にその十分の一程度を抄出した『後撰夷曲集抜抄』が大坂の田原屋平兵衛から出され、さらに天明四年には完本が奈良屋葛城長兵衛により半紙本三冊に縮小されて出版されたという。しかし森川昭によれば、天明以後の六種の新刻の三冊本はすべて同版であり、天明四年刊記の四種の本、刊年不明の奈良屋本のいずれよりも、天明五年の稲葉本の方が先行すると一応考えておく、と結論付けている。[21] ここで思い出されるのが、前章で見たように、天明七年十一月に池永秦良から『絵入おしえ草』（後撰夷曲集抜抄）開板届出が出され、翌正月に『夷曲集絵抄おしえ草』（作者・衆楽堂主人、板元・加賀屋善蔵・奈良屋長兵衛他四肆）として出版されていることである。本書は『後撰夷曲集』から一部の狂歌を抜き出し挿絵を付して、それにまつわる故事や教訓を童蒙のために分かりやすく書いた教訓書であるが、秦良の出版に秋成もある程度関わっていたこと、通龍と蘆屋、蘆屋と秋成の親しさを考えると、ここにも蘆屋の肩入れがあったのではないかと想像されるのである。

ところで今、天明七年（一七八七）に刊行された森川竹窓の著作『昭代著聞集』[22]を足掛かりとして、竹窓と池永秦良、蘆屋と篠崎三島に注目したい。竹窓が秋成の弟子であるというだけでなく、この著作が秋成と蘆屋との繋がり、『万匂集』の出版を考える時に、一つの示唆を与えてくれるように思われるからである。

五　秦良・竹窓・『万匂集』

『万匂集』の作者を考える際、特に、秋成が師の加藤宇万伎を「苅菰（かりこも）の知麻伎（ちまき）」などとカリカチュアすることがあり得るか否かを考える時に、考慮すべき事例がある。前章で論じた秋成の国学上の弟子、池永秦良のあり方である。大坂に成長し「高蘆屋、阮余斎を師の如く」（『典籍作者便覧』）した富裕の町人であった秦良は、早くに父を失い、文事に遊んで破産、いわば秋成や蘆屋とも重なる人生を送った。秦良の早世を知った秋成の悲嘆は『万葉集見安補正』序文によく表れているが、その愛弟子秦良が、実は『万匂集』における同様の戯れを師、秋成に対して行っているのである。

寛政二年（一七九〇）刊の洒落本『破帋子（やぶれかみこ）』は秦良作・画、閲・序跋者も彼自身、そして肸蠁堂（きつきようどう）の名で自ら出版しているのであるが、この中の「いさみ」の跋がなぜか秋成の字体と文体とを模している。[23]秦良の秋成に対する畏敬の念と、まるで師を愚弄するかのようなこの振舞いは、そのまま秋成と宇万伎との関係に重なっていると考えられる。弟子が師をもどくことは、必ずしも師への軽侮を意味するものではない、ということだ。秦良は師に就いて正統なる学問を学ぶ一方で、父の世代である秋成や蘆屋らが遊んだ宝暦・明和の頃のさざめき、文事と戯れとが渾然となった知的にして馬鹿馬鹿しい悪ふざけに憧れ、今は亡き粋人・癡人たちの逸話を書き留めたり洒落本をものしたりするといった形で、その世界に寄り添おうとするのである。秋成が当事者として書いた『癇癖談』の世界を、一歩退いて遠巻きに眺めたのが『当世癡人伝』なのだ、ということもできようか。竹窓は後年、秋成十三回忌に当たって、その人を偲ぶために秋成が精魂込めた『春雨物語』ではなく、敢えて『癇癖談』を選んで上梓したが、その心性には秦良と通じるものがあるといってよいであろう。

その竹窓と秦良がペアとなって作り上げた作品が、この『昭代著聞集』である。竹窓が寧倹堂主人の名で執筆、秦良は開版人俵屋太郎吉として、西村源六、銭屋長兵衛、奈良屋長兵衛とともに出版に携わっている。秦良はこの頃から版元として活動を始めていたのである。出版当時、竹窓は二十五歳、秦良は二十歳そこそこの若者であった。そして、この作の版下を書いたのが他ならぬ蘆屋、序を与えたのが篠崎三島である。蘆屋と三島との繋がりについては共に菅甘谷の門下であり、混沌社中と親交する間柄であって、改めて詮索するまでもない。貧にもかかわらず高価な茶碗を愛用する蘆屋を三島がたしなめたところ、蘆屋が「写字で鬱屈した心を晴らす、妻のようなものだから」と答えた、などという逸話も三島の息子、小竹によって伝えられている（『在津紀事』欄外標記）。まだ駆け出しの秦良と竹窓にとってこの蘆屋と三島の参加は、初めての出版に対する望外のはなむけであったことだろう。竹窓が後に大著『集古浪華帖』を上梓した時、その序文を十八歳も年少の小竹に依頼したのはこの『昭代著聞集』における因縁を思ってのことであろう、という肥田皓三の指摘がある。[24] 先述した竹窓の『癇癖談』出版の心情をも考え合わせると、しかるべき年輪を重ねた竹窓の胸中に去来する、若く潑剌とした、過ぎ去った日々への懐旧の念が窺えるように思う。

さて今、『万句集』出版に関し、この蘆屋と三島が関わって出版された『甘谷先生遺稿』に注目したい。この書は甘谷が没して二年後の明和三年（一七六六）二月に出願されているが、文中に差し障りがあるという惣年寄からの注意で版行を見合わせ、改めて同年五月出願、九年後の安永四年（一七七五）に、出願時の四冊ではなく三巻三冊で出版された。四冊から三冊への変更がどのようなものであったか不明だが、当初から蘆屋の版下であったとするならば、蘆屋版下の最初期のものとなる。ところで、本書の版元は五車堂、和泉屋文介である。この和泉屋文介は『近世書林版元総覧』によれば辻氏。大坂長堀宮川町から宝暦年間に御池通六丁目に移転している。つまり『万句集』の出版書肆の一つ、御池通の辻文介とは和泉屋文介のことなのであり、この『甘谷先生遺稿』と『万句集』とは同年に同書肆から刊行されているのである。『甘谷先生遺稿』出版をめぐって和泉屋と三島、蘆屋らとの間で長らく交渉があったであろうことを考えると、このことは、『万句集』が和泉屋から刊行されたということに蘆屋が与った一つの可能性を示唆してはいないだろうか。結論を急ぐ前に、和泉屋の出版活動を『享保以後大阪出版書籍目録』に拠って見ておきたい。

和泉屋が版元として出願しているのは延享三年（一七四六）正月から天明八年（一七八八）十一月までで、全部で三十四作品ある。そのうち蘆屋が直接関わっているのは『甘谷先生遺稿』の他に『会約』、『静舎雑著』、『祝枝山楷書千字文』で、頼春水の『会約後編』（天明二年）、『会約続編』（天明八年）もここから出されている。他に祇園南海の『湘雲瓚語』や加藤宇万伎の『南窓筆記』も和泉屋から出版の企てがあったようである。さて、和泉屋より数多くの絵本を出版している画工、酢屋源十郎こと挹芳斎（ゆうほうさい）橘国雄に着目してみたい。国雄は和泉屋から『女筆蘆間鶴』（宝暦三年）、『蝦夷志略』（安永九年）、『絵本人形袖』（天明元年）、『絵本宿の梅』（天明三年）、『絵本千里友』（天明三年）、『画図山海郷』（天明三年）、『絵本梅の蕚』（天明五年）を出願している。また国雄が挿絵を描いた本草書『毛詩品物図攷』（天明五年）の著者、岡元鳳も『甘谷先生遺稿』の跋者の一人で、和泉屋と関わりのある作者である。ところで蘆屋と国雄との接点はといえば、国雄が京都の西村平八、江戸西村源六の二書肆から出版した『挹芳斎雑画』（天明五年）において漢文序を与え、「雑画図意」を添えていることだけであって、ここには特に和泉屋の関与は見られない。しかし天明四年（一七八四）、国雄が『絵本様殿罵』の一作だけ万屋新右衛門（通龍）から出願していることが気になる。想像を逞しくすれば、和泉屋の専属のような国雄を、蘆屋が仲介する形で、出版業に乗り出して間もない稲葉新右衛門に紹介したのではないだろうか。全くの憶測であるが、もしそうだとすれば蘆屋と和泉屋との親しさが窺われる事柄であり、この和泉屋に『万匂集』のような作品の出版を持ちかけたのが蘆屋であると考えても、あながち間違いではないのではないだろうか。

なお、『万匂集』出願時の版元、柏原屋嘉助（南久宝寺町五丁目）と『万匂集』出版の中心となった木邨嘉介（大坂心斎橋通）との関係は不明であるが、注意されるのは安永八年（一七七九）に出版された『町人常の道』なる一書である。本書は享保十九年（一七三四）、茂庵老人なる者が記し置いたものを、浪華の木村柳之が見出して出版したという教訓書で、柏原屋嘉助（博労町道風池東）他、大坂・江戸の四書肆より出されているが、『享保以後大阪出版書籍目録』には校合人木村嘉助（南久宝寺町五丁目）、版元柏原屋嘉助（博労町）と届けられている。『近世書林版元総覧』に「木村嘉助　大坂心斎橋筋南久宝寺町」「柏原屋嘉助　大坂南久宝寺町五丁目、博労町（安永）↓順慶町二丁目（享和）」とあるのに就けば、木邨嘉介は柏原屋嘉助と同一人物のようにも思われるが、推測の域を出ない。もしそうであるとすれば、『万匂集』の版元は届け出通りということになる。後考を俟ちたい。

六　終わりに

以上、結局のところ、本稿において『万匂集』の作者が秋成であるか否かという根本の問題は何一つ解決されてはいない。しかしながら、蘆屋と秋成とが同じ文化圏に所属することは明らかであり、竹窓、秦良といった次世代の眼差しを通して垣間見られる、大坂騒壇の一員としての蘆屋と秋成の距離の近さもまた特筆すべきことであろう。『万句集』出版の背後にある蘆屋の関与は疑い得ないものであり、そのことは秋成を作者と考えるための有効な一助となるように思われる。

『万句集』と同年に刊行された『古今俄選』と秋成との関わり、竹窓を中心とする次世代の大坂騒壇のありようなど、秋成を含み込んだ当時の大坂文藝の具体相を知るためには未だ課題は多いが、それらを考える際、蘆屋は逸することのできない人物である。『万句集』版下が蘆屋であることの意味は、ここにある。早くに『万句集』を秋成著作と見抜いていた藤井紫影の慧眼に、ただ敬意を払うばかりである。

注

（1）丸山季夫『秋成狂歌集』（古典文庫、一九七二）「秋成狂歌集解説」。
（2）高田衛『完本　上田秋成年譜考説』（ぺりかん社、二〇一三）。
（3）森銑三「高安蘆屋」「高安蘆屋遺事」（『森銑三著作集』第四巻、中央公論社、一九七一）、中村幸彦「日本人作白話文の解説」「大阪俄について」「都賀庭鐘伝攷」「上田秋成伝浅説」（『中村幸彦著述集』第七・十・十一・十二巻、一九八二〜一九八四）、肥田晧三「大阪人物小記　高安蘆屋資料」「昭代著聞集の著者」（『上方学芸史叢攷』、青裳堂書店、一九八八）。
（4）『〈上方藝文叢刊10〉浪華粋人伝』（上方藝文叢刊刊行会編、一九八三）所収。
（5）中村幸彦「宝暦明和の大坂騒壇――『列仙伝』の人々――」「秋成に描かれた人々4癇癖談」（『中村幸彦著述集』第六巻、一九八二）、長島弘明「和訳太郎論――ゴシップ小説の方法」（『秋成とその時代』、勉誠社、一九九四）、拙稿「『癇癖談』の読者たち」（『秋成とその時代』、本論文第二部第二章）など。
（6）肥田晧三氏のご教示による。
（7）新日本古典文学大系『当代江戸百化物　在津紀事　仮名世説』（岩波書店、二〇〇〇）による。
（8）注7前掲書脚注による。
（9）無窮会平沼文庫本による。
（10）『諸家人物誌』「新興周平」の項、『古今墨蹟鑑定便覧』等による。

(11)『洒落本大成』第十六巻（中央公論社、一九八二）解説で蘆屋筆とする。
(12)『入江昌喜翁』（入江昌喜事跡顕彰会、一九四四）。
(13)前掲『在津紀事』二二段に小山儀について「伯鳳学を嗜み、好んで奇僻迂怪の書を読む。素より記性有り。博物夷堅より、近世志怪の籍まで、暗記せざるは無し。社友目して怪物と為せり。時に年二十余、善く病む。」とある。小山儀、字、伯鳳。号の養快は妖怪（＝怪物）と同音である。
(14)後藤捷一『稲葉通龍と其著書』（大阪史談会、一九四一）。
(15)注3「高安蘆屋」。
(16)新潟大学附属図書館佐野文庫蔵『訳文要訣』『訳文要訣附録』は国文学研究資料館マイクロフィルム資料に拠る。
(17)早稲田大学図書館古典籍総合データベースによる。
(18)ここでの稲葉新右衛門の刊行書についての情報は、国文学研究資料館データベース、早稲田大学古典籍総合データベース、国会図書館サーチ等より得た。
(19)『日本古典文学大辞典』「旦生言語備」「流光斎如圭」の項（松平進執筆）参照。
(20)『上田秋成全集』第七巻（中央公論社、一九九〇）解説（長島弘明執筆）。
(21)日本名著全集『狂文狂歌集』（日本名著全集刊行会、一九二九）林若樹解説、及び近世文学資料類従・狂歌編3『後撰夷曲集』（勉誠社、一九七七）森川昭解説による。
(22)本作については注3「昭代著聞集の著者」に詳しい。
(23)『日本古典文学大辞典』（岩波書店、一九八五）「破紙子」の項（中村幸彦執筆）。
(24)注22に同じ。

[付記]　資料の閲覧、掲載及び写真撮影にご高配下さった愛媛大学図書館、並びに貴重なご示教を賜わった肥田晧三氏に心より感謝申し上げます。

第五章　「鶉居」と「洛外半狂人」――退隠前後の秋成――

一　はじめに

秋成は生涯に幾つかの号を用いた。初期浮世草子では「和訳太郎」、『雨月物語』に「剪枝畸人」、俳号としての「漁焉」「青蕪」「無腸」、その他に「餘斎」「三餘」「休西」など、その時々に応じて号を使い分けている。そのいずれにも秋成のそれぞれの思いが込められているものと思われるが、秋成が医を廃して淡路庄村に退隠して以来用いた庵号「鶉居」に、特に注目したいと思う。この号は晩年に至るまで秋成に愛され、京都南禅寺山中の小庵に住んだ時にも庵の入口にこの号が掲げられていたことが、文化四年（一八〇七）に秋成を訪問した田能村(たのむら)竹田(ちくでん)の次の言によって知られるからである。

余斎翁は、此頃は南禅寺の常林庵の後園に居られたり、わづかなる家にて、入り口にのうれんを掛て、鶉居と自から二字を書して有り（『屠赤瑣瑣録』(1)）

にも拘わらず、この「鶉居」についての論及は少ないように思われる。

また天明七年（一七八七）正月、秋成によって『書初機嫌海(かきぞめきげんかい)』が書かれた。序文の署名は「洛外半狂人」。しかし、秋成が故郷大坂を捨てて京都に移り住んだのは寛政五年（一七九三）のことであり、この時点では未だ大坂市中の淡路町切町で医者としての生活を営んでいるのであって、従来この「洛外」という筆名の由来は不明とされてきた。

本稿ではこの「鶉居」という庵名と「洛外半狂人」という号名について、秋成の淡路庄村への退隠前後の状況、及び著作の内容を鑑みることにより、その由来とそれらに込められた秋成の想いを考察してみたい。

二　「鶉居」

「鶉居」の由来について秋成は、『鶉の屋』、『藤簍冊子』巻六に収められた「鶉居」、同じく「（鶉居）其二」、『藤簍冊子』巻二の雑歌中の記事などの小文を残している。このうち『鶉の屋』なる一文は天明七年（一七八七）中、すなわち退隠の直後に書かれたと思われ、また転居と庵号「鶉の屋」（鶉居）の命名の由来についての記事を含んでいる。その意味で「鶉居」の号に対する秋成のなにがしかの思いを窺うことのできる格好の作品である。しかしながらこの作品は京都嵐山へ花見に出向いた折りの見聞録を中心として、人並みの生活を全うすることのできない己を腑甲斐なく思うという前文と、「鶉の屋」転居にまつわるあれこれが、それこそ不整合なままに京都行の記事を挟んでいるといった印象しか与えないものである。何故にこの一文に与えられた題名が『鶉の屋』なのであろうか。言い換えれば、何ゆえ『鶉の屋』に、一見無関係に見える京都行の記事がその作品の過半を占める形で置かれているのであろうか。

そこでその問題箇所、「病すこしひまある比、平瀬の助みちがあらし山の花見に出たゝじやと云に、さそはれゆく」から「いみじくさしあふがれて、あなたふとゝ、拝み奉るばかりなり」までの京都嵐山紀行の部分を改めて検討してみたい(2)。その内容は次の五つの部分に分けることができる。

①平瀬助道に誘われ、天竜寺の三秀院に宿泊。
②寺内に似雲が住した「任有亭」を見、ゆかしさに一泊。
③花見の雑踏に辟易する。夕暮れ、水面に散り浮かぶ桜を見る。
④翌朝、東福門院ゆかりの土佐光信の掛軸を見、簡素な表装を好もしく思う。
⑤三月一日、鷹司輔平の関白就任の行列を仰ぎ見る。

一見、嵐山に過ごした数日間の出来事を時間の流れに従って日記風に綴った、単純な記録のように見える。しかし注意深く読めば、ある価値基準に基づいて話題が選択されていることが認められる。つまり、ことは風雅の世界に限られているのである。特に、最も多くの紙数を費やしている②に注目したい。ここでは天竜寺の一角にあった小庵をめぐる逸話を中心に綴られている。まず②の梗概を記す。

天竜寺は嵐山や大井川を眼前に見る静寂な寺である。その庵は、足繁くこの地を訪れては明け暮れその風景を愛でていた歌僧、似雲のあまりの執心ぶりを見兼ねて、三秀院の主僧が建て与えたもので、後嵯峨院の和歌を踏まえて「任有亭」と名付けられた。秋成は、ゆかしさにこの庵で一夜を過ごす。寝られぬままに風の音、滝の響き、川千鳥や蛙の声に耳を澄まし、和歌の歴史に思いを馳せて自らも二首を詠んだ。

この一段には四首の和歌が掲げられている。一首目は似雲がこの庵に初住の日、三秀院の主僧が似雲への戒めを込めて送った「我国師」の歌、「おもひ入住ぬる山の庵にも心とむればうき世とぞなる」である。この歌の原型は天竜寺開山・夢窓疎石の家集『正覚国師集』に収められる次の和歌である。

総州の退耕庵に棲みたまひける時、ある人来て、このすまひのめづらしさに心のとまるよしを歌によみたりし返しに

めづらしく住みなす山のいほりにも心とむればうきよとぞなる

すなわち、世を捨てて隠棲したはずの身でありながら、その庵に執着を留めれば、そこが新たなる煩悩の源となってしまうのだという自戒の歌である。この和歌を送られた似雲は繰り返しこの歌を打ち誦し、風早実種の筆を乞うて日夜眺めていたという。

続く二首目は「任有亭」の名の由来となった後嵯峨院の和歌「わが宿の物かあらぬかあらし山有に任せておつる滝つせ」である。これは『続古今集』巻十八に「亀山仙洞にてよみ侍りし歌のなかに」という詞書と共に収められている。亀山殿は後嵯峨院、亀山院父子の離宮であった所だが、天竜寺の庭園はその亀山離宮の池を一部利用して夢窓疎石が造営したもので、夢窓疎石という連想から第一首と第二首は繋がっているわけである。時こそ違え、眼前の庭園にかつての離宮の面影を追いながら、庵に因むこの二首を口ずさむことで秋成は似雲に想いを重ねていたのではないだろうか。秋成はその二首によって醸し出された和歌的空間にいざなわれるままに一夜を過ごし、自らも二首を追詠する。それが三首目・四首目である（傍線、二重傍線、波線、筆者。以下同）。

此やとり、すゞろにあはれなりとにもあらねど、かねてしもおもひわづろふ心を、これにつけても独ごたる。

思ひしむ木の下かげのいほりかなうきよの外のかり寝しつれば
又いほりの名につきて、
なげ木こる山にも入らじけふよりはうきを命の有に任せん
といふも、あすは亦、いかに思ひたがふらん、いとおぼつかなくなむ。

一見して、この二詠と前述の二首とは次の対応関係のあることに気付く。

1　おもひ入住ぬる山の庵にも心とむればうき世とぞなる
　　↓
3　思ひしむ木の下かげのいほりかなうきよの外のかり寝しつれば

2　わが宿の物かあらぬかあらし山有に任せておつる滝つせ
　　↓
4　なげ木こる山にも入らじけふよりはうきを命の有に任せん

この秋成の二詠が前二首と対応関係にあること、そして「かねてしもおもひわづろふ心」から詠まれたとされていることに注目するならば、『鶉の屋』におけるこの四首の排列について改めて問い直す必要があるのではないだろうか。なぜなら、その問いに対する一つの答が、一見不整合に思われる『鶉の屋』を読み解く為の鍵、ひいては秋成が終生愛した「鶉居」という庵号の由来を知る有効な手掛かりになると思われるからである。

そこで、まず前二首の和歌の意味合いを考えてみたい。夢窓疎石は戦乱の世にあって、後醍醐天皇、足利尊氏を始めとする歴々の尊崇を受け、南禅寺、天竜寺、円覚寺等に住持し、更に請われて日本各地に寺を開いた。それればかりでなく天竜寺庭園に代表される造園の才にも秀でた碩学であった。しかし『鶉の屋』との関連で注目すべきは、彼があくまで俗世を厭い、各地を遍歴して多くの庵を結んだ点にあろう。おも立ったものを挙げても、甲斐の竜山庵、美濃の古谿庵、土佐の吸江庵、三浦の泊船庵、上総の退耕庵、鎌倉の南芳庵、天竜寺の雲居庵などが知られ、権力者の招請を避け、人烟を離れた閑寂の地に庵居したのであった。また、泊船庵では藤原為相の訪問を受けて和歌の贈答をしており、勅撰歌人でもあって、和歌の嗜みもなみなみでなかったことにも留意しておきたい。一方、似雲は秋成と同時代人である。武者小路実陰の門人で、宝暦三年（一七五三）八十一歳で没したが、西行を慕って詠歌と求道に生涯を捧げ、「今西行」と称された人物であった。嵐山の任有亭の他にも、吉野の雫の庵、高野の幻住庵、弘川寺の花の庵、踞尾の常楽庵などに行雲流水の仮寓を求めた。つまり、共に人烟を避け、各地を遍歴しては庵居の地を求めたという点で夢窓疎石と似雲は繋がっているのである。とすれば、似雲が単にこの嵐山の風光明媚のみに惹かれたとするのは早計であり、彼はその背後に控える雄大な自然と渾合する夢窓疎石の作り上げた庭園を愛で、隠遁者としての夢窓疎石のあり方を追慕してこの地に執着・庵住したのだと思われる。しかしその心の持ち様の危うさを主僧は戒め、似雲も深く悟るところがあったのである。その和歌的世界を背景に、世を遁れた二者への共感と追慕の物語を、秋成は二首の排列によって紡ぎ出そうとしたのではないだろうか。

殊にこの二人がともに高徳の僧であること、世俗を離れて各地を転々とし、それぞれの庵に風雅な庵号を付していたことを思い起こすならば、この『鶉の屋』という作品にさりげなくこの京都での一夜が描き込まれていることの意味合いが、自ずから浮かび上がってこよう。というのは、この頃の秋成は、大坂の中心地を離れた淡路庄村への退隠を既に考え始めていたからである。知人のつてを頼って小庵を探し求めた秋成の次なる関心事は、当然その庵に与える庵名である。「任有亭」の号と、それにまつわる夢窓疎石と似雲の清らかな逸話は、自庵にふさわしい名を模索していた秋成の心を揺さぶったのではないだろうか。それを裏付けるかのように、上洛の記事に続く淡路庄村の小庵「鶉の屋」への転居を綴る一節にも、先述の和歌の一句がそのまま用いられている。

さてしも、うき世の外の仮寝、身におはぬものから、又も立交はらじのひたぶる心より、老たる人々をもすかしこしらへつゝ、むかしの長柄の浜松陰に、もとよりのしるべして、あやしの小家に移りきたるは、身の病をもいたはり、かつはつひの屍はふらすべきさかひもとめたる也けり。

つまり、この上洛の記事は俗世を離れた風雅な庵居の世界を描くためには必須のものであり、決して無意味な挿入ではなかったのである。とりわけ②の部分は『鶉の屋』の主旨に関わる庵の命名にまつわり、秋成の庵号に込める思いの深さを物語るものといえよう。すなわち秋成は遁世と和歌的な美意識を醸し出す庵号を求めていたことを知るのである。

それでは、叙上のことを踏まえた上で、改めて「鶉居」という庵号が選ばれた理由を考察してみたい。上洛の記事の後、次の一文が記されている。

むすぶよりあれのみまさる草の庵を鶉の床となしやはてなん

まことや、鶉といふ鳥は、常のすみかをさだむる事なし、露けきあら野、或は垣ねの葉がくれも、しばしがほど身をやすからしむるとや。皺かきたり、やつか髭霜おけるにも、猶住つかん所だにさだめす、をちこちしありくあさましさを、かれにだもあえなばやのしたなげきして、いほりの名を鶉の屋と呼事となりぬ。

老いてなお居所を定めず、次々と住まいを移す自らのあり方を鶉に重ね合わせて、自嘲の意味を込めて「鶉居」の号を選び取ったというのである。しかし、この一文からでは前述の秋成が庵号に求めていた遁世と和歌的な要素、その真意のほどは窺えない。「鶉居」が選ばれた背景を一度『鶉の屋』から離れ、別の角度から考える必要があろう。

「鶉」といえば直ちに連想されるのは山城国の歌枕「深草」である。もちろん、その発想を支えているのは『伊勢物語』第一二三段である。草深き野、そこに住む鶉、離別と孤独という深草のイメージを語るこの有名な一段は、せつなく哀しい。鶉から『伊勢物語』が想起されるならば、思い出されるのは秋成の『伊勢物語』研究のこと、およびその傍らに生み出された秋成の戯作『癇癖談』である。前章までに見てきた通り、『癇癖談』は思いのままに身近な畸人・才人たちを次々と風刺の対象に据え、滑稽な注釈を付して笑いのめした作品であるが、秋成は最終段に至って自らをも俎上に載せ、世への不平不満を募らせていたずらに年月をすごす愚かさを自嘲する。

むかし、深草のさとに、世を倦(うむ)じてや住家もとめて、かくれたる人ありけり。しばしやどれるとおもふも、はや四とせ五とせばかりになりぬ。さすがに、みやこなつかしきをり〳〵は、そなたのそらをのみながめてありけり。

この秋成自画像と見なされる癇癖の主の住処を、実際には大坂郊外の淡路庄村でありながら「深草」の地としていることは不思議であり、奇異の観を免れない。しかもその奇異さが先の「鶉居」や『伊勢物語』と関連してくるのである。『痼癖談』の成立は寛政三年（一七九一）、既に四・五年前になるという退隠の時期は天明六・七年に当たり、秋成の実際の退隠及び『鶉の屋』執筆時期と合致する。この『痼癖談』の最終段の記述により、大坂市中を遠く離れた草深い遁世の宿りとしての「深草」、それに和歌的世界を醸し出す「鶉」を取り合せて号として選んだとは考えられないであろうか。そして終生この号を使い続けていることは、淡路庄村退隠が人生の大きな一区切りとして意識されていたことを示すように思われる。

そこで先に引用した『鶉の屋』に立ち戻ってみる。その引用に続いて、次の一節が記されている。

此春の雨間なきに、いさゝかのすり（修理—筆者注）をも煩らはされて、う月の廿日あまりにやう〳〵移りて、ひとたびは刈はらひしも、いつしか深き雨の中に、もと見し草の原となりんたり。

秋成は次第に厭世の思いを深め、ついのすみかを求めて知人にそれとなく打診し求めた末、その思いに叶った地を得ることができた。しかしその地は、都会で長年暮らしてきた老母にとって、いかばかり寂しい土地であっただろうか。住み慣れた、友人知人も多い市中を老年に至って離れる心細さを秋成も理解できないではなかっただろうが、「老たる人々をもすかしこしらへつゝ」転居を断行したのであった。常住の地を定めぬ鶉に我が身をなぞらえてはいるが、実はこの転居は周到な用意のもとになされたものだったのである。その用意、及び家族の説得は天明六年（一七八六）中になされたものの如く、七年の春を迎え早々に引越しするつもりであったが、折からの長雨と家の補修に予想外の時を過ごし、ようやく引越しを済ませたのは初夏、四月下旬であったという。そしてこの地は「つひの屍はふらすべき」地、「世のしれものが骸骨の棄どころ」（『鶉の屋』）であった、すなわち生涯を閉じるべき舞台として選ばれたのであった。その地の小庵「鶉居」はまさに遁世を求めながらも、典雅な古典和歌的な世界を憧憬して止まぬ秋成の思いそのままの庵号ではなかっただろうか。「野とならば鶉となりて」と詠まれる、世から棄てられた哀声に、当時の秋成の心のあり様を見るのは想像に過ぎようか。

三 「洛外半狂人」

秋成がついの住み家とすべく「鶉居」に移る直前の天明七年(一七八七)正月、『書初機嫌海』が上梓された。その序文の署名は「洛外半狂人」。しかし、秋成が故郷大坂を捨てて京都に移り住んだのは寛政五年(一七九三)であって、しかも淡路庄村の「鶉居」は秋成がかなりの思い入れを以て求めた地であり、従来、この「洛外」という奇異な筆名の由来が不明とされてきたこともゆえなしとはしない。何故に「洛外」なのであろうか。

ここで秋成が退隠の地、淡路庄村を「深草」と呼んでいたことを思い起こしたい。『書初機嫌海』は秋成が自ら「深草」と呼ぶ淡路庄村へ退隠する前の最後の作品に当たり、「洛外半狂人」という筆名も前述の「鶉居」と同様、この退隠との何らかの関わりを思わせる。というのは、「洛外」という語は中心に都を据えてそこからの距離を感じさせるものの言い方であり、「深草」と称される淡路庄村はまさにそうした場所であると言ってよいからである。だが、それでもなおこの書の成立がまだ淡路庄村へ移る前だという問題が残る。仮に「深草」の連想から大坂市中を「洛」に取り成したのだと認めた上でも、未だ市中(即ち「洛中」)に住む秋成が「洛外」と名乗ることの奇異さはぬぐいきれない。本書は天明六年(一七八六)十二月に出版届けが出されているが、それには作者名がなく、翌年正月に「洛外半狂人」の序文署名を付して出版された。この号はあるいは出版間際に考案されたものとも考えられる。それにしても、退隠はその約三ケ月後の四月二十日過ぎであって、やはり誤差が生じる。この誤差をいかに考えるべきであろうか。

このことを『書初機嫌海』の出版事情と重ね合わせて考えることはできないであろうか。すなわち、秋成の当初の引越し予定は正月早々であって、その地、つまり「草深き野」にしつらえた新しき住まいで『書初機嫌海』の出版を迎える心積もりであったと考えたいのである。故に市中にありながら、その日のためにタイムリーで気の利いた筆名を用意して、出版に備えていたのではないだろうか。ところが思いもかけない気象条件その他の雑事に遮られて転居は延引、「洛外半狂人」の名は宙に浮き、秋成の目論見ははずれてしまった。事の真相は案外こんなところではないだろうか。

叙上のごとく秋成が「洛外」の語に淡路庄村への退隠を心待ちにする想いを込めていたのであれば、それに続く「半狂人」も退隠に関わる何らかの事情をかすめての筆名ではないかと考えることはたやすい。この「半狂人」なる語から容易に想起されるものといえば、天明五年（一七八五）、本居宣長によって書かれた『鉗狂人』、及びそれに端を発した一連の秋成と宣長との論争である。

秋成の退隠前後の事情は『胆大小心録』第五段に詳しい。退隠後は「暇多ければ又思ひ出して」学問を始めたのであり、それ以前は国学に疎かったとしている。しかし実際には、退隠の決意を固めるに至った天明六年（一七八六）は、秋成の生涯忘れ得ぬ国学論争が行なわれた年でもあった。すなわち宣長の『漢字三音考』などに唱えられた音韻・仮名遣いの論をめぐる四度に亘る応酬と、藤貞幹の『衝口發』を宣長が批判攻撃した『鉗狂人』に端を発するいわゆる「日の神論争」という、宣長との『呵刈葭』論争と呼ばれる二種類の論争が行なわれていたのである。周知の事柄であるが、論の進行の都合上、以下にその応酬をまとめてみる[3]（表参照）。

表（☆音韻論争　★日の神論争）

年号	秋成の事跡	宣長の事跡
天明五		★十二月、『鉗狂人』成。
天明六	★七月以前、『鉗狂人上田秋成評』成。 ☆夏秋の交、菊屋兵部宛書簡（初度の難文）成。 ☆秋冬の交、『宣長に対する上田秋成の答書』成。（この頃、菊屋に論争打ち切りの書簡（『文反古』所収）を書くか。）	☆二月、『漢字三音考』刊。 ☆八月二十日、『菊家主に贈る書』成。 ★秋冬の交、『鉗狂人上田秋成評之辨』成。
天明七	正月、『書初機嫌海』（洛外半狂人）刊。 四月、淡路庄村退隠。	☆一月、『上田秋成論難之辨』成。 これ以後、寛政二年（一七九〇）四月までの間に『呵刈葭』成。

天明六年中に二つの論争が入り乱れて激しく為されているが、更に宣長の『菊家主に贈る書』末尾には「さきつころ見せ給ひし往々笑解とかいふ物に、宣長かあらはせる馭戎概言を評せしその論」とあって、やはり遠からざる時期に、秋成が宣長の著『馭戎概言（ぎよじゆうがいげん）』を批判した『往々笑解（おうおうしようかい）』なる書が菊屋兵部（荒木田末偶）を通じ、宣長にもたらされていることがわかる。すなわち『漢字三音考』『鉗狂人』『馭戎概言』の三書をめぐる秋成の宣長批判は、この一年に集中して見られるのである。

このうち、今問題にしている「半狂人」に関わってくると思われる『鉗狂人上田秋成評』、及びそれに対する宣長の反応を知って書いたと思われる菊屋兵部宛て書簡を見てみたい。「鉗狂人」とは「狂人に首枷（かせ）をする」という意味であり、『鉗狂人上田秋成評』はそれを踏まえた次の一文を以て始まる。

狂人鉗せらるゝ共、反て其罪に伏せざるべし。しはらく此鉄索を放べ、他日、本心を待て、再糺問せむもの歟。今是を見るに忍びず、代りて其一二を陳せむとす。唯恐らくは己連索せられむことを。大人希くは哀憐を垂よ。(4)

秋成は、『鉗狂人』に対する反論を述べはするが、一概に藤貞幹の『衝口發』を全面肯定しているわけではないとする自分の立場をまず明示する。藤貞幹を狂人と見なす宣長の立場を一応認めた上で、その過激と思われるところを問題にしようというのである。そしてこの態度は、次に掲げる末尾の文の内容とも相呼応し、首尾一貫したものとなっている（濁点、ルビ筆者。以下同）。

大人の著述は、馭戎慨言も何も、他国に聞ゆるにはあらで、こゝの漢籍に泥(なず)める者のために説示すべき用意なれば、国内の鼻欠狙(はなかけざる)が全躯を咲(わら)ふの談は事共あらじをや。やゝもすれば言を過して、彼立言家の弊とぞ聞ゆ。こゝに至りては、狂人反て己が罪に伏せず、刑具を採て立対はゞ如何。言を過せば、いつしか禍津日の狂言にまじこられて、神直毘、大直毘の御霊には違ふべし。あなかしこ。恐るべし、謹むべし。

一夜、鉗狂人といふ書を読て、いとめづるあまりに、ふふり〳〵(マヽ)おのが思ふにたがへること等をも、ひとつふたつかいそへたれば、あやしううたてある物に成にたるが、かへりてはうれたくてなむ。さみだれのふる屋のかべのかたつぶりつのめて何をあらそひやせむ。いせ人は国に忠あるもの也。我はいせ人に忠ならむものぞ。

ここで秋成は『馭戎慨言』を始めとする宣長の著述の性格を、日本人でありながら外来の思想に毒されてしまっている人々を諭し正すためのものと位置付け、多くの愚者がただ一人の賢者を物笑いにするという諺を挙げて、そういう愚かな学者共が自説を認めようとしないことなど宣長にとってはもとより承知のことで、何程の事もあるまいとする。にもかかわらず言葉を極めて敵を非難し糾弾する宣長の物言いはあまりにも過激であり、それが極端に及べば、相手に自らの非を悟らせるどころか、むしろその言葉尻を捉えて反撃に転じさせるチャンスを与えかねない危険性を秘めていることを指摘するのである。更に付け加えて、秋成の本意は『鉗狂人』弾劾にあるのではなく、宣長の学識には敬意を表し「いとめづるあまりに」日頃の二、三の疑問を質し、またいささかの苦言を呈してみたまでのことであり、これは「伊勢人に忠ならむもの」なのだ、と結んでいる。秋成は、少なくとも宣長に直接送られたこの手紙においては、宣長の説を大筋において認めた上で、その欠点を改めるべきことを進言したと考えてよいであろう。ところがこの書簡を受け取った宣長の反応は、秋成の理解を越えたものであった。

反論をまとめた『鉗狂人上田秋成評之辨』が秋成に送られたかどうかは不明であるが、もう一つの音韻論争の仲介も果たした菊屋兵部が、すさまじい宣長の反応を秋成に伝えたのである。その、批判という行為そのものを非難する宣長の学問的ならざる態度に、秋成は論争の無意味さを悟り、二度と宣長とは論争しないことを菊屋に言い送ったのであった。

なめしとて罪ゆるすまじくとや。いとおそろし。人は心々に物いふを。誰かは一すぢにぬきとゞむべき。宣長のおしやる事どもは。我に似よ。来よと。ひたすら事しては。おほやけのまつりごとにもそむきて。罪はそなたにこそかうぶりたまふべけれ。（中略）またも便せじ。いそしき世に立走りて。いたづら事問かよはさむやは。

雄の蟹がかづくあはひのかたもひは。たれ打たのみ言かよはさむ。

（『文反古』上、「末偶へまた」[5]）

真理を追求しようとし、それ故にこの年度々論争を重ねてきたのであったが、宣長から返ってきたのは切磋琢磨による互いの向上ではなくして、空しい反響と自身に向けられた思いもかけない非難攻撃のみであった。その事実に秋成は愕然とし、また今まで漠然と感じていた宣長の学問の独善的な一面が、初めて明瞭に、身に染みて了解されたのではないだろうか。

そしてこの事は菊屋兵部以外の、秋成に問い学びする人々の間でも早速話題にされたに違いない。というのは、この二つの論争の秋成の論には「又叟の説も一に用ふべし。社友、猶是には異なる考へも有べき歟といへり」「我社友、砺波今道」「太古の伝説異同のほかに、これらの事も、我社友は存疑してさし置のみ」などの言葉が見え、共に古典を学び、諸説を研究し合う仲間がいたことを思わせるからである。彼らと秋成との間に交わされたであろう会話は、想像に難くない。秋成を取り巻く門人たちは、秋成と宣長の論争の一部始終を見届け、問題となった書物の名を脳裏に刻み付けたことであろう。

『書初機嫌海』が出版されたのは、それから間もなくの事であった。その序文に「洛外半狂人」の署名を見た時、以上の事情を知る者たちは「狂人」という刺激的な語から直ちに『鉗狂人』を思い浮かべなかったであろうか。激しく戦わされた論争、宣長の狂信的と言ってもよい論駁態度、秋成の怒りと絶望が、ありありと蘇らなかったであろうか。「半狂人」の語には、宣長に対して無益な戦いを挑み、はからずも道化役を演じてしまった己に対する自嘲の響きさえも感じられる。「鉗狂人」は普通「けんきょうじん」と読むが、字書に照らすまでもなく

「鉗」は「かん」と読むこともできる。とすれば、この読みは「かんきょうじん」ともなり、より一層「半狂人」への連想を容易にさせる。漢学に若干は通じていた秋成のこと、「けん」と「かん」との音韻を踏まえた戯れは、いかにも宣長との音韻論争に疲れ果てた末の戯号に適ったものであった。この筆名は事の顚末と、その後すべてを遁れて隠棲せんとする秋成の姿を想起させるものではなかったであろうか。

既に述べたように、秋成の文藝を考える際には、読者の問題を抜きにして考えることはできない。秋成には常に文によって我が思いを表現しようとし、また文によって己の理解者を確認しようとする意識があった。もちろん弄文家の常として、秋成は容易には我が意図が看取できないように文章を綴ったのではあったが、同時に、読者の誰彼を念頭に置き、その秘めた思いを彼らに伝えんとする想いを禁じ得なかったように思われる。現存しない『駁戎慨言』に対する批判書は『往々笑解』と名付けられたが、この『往々笑解』、すなわち「オウオウ、ソウカイ」の題名こそ、宣長の狂信的、独善的態度に接した秋成が当の宣長よりもむしろ我が門人たちに向けて放った、一つの示唆に富むメッセージであったと思われる（ついでながら、ふざけた書名の戯れということで言えば、『諸道聴耳世間猿』も振り仮名が付され「しょどうききみみせけんざる」と読むことが示されるが、これも或いは「諸道聴くのみ読まざる」の意も掛けているのではなかろうか）。同様のことが、西鶴に倣った新春の三都を描く軽い読み物『書初機嫌海』にも見られるのである。「洛外半狂人漫言」の署名の下には南鐐銀を形取った印が配され、「南鐐云テカ」の印記が読み取られる。これもまた「何を言うてか」と自ら道化てみせたのであるが、この語の指し示すものは作品内容そのものではあるまい。むしろ「洛外半狂人」という筆名、すなわち前述の如く「深草」＝淡路庄村への退隠と対宣長論争という二大事件をかすめた命名を、自ら戯画化し韜晦したものと見なす方が自然であろう。それはもちろん、秋成をよく知る読者に投げかけられたメッセージであったのである。

期せずして淡路庄村退隠の時期はずれ込み、秋成の目論見は奏効することなく終わる。しかし、この秋成の、出版に向けてというよりはむしろ読者に対する挑発とも呼べる心積もりを考えた時、我々はよりはっきりと秋成の「書く」こと、出版することを含めた読者への示唆性を知ることができるのではないだろうか。本稿が秋成の戯号のいくつかを取り上げた狙いはここにある。すなわち、単なる戯号のあれこれの詮索にとどまらず、そこに、秋成が読者に明らかに読み取ってほしいと念じていた彼の文学観が看取できるように思われるからである。

四　終わりに

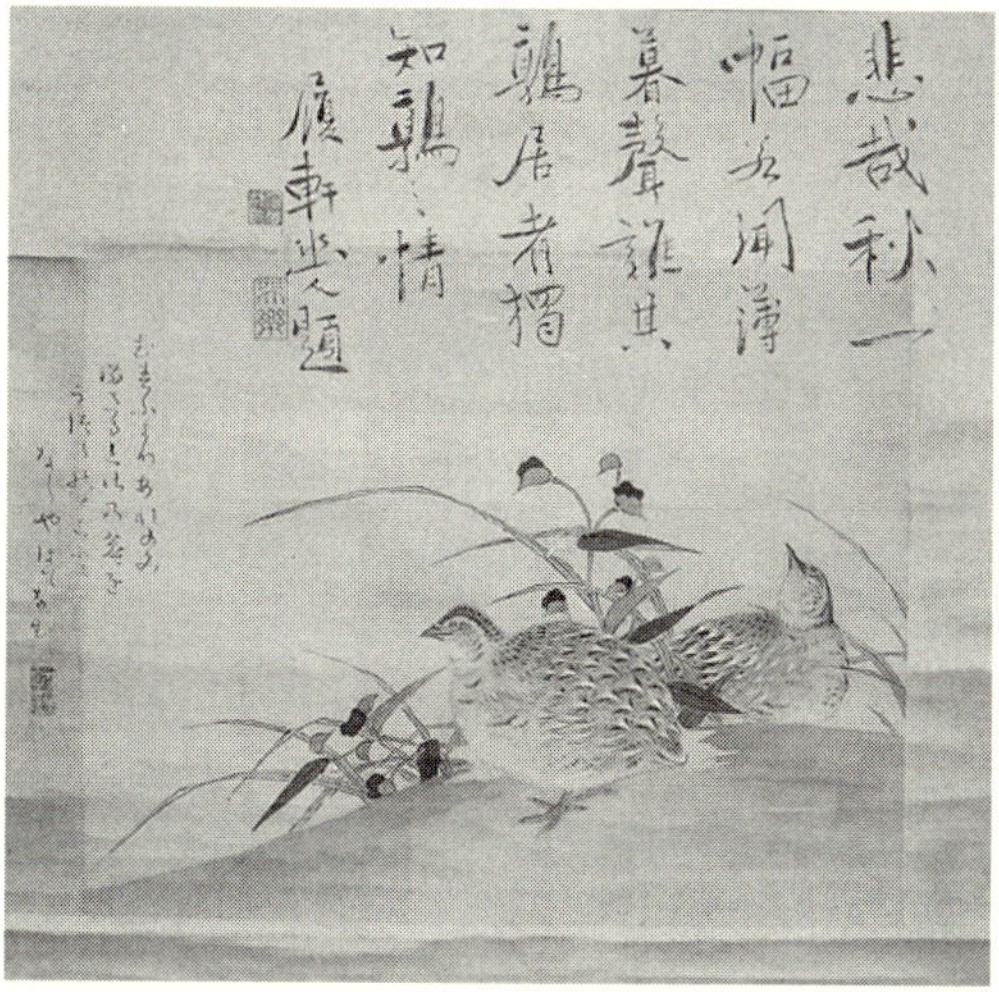

中井履軒・上田秋成合賛「鶉図」懐徳堂文庫蔵

以上、本稿では秋成の退隠の前後に彼の心を捉えていた「鶉居」「洛外半狂人」の二つの号について若干の考察を試みてみた。宣長との一連の論争に疲れ果て、人並みに世を全うすることも適わぬ己を呪いつつ、俗塵を避け閑居の地を求めようとした秋成の素顔がこの二つの名に如実に表わされていると思う。その世界はある時には典雅な古典和歌の香りに包まれたものであり、ある時には未だ憤り止まぬ宣長への錯綜した非難へと彼を誘うものであった。一見矛盾するこの世界が同居していることは、そのまま老年の秋成の姿をあぶり出すものであろう。数年後に書かれた『癖癖談』の最終段に登場する「深草の翁」は秋成自身の戯画化であるが、その「深草の翁」が時折り都の方角を眺めて嘆息する描写は、その後の論争の行方を知る門人たちにとって、ある感慨を催さしめるものであったに違いない。その、退隠に込めた秋成の万感の思いが「鶉居」と「洛外半狂人」という二つの号に鮮やかに浮き彫りにされているのではないだろうか。

近年、中井履軒、上田秋成合賛の「鶉図」（挿図参照）が再発見され、懐徳堂文庫に収蔵された。(6) 寛政末・享和頃に作成されたと思われる本図には、先述した「鶉の屋」所載の和歌「むすぶよりあれのみまさるくさの庵をうづらのとことなしやはてなむ」が記され、履軒と秋成、常住定まらず転居をくり返す「資性相似の二人」（中井木菟麻呂（つぐまろ）の箱書）が同席、画者は不明ながらこの画に感応して自在に筆を揮ったものとされる。大坂今橋の学問所で輝かしい青春の日を共有した二人の、最後の「落ち着き所」と見たい。

注

（1）『田能村竹田全集』（国書刊行会、一九一六）所収。
（2）『鶉の屋』の本文は『上田秋成全集』第十一巻（中央公論社、一九九四）による。
（3）『上田秋成全集』第一巻（中央公論社、一九九〇）日野龍夫解説を参照した。
（4）『鉗狂人上田秋成評』の引用は『上田秋成全集』第一巻所収『鉗狂人上田秋成評同辨』による。
（5）『上田秋成全集』第十巻（中央公論社、一九九一）所収。
（6）飯倉洋一・濱住真有「中井履軒・上田秋成合賛鶉図について」（『懐徳堂研究』3、（二〇一二・二）、奥平俊六編『懐徳堂ゆかりの絵画』（大阪大学出版会、二〇一二）に詳細な解説が備わる。

［付記］　資料の掲載及び写真撮影にご高配を賜った大阪大学大学院文学研究科懐徳堂研究センターに厚く感謝申し上げます。

第三部　秋成の和歌と和文と

　秋成は生涯に数多くの詠歌を残し、歌人としても名が高かった。晩年に京都に移住した後の小沢蘆庵との交流は夙に知られるが、思いがけないことに江戸派との関わりにも浅からざるものがある。ここでは秋成の後半生を扱い、まず歌壇における秋成の営為に注目、和歌史における秋成の位置を再検討する。次いで、当時、漢文に対する対抗意識から国学者の中に台頭してきた和文創作の運動に連なった秋成の和歌和文における達成を、『藤簍冊子』『文反古』を始めとする作品に見ていきたい。

第一章　秋成と江戸歌壇――『天降言』秋成抜粋本をめぐって――(付、翻刻と解題)

一　秋成と江戸歌壇との距離

八代将軍徳川吉宗の次男にして御三卿の一人、田安宗武（正徳五―明和八）は、国学を荷田在満・賀茂真淵に学んだ国学者、また万葉調の歌人として知られる。その歌集『天降言（あもりごと）』は編者未詳、成立年未詳であるが、宗武が逝去した明和八年（一七七一）以後に侍臣の誰かが書き留めたものといい、いずれも写本で伝わる。田安家に伝来する『悠然院様御詠草』が『天降言』の全歌を含んで最善本と考えられ、『天降言』は文化四年（一八〇七）に「藤原のなほみ」書写の巻末識語を持つ本が伝わる。この『天降言』の一本に秋成の奥書を持つものがあることは早く佐佐木信綱によって『竹柏園蔵書志』に紹介されていたが、(1)現在は天理図書館に蔵され、『上田秋成全集』第十一巻にその奥書部分のみが掲載されている。解題によれば、天理図書館本からは、寛政二年（一七九〇）十月に海量法師が書写した本を同年十一月に橋本経亮が写し、それをさらに秋成が借りて書写した、ということがわかるという。(2)

秋成と江戸歌壇・文壇との関係を考えるに当たっては、従来、直接的には宇万伎を通じた関係を想起するのみであり、文章家としての大田南畝を大いに評価し三知人の一としたということ以外、他の具体的な交流はあまり指摘されていない。橋本経亮は秋成に多くの知人を得る機縁を作ってくれた重要人物であるが、当初は親交していたもののやがて疎遠になってしまっている。しかし、案外に秋成は江戸の文壇に関心を払い、いろいろな方面から様々な情報を得ていたのではないだろうか。そこで、『天降言』の問題を考える前提として、まずは秋成と江戸歌壇との交流を導いた人物の一人であり周知の人ながらこれまで見過ごされてきた、僧雪岡を取り上げたい。

　雪岡は南禅寺の塔頭、真乗院の僧侶である。享和二年（一八〇二）、まだ若き香川景樹の和歌を江戸の橘千蔭に送って批評を求め、千蔭・村田春海が『筆のさが』で景樹を批判、それに小沢蘆庵門の小川布淑が『雅俗弁』で反論した、いわゆる「筆のさが」論争のきっかけを作った人物として知られる。村田春海の『琴後集』巻十三「書牘」には、前年の蘆庵の死を悼む文章を含む「真乗院雪岡禅師のもとへ」と題する享和二年の手紙や、「筆のさが」論争に関わる「おなじ禅師のもとよりおくられし雅俗弁を論じてこたふる書」、ある千蔭門人の人柄について雪岡法師に問うよう言い添えている「伴蒿蹊におくる書」などを載せ、春海と雪岡との親交の様が見て取れる。ちなみに、この巻十三に「上田秋成がもとへ」という文章が収められていることも周知のことである。高田衛は転居のことに触れるこの手紙の内容から、秋成の京都移住翌年の寛政六年（一七九四）春の賀状かと推定し、春海が天明七年（一七八七）ころ京阪に遊んだ時に知り合ったか、と推測するが、[3] 秋成と春海との交流のきっかけや時期については、未だ確証はない。

　ところで、秋成もこの雪岡と知り合いであった。詳細は次章で述べるが、京都転居後間もなくから和歌を通じて親交を結び、江戸にいる雪岡と書物のやりとりもするような間柄であり、にわかなる交流ではあっても、心通じ合う相手であったようである。

　ともかく、雪岡は京都では蘆庵や蒿蹊、秋成らと、江戸では春海、千蔭ら江戸派と親しく交流しており、それぞれの歌壇を結び、情報をもたらす役割を果たしていたことは疑いがない。そして、秋成もその輪の中にあったのである。享和三年（一八〇三）の桃沢夢宅宛て香川景樹書簡には「処々より愚歌の評書出で、近くは上田余斎論の書も出で候て、一寸披見仕候。歌の狂なるものとか申候て大きにあばきたる書に御座候」とあり、秋成が香川景樹批判の書を執筆したらしいが（現在所在不明）[4]、「筆のさが」論争では表立った発言をしていない秋成も、近世歌論史上「国歌八論」論争に次ぐこの大きな論争に少なからぬ興味を抱いていたことは容易に想像できる。この論争参加は蘆庵門人等から情報を得た結果であろうが、一方には春海ら江戸派の顔が思い浮かんでいたことであろう。また、『胆大小心録』四には「仮名づかひはなかつた事を書きあらはして、魚臣が木にゑらせし也。江戸の春海の翁は「とかくに学問に私めさるよ」と言ひこせしかば、答へ言ふ。「わたくしとは才能の別名也」」と、寛政九年（一七九七）刊行の仮名遣いについての研究書『霊語通』をめぐっての二人の応酬を記している。そのように思いを廻らせば、真淵没して二十二年、寛政三年（一七九一）五月に秋成が『県居歌集』を出版したことは必ずや春海も知っていたはずで、同年十一月に『賀茂翁家集』（文化三年刊）の例言を認めた春海は、これをどのような思いで受け止めたのであろうか、などと想像が膨らむ。江戸歌壇は、思いがけなくも、秋成の身近にあったのである。

二　寛政年間の秋成の動向

そこで、寛政年間の秋成の国学上の動向、特に、江戸文壇との関係を確認しておきたい。寛政年間の秋成の事跡といえば、まず忘れてはならないのが寛政五年（一七九三）六月の京都移住であろう。天明七年（一七八七）五十四歳にして大坂郊外の淡路庄村に退隠、世間への反発と孤独を募らせながら古典研究にのめり込んでいくのだが、六十歳を迎えたのを機に妻の故郷京都へ移住し、新たな人間関係を広げていった。生涯の友人となる小沢蘆庵や村瀬栲亭らと出会い、また堂上の人々との交流も新たに育まれていく、人生の転機ともなるこの時期、秋成は和歌・国学研究の上ではどのような状況にあったのであろうか。

秋成は寛政三年五月、先述した賀茂真淵の『県居歌集』、加藤宇万伎の『しづ屋の歌集』を編集・刊行した。これ以前の寛政元年四月には、天明四年頃から校訂作業にかかっていた賀茂真淵講義・野村ともひ子聞書の『古今和歌集打聴』全二十冊を刊行している。国学者としての秋成の業績の世に現れた最初のものであるが、大坂の医師で秋成の友人、野村遜志の経済的援助があったと考えられる。それは、真淵門下の野村ともひ子が遜志の兄嫁に当たるという由縁からであった。『県居歌集』も、その序文によれば同じく野村遜志の企画によるものであり、秋成は宇万伎が生前に編集し、秋成に託した真淵の歌稿をさらに諸方から補い、出版したのであった。それに対し『しづ屋の歌集』の方は、本来、寛政元年の宇万伎十三回忌に師への手向草として上梓する意図があって、こつこつと宇万伎の和歌を収集していたものの集成であり、『県居歌集』とは出版に至る経緯や出版への思いが異なることは注意すべきことと思われる。

寛政五年九月には、真淵の『伊勢物語古意』に自著『豫之也安志夜』を附刻して刊行した。これは、宇万伎所持の『伊勢物語古意』を秋成が筆写したものを底本として、「都にあづまに千代の古道同じたどりする人々の蔵め給へるをも借りつどへつゝ」（秋成序）校合したものであるが、縷々論じてきたように、『伊勢物語』は秋成にとって、年を重ねるに従って自らの境遇と重ねられ、特別の思いを以て受け止められていく作品であり、真淵の優れた業績を世に出す意義を標榜しながらも、これに添えて自著を提示することにこそ秋成の思いがあったと考えられる。また、序文が寛政八年九月に認められた『冠辞続貂』（享和元年刊）は、真淵の『冠辞考』の補遺として書かれたものである。先に触れた、寛政九年（一七九七）に出版した仮名遣いについての研究書『霊語通』については後述する。

このように、秋成による真淵学顕彰の事業は数度に及んでいるが、これらはいずれも、先師加藤宇万伎が真淵の学統に連なる、という意識によるものであろう。『県居歌集』『しづ屋の歌集』二書の出版における経緯の違いに見られるように、真淵への敬意とその係累に繫がるという自負は当然あるものの、まず宇万伎への心からの敬慕があって、その先に真淵への敬意が生じているように思われる。寛政二年二月、宇万伎の『土佐日記解』を書写、序を執筆したこと（未刊）、県門三才女の一人で加藤宇万伎と恋愛関係にあったとも伝えられる油谷倭文子の歌文集『文布』（寛政二年八月再版）に序文を寄せていることなども、そのことの延長上に位置づけられよう。

一方、荷田春満の家集の出版を志した京都伏見稲荷社御殿預職の荷田（羽倉）信郷・信美の依頼により、春満の歌稿から秋成が和歌を抜粋、版下もしたため、『春葉集』と名付けて寛政十年七月に刊行した。この出版の経緯については鈴木淳の説に詳しい[5]。鈴木によれば、春満歌集は本来、伴蒿蹊主体の編集であったが、蒿蹊の恋歌否定論をめぐって社中に波紋が起こり、結局蒿蹊の序文は削除されることとなり、一方、『県居歌集』出版の実績が評価されて秋成に白羽の矢が立ち、秋成の序文が付されて刊行に至ったという。そしてその背後に、真淵への評価の高まりと共に、京都歌壇における秋成の地位向上を読み取っている。

以上、寛政年間における、従来知られている秋成の国学研究の様相、特に江戸文壇との関わりを概観した。これを見る限りにおいては、秋成と江戸文壇との繫がりは宇万伎を介したものがその中心であり、これとは別に京都を中心として、羽倉家を介した荷田春満顕彰の事跡があるということになる。しかし先に見たように、秋成は既にこの時期、江戸歌壇に関心を持ち、実際に春海等との交流もあった。そこで、改めて『天降言』の問題を取り上げ、秋成と江戸歌壇の関係を考えてみたい。

三　『天降言』秋成抜粋本をめぐる諸問題

『天降言』は『国書総目録』等によれば数本、諸本が残されているが、田安宗武の没後に臣下がその遺作を書き留めたもので、限られた範囲にしか流布していなかったようである。明治になって佐佐木信綱に再発見され、病床の正岡子規がこれを一読、絶賛している[6]。

ところで、架蔵本『天降言』は、従来知られる諸本には見られない越智魚臣による巻末識語を持ち、わずか十丁の薄様、歌数も全三十七首ながら、それらの和歌は秋成自身が『天降言』から選定したものであると伝える。また、秋成の奥書も『上田秋成全集』所収の文章と小異がある。そこで本章では架蔵本を紹介し、さらにここから派生する諸問題について検討したい。

架蔵本の書誌、及び全文翻刻・解題については末尾に記したので、ここでは秋成の奥書、及び識語を示して考察を進める（傍線・句読点・濁点筆者）。

〈秋成奥書〉

ひさかたの天の八重雲をちわきにわきてみくだらませし御言の葉を、梓ゆみ春吹風のそなたのつてにえてしまゝに、玉牀の塵うちもおかでよ、やがてかいとゞめてはべりしを、しづた巻くりかへしよみゝ奉るにいともめでたしな。かきかぞふ千五百とせのたかき代の明日香藤はらのみさかりなるおほん時にしもあへるが如、いにしへいまの玉の声をえらびつめし後は、たゞ鎌くらのおとゞと此殿のみ、かゝるさまになんよみ出させたまひて、さす竹の宮人の御あたりにはふつに聞もしらず侍る。されど御かた〴〵をわきてまうさんには、茅がや刈はらふ鎌くらのおとゞの御うたは、峯の松風吹かよふことはりゆゝしく、しらべをゝもはでとゝのへませしかば、あまづたふ日影うらゝかなるみ空にあしたづのまひあそぶをあふぎ見る思ひなむせらる。こ‖の殿のよませたまふ御手ぶりは、ひたぶるになほく雄々しく上つ代の人のみこゝろして、うつせみにあらぶる物はそがあとのありやなしやをとはさず、おもほすまに〱打出させたまふをしも見たてまつれば、千はやぶる大山づみのしづもります高山のしげきが本に立むかふこゝちなむせられ侍るには、御こゝろのなほくたけくまし〱つらむをさへ、かしこみながらおほろかにおしもはかられまつるなりけり。いまはや、ふもとの野辺のいろよき花をのみつみはやすもろ人の見ては、わたつみのおくかもしらぬものに打もだし侍らむものぞ。あなかしこ、さるわかうどたちには鶉すむ野のかりにだに見すべからぬものになむ

（花押）

〈識語〉

田安源君歌集一局、吾鶉屋大人所選定而、借写其手澤本云、寛政乙卯春三月

越智魚大（見）識

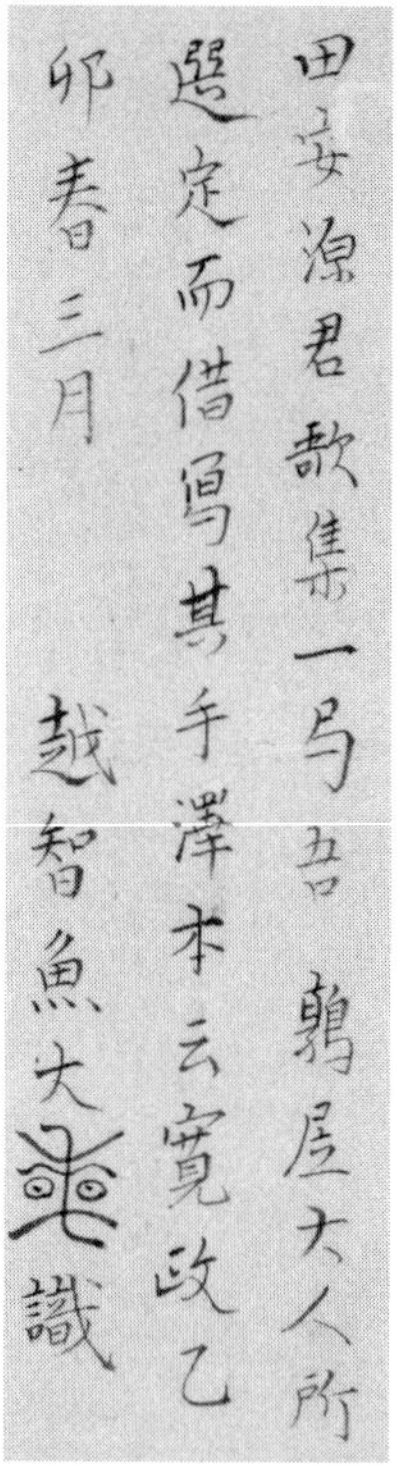

図1

秋成の奥書は天理図書館本と小異があるが、言わんとするところはほぼ同じである。すなわち、「さす竹の宮人の御あたり」、つまり綿々たる伝統に支えられた京都の堂上公卿とはまった

く相容れない詠風の和歌を詠んだ人物として東国の武家、源実朝と田安宗武の名を挙げ、実朝をあたかも東国歌壇の始まりとみなし、宗武を当代の江戸歌壇の到達と見て、その通底するものとして万葉調を見るのであり、特に、理知が勝って新古今調を脱し得なかった実朝よりも、思う心をそのままに伸びやかに詠み上げた宗武を賞賛する。窪田空穂が秋成の和歌を評して「その我をほしいままにしてゐる点は、宗武と似てゐる」と述べた如く[7]、宗武の和歌には秋成と相通ずる点があり、秋成自身も敏感にそれを感知したのであろうか。

識語によれば、本書は田安宗武の歌集を鶉屋大人すなわち秋成が選定した、その手沢本を寛政七年(一七九五)三月に借り写したものであるといい、識語の署名の一部には図1に示したように、博多のにわかせんべい風のユーモラスな絵が用いられている。恐らくこれで「見る」すなわち「み」を表わし、「魚大」と合わせて「なおみ」と読ませるのであろう。つまり本書は、『天降言』秋成抜粋本を秋成の弟子、越智魚臣が書写した作品と考えられるのである。

この資料から、三つの事実が明らかになる。まず、寛政七年三月以前に秋成が『天降言』写本を閲覧し書写したのみならず、和歌の選定という作業をしていたということ、弟子の魚臣も本書に関心を示していること、そして、この時点で既に越智魚臣、旧名「谷直躬」は改号していたが、いまだ「魚臣」という文字を使用してはいなかった、あるいはまだ表記が確定していなかったこと、である。

本稿において重要なのは、秋成がどの歌を選定したかということではなく、秋成が宗武の和歌を愛読しその抜粋まで試みていたという事実そのものなのだが、今、参考までに秋成抜粋本の掲載順に『悠然院様御詠草』国歌大観番号を挙げる(但し、字句に小異がある)。

26・23・29・33・40・47・35・163（但し第五句は162）・164・167・169・178・183・189・191・200・213・214・219・221・227・229・236・239・243・260・273・270・310・301・296・44・127・128・129・130・363（但し詞書は356）。

なお日本名著全集『和文和歌集』収載の戸川残花旧蔵『天降言』は、解説によれば[8]海量法師・橋本経亮を経て秋成が書写した『田安殿御集』と題する書の転写本であると言い、佐佐木信綱が底本とすべきであるとした田安家蔵『天降言』（岩波・日本古典文学大系『近世和歌集』所収、高木市之助校訂）とは配列の違いのみならず和歌の出入りがあって、秋成抜粋本『天降言』には戸川本にのみ採録されているものが六首選ばれているが（29・33・35・40・44・47）、その逆はない。

秋成と宗武との関連を考えるにあたり、まず取り上げるべきものは先述した秋成の仮名遣い研究書『霊語通』（寛政九年刊）であろう。この書において「或御説」として秋成が援用した記述は宗武の『玉函叢説』に見える言説であることが早く指摘され、また『霊語通』冒頭と末尾に置かれた『玉函叢説』には見られない「或御説」は宇万伎の『仮字問答』、すなわち天理図書館本『静舎随筆』中に収められた宇万伎と田安宗武との仮名遣いに関する問答「田安中納言のきみの御問に答奉る」を出典とし、また『玉函叢説』と『仮字問答』との間には記事の重複はなく全く別種のものと見なされることも、近年指摘されている。[9]ということは、秋成は『静舎随筆』から宗武説を学んだのではなく、写本で流布していた『玉函叢説』そのものを読んでいたことになる。『霊語通』の序は寛政七年十一月、越智魚臣によって書かれているが、それによれば、

これ此二とせばかり、みやこのたびねの枕の硯に、をり〳〵かいしるしたる、霊語通てふ物の中の一とぢなり。

とあって秋成が下書きめいた一書を取り出したと言い、寛政五年（一七九三）冬の頃には起稿されていたと思われる。恐らく秋成は『霊語通』執筆を構想した時点で既に『玉函叢説』を一読していたであろう。この『玉函叢説』研究と『天降言』筆写・抜粋の営みは、宗武への関心、という点で重なっているのではないだろうか。

ところで、『霊語通』の内容は魚臣の改号及びその時期と関わる。すなわち、先述したように秋成抜粋本『天降言』の署名は「魚大見」であったが、『霊語通』の中にこの「大」の字について「大はお」と書くという記述が見えるように、この書はまさに仮名遣いを論じた書で、オ・ヲ表記の問題もその重要な論点なのである。そして、「魚大見」は「なおみ」と表記すべきであることもここから判明する。従来、魚臣の改号は、この『霊語通』序の執筆された寛政七年十一月以前ということしかわかっていなかった。しかし、魚臣は秋成抜粋本『天降言』を書写した同年三月頃には、秋成の仮名遣い論の影響を受けて改号を模索していた、と考えられるのである。

このことに基づけば、成立年不明の秋成講義聞書『万葉集打聴』（金刀比羅神社図書館蔵）には魚臣の自筆書入れが「直躬按ニ」としてなされているから、この講義も、遅くとも寛政七年三月以前のことと考えられる。一方、神宮文庫蔵『安々言（やすみごと）』は、魚臣による巻末識語によれば、魚臣が鷦鷯（ささき）春行から借りた『安々言』を武士鳳に写させ、更に秋成から原本を借りて寛政六年十二月二十一日に対校を終えた本であるというが[10]、ここにも「躬按」の語が見られ、少なくともこの本を対校している時はまだ旧名「直躬」を名乗っていたことが判明する。

「直躬」はこの頃、秋成のもとで熱心に国学に励んでいたが、音韻に関わる『安々言』『霊語通』を学ぶうちに、寛政六年末から翌年春頃にかけて改号を検討し始め、冬までに秋成の助言も入れて「魚臣」と改号したのであろう。魚臣は折々の講義の過程で秋成の仮名遣い説が宗武の説に啓発されていることを知り、秋成が手馴らしていた宗武の歌集『天降言』の抜粋本も拝借して写し取ったのではないだろうか。宗武の学問に秋成を最初に導いたのは宇万伎の講義だったかもしれないが、秋成は宗武の詠歌及びその思想に自らとの共通点を見出し、傾斜を深めていったのであろう。そして弟子、魚臣もまたそれに連なろうとしたと思われる。

上方を代表する歌人である秋成であったが、その学問上の関心は上方にとどまらず、広く江戸を視野に収めていたのだと考えられる。宗武の和歌に対する評価は、その正当なる鑑賞眼を証している。堂上和歌の無意味さを語る『春雨物語』「目一つの神」で、歌道修行を志して都をめざす若者を「あずま人」に設定していることの寓意は、案外このような所から探り得ることかも知れない。

【付、翻刻と解題】

○書誌

- ・底本　架蔵本『天降言』、写本。半紙本一冊。
- ・表紙　油引き。二三・四糎×一六・五糎。
- ・題簽　なし。打付け書き「天降詞」。
- ・内題　「あもり言」を青墨でミセケチ、「田安亜槐御哥」。
- ・丁付　なし。
- ・構成　全十丁。各半丁九〜十行。詠歌（1オ〜7ウ）、秋成奥書（8ウ〜10オ）、識語（10ウ）。句読点なし。
- ・識語　「田安源君歌集一局、吾鶉屋大人所選定而、借写其手澤本云、寛政乙卯春三月／越智魚大見識」。寛政乙卯は寛政七年（一七九五）。
- ・書写　越智魚臣自筆か。

・その他　本文に青墨による字句訂正がある。

※翻刻に当たり、青墨での字句訂正はすべて表記したが、本文の読み誤りやすい字などについて、その上に同じ字を青墨で重ね書きしたものについては、特に表記することはしなかった。句読点、濁点を適宜補った。

※便宜上、秋成抜粋和歌にゴチックで通し番号を付し、その下のカッコ内に新編国歌大観所収『悠然院様御詠草』の歌番号を記した。

○本文

あもり言

田安亜槐御歌

小朝拝の絵を近衛家久公よりたまはりけるいやまひによみて奉ける

1（26）見てをしる千代の初春雲のうへにすそをつらねて君あふぐとは

田安にいへつくりいでてけふなむうつりすみて

2（23）わがやどのかきほの松よけふよりは幾よろづよをもろ共にへむ（1オ）

やよひのすゐのころ、うへの御庭の遣水のへにて曲水の宴の有けるを聞て

3（29）いつしかと春もくれゆく水の面にちりてぞうかぶ花のさかづき

ふみ月中の五日君をいはひ奉るとて海辺にいさりに出はべりて

4（33）きみがためけふをまちえていくたびか浦こぎ出て釣をこそせめ

瑞春院のあまぎみのませし殿のす（1ウ）たれぬるのち、そのかみを思出て

5 (40) 見るたびに袖をぞぬらすいにしへの面影もなき庭のくさむら

六十の賀し侍りける人のがりへ竹立たる盃のだい（臺）に小袖をそへて遣すとて

6 (47) さかえ行色こそしるし竹のもとにちよをこめたるつるの毛衣

あざみ草かきたる画に

7 (35) 花のうへのつゆもひかりをそへにけんあさみ（2オ）るごとにいろのまされば

春こまを

8 (163) はるさめのはれにしからに笠原の露打ちらしこまいさむなり

かへる雁を

9 (164) さざ波のひらの山べに花さけばかた田にむれしかりかへるなり

よぶこ鳥を

10 (167) 霧かをり月影くらき巻向の桧はらの山によぶこどりなく（2ウ）

なはしろを

11 (169) しめはふるを田のなはしろおく山の雪げの水にみづまさりけり

春のはてを

12 (178) 春はしもけふのみなればあやとりのさくらの衣ぬがでねななん

さなへ

13 (183) をとめらにゆきあひのわせをうゝる也立田の神に風いのりつゝ（3オ）

盧橘

14 (189) みはしべのたち花さけり立ならぶ右のとねりら弓なふれそね

ほたる

15 (191) 真玉つくをちの菅原ゆふ露にひかりをそへてとぶほたるかな

かやり火

16 (200) ゆふ日かげにほへる雲のうつろへばかやり火くゆるやまもとの郷 (3ウ)

なぬか夜

17 (213) このゆふべ空にたなびく白雲は君がまうけのあまつ戸ばりか

萩

18 (214) 妻こふる鹿のねきこゆいまもかもまのゝ茅子(ママ)原さきたち(立)ぬらむ

薄

19 (219) むさし野を人はひろしとふ我はたゞ尾花わけ過るみちとし思ひき (4オ)

露

20 (221) 高まどの萩をおしなみおくつゆの玉しく宮のむかしおもほゆ

駒むかへ

21 (227) 左みぎ馬のつかさのさわぐなりみつぎのこまのいまやきぬらん

月

22 (229) 松浦がたかぎりもしらにてる月にもろこしまでもおもほゆるかも (4ウ)

雁

23 (236) いめ人のおほかるこゝに秋てへばなにをたのめ(み)てかりわたる覧

鹿

24（239）くだら野のはぎが花ちるゆふかぜにはな妻こやるしかのねきこゆ

虫

25（243）白菅のまの丶萩はらちりしけばすだけるむしも声おとろへぬ（5オ）

寒蘆

26（260）難波江のほりえのあしの霜がれて汀あらはに浪のよる覧

鷹狩

27（273）降ゆきにみ笠もめさず大きみの御かりせすなりみ鷹つとめよ

神あそび

28（270）風はやみ庭火のかげもさむけきに（5ウ）まこと美山もあられふるなり（らしィ）

山

29（310）ふたつなき富士の高嶺のあやしかも甲斐にもありとふ駿河にも有とふ

あかつき

30（301）うきものとせしあかつきをかききかぞふ老てはたゞにまたれぬるかも（6オ）

かたこひ

31（296）我はこへど汝はう（そ）むろ（く）かもなをそむく人をこはせてわれよそに見む

だいしらず

32（44）仮初に積る心の塵泥もよし足引の山となりなむ

勧学のこゝろをよめる

33（127）ふみを（イナシ）よまであそびわたるは網の中にあつまるいをのたのしむが如（6ウ）

まなばざる人をうれへてよめる

34（128）あめよりもうけしたま物いたづらにしらずてすぐる人のはかなさ

春秋を判せる歌

35（129）かれわたる秋をもえづる春にしもくらぶることの愚也けり

藺相如の絵を見てよめる

36（130）城に代る璧をかへせし其人を我はその玉にかへまく思ほゆ（7オ）

（356）松のべの神まつる年のはの十一月廿三日といふにぬさの楽とて舞がくをなん供し奉りける。そが中
に五常楽の序破のあはひに詠をせさせけるによめりけるうた(11)

37（363）たま鳥のやひろのたり尾ひらきたてめぐるすがたは見もあかずけり（7ウ）

（8オ白紙）

ひさかたの天の八重雲をちわきにわきてみくだらませし御言の葉を、梓ゆみ春吹風のそなたのつてにえてしまゝに、玉牀の塵うちもおかでよ、やがてかいとゞめてはべりしを、しづた巻くりかへしよみゝ奉るにいともめでたしな。かきかぞふ千五百とせのたかき代の明日香藤はらのみさかりなるおほん時にしもあへるが如、いにしへいまの玉の声をえ（8ウ）らびつめし後は、たゞ鎌くらのおとゞと此殿のみ、かゝるさまになんよみ出させたまひて、さす竹の宮人の御あたりにはふつに聞もしらず侍る。○(12)されど御かた〳〵をわきてまうさんには、茅がや刈はらふ鎌くらのおとゞの御うたは、峯の松風吹かよふことはりゆゝしく、しらべをゝもはでとゝのへませしかば、あまづたふ日影うらゝかなるみ空にあしたづのまひあそぶをあふぎ（9オ）見る思ひなむせらる。この殿のよま

せたまふ御手ぶりは、ひたぶるになほく雄々しく上つ代の人のみこゝろして、うつせみにあらぶる物はそがあとのありやなしやをとはさず、おもほすまに〳〵打出させたまふをしも見たてまつれば、千はやぶる大山づみのしづもります高山のしげきが本に立むかふこゝちなむせられ侍るには、御こゝろのなほくたけくま（9ウ）しく〳〵つらむをさへ、かしこみながらおほろかにおしもはかられまつるなりけり。いまはや、ふもとの野辺のいろよき花をのみつみはやすもろ人の見ては、わたつみのおくかもしらぬものに打もだし侍らむものぞ。あなかしこ、さるわかうどたちには鶉すむ野のかりにだに見すべからぬものになむ　（花押）（10オ）

田安源君歌集一局、吾鶉屋大人所選定而、借写其手澤本云、寛政乙卯春三月
越智魚大見識（10ウ）

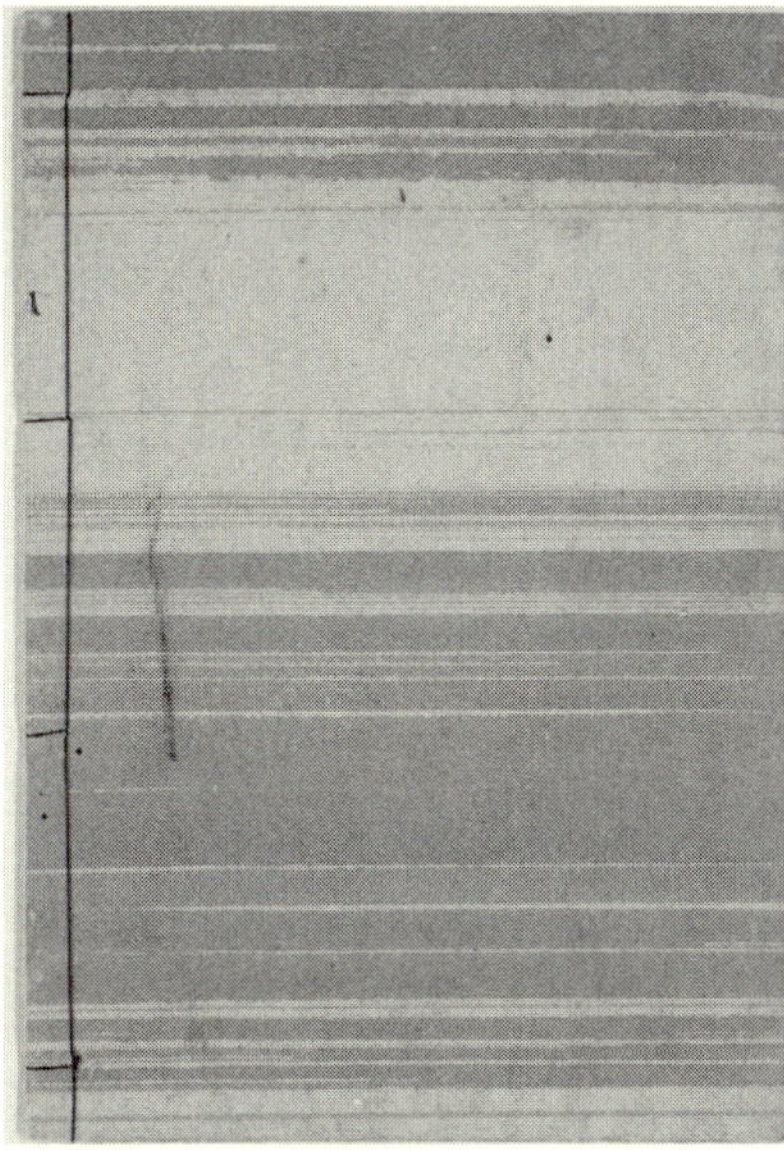

（裏表紙）

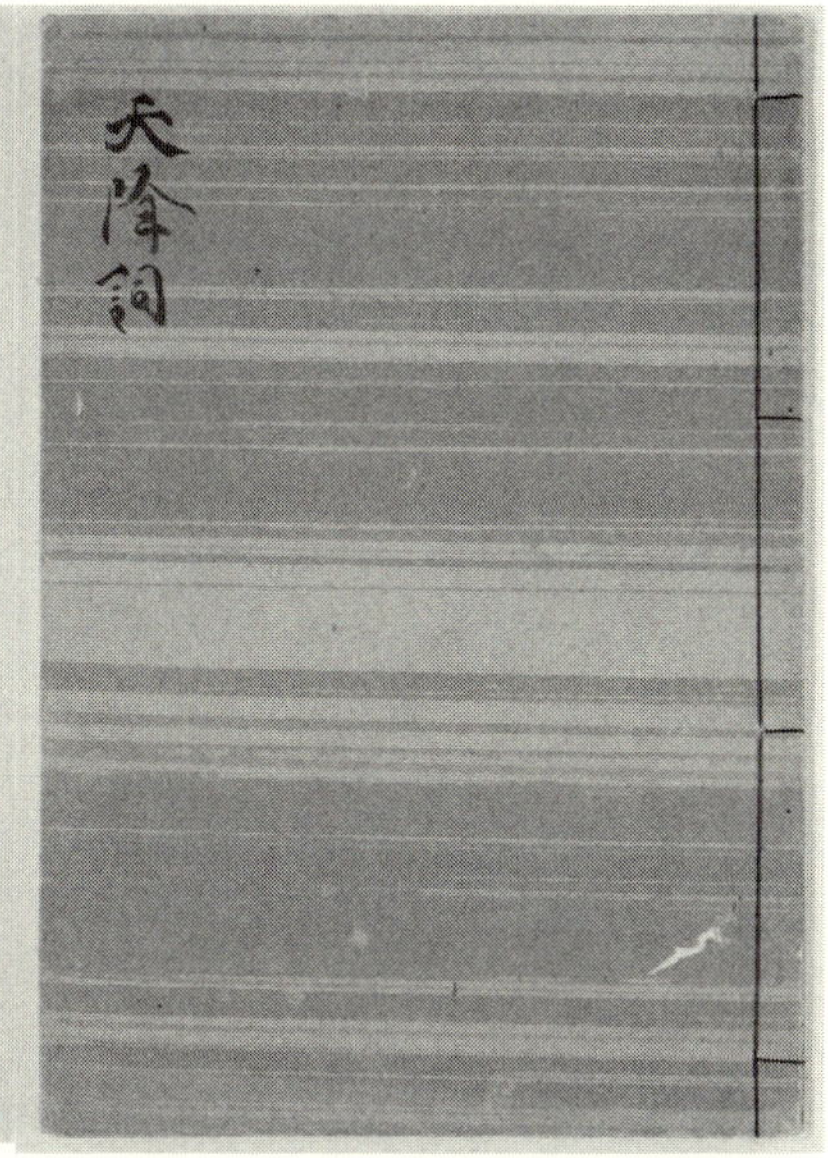

（表紙）

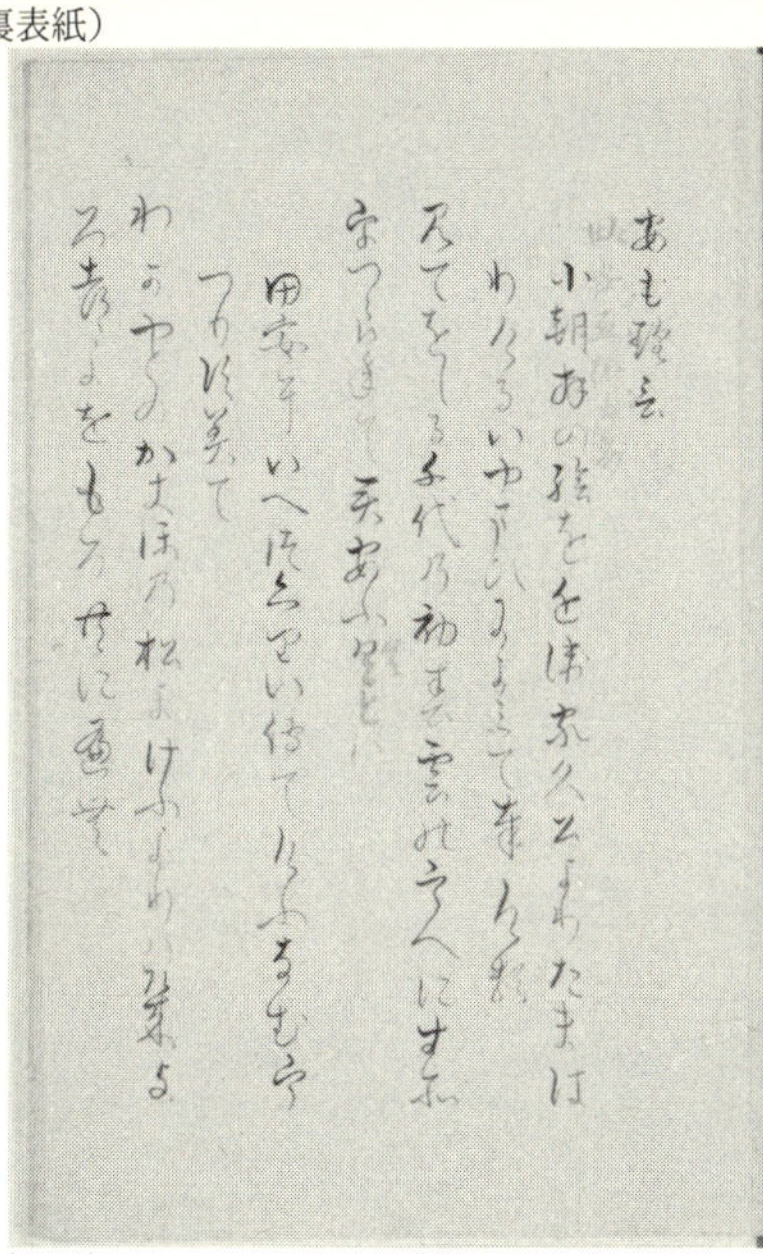

（1オ）

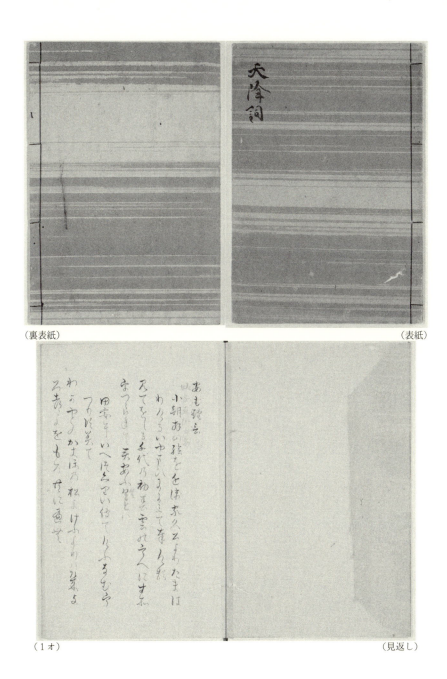

（見返し）

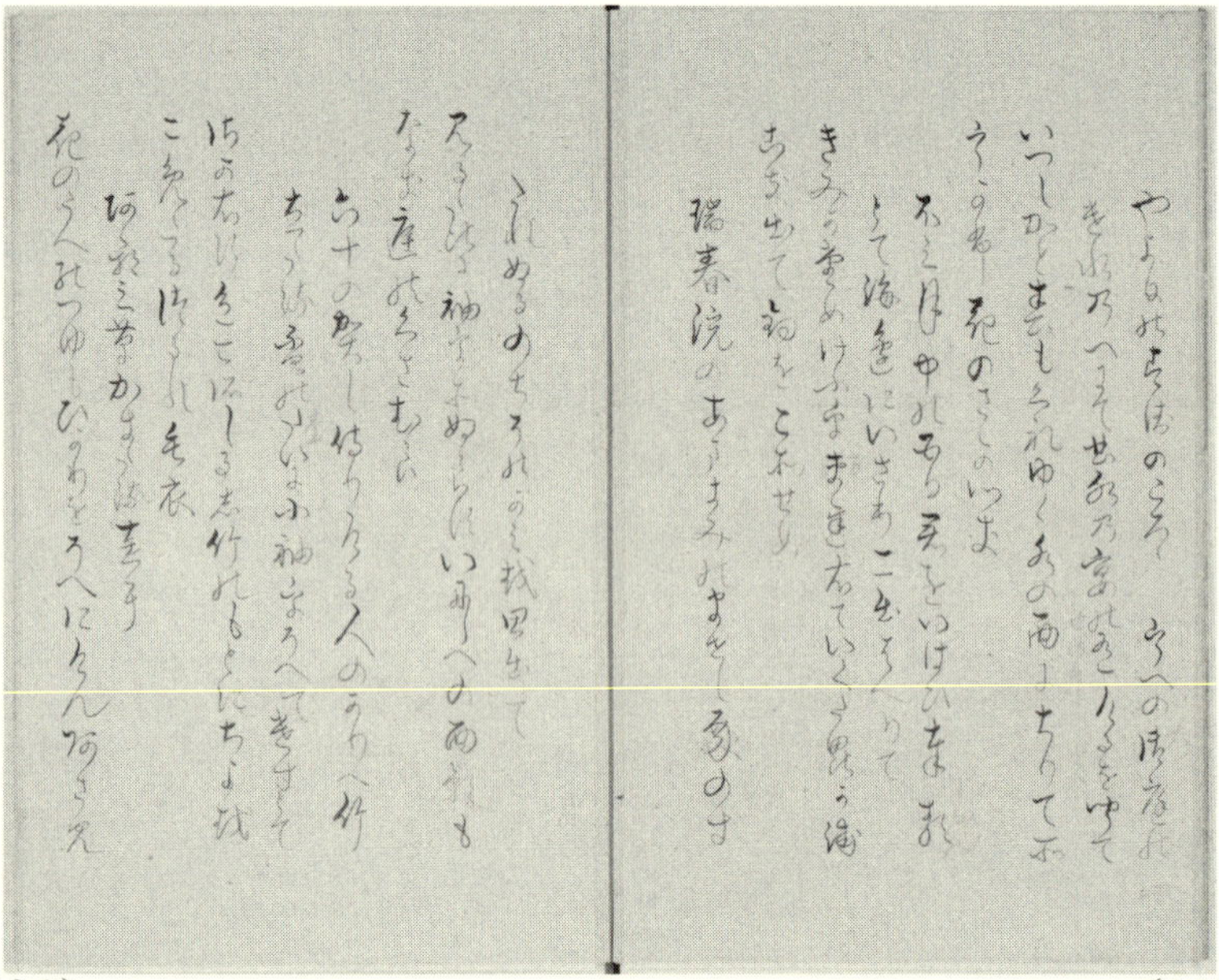

（2オ）　（1ウ）

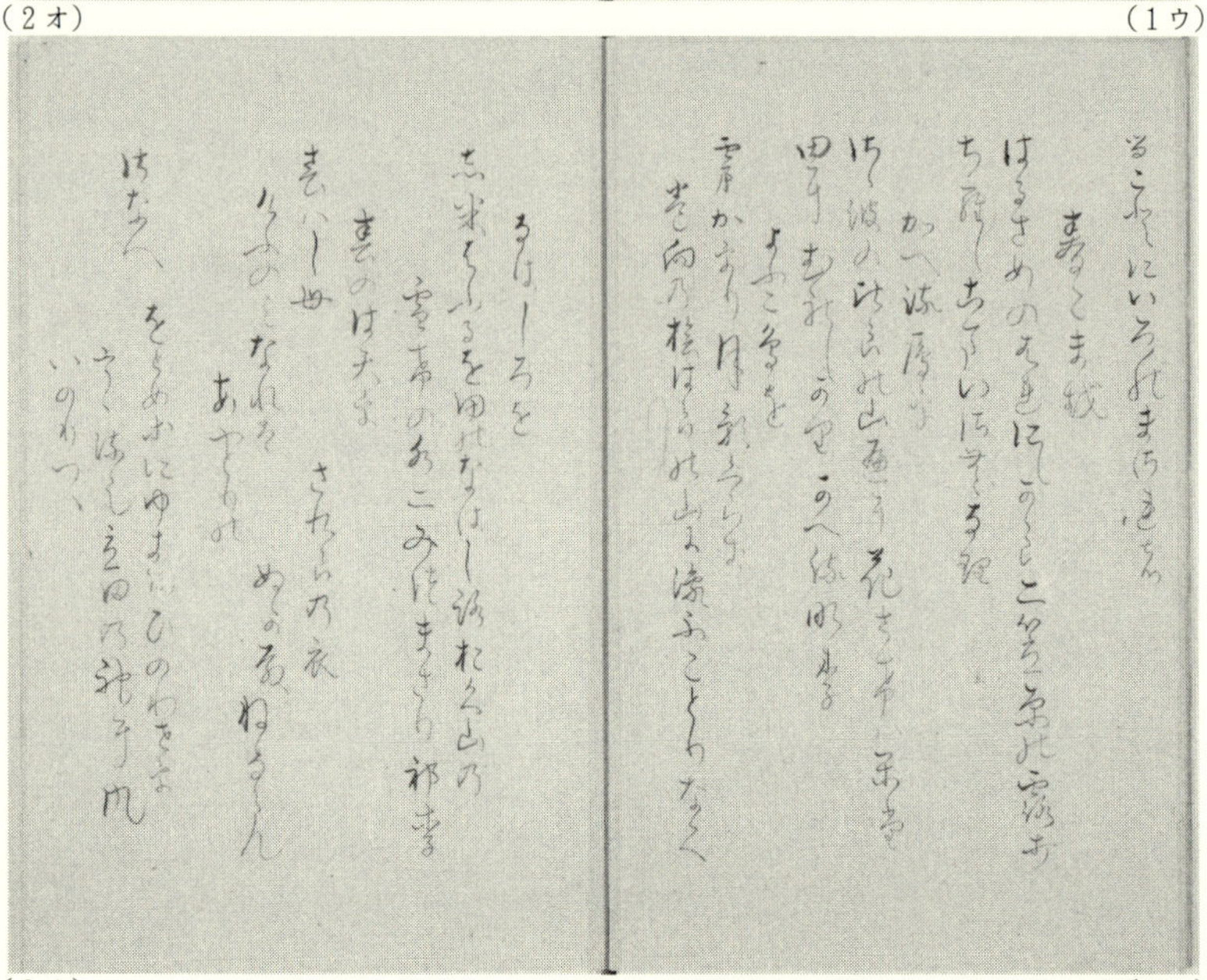

（3オ）　（2ウ）

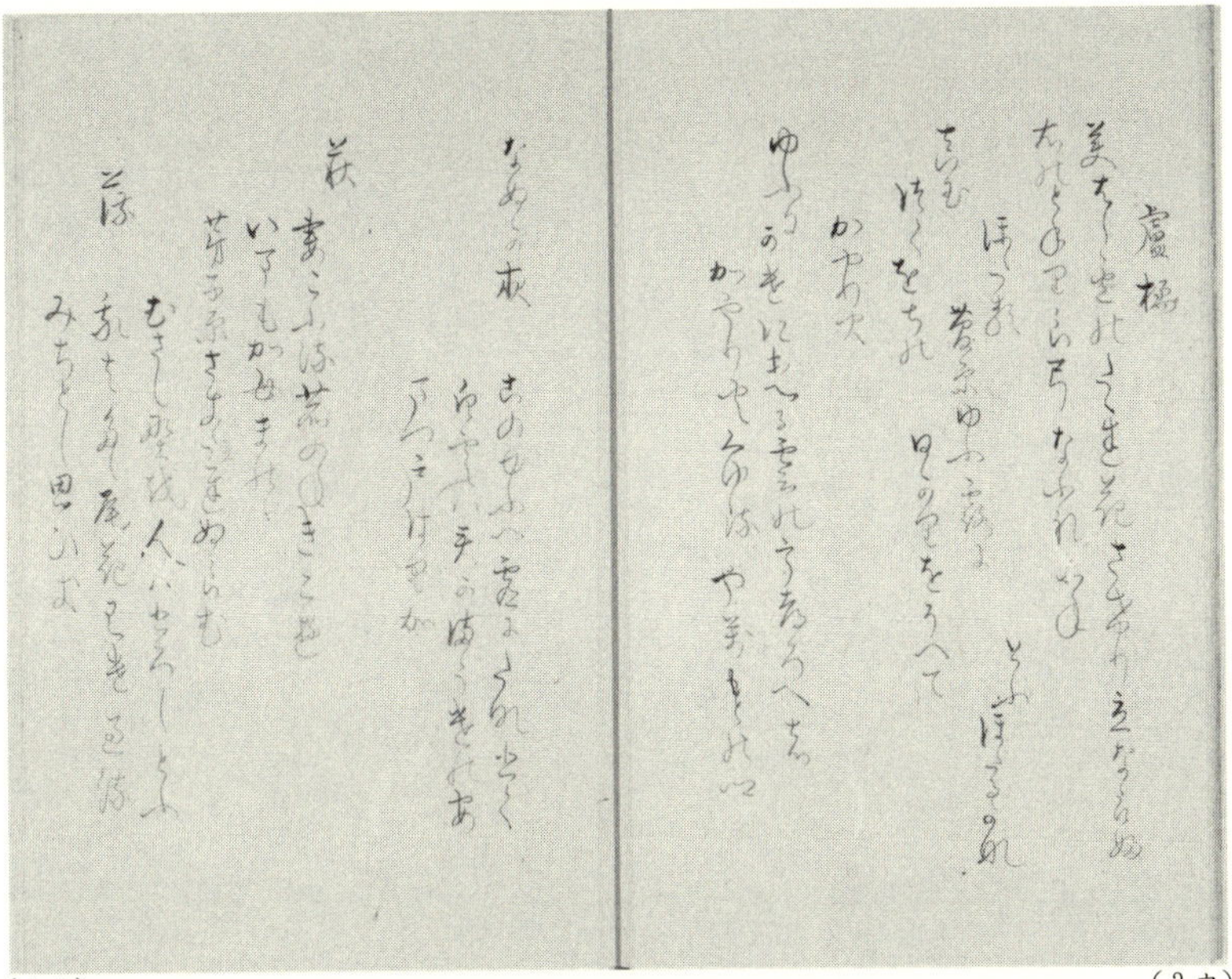

（4オ）　（3ウ）

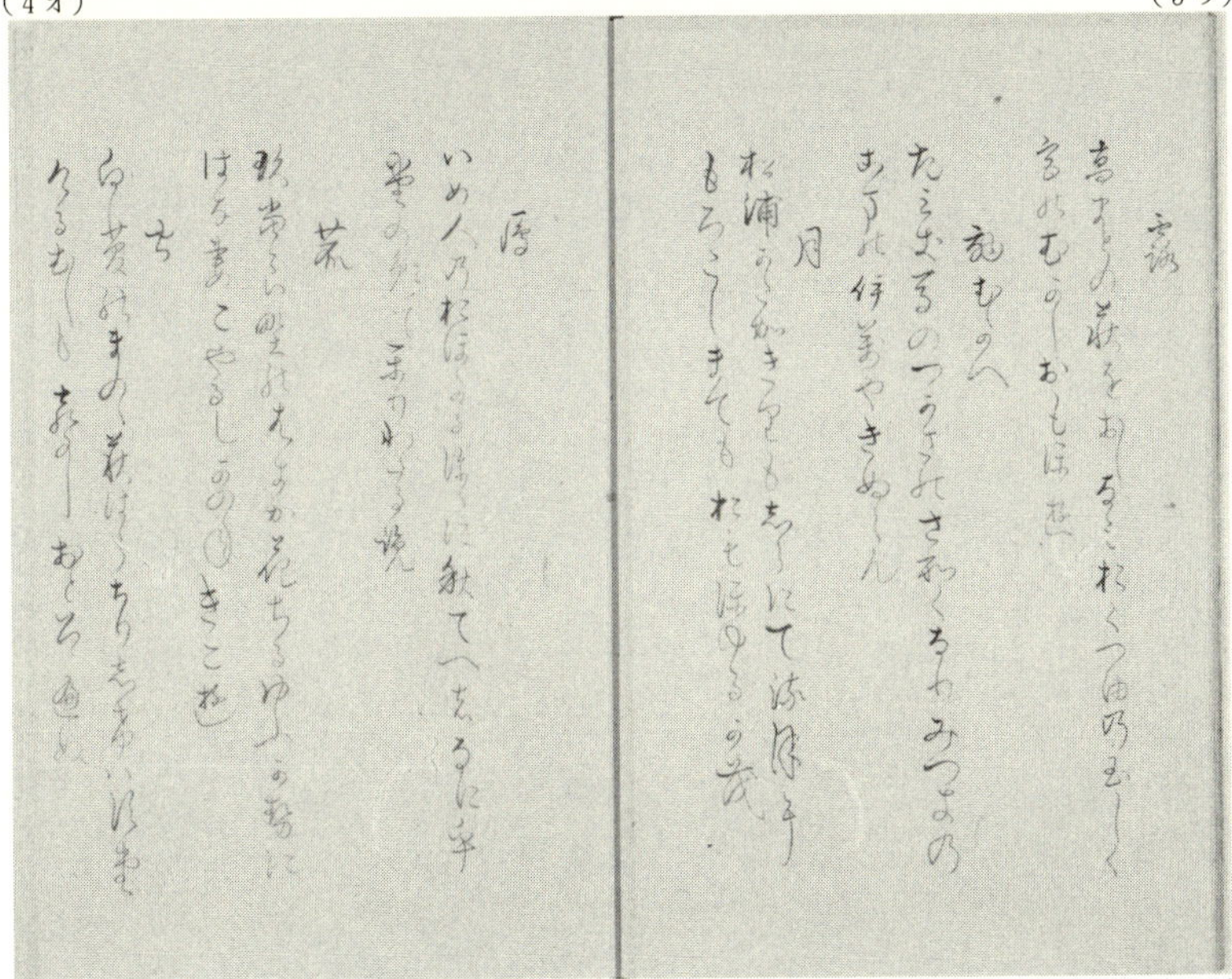

（5オ）　（4ウ）

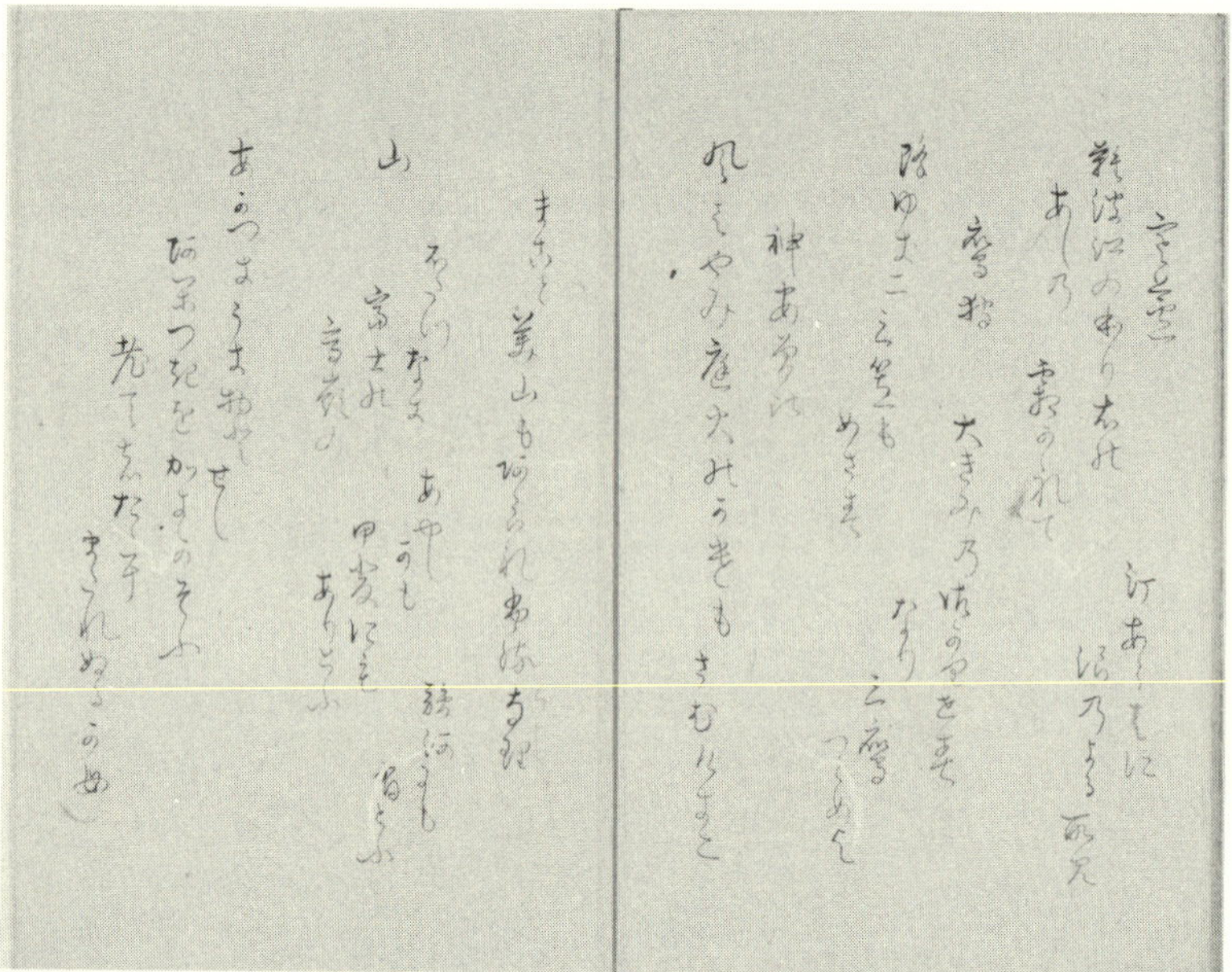

(6オ)　(5ウ)

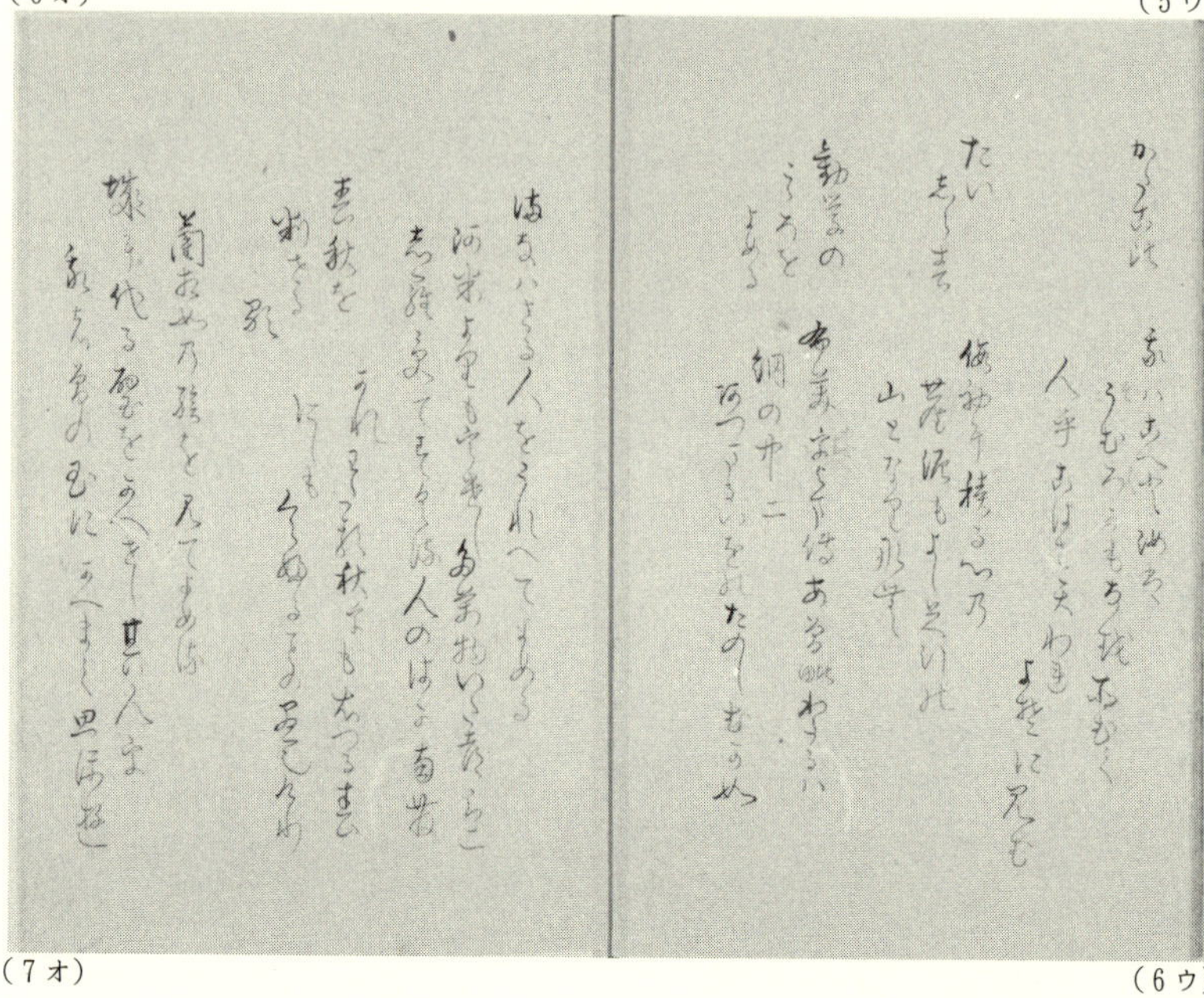

(7オ)　(6ウ)

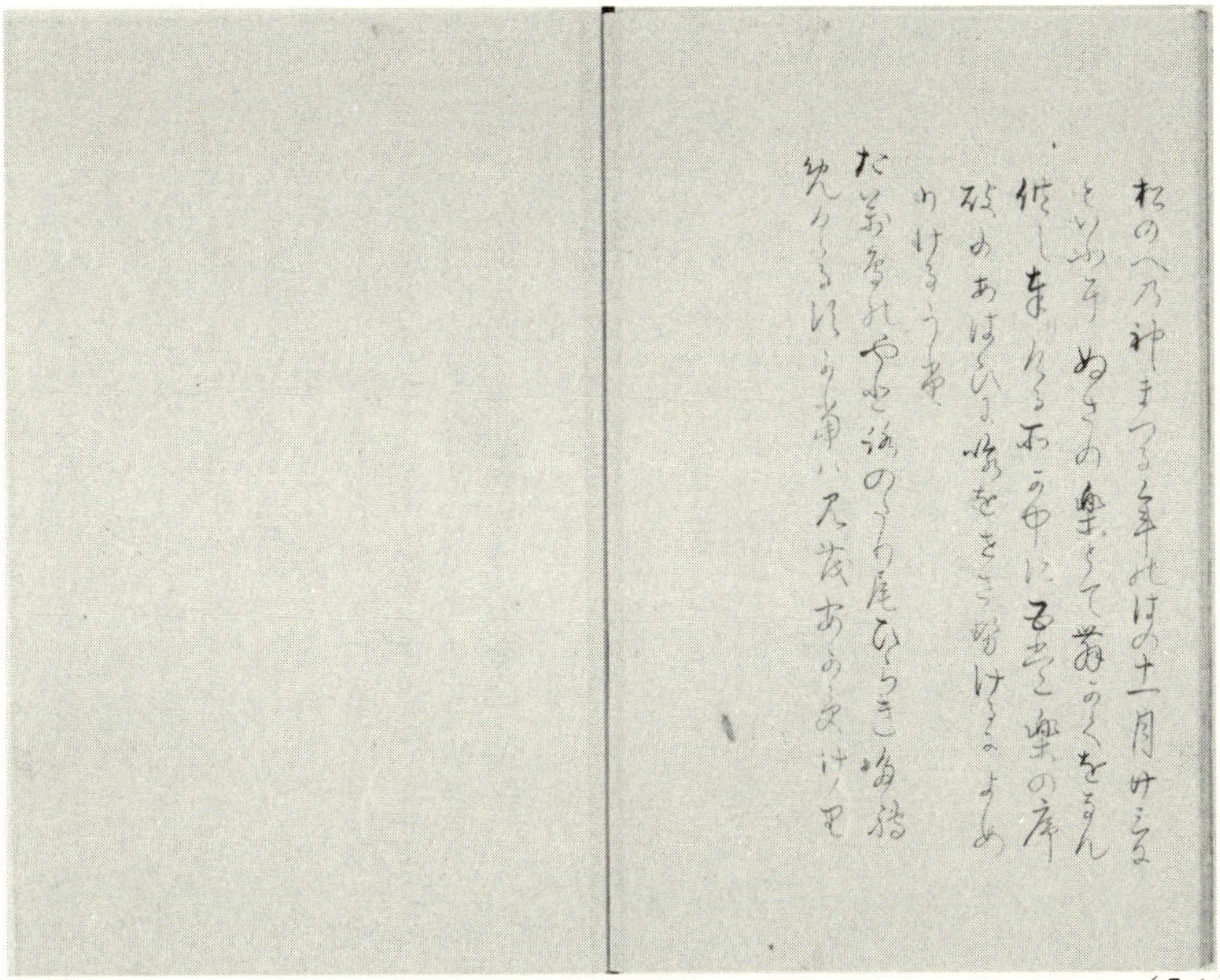

（8オ）　（7ウ）

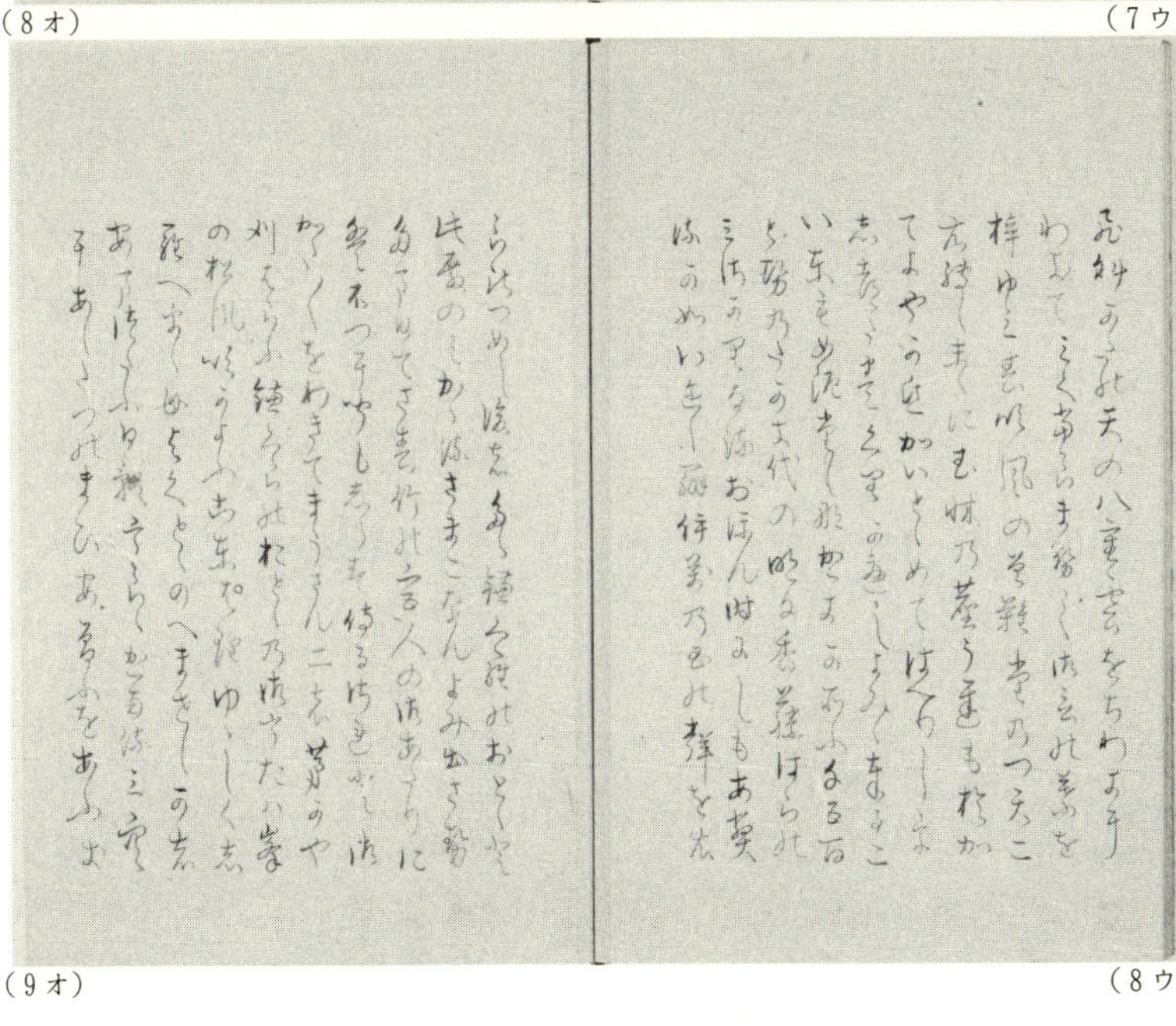

（9オ）　（8ウ）

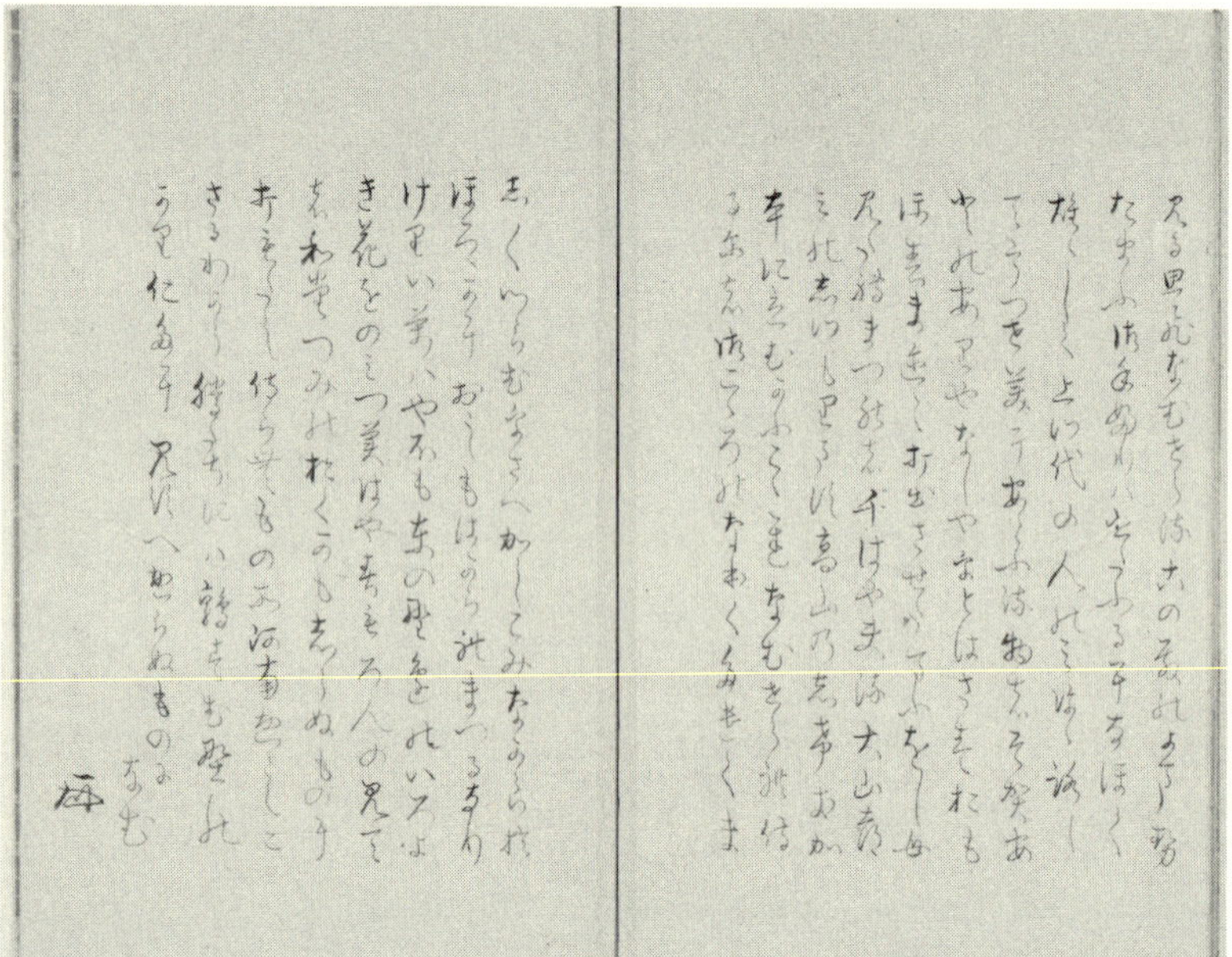

(10オ)　　(９ウ)

田安源君歌集一号吾鶉屋大人所
選定而借寫其手澤本云寛政乙
卯春三月　越智魚大識

(見返し)　　(10ウ)

○解題

先述したように、本書は江戸の武家である田安宗武の歌集『天降言』を京都にあった秋成が手にし、愛読するあまりにその一部を抜粋選定して一書となしたものである。巻末の越智魚臣（魚大見）の識語によれば、秋成手沢本を魚臣が借り受け、寛政七年（一七九五）三月に筆写したものといい、全三十七首が選定されている。『天降言』及びその異本『悠然院様御詠草』は編者未詳、成立年未詳であるが、序文によれば、宗武没後間もなく家臣の手によって纏められたと考えられ、写本で流布した。『悠然院様御詠草』の方が歌数が多く、『天降言』全歌（三〇九首）を含み込み、さらに紀行文も収められている。秋成抜粋本の内題は『あもり言』をミセケチで「田安亜槐御哥」と訂正している。「亜槐」は大納言の唐名。三槐すなわち三公に次ぐ地位としての「亜槐」である。宗武は権中納言であったが、御三家に次ぐ御三卿という武家としての格式を、公卿の階位になぞらえて表していると考えられる。

秋成が目にした『天降言』は、既に紹介されているように（『上田秋成全集』第十一巻）、竹柏園旧蔵、現天理図書館蔵の、海量法師・橘経亮の寛政二年奥書を持つ転写本である。経亮から『天降言』を借り受けた秋成はこれを愛ずるあまりに、「こは序辞めきていひ出るにあらず」と言い訳しながらも、その感激を筆に任せて書き留め、奥書としたのであった。宗武和歌の抜粋という営為がそのような感激の延長上にあったことは、言を俟たないであろう。

『天降言』『悠然院様御詠草』の和歌はいずれも、ほぼ年代順に収められている。『日本古典文学大辞典』（岩波書店）における「天降言」の項（藤平春男執筆）によれば、その年代区分は次のようになるという（私に新編国歌大観所収『悠然院様御詠草』歌番号を補った）。

（一）宗武若年のころ近衛家久の添削を受けた作（国歌大観1～26）
（二）それ以外の若年の作（享保―寛延（一七一六―一七五一）の間）（国歌大観27～56）
（三）壮年の作（享保―宝暦（一七一六―一七六四）の間）（国歌大観57～139）
（四）『堀河院御時百首和歌』の題のうち九〇題を二首ずつ詠んで十題詠み残した題詠（宝暦末年の作）（国歌大観140～319）
（五）宝暦五年以降の作（国歌大観320～392）
（六）紀行文中の作（二十四首のうち宗武作は八首）（国歌大観393～416）

この年代区分に従って秋成が選び出した宗武和歌三十七首を、翻刻に付した歌番号に従って分類してみると、次のようになる。

（一）2首（1・2）
（二）6首（3・4・5・6・7・32）
（三）4首（33・34・35・36）
（四）24首（8～31）
（五）1首（37）

秋成が見た天理本『天降言』には（六）の紀行文は収載されていなかったから、それ以外のすべての年代から選び出されていることがわかる。ここから秋成の選定意識を探っていきたいのだが、その分析に入る前に、和歌の錯誤について二点、検討しておきたい。

まず、第8番歌「はるさめのはれにしからに笠原の露打ちらしこまいさむなり」は、『悠然院様御詠草』において『堀川院御時百首和歌』の題で詠まれた連作のうち「春駒」の題で、次のように二首並んでいるものの一つである。

162 しなのなる大野の御牧春さればを草もゆらし駒いさむなり
163 春さめのはれ行くからに笠原の露うちちらし駒あるるかも

歌としては第163番歌を採っているが第五句が第162番歌になってしまっているのは、諸本を見比べても本書のみであり、単純な目移りではないかと思われる。

第二に、最終歌である第37番歌（国歌大観363）「たま鳥のやひろのたり尾ひらきたてめぐるすがたは見もあかずけり」に大きな乱れがある。『悠然院様御詠草』に照らしてみれば、この歌の詞書は本来「孔雀」でなければならず、秋成抜粋本において「たま鳥の」歌に付されている「松のべの神まつる」で始まる長い詞書は、『悠然院様御詠草』では第356番歌「みづがきのかかれとてしもむかしより神さびけらし此岡のまつ」に付されたものであった。しかし、この乱れは秋成自身の間違いによるものではなく、『天降言』流布の過程ですでに錯簡が生じていたことによると考えられる。というのは、天理本『天降言』に、既に同様の錯誤が認められるからである。本論から少々はずれるが、ここでその様相を一瞥しておく。

このあたりの排列の乱れは、大きく三種に分類できる。今、便宜のために手近に見られる書で確認すれば、文化四年（一八〇七）藤原なほみの識語を持つ竹柏園本（現天理図書館蔵本とは別本）を底本にした植松壽樹『近世万葉調短哥集成』第一（紅玉堂書店、一九二六）所収『天降言』は、『悠然院様御詠草』と同じ排列になっている。[13] しかし『和文和歌集』所収の本文では、[14] 275〜280（国歌大観331・333・341・342・354・355）の連続した六首（これをAブロックとする）が次に続く七首、281〜287（国歌大観356〜362）（これをBブロックとする）とそっくり入れ替わっており、第274番歌にBブロックの最初の第281番歌が接続し、Aブロックの最終第280番歌は第288番歌（国歌大観363）に続いている（①）。さらに、天理本と国文学研究資料館本[15]は、和歌の排列に『和文和歌集』と同じくAブロックとBブロックの入れ替わりがあるが、その際、Aブロックの末尾は第280番歌ではなく、続く第281番歌の詞書までとなっている（これをA'ブロックとする）。そしてBブロックは詞書を含まない第281番歌から始まり、末尾は第287番歌ではなく、第288番歌の詞書までなのである（これをB'ブロックとする）。そうすると、A'ブロックの末尾第281番歌の「松のべの神まつる〜」なる詞書と、第288番歌「たま鳥の」が接続することになる（②）。これを図示すれば次のようになる。

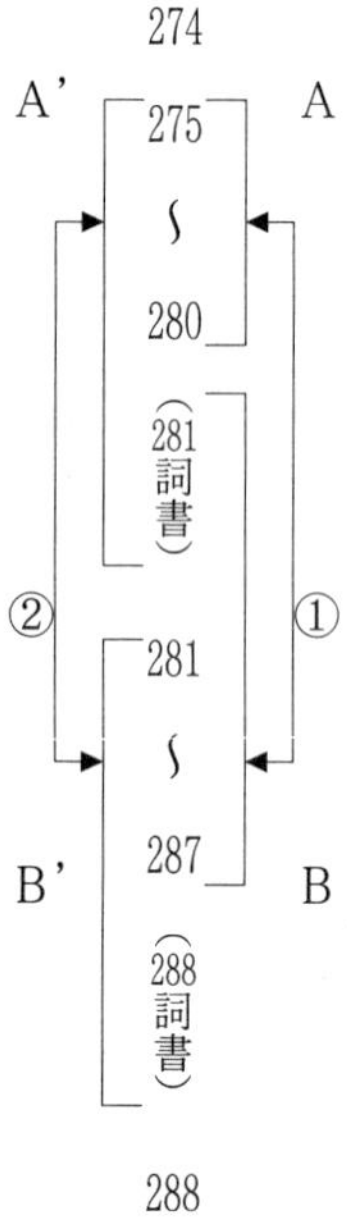

つまり秋成は、このA'B'が入れ替わり、本文に乱れのある②グループの『天降言』から和歌の選定作業を行ったのである。

さて、ようやく本題に戻る。秋成は宗武の三百首を超える和歌の中から、いかなる和歌を選び出したのであろうか。わずかに三十七首であるから明確な方向性を見出すことは難しいが、やはりある傾向は読み取れるように思われる。先述したように、すべての年代から満遍なく選び出されており、もちろん（一）に分類される、近衛家久に添削を受けた堂上風の歌二首も入る。しかし1には師である家久の名が見え、2では田安家の由来に関わる江戸城田安門内への転居を詠んでいる。これが冒頭に配置されていることから考えても、これは歌そのものの良し悪しというよりも、田安宗武その人のエピソードを語る和歌として、挨拶的要素から選定された歌ということができるのではないだろうか。

三十七首中もっとも多くを占めるのが、（四）『堀河院御時百首和歌』の題による題詠である。九十題、各題二首ずつ百八十首詠まれた宗武の歌は万葉調のものが多く、題詠といっても大変みずみずしい歌が多いように思われる。秋成がそれぞれ二首のうちどちらを選んだか、という観点で見てみると、大変興味深いものがある。例えば12「春のはてを」、30「暁」、31「片恋」などで選ばれた歌が、どちらかというと人事の色合いが濃い方の歌である、というのも、秋成の選定眼の特徴ではないかと思う。七夕を詠んだ17「このゆふべ空にたなびく白雲は君がまうけのあまつ戸ばりか」なども、もう一首の「天の川いむき立てりて恋ひにける心はるけんよひは来にけり」と比較すると、大空にたなびく白雲を背景に、年に一度の逢瀬を心待ちにする初々しい乙女の姿がくっきりと浮かび上がり、ダイナミックな気分にさせられる。宗武の資質はどこか秋成と相通ずるものがあり、秋成自身も響き合うものを感じていたのではないだろうか。こういった点については、今後さらに考察すべきものがあると思われる。

また目を引くのが、32〜36の一連の和歌である。真淵の排した漢学的、あるいは仏教的要素の強い、教訓的な和歌を五首も選択しているということは意外である。秋成が宗武を、実朝と並ぶ為政者として見る眼差しの表れではないだろうか。

最後の37は、題材として非常に珍しい「孔雀」を詠んだ和歌であり、それだけでも選び出す価値のある歌であると思われる。しかし先述のごとくこの歌には、五常楽という舞楽の序破の合間に詠じたものだという、本来は他の歌に付されるべき詞書が置かれているのである。もし秋成がこの詞書と和歌との間に齟齬を感じなかったとすれば、この和歌の下句「めぐるすがたは見もあかずけり」から、青海波を舞う光源氏のような、優雅な舞人の姿を想像したのではなかろうか。これが孔雀を詠んだ和歌だと知ったならば、秋成はどのような判断を下すのか、知らまほしいことである。

注

(1) 佐佐木信綱『竹柏園蔵書志』（巌松堂書店、一九三九）による。
(2) 『上田秋成全集』第十一巻（中央公論社、一九九四）中村幸彦解題。
(3) 高田衛『上田秋成年譜考説』（明善堂書店、一九六四）一九七頁。
(4) 注3に同じ、二九六頁。
(5) 鈴木淳「春葉集と京都詞壇」『〈共同研究〉秋成とその時代』（〈論集近世文学5〉勉誠社、一九九四）所収、『江戸和学論考』（ひつじ書房、一九九七）に再録。
(6) 土岐善麿『田安宗武』（日本評論社、一九四二）。
(7) 窪田空穂『和文和歌集』〈日本名著全集〉（日本名著全集刊行会、一九二七）解説六七頁。
(8) 注7前掲書、八一頁。
(9) 『上田秋成全集』第六巻（中央公論社、一九九一）神保五彌解題。
(10) 『上田秋成全集』第一巻（中央公論社、一九九〇）日野龍夫解題。
(11) 詞書のみ国歌大観第356番歌のものとなっている。
(12) この箇所の丸印のみ朱筆。「ことわり」を「ことはり」と誤っていることへの注記。
(13) 校註国歌大系15『近代諸家集』（国民図書株式会社、一九二九）所収の『天降言』の排列もこの竹柏園本と同じである。
(14) 日本名著全集『和文和歌集』（日本名著全集刊行会、一九二七）「田安宗武」解説では、底本について次のように述べる。

宗武の歌集「天降言」は佐佐木信綱氏の編輯された「続日本歌学全書」によって初めて刊行された。それまでは歌界からは忘れられてゐたのである。氏は「天降言」を「近世名歌選」(ママ)のうちに改めて収め、巻末に、この書の稿本は田安家に一本があるのみで、それに改めて校訂した。これを定本とするべきだといはれてゐる。然るに、戸川残花氏の蔵書のうちに、「田安殿御集」と題した写本があつて、「天降言」と同じものである。奥書によると、海量法師の持つてゐたものを、上田秋成の写したものといふことである。戸川氏のものはそれを更に写したものである。（中略）佐佐木氏のものと対校すると、往往ちがつたところがあるが、佐佐木氏のものの方がいいと思はれた。しかし珍しいものなので、ちがつた所は「イ」と断つて、小書として添へることとした。

『竹柏園蔵書志』によれば、『近代名家歌選』の底本は文化四年（一八〇七）藤原なほみ、文政十年（一八二七）橘堂の奥書を持つ竹柏園蔵本であり、『和文和歌集』解説の記述は、これを底本として戸川本と対校したというように読める。しかし排列に関しては、竹柏園本とは異なっており、小異があるが戸川本に同じい。

（15）国文学資料館蔵『田安殿御集』（請求番号ナ2―250）。本書は注16に挙げた『和文和歌集』解説において戸川残花所持本として紹介されているものである。

［付記］高松亮太「実朝・宗武をめぐる秋成の活動と上方和学」（『近世文藝』96、二〇一二・七）は、『天降言』秋成抜粋本と同一歌を抜粋、異なる秋成奥書を持つ『田安亜槐御歌』を紹介し、本論考で取り上げた秋成の営為の上方における伝播と、実朝・宗武評価の気運の高まりを指摘する。併せて参看いただきたい。

資料の閲覧をご許可下さった関係諸機関に厚くお礼申し上げます。

第二章　雪岡覚え書き――『筆のさが』周辺――

一　はじめに

僧雪岡が南禅寺の塔頭、真乗院の僧侶であり、『筆のさが』論争の火付け役となった人物であることは既に述べた。『筆のさが』論争は、在京の僧雪岡が香川景樹の和歌十一首を江戸の加藤千蔭に送って批評を求め、享和二年（一八〇二）冬、千蔭、村田春海がそれぞれ北隣の翁、橋本の地蔵麿の匿名で景樹の和歌に批評を加えたことに端を発する。この批評書『筆のさが』で二人は景樹の作に「俗語」「俗意」を指摘して批判、「歌は雅びやかなるが上にも雅びなることをこそ思ふべけれ」と主張した。この俗情雅情論に対してほとんど日を置かずして、まず小沢蘆庵門下の小川布淑から反論が出された。同年十一月下旬に執筆されたいわゆる『雅俗弁』である。布淑は「ただこと歌」を唱えた師、蘆庵の歌論に基づき、和歌においては心情・表現いずれにおいても始めから雅俗の別があるわけではないと反論する。これに対して翌年、村田春海が『雅俗弁の答』を書いて再反論、その他にも佐々木真足『東さとし』、昇道『雅俗再弁』、伴蒿蹊『続雅俗弁』、など続々と反響があって一大論争が巻き起こった。

この『雅俗弁の答』は天理大学附属天理図書館春海文庫に所蔵する他、春海の歌文集『琴後集』巻十三「書牘」に「おなじ禅師のもとよりおくられし雅俗弁を論じてこたふる書」と題して収められており、これにも雪岡が関わっていることが知られる。ここには、「かのあげつらひは、ただとみの事にて、深くも心せでものし侍りつれば、ひがことの多く侍らむは、もとよりさる事ならむかし。さるは名をも隠し侍りて、わがともがらのわざなりとは、人にも知らせじとての戯れに侍りしを、いかなる人の言ひもらし侍りて、さはまめやかにさいなまれ侍る事ぞと、今は悔い思ひ侍れど、さらに甲斐なきわざになむ」「今上人のために、春海が思ふところ詳しう聞こえ侍らむ。こは負けじ魂にてあながちに人に勝たむとのすさみには侍らず。ただわが上人に隔てなう聞こゆるなれば、必ず人にな見せ給ひそ」と記され、景樹を批判した『筆のさが』が思いがけず公になってしまったことへの驚きと雪岡への信頼が見て取れるが、京都歌壇での反応の早さを思えば、『筆のさが』を布淑らに見せたのは、外ならぬ雪岡であったのではないかと思われる。つまり、この『筆のさが』論争に関して言えば、雪岡が京都と江戸の歌壇を仲介して、京都の新進歌人景樹の和歌を江戸派の老大家二人に紹介、その批評を今度はすぐさま京都の蘆庵門下に示し、出された反論をまた手紙で江戸に書き送ったのではないかと考えられるのである。

しかし、この雪岡なる人物が僧としてどのような立場にあり、和歌史においてはいかなる位置を占めるのかについては、未だ十分に検討されているとは言い難い。後述するように雪岡は小沢蘆庵とも交流があったが、中野稽雪が『小沢蘆庵その後の研究』において「雪岡について真乗院を調査したが、何の資料も発見し得なかった。」と述べるように、(1) 雪岡の和歌やその足跡などは現在ほとんど知られず、また今回新たに稿を起こすに足る十分な資料も示し得ないが、これまでに提示されている雪岡についての片々たる資料と、先学の研究で明らかにされた事跡とを付き合わせ、いささかの新事実を加えて、その足跡の一端を明らかにしたい。江戸と上方を往来して歌壇の交流に少なからぬ貢献をした雪岡の軌跡を明らかにすることにより、少しでも今後の研究の足がかりとなれば幸いである。

二　雪岡・秋成・蘆庵・春海

南禅寺真乗院は山名持豊（宗全）の施捨により開かれた大応派の塔頭である。『南禅寺史』によれば、雪岡はその真乗院に在籍、号諱名を「雪岡宗弼」といい、寛政六年（一七九四）公帖を受領して西堂に転位している。[2]西堂とは次のような位階である。すなわち、西堂位以上（西堂位、東堂位、南禅位）を出世衆と言って、それ以下の平僧とは区別される。平僧のうち最高位である首座に転じた者で、秉払を終わった者を単寮と称し、単寮が一山及び僧録司の吹嘘によって将軍から公帖をいただくと、西堂となるのである。この西堂となって、次に参暇に任じられれば、次のように絶大なる権力を握ることとなる。

> 寺法に基いて寺内、末寺及寺領等についての一切の行政を担当した、行政上の最高の決議機関であり、同時に執行機関でもあったのが役者（あんじゃ）である。役者は普通参暇と奉行とを呼んだ称呼であるが、其の中心が参暇であった事は勿論である。（中略）江戸時代に於ても参暇は常に西堂位の人が之に当った。参暇の人員は大体三乃至五人であり、寺院行政の実権を掌握した。一度これに任ずれば、余程の過失があるか、この人が南禅寺住持職に昇り又は東堂位に転じなければ、その地位を失う事はなかった。但し西堂位と雖も末寺や他山の僧が参暇になり得なかったのは勿論であった。形式的には参暇以上の地位に住持及前住があり、行政上の最高責任者は住持であり、前住は顧問格としてあったが、之等は単なる象徴的存在に過ぎなかった。

雪岡が参暇に任ぜられたかどうかは不明だが、ともかく西堂位に昇った出世衆の一人であり、僧侶として順調な道程を辿っていると言える。西堂の公帖受領は次のように行われる。

江戸時代の南禅寺住持職補任の型には凡そ左の三つの場合があった。第一は所謂る入院して実際に長期に亘って住持するもの、主として南禅寺内の住僧の場合はこれに属する。（中略）第一の場合は先づ寺中の西堂又は東堂の中より、南禅寺の公帖を将軍より賜わるべき者が衆評により決定され、その目子（経歴・嗣法等を書いたもの）吹嘘状が江戸の僧録司に送られる。（中略）僧録司はこれを将軍に伝達して許可を得、僧録の帰洛に先立って公帖が発行される。僧録は帰洛の際これを持参して京都に帰るのである。この点東堂、西堂の公帖も同様である。次いで一両日後金地院に於て僧録より吹嘘を受けた当人が受帖する。

この記述に従えば、寛政六年（一七九四）に初めて西堂になった雪岡は京都で待機して、江戸に於ける一連の儀式の後、公帖を京都で受け取ったと考えられる。しかし、寛政五年（一七九三）六月に京都に移住し、この雪岡と親交した上田秋成は『文反古』下に次のように記している。

都に来てしばし親しかりし人の、春は吾妻へ立べきよし聞えて、年のいはひものおくらるゝに、こたへし。

御事ども承りぬ。俄ならぬ御出立にも、万をあはただしう聞えたまへる、しかこそ侍りつらめ。餅、しらげよね、海の物、山の物、心もちひてたまひぬ。うばらはことになむ。猶たいめに申侍らん。

ふる郷にすみてあらましを何にこの都にひとのわかれしにこしさりとも、をちなき文のいきかひしてあらば(3)。

この「都に来てしばし親しかりし人」が雪岡であることは、『麻知文』に収められる同じ和歌の詞書に「南禅寺の真乗院の雪岡、あづまに下らるゝに馬のはなむけす」[4]とあることから判明する。転居後の雅交への期待もつかの間、今度はあなたが去っていくなんて、私はいったい何のために京都へやってきたのだ、という失望感の漂う歌である。雪岡の上京の理由はよく分からないが、「俄ならぬ御出立」とあり予定された出発であることから考えて、この年西堂に任じられたことと何らかの関係があるのではないだろうか。

ところで実は、蘆庵もこの頃初めて雪岡と対面している。寛政五年（一七九三）冬のことである。

南禅寺真乗院西堂雪岡東へ下るに対面をこはるゝに初て逢て別るゝに
ことのは風はたかく聞ながらちかきわたりも老は歩みのたゆくてえなんまうでぬに、にはかに東に下り給ふとてとはれ奉りしはいとになう嬉しきものから、更に別れのうさをこそ侍りけれ
きのふまで声のみ聞し水鳥のをしとぞ思ふけふの別路
たび衣たちかさねてよ日にそひてふかくなり行霜雪の比（『六帖詠藻』冬四）[5]

これによれば、雪岡は江戸下向を前にして、わざわざ蘆庵への対面を申し入れたのであり、そこに何らかの意図が感じられる。

雪岡が西堂になった寛政六年（一七九四）中に秋成から雪岡へ送られたと思われる手紙は二通ある。一つは長島弘明が紹介した佐藤良次の秋成資料メモの中にあるもので、九月一日付のもの[6]。年次は不明ながら、長島はこれを寛政六年の書簡であって雪岡は江戸にいるのではないかと推定している。書簡には「春海子ヨリ中来候事ア

リテ返報オソ〳〵ナガラ申入候。御たよりに御とゝけ可給候」、「風詠ことの外うと〳〵しくなり候。烟霞の地にては出来ぬものかとおもひなり候」(傍線筆者。以下同)、「江戸へは売かねる大坂しこみの ゐ中歌」の言葉、また蘆庵邸での観月会のことなどが書かれ、秋成と雪岡との交流はもっぱら和歌を通じたものであることがわかる。またもう一通は『秋成遺文』所収の十二月十八日付のもので、完成したばかりの『清風瑣言』について「野生へ謝物に二十編贈来候へども、京阪の間へ皆々乞とられ候故、此度はまゐらせず候」と言い、「市中に出候後は、歌はいよ〳〵俗物になり候て、ふつによめ申さず候、これは稽古のたらぬ故と存候間、春よりはとんとやめに致し申すべく存じ候」と、京都に出て来て以来の自らの歌境を反省しつつも、名残に四首の和歌を詠み添えている。雪岡はこの年、春に江戸に下って以来、ずっと江戸に滞在しているのであろう。また近々京都に帰る様子も窺えない。雪岡の江戸における住居は、春海の『琴後集』巻九「長歌」に収められた長歌「真乗院雪岡禅師をかなしめる歌」詞書への添え書き〈禅師の江戸にありける時は金地院の松月庵に住めり〉により、江戸金地院内の「松月庵」という庵であったことが判明する。京都南禅寺の金地院は以心崇伝が慶長十年(一六〇五)南禅寺住持に就任する直前に現在地に再建されたが、その後慶長十五年(一六一〇)に駿府に、元和五年(一六一九)には江戸に金地院が建立されている。[7] 雪岡が江戸金地院に滞在しているということは、公務を帯びた下向と考えてよいのではないだろうか。

ついでながら、ここで九月一日の書簡中に名前が載る村田春海と秋成との交流について、従来の説を再検討したい。二人の交流は一体いつから始まったのであろうか。右の二書簡にある「烟霞の地」「市中」について、長島は南禅寺山内の庵から東洞院四条の月溪と同じ長屋に移ったことを指すのではないかと推定する。南禅寺内の住まいを秋成がしばしば「山中」「山住」などと記述していることを考え合わせれば、長島の解釈は肯定されるべきものである。とするならば、南禅寺から東洞院への移転は従来定説となっている寛政七年(一七九五)某月ではなく、寛政六年（一七九四）九月一日以前、少なくとも寛政六年中のこととなる。ところで、ここで想起されるのが、『琴後集』巻十三に収められる春海から秋成に宛てた年次不明の書簡である。「春たちかへるのどけさは、わきて都の空こそゆかしう侍れ。今はいはほの中なる住ひをふりすて給ひて、巷の花柳にたちまじらひ給ふらむは、いかに心ゆく御すみかならまし。」と始まるこの書簡について、高田衛は『完本上田秋成年譜考説』において、「いはほの中」「巷の花柳」をどことは特定できないものの、仮にそれぞれ大坂の淡路庄村、京都の知恩院門前町袋町を指すと考えて、秋成が上京した翌年、寛政六年春のものとする。この説に拠るならば、二人の交流は秋成の大坂在住時代からあったことになる。そうだとすれば、例えば宇万伎などを介して互いの存在を知っていたのかもしれない。

しかし、もし秋成が南禅寺から転出したのが寛政六年中だとすると、この『琴後集』書簡を寛政七年春のものと考えることが可能になってくる。右の春海書簡中には「山住のつれづれならむよりはと、おしはかり参らする」ともあり、旧居を指すのに「いはほの中」「山住」という語を用いるが、これらの言葉は、満々たる二大河に挟まれ「浜松蔭」と表現される淡路庄村よりも南禅寺山内の庵に、より相応しい。そして、もしこの書簡が寛政七年春のものであるとするならば、秋成が春海と知ったのは秋成の大坂在住時代ではなく、秋成が京都へ来て以降、さらに言えば雪岡が江戸下向して以降に交流が始まった、という新たな可能性も浮上するのである。秋成と春海との最初の接点が未だ明確でない現在、雪岡がその仲介役を果したかもしれない、という一つの仮説を提示しておきたい。

三　雪岡と千蔭・春海との交流

次に、改めて雪岡と千蔭・春海との交流を確認しておきたい。『琴後集』を繙くと、雪岡に関する作品は先述した『筆のさが』論争に関わる『雅俗弁の答』、後述する長歌及び反歌一首「真乗院雪岡禅師をかなしめる歌」以外にもう一作ある。巻十三「書牘」に収められた書簡「真乗院雪岡禅師のもとへ」である。ここには「まことやかの蘆庵の翁は、年頃うらなくむつびかはし給ひつるを、過ぎにし初秋に、草の上の露よりももろく見はて給へぬとなむ」とあり、蘆庵の死去は享和元年（一八〇一）七月十一日であるから、その年の秋の書簡と知れる。春海はまず日頃の無沙汰を詫びた後、雪岡の変わらぬ有様を「萩が花咲く宿にをり〳〵おとづれ給ふにつけて、おぼろけならず伝へ承るぞうれしき」と言う。雪岡が千蔭の家（萩が花咲く宿）を折に触れて訪問していることから、享和元年秋には雪岡は江戸にいたらしく思われる。また『雅俗弁の答』に「この頃芳宜園の翁がもとへ御消息賜はりつるを見侍るに……春海にも見よとて賜はりしは、うれしうなむ」とあり、雪岡は江戸においては春海よりもむしろ千蔭と親交していたようである。さて次に蘆庵の和歌への評価を述べ、「はやくより、其のつねの心おきてをきくに、わがあがたゐの翁のおしへのおもむきに違ふべくもあらずなむおぼえ侍りしかば、こととひかはさぬものから、猶心しりの人のやうに、したはしう思ひわたり侍りしやは」と、生前の蘆庵との直接的な交流はなかったことを述べる。田中康二は『筆のさが』論争に関連して、春海はこの頃まだ蘆庵の和歌及び歌論を本格的には読んでおらず、蘆庵の歌論を誤解していたとするが[8]、確かに蘆庵との間に距離があったことは頷かれる。

では、千蔭と雪岡はどのように交流していたのだろうか。千蔭側の資料からは雪岡との交流の様はほとんど窺えないが、『うけらが花』巻六「雑歌」には、雪岡に関する和歌三首が収まる。

都に住める雪岡大徳の師の七十の賀に霞をよめる
春さればかすみ流るゝ大井川君こそくまめ千々といふ世も

雪岡大徳の師、京南禅寺に住めるが、こぞの霜月身まかりぬと聞きて、二月ばかり雪岡のもとへよみて遣はす
世の中に心とゞめぬ法の師もおもひおきけん君がゆく末

宇治河に柴流すかたかける絵に歌書きてよと雪岡大徳に乞はれて
宇治河を下すま柴のしばらくも淀瀬なきをば見ずや世の人

三首のうち二首が雪岡の師に関するものであり、「都に住める」師という言い方から、雪岡が江戸滞在中の作かとも思われるが、いかがであろうか。雪岡の嗣法がわかれば師の没年などからこれらの和歌の成立年が判明するのだが、残念ながら現在は不明である。二首目の下句「おもひおきけん君がゆく末」が気になるが、これの背景も全くわからない。ともかく、雪岡は千蔭の家をしばしば訪れ、折に触れて自らの僧侶としての日常などあれこれ語っていたのではないかと想像される。なお、『うけらが花』巻六の次の和歌から、千蔭は雪岡の他にも南禅寺の僧との交流があったことがわかる。

やよひばかり南禅寺の僧巨海が京へ帰るを送る
都べは春の錦と聞くからにたち帰るをばいかでとどめむ

この巨海は恐らく、雪岡が西堂に任じられた寛政六年（一七九四）に南禅位すなわち住持職に就いた大寧院の僧、巨海元剛ではないかと思われるが、これも残念ながら時期を特定できない。

ところで雪岡は江戸にある時には、和文の会にも出席していたのではないだろうか。田中康二の調査によれば、寛政八年（一七九六）六月二十二日に清水浜臣邸で和文の会が開催され、「さざなみのやに蓮を見る辞」の題名で創作が成された。(10) 参加者は千蔭・雪岡・雨岡・（穂積）秋成・躬弦・道別・直節・浜臣・本子・縫子・くみ子・松子・ふみ子・千枝子・千任の十五人である。ここに名前の挙がる「雪岡」が真乗院雪岡であるという確証はないが、千蔭が同席していることから考えても、その可能性は否定できないのではないだろうか。もしそうだとすれば、寛政六年からずっと滞在していたのか、一度帰京したのち再び江戸に来たのかわからないが、少なくとも寛政八年夏には江戸にいたことになる。

四　京都と江戸をつなぐ雪岡

さて、京都にあっては雪岡はどのような日々を過ごしていたのだろうか。まず蘆庵との交流をいくつか追ってみたい。自筆本『六帖詠藻』春十一に、次のような記述がある。

宮の真乗院におはしまして、めされしに参りたるに、東洋が席画に馬にのりたる人かけるに、あやまち

て筆をおとしたるを何にかせんとて、蝶にかけるに
ふみしだく花にひづめやかをるらんわがのる駒をしたふこてふは

宮は妙法院宮真仁法親王である。これを中野稽雪は寛政末年（一八〇一）のこととするが[11]、妙法院宮を南禅寺真乗院に迎えたのは、恐らく雪岡であろう。画師東洋の茶目っ気のある振る舞いに当意即妙の和歌を添えた蘆庵、亭主の雪岡も主賓の妙法院宮も、思わず相好を崩して心愉しいひと時を過ごしたことであろう。また、いつのことか時期は定かでないが、『六帖詠藻』冬五には次のようにある。

真乗院釣がきにそへて
天つ日のめぐみかしこみ山がきの生れしさがも改りけり
かへし
山がきのしぶ〳〵色を改てむべあまつ日のめぐみかしこし

真乗院から送られてきた干し柿にまつわる応酬である。渋柿が陽に晒されて甘く風味を変えたのを、渋々ながら性（さが）を改めた、とするところがおもしろい。『六帖詠藻』にはこれ以外にも真乗院との交流の跡が窺われ、雪岡の江戸下向を目前に控えた寛政五年（一七九三）に初めて対面した二人は、雪岡が江戸から戻った後も雅交を結んだと見える。

ところで、蘆庵と江戸派との交流のきっかけは、今一つ判然としない。春海と蘆庵に直接の交流がなかったことは先に見た通りである。雪岡からは少々離れるが、江戸派と京都歌壇を考えるついでに、次に蘆庵と千蔭との

交流を考えてみたい。鈴木淳によれば、千蔭が蘆庵に初めて書簡を送ったのは享和元年（一八〇一）正月二日のことであるという。[12]しかし、『うけらが花』巻六にはその時のことを、

京の小沢蘆庵がもとへ千里を隔て侍れど、こゝらの年月まのあたり語らひかはし侍る心地せらるゝまゝに、うちつけなるものから立かへる春のほぎごときこえ侍る

君もあれも百世をへつつ花鳥にあくやあかずやいざ試みむ

と記すから、[13]これ以前から間接的に交流があったことが窺われるのである。たとえば蘆庵は寛政十一年（一七九九）七月に紀貫之の真跡模刻『古今集秋下部』を、宗弼を通じて千蔭に乞い、入手している。[14]この書の跋文は千蔭、蘆庵、伴蒿蹊によるものであり、編集の過程で何らかの接触はあったであろう。また、次の例を見てみたい。

勝義があづまに下るに、橘の千蔭がり言ひやる

立ち寄らば立ちも寄らせよ橘のかげふむ人は道まどひせじ

かへしに「陰ふむ道はおほけなきものから、立ち寄らばなどうけたまはるこそうれしう覚え侍れ」と書きて、「たぐひなきことばの花の香をしめて立ち寄る人の袖もなつかし」（刊本『六帖詠草』雑歌）

勝義とは小沢蘆庵の門弟で京都の町奉行与力であった小野勝義のことである。千蔭の『うけらが花』巻六雑歌にも、

京の小沢蘆庵に物学べる小野勝義、おほやけごとにて睦月の初めこゝにまゐりけるにことつけて、蘆庵がもとより、「立ち寄らば立ちも寄らせよ橘のかげふむ人は道まどひせじ」といひおこせければ返しに
たぐひなきことばの花の香をしめて立ち寄る人の袖もなつかし

と、同じやりとりを収めている。ところで、写本『六帖詠藻』冬五に見える次の記事はこれに関連するものではないだろうか。

勝義があづまに下るに、
富士の嶺の雪のさかりをこの度のことばの花のつとにこそ見め

かへし　　　　　　　　　　　　　　　　勝義
ことのはの花さかぬ身は富士の嶺の雪を見るともかひやなからん
ことのはは言ひも尽くさじ雪ながら富士の高嶺をつゝむ袖もが⑮

つまり、千蔭が蘆庵に返した和歌「たぐひなきことばの花の香をしめて立ち寄る人の袖もなつかし」は表面的には、花橘の袖の香という伝統的な美意識に寄せて、この度訪ねて来てくれた勝義が親しく蘆庵の教えを受けた門弟だと思うとゆかしい、という心を示したものであるが、その下にはこの蘆庵と勝義との和歌の応答を踏まえているのではないかと考えられるのである。つまり、勝義の旅立ちに際して蘆庵がはなむけに詠んだ「富士の嶺の雪のさかりをこの度のことばの花のつとにこそ見め」、富士の眺めを詠んで土産とせよ、という和歌と、それに答えた「ことのはは言ひも尽くさじ雪ながら富士の高嶺をつゝむ袖もが」、富士の雄大さなどとても表現し尽く

せないから、雪を冠ったまま包み込んで行く袖がほしい、という勝義の和歌に加えて、蘆庵が勝義に託して千蔭に送った和歌「立ち寄らば立ちも寄らせよ橘のかげふむ人は道まどひせじ」とを踏まえて、勝義と交流できたことをも喜んでいるのである。この小野勝義の江戸下向がいつのことであるか判然としないが、この直後の記事に「戊午冬十二月尽ミ」（十九オ）「故澄月法師霊前へ」（二十ウ）とあり、戊午は寛政十年（一七九八）、澄月の没年も寛政十年五月二日である。写本『六帖詠藻』は必ずしもすべてが年次順の配列になってはいないが、江戸への出立はあるいは寛政十年冬のことであり、勝義が千蔭を訪問したのは翌十一年（一七九九）一月であったのではなかろうか。

また鈴木淳によれば、千蔭が勝義の質問に答える形で書かれた『答小野勝義書』は寛政十二年（一八〇〇）九月に成立したものであるという。[16] 千蔭の歌風が古風を尊ぶ師真淵の教えと異なるのではないか、という勝義の疑問に答えて千蔭が自らの理想を語るこの書を見れば、この時点で既に二人の間に和歌を通じた深い交流があったことは明らかであり、勝義の江戸下向、千蔭との初対面を寛政十一年と考えても矛盾しない。とすれば、享和元年（一八〇一）に千蔭が初めて蘆庵に書簡を送ったというのは、誰かに託したのではなく直接に消息したのは初めて、あるいは年賀の状を寄越したのは初めて、というのであって、初めての交流、という意味ではないと思われる。

話を元に戻し、江戸派と京都歌壇との間を結ぶと言えば、雪岡は伴蒿蹊とも周知の間柄であった。『琴後集』巻十三に「伴蒿蹊におくる書」が収められるが、その末尾に、蒿蹊を慕う千蔭門人の野村素行の和歌を送り添える失礼を詫び、「この人のあるやうをば、雪岡法師に、まのあたり問ひ給はむことをこそ」と言う。これも年次不明だが、ここでも雪岡は、江戸と上方の歌人達を結ぶ役割を担っているのである。

五　雪岡の死

ところが、雪岡の人生は思いがけず幕を下ろすことになった。先述した『琴後集』巻九に収められた長歌「真乗院雪岡禅師をかなしめる歌〈禅師の江戸にありける時は金地院の松月庵に住めり〉」には、雪岡が罪科を得て遠島となり、護送途上に入水して亡くなった、という報を受けて驚愕と悲嘆にくれる春海の思いが綴られる。長いものであるが、次に一首すべてを掲げる。

人の世は　夢とも夢と　はかなかる　ものにしありけり　墨染の　袂ふりはへ　都より　ここにいまして
山松の　梢の月を　室の名に　かけて住みにし　法の師の　ことをし思へば　さら〳〵に　涙ぞおつる　う
つし身と　ありしその世は　薪こり　水汲むわざの　いとまある　をり〳〵ごとに　月すめば　ともにひも
とき　花さけば　手たづさはりて　露ばかり　心もおかず　ことの葉の　友とむつびて　むら鳥の　ゆきか
ひしつつ　うるはしみ　ありけるものを　たちかへり　もとつ御法の　庭草を　しばし踏みわけ　さらにま
た　行きても来まし　早からば　ふたとせ三とせ　遅からば　六年いつとせ　七とせと　過ぐしはせじと
契りおきて　別れにしかば　いつしかと　待ちし間に　都べの　人の語らく　君が待つ　その法の師は　さ
きの世の　いかなる罪か　今の世に　むくい来にけむ　なのぞもの　故と知らねど　おさかべの　司に召し
て　さつまがた　沖の小島の　島守に　行きてを住めと　仰せごと　賜ひしままに　いにし月　難波の浦
の　うら伝ひ　舟開きして　波風に　身をまかせぬと　つばらかに　われに語りつ　しかれども　千里の外
に　海山を　隔ててをれば　まがことか　人のいひつる　およづれか　人の伝へし　ただかなる　便りもが

もと　月に日に　待ちつつをれば　難波なる　わがともがきの　ことさらに　思ひおこして　天つ雁　翅にかくる　玉づさの　便りうれしと　ことの葉を　開きてみれば　さつまがた　沖の小島に　行く舟の　行きもはてなで　法の師は　八重の汐ぢの　うたかたに身をたぐへつと　さだかにぞ　われに告げつる　常もなき　世はかくこそと　ひとたびは　立ちて驚き　一度は　臥してもこよひ　いきつぎて　嘆きぞわがするせむすべをなみ

反歌

かの岸に到らむことしたがはずばなに苦しみの海となげかむ

春海が世を去ったのが文化八年（一八一一）であるから、事件はそれ以前のことである。雪岡の死去に関する資料はこの長歌以外に見当たらず、いったい何ゆえの罪科であるのか探し出すことは出来なかった。そもそも、文学作品として書かれた長歌そのものを全面的に史実として扱うわけにはいかないかもしれない。しかし気になるのは、先述した雪岡と同年に賜帖し千蔭とも交流のあった南禅寺の住持、巨海元剛が本来は第三〇九代住持となるべきであるのに、「僧位剥奪サル」として、記録抹消されていることである。(17) 全くの想像に過ぎないが、あるいは何らかの事件が起こり、雪岡はそれに巻き込まれて連座したのではないだろうか。

以上、雪岡の事跡について知られることをあらあら抜き出し、いささかの知見を加えて提示してみた。丹念に調査すればなお付加すべき事実はあろうかと思われるが、これまで述べてきた事跡を眺め渡しても、雪岡が上方江戸間を往復し、当時を代表する歌人達との交流を広げていくことによって、実質的に両歌壇の橋渡しをしていることが明らかになったと思う。

なお、僧宗弼なる人物について付言しておきたい。先述したように雪岡の号諱名は「雪岡宗弼」であり、蘆庵や江戸派の作品中に散見される「僧宗弼」が雪岡を指すのかどうか気になるところである。たとえば田中康二の『村田春海の研究』36〜37頁に載せる「江戸派「和文の会」の資料」⑦⑬に「宗弼」の名が見え、また先述のように蘆庵は紀貫之の真跡を宗弼を通じて千蔭に乞い、入手しているのである（『六帖詠藻』冬十六）。しかし、中野稽雪は『小沢蘆庵その後の研究』に「この蘆庵門の宗弼とは、武州の僧で寛政十二年の春に京都を発って帰国したことが、『宗弼法師武州離別之餞、屠竜画、青柳のわがねたるに』と、あって「春九」に、「いく木のめはるをか経しと青柳のわかれし君をかぞへてぞみん」」と記しており、武州の僧とする。また『六帖詠藻』秋九には宗弼から柿とともに和歌三首を送ってきたのに対して蘆庵が大幅に添削を加え、「この人は人にしたがひてならへる人なれど、あながちにこの道にすすむ心あるに、思ふさまに修行なりがたしとて我にも添削をこふ。二度三たびいなみけれど、ひたぶるにいへる心ざしの深きにめで、をり〳〵はかくもあらんかなどいふ。この歌もいかにぞやと思ふ所を前後取かへなどすべし」と書き添えており、弟子のような扱いをしている。雪岡と秋成との和歌を通じた親交を思えば、これはやや不自然に思われる。宗弼の別号「離二庵主」も、雪岡が住した真乗院及び松月庵に照らして不審である。あれこれ斟酌すれば、この宗弼も江戸と上方を結んだ人物の一人ではあるが、やはり雪岡とは別人と見なすべきではないかと思われる。

〈雪岡略年譜〉

寛政五年（一七九三）六月、秋成京都へ移住。冬、蘆庵初めて雪岡と対面。

寛政六年（一七九四）春、雪岡公帖受領。公務で江戸へ。秋成、はなむけの和歌を送る。秋成、南禅寺山内常林庵裏の小庵に住む。三月中旬、長瀬真幸の肥後への送別宴に宗弼参加（田中『村田春海の研究』）。

寛政七年（一七九五）十二月十八日、秋成、江戸の雪岡へ書簡を送る。某月、秋成、南禅寺より転居か。

寛政八年（一七九六）六月二十二日、千蔭、雪岡、清水浜臣邸での和文の会に参加。九月二十三日、千蔭の万葉集竟宴歌の催しに宗弼参加。

寛政九年（一七九七）秋成、『霊語通』刊。春海がこれを批判（『胆大小心録』四）。

寛政十年（一七九八）七月二日、京都方広寺大仏殿、落雷により焼失。秋成、これに言寄せて春海に反論（『胆大小心録』四）。

寛政十一年（一七九九）七月、千蔭、貫之筆という古今集高野切を模刻。蘆庵、宗弼を通じて千蔭に乞い、宗弼、除夜に蘆庵宅に持参。のち本書は千蔭跋、蘆庵・蒿蹊奥書で出版。この年一月か、小野勝義、蘆庵の和歌を携え千蔭を訪問。この年か、秋、宗弼、蘆庵に柿を贈る。

寛政十二年（一八〇〇）春、宗弼江戸へ。九月、千蔭『答小野勝義書』成立。

寛政末年　妙法院宮、真乗院へ。宮に求められ、東洋の絵に蘆庵が歌を詠む。

享和元年（一八〇一）千蔭が初めて蘆庵に賀状を送る。七月十一日、蘆庵没。春海、蘆庵の死の報への返答「真乗院雪岡禅師のもとへ」を送る。この時、雪岡は在江戸。蒿蹊、千蔭に十二月五日の四天王寺落雷を報ずる手紙を送る。

享和二年（一八〇二）在京の雪岡が景樹の和歌を春海らに送り批評を求める。『筆のさが』成立。十一月下旬、反論書『雅俗弁』成立。雪岡が某の批判と『雅俗弁』を千蔭に書き送る。

享和三年（一八〇三）一月二十八日春海「雅俗弁の答」を雪岡に書き送る。雪岡に『雅俗弁』と『ふるの中道』を返却（春海の千蔭宛書簡）。

文化二年（一八〇五）三月、妙法院宮、江戸へ行き、千蔭、春海らを引見、歌会を催す。八月九日、妙法院宮没。某月、春海の紹介で黒川盛隆が蒿蹊訪問。この年以前の九月末、春海が蒿蹊に書簡、千蔭門人野村素行について雪岡に問うよう記す。

文化三年（一八〇六）二月二十八日、秋成、南禅寺山内に再住。七月二十五日、蒿蹊没。

文化五年（一八〇八）二月末、千蔭、蒿蹊『閑田詠草』の序を草す。九月二日、千蔭没。この年、春海、蒿蹊『閑田百首』の跋を草す。

文化六年（一八〇九）六月二十七日、秋成没。

文化八年（一八一一）二月十三日、春海没。この年以前に雪岡没。

注

（1）中野稽雪『小沢芦庵その後の研究（里のとぼそ第四集）』（芦庵文庫、一九五六）。

（2）櫻井景雄『南禅寺史（続編）』（南禅寺、一九四〇）附録2「江戸時代南禅寺出世衆」。以下、南禅寺に関する記述は本書による。

（3）『上田秋成全集』第十巻（中央公論社、一九九一）による。

（4）『上田秋成全集』第九巻（中央公論社、一九九〇）による。

（5）小沢蘆庵『六帖詠藻』は静嘉堂文庫マイクロフィルム『歌学資料集成』（雄勝堂）を使用し、国文学研究資料館の蘆庵文庫蔵『六帖詠草』紙焼写真も参照した。

（6）長島弘明「秋成資料雑俎（一）——佐藤家蔵資料——」『実践国文学』23（一九八三・三）。

（7）『国史大辞典』（吉川弘文館）による。

（8）田中康二『村田春海の研究』「歌論成立論——『歌がたり』の成立とその位置」（汲古書院、二〇〇〇）一八三〜一八四頁。なお、田中は春海が『雅俗弁』『ふるの中道』の二書を千蔭から借りた、とするが、「即」以下「なるべし」までは雪岡に宛てた手紙の文面であり、千蔭にその内容を告げているのであるから、二書を返却する相手は雪岡であろう。

(9)『うけらが花』本文は新編国歌大観による。
(10)田中康二前掲書「文集の部総論——江戸派「和文の会」と村田春海」収載の表「江戸派「和文の会」の資料」⑥(三六頁)による。
(11)前掲『小沢芦庵その後の研究』九八頁。
(12)中野稽雪『芦庵翁六帖詠草摘英(里のとぼそ第三集)』、鈴木淳『橘千蔭の研究』(ぺりかん社、二〇〇六)。
(13)同じ和歌が『六帖詠藻拾遺』春歌にも収載されている。
(14)前掲『小沢芦庵その後の研究』一五二頁。
(15)『六帖詠藻』雑歌には、勝義が示した東への道の記の中にあった富士山詠を愛でて蘆庵が詠んだ歌「見ずもあらず見もせぬふじの面かげをさながらうつすことの葉の色」が収められる。この道の記は現存しないが、この旅の折のものかと思われる。
(16)鈴木淳前掲書。
(17)前掲『南禅寺史(続編)』附録1「南禅寺住持歴代表」による。
(18)前掲『小沢芦庵その後の研究』一五四頁において、この和歌のうち二首を紹介、蘆庵のものとするが、写本『六帖詠藻』秋九に収められた、大幅に添削を加えられた三首すべてが宗弼から送られた和歌で、次の二首が蘆庵自身の返歌である。

〔付記〕田中康二氏に「雪岡禅師と江戸派」(『鈴屋学会報』24、二〇〇七・一二、『江戸派の研究』(汲古書院、二〇一〇)に再録)があるが、本論考はそれとは独立に執筆したものである。氏の論稿には「歌論成立論——『歌がたり』の成立とその位置」(『村田春海の研究』汲古書院、二〇〇〇)と併せ、多大な学恩を蒙った。しかし本論考は秋成と中心として考察したものであり、また宗弼と雪岡を同一人とみなすか否か等の点で事実認定に相違があるため、論に修正は加えなかった。田中氏の論考も併せてご参看いただければ幸いである。

第三章　秋成歌集『秋の雲』考——冒頭部における諸問題——

一　はじめに

上田秋成は晩年、眼疾に冒されつつ『春雨物語』をはじめ数多くの作品を著わした。学問や文藝にのめり込む自身の姿を「のら者」と自嘲し、薄禄不遇の人生を天罰となかば諦めながらも、死の直前までついに筆を措くことはなかった。秋成にとって、「物語を書く」という行為そのものが、古事（いにしへ）にとりなし、或いは現実をかすめておぼろげに書き出すことによって心中に渦巻く曲折したわだかまりを解き放つことのできる、「心を遣る」唯一の手段であったと言ってもよい。そのため、秋成を語るにはどうしても物語に重きを置かれるのは当然だが、その傍らで秋成がこの時期、折りに触れてその数二千五百首を超える和歌を詠んでいたことも看過されるべきではなかろう。『春雨物語』にも「目ひとつの神」・「歌のほまれ」の和歌を主題とする二篇があり、この時期の秋成の和歌に対する強い関心を窺うことができる。秋成にとって、この和歌を詠むという行為とは一体何であったのだろうか。秋成の「書く」という行為の指し示す所は、単に物語に限らず、この和歌の問題をも併せ考えてみる必要があると思う。

そこで、秋成の和歌を考える第一歩として、秋成七十四歳にしてまとめた歌集『秋の雲』を採り上げて考察したい。

二　『秋の雲』冒頭部の意味

『秋の雲』は文化四年（一八〇七）成立の自撰歌集で、天理図書館に秋成自筆の冊子本が現存する。題簽はなく、共紙表紙の左肩に「秋の雲　擬曾丹毎月集抜粋九十五首、此題号ハ別ニ書へし」と墨書、中央下部には朱筆で「楮亭子序此外ニ凡ニ三枚ノ中ナルヘシ」と秋成自筆で記され、いずれもミセケチになっている。本文は二四丁。自序に続いて長歌二首、短歌九十四首（うち反歌四首）、和文一篇を収める。「抜粋九十五首」とわずかにずれるが、ほぼ当初の構想通りに編纂されたものと考えてよかろう。村瀬楮亭の序は現在、秋成十三回忌の文政四年に建てられた西福寺の秋成墓碑に刻まれ、また『楮亭三稿』巻之四にも小異あるが「後毎月集題辞」として収められる。

『秋の雲』成立の経緯については秋成自らその序に述べている。即ち、平安時代の異端の歌人、曾禰好忠（曾丹）の「毎月集」に倣い秋成が詠んだ和歌、その三首六十首が当初誰にも理解されないどころか、謗る者さえ現われたので、愁いと憤懣の中で秋成が自作の『毎月集』の中から自讃の歌を抜き出して自注をつけ、再度世に問うべく編集したのがこの『秋の雲』であるという。『秋の雲』の母胎ともいうべき『毎月集』[1]は長らくその姿が知られなかったが、浅野三平によってその存在が明らかにされ、更に『上田秋成全集』第十二巻、及び大阪府立中之島図書館編『柏原家文書（追加）付上田秋成資料集』、多治比郁夫「新出の上田秋成稿本類――柏原家文書からの翻刻と紹介――」においてその詳細を知ることができるようになった。[2]未だその全容は判明していないものの、これによって、秋成が序にいう成立の経緯が事実に基づくものであることを推測することができる。そこで、

曾丹「毎月集」　→　秋成『毎月集』　→　『秋の雲』

という三書の関係を念頭におきながら論を進めていきたい。曾丹の「毎月集」は一ヶ月三十日として、一月から十二月までの一年間に相当する三百六十首の歌を日記の如くに配したもので、各季節の前には長歌・反歌各一首を置く整然とした構成を持つ。秋成がこれに倣って『毎月集』を編んだとすれば、同じく四季の推移に従って春夏秋冬の順に歌が排列されていたと考えるのが自然であろう。現存する『毎月集』（浅野前掲論文にいう「反故集」・「水無月三十首」後半・「秋の雲稿秋冬」）も、そのスタイルをほぼそのまま踏襲している。

では、その『毎月集』を母胎として編集し直された『秋の雲』の構成はどうであろうか。全体としては春夏秋冬の順に排列されており、やはり『毎月集』のスタイルに倣っている。集全体の構成は次の如くである。

- 自序
- 「秋の雲」の歌
　以下、春の歌一九首
- 詠霍公鳥長歌弁短歌三首
　以下、夏の歌二二首
- 三秋に度る歌弁に短歌
　以下、秋の歌二五首
- 三冬にわたる文
　以下、冬の歌二三首
- 末尾の文

各季節ほぼ二十首前後、分量の上でもバランスがとれており、単に『毎月集』から我が意に叶う和歌を抜粋・網羅したのではなく、ある構成意識の下に各季節の比重にも配慮しながら採歌していったことが明らかである。『秋の雲』が『毎月集』を踏襲していること、及びその構成のバランスの良さを考えると、一読して次の、題名の由来ともなった冒頭の和歌の異様さに気付くであろう。

秋の雲風にたゞよひ行みれば大簱小ばたいもが栲領巾

ここは春の部の冒頭、当然、春の和歌が置かれなければならない。にも関わらず、春の部の冒頭にこの秋の和歌が置かれているのは全く奇妙としか言いようがない。しかも、その秋の和歌中の一句が集全体の当初の題名となっていたのである。何ゆえにこの位置にこの和歌が置かれねばならなかったのであろうか。本稿では、この奇妙な現象に対する考察を、その出発点とする。

まず、第一首「秋の雲」の歌、及びそれに続く自注を見てみる。

秋の雲風にたゞよひ行みれば大簱小ばたいもが栲領巾

秋風吹て白雲飛と云句のこゝろに、いささか巧みをそへしなるが、たゞ調のよろしきと思ふもて、よしとはほこりかに云し也、此外にもみづからえらびわざして、物がたりにせまくする中には、人もよしとゆるさるゝがあり、誰さだ〳〵ときはむべきにあらねば、是もおのれゆるして書つくる者也。

秋空に雲が風に吹かれて漂っていくのを見ると、まるで大小の旗やいとしい人の身に付けた白いひれがたなびいている様だ、という万葉調の朗らかな詠である。そして「秋風吹て白雲飛」[3]という漢の武帝の古詩「秋風辞」の第一句を挙げ、これを換骨奪胎して格調高く詠み上げたところにこの和歌の手柄がある、と注を付す。この和歌についてはたとえば『胆大小心録』（異文一）にも、

秋の雲風にたゞよひ行みれば大はた小幡いもがたく領巾

といふ歌をよんだは、と人にかたりしかば、都鄙の哥よみの皆あしく云よし。遠くの人はしらず、我ところへ来る人の中には、たれもこの歌の味のしれる人はない。（中略）さしてよいといふのではない。古意にて、古体にて、等類ないかと思ふたのなり。秋風吹白雲飛と云を、ちとおもしろがらせたのみ。調のたかき事が自まんじや。[4]

と、同様の称揚を記しており、秋成がこの和歌を得意としていたことが窺える。序文冒頭に「曾禰の好忠の毎月集に傚ひてよみし、三百六十首の中に、たゞ一うた、是ぞよみつるとおぼしゝを」とあるのも、或いはこの和歌を指しているかと思われる。

問題は、その次の部分である。この和歌の他にも自慢の和歌を披露したいが、和歌のよしあしは誰にも決められないのだから自分の気の済むようにするのだ、という。これは単に冒頭の「秋の雲」の和歌一首のみに付された自注ではなく、『秋の雲』の和歌全体、即ち『秋の雲』という歌集に対しての発言と考えられ、いわば集の序の役割を果たしているのではないだろうか。そこで秋成の自序と照らしてみると、自序に「よしや、ほむともそしるとも、耳とゞむべきふしも非ず」「今の世のほまれもとむべくもあらず、たゞ賜へるあめのまに〳〵、さちゞ、

まちゞをかへり看て、よろづの道にもわざにも遊ばゞや」など、自らのよしとするものを唯一の拠り所として和歌を詠むのだという決意を述べている点で、両者は内容的に重なっていることに気付く。つまり、この第一首に付された自注は明らかに序を意識しており、読者にここでもう一度序を思い起こさせようとする狙いがあったと思われる。

　そこで、序文に立ち戻り、検討してみたい。秋成自序は、作品の量に比してかなりの長さを持っている。かりに内容から、表のように四段に分けてみる。

（表）

段落	内容
①曾禰の好忠の……耳とゞむべきふしも非ず。	秋成作『毎月集』に対する周囲の意外な反応。
②彼曾丹の哥のさまは、……云かよはせたりけり。	異端の歌人、曾丹の歌集の享受における浮沈と、小沢蘆庵の思い出。
③柳斎と云は、……片ゐみして去るも有けり。	秋成の『毎月集』編纂に至る経緯と、周囲の冷視冷遇。
④とまれかうまれ、……おぼししらるべきにこそ。	老境、つまり編纂当時の秋成の心境。

　曾丹についての記述が多いのは、作品の成立を考えればごく自然なことである。各部はそれぞれ曾丹について触れるが、特に②③では曾丹の境遇に思いを寄せ、その不遇の人生に共感を覚えつつも、そのむき出しの憤りや嘆きに対して老いを迎えた者の分別をもって応じている点に注目したい。④末尾の「誰人も老ての後に、おぼししらるべきにこそ」も「前のほまれに、後のそしりを心づかひせられし人、猶わかし」という、その曾丹の若さに対しての秋成の達観した境地を記しており、②③と④は対応していると思われる。さらに『秋の雲』歌集末尾

にも「わかき人も老ゆきて後、おもひしるべきものぞ」と記し、この序文と相呼応して、いわば曾丹に対する思いの一つを「老」という基本線に収斂させ、全編を貫く主題となしている。この観点に立って再び第一首の注に目を転じてみると、「秋風吹て白雲飛」という引用句は単なる出典を示すものではなく、末尾の二句「歓楽極兮（マリテ）哀情多（シ）、少壮幾時（ゾ）兮奈老（ヲ）何（セン）」を意識した、歓楽少なき自身の人生にもしのびよってきた老の寂蓼感をひそかに示しているのではないだろうか。秋成の自序、第一首の注を貫く一つの主題がまず「老」であることを指摘しておきたい。

三　蘆庵への思い

ところが、この自序の中で違和感を醸し出しているのが②である。この後半部で小沢蘆庵との思い出が語られている。これがあまりにも唐突である。江戸期に入ってからの契沖の『曾丹集』評価、蘆庵の再評価、小島重家の紹介によって『曾丹集』を知った自身の若き日の思い出を綴ったあとに、小島重家からの連想の糸に導かれるようにして蘆庵との出会いと親交の様が、文脈を乱してまでも描き込まれているのである。

この蘆庵との交流を記す自序の破格の記述を頭に入れながら、それに続く『秋の雲』冒頭の春の和歌、及び集全体の構成を見てみたい。まず、各季の冒頭を抜き出し、列ねてみる。

・「秋の雲」の歌
・詠霍公鳥長歌幷短歌三首
・三秋に度る歌幷に短歌

・三冬にわたる文

夏、秋、冬には、丸印を付した様に「三」という数字が共通して使われていることがわかる。そして「三」の数字を共有しながら、夏と秋とは長歌・短歌という形式が一致しており、秋と冬とは「三〜に度る」という言葉の用い方が一致している。つまり形の上で、いわば俳諧的といってもよいほど、前季の言葉を少しずつ展開しながら連続しているのである。そうだとすれば、春の冒頭も夏の冒頭に対して同じ展開を持つことが予想できよう。つまり、今わかりやすく季節を逆転してみれば、次のような構図として『秋の雲』の構成を考えることができるのである。

（冬）　三冬にわたる文
（秋）　三秋に度る　←　歌幷に短歌
（夏）　詠霍公鳥　長歌幷短歌三首　←
（春）　「秋の雲」の和歌（幷に三首）　←

右のような構図で考えると、春の部の冒頭は「秋の雲」の和歌と、それに続く同じ意図を込められた和歌が三首、続かなければならないはずである。それら三首、すなわち第二首から第四首までが一まとまりを持ち、「秋の雲」

の一首が夏の長歌に匹敵する春の部の序の役割を果たしていなければならない。この春の部冒頭に込められた意図を考えるために、まず第二首を見てみたい。

2たに水の滝のみなかみとほぐ〳〵に都の春のたよりをぞきく

①山住まだうひ〳〵しさに、世の中の事、時々耳そばだつとはなしに、谷水は、②すむ山の、最勝院の滝の末の、此③垣もとを流過る也き（傍線筆者、以下同）。

「山住まだうひ〳〵し」とあって引越早々であることが窺える。最勝院は南禅寺、『秋の雲』執筆が文化四年（一八〇七）七十四歳の時であり、秋成がその前年の春、南禅寺山内常林庵裏の小庵に引越していることを思い合わせると、この和歌は引越後の素直な日常詠に思われる。

ところが秋成は以前にもここに住んだことがあった。寛政六年（一七九四）、六十一歳の時である。その前年、故郷大坂を捨て、妻瑚璉尼を伴って彼女の故郷へと上京し、ひとまず智恩院門前袋町に落ち着いたが、それは仮住まいであった。その年七月に蘆庵に初めて会い、意気投合した二人は以来親交を重ねる。蘆庵は京都に不案内な秋成を心配し、翌年秋成が南禅寺山内に落ち着いたことを喜んだという。その時秋成が蘆庵に宛てた引越の挨拶状、及びその後の和歌の応答が『文反古』に載る。

粟田山のふもとのやどりを、瑞龍山中の、何某の庵に住かふる時、たよりにつきて、蘆庵のもとへいひやる。

かしこの人のいざと云に、けふあはたゞしく移ゆきぬ。道のほどちかくなりぬれば、御暇にはとはせ給へ。

すきがましくはあらねど、すこし広きがよしと也。③'垣のもとを過る谷水の音のさやけきがめづらし。是は②'最勝院の滝の末にて、けがれなしと云。纓すますばかりにはあらねど、夏来たらば、御足洗ひて遊ばせ給へ。

山に入かしこきあとにならはずもうき世の道にまよひてぞこし

蘆庵翁かへし

われも世にまよひて入し①'山住よいざ身のうさをともにかたらむ

なほたいめに。よろづは。

時々来たまひては

ひやかなるたに水をさへ庭にみてねたくぞおもふ夏の山かげ

かへし

ねたきてふかごとながらもうとむやとこゝろひやせる庭の谷みつ[5]

先に掲げた『秋の雲』第二首「たに水の」の和歌及び注と比べてみると、文辞がよく似通っているのがわかる。①「山住」の語は秋成の挨拶に対する蘆庵の返歌の中に見出され、②「(谷水は)すむ山の、最勝院の滝の末」は「最勝院の滝の末にて、けかれなし」の部分を、掛詞(澄む・住む)を用いて技巧的に表現したものである。③もほとんど同文と言えよう。『文反古』には続けて、「谷水」の言葉をはさんで二人の間に交わされたこまやかな心の交歓が記される。清冽な谷水の流れは秋成と蘆庵との淡い、清らかな交流を象徴しているかのようである。更に『麻知文』には次のような一文がある。

南禅のやどりに、垣のもとをこまの滝の末のながれて過るを、蘆庵が、

君がすむ宿の水おときゝつれば濁るこゝろもあらはれにけり

是がかへし、

我庭のさゞれ石こす谷みづのすむとばかりは人めなりけり(6)

秋成にとって、南禅寺の小庵とそのほとりを流れる清流、そして蘆庵との雅交は、一つの統一された世界として想起されるものだったと思われる。蘆庵を、悪態をつきながらも生涯の三友人に数え上げ、欠くことのできない人物として遇していたことは『胆大小心録』その他からも容易に知ることができる。この、今は亡き蘆庵との間に詠み交わされた和歌は単なる挨拶を越えて、秋成にとっては喜びと共に思い出される歌だったであろうことは想像に難くない。そう考えれば、第二首「たに水の」の和歌に続く次の二首も、先に引用した蘆庵の返歌における「いざ身のうさをともにかたらむ」という波線部と対応していると見ることができよう。

3年さむき梅の林のおくみれば宿るうぐひすねもたてずして

4老が世に似たるもありけり鶯のあそぶをみれば友なしにして

春の部の巻頭を飾る歌でありながら、いずれも春を迎える喜びや希望ではなく、傍線部のように否定的な文辞を以て鶯を詠む。そして「我感のみならず、人も友呼かはさぬよと申さるゝなり」と注を付し、美しい声を響かせることなく一羽木伝う鶯の姿に我が孤独を重ね合わせているのである。寒々とした早春の梅林にただひとり遊ぶ鶯は、もはや「身のうさをともにかた」るべき蘆庵のいないこの世で、老いを嚙みしめつつ孤独に耐える秋成自

身の姿であろう。

つまり、冒頭「秋の雲」の和歌に続く三首は、一見季節の移ろいに沿って並べられた春の歌群を構成する一要素にすぎないように見えながら、実は蘆庵回顧の思いを強烈に打ち出した連作と見るべきものである。

四　秋成と当時の歌壇

秋成のこの孤独感は何に起因するものであろうか。妻を亡くし、友も世を去って打ちひしがれた老人の繰り言なのであろうか。『麻知文』に次の記述がある。

信実の家に人々つどひて哥よむにいきあひて、森の夕時雨を、
かた岡のもりて日影はさしながら木の葉をさそふゆふしぐれかな
まらうど問きて、此哥を書てよ、と云。いぶかし、いかで聞給へる、といへば、此比よ、芦菴の聞てよしとのたまへるは、と云。いひつとおぼえねば、いなみてかゝず。彼翁がよしとほむれば、人めでつ、あしといへば、いふかひなきものにいふとぞ。いみじきほまれ有人になんおはす。ひがくしき田舎心には、おのれよしと思えぬは、人のほむるにもしたがはず、あしといふとも又。(7)

世間では秋成の詠歌を正当に評価することができず、盲目的に蘆庵の評価に追随するのみであるとして、そういう風潮に対する反発を表明しているのである。ここに描かれている情景は、『秋の雲』序文に書かれるところと通じる。曾丹の「毎月集」が広く読まれるようになったのは蘆庵の再評価のゆえであり、また、蘆庵の助言なし

には誰も秋成の詠歌を取り上げない。それを憤った秋成が自信作を選び出し、解説を付したのがこの『秋の雲』なのである。蘆庵亡き今、真に秋成の和歌を味わい、評価してくれる人はいなくなった。その孤独感や憤りが、『秋の雲』執筆の原動力だったのではなかろうか。それ故に、一見無関係と思われる蘆庵との和歌をめぐる交流を、破格であることを承知の上で序文に記したのであろう。

それでは、秋成の和歌を理解し得なかった周囲の人々とは一体誰を指すのであろうか。秋成自身は和歌の上では弟子と呼べる者を持たなかったものの、晩年、多くの蘆庵門人観荷堂社中と交わった。序文にも登場して、秋成に曾丹の「毎月集」をもたらし、最後までこまごまと秋成の身の回りの世話をした松本柳斎をはじめ、『藤簍冊子』を編集した釈昇道、秋成の末期を看取った羽倉信美、四天王と称された小川布淑、田山敬儀、前波黙軒ら有力門人が老いた秋成を暖かく取り巻いていた。高田衛は蘆庵没後の観荷堂社中の秋成への接近を指摘され、そこに秋成擁立の目論見を見てとるが[8]、いずれにしろ蘆庵門人たちが秋成を敬い慕って、陰に陽に秋成を支え続けたことは確かである。

享和三年（一八〇三）七月十一日、大坂大江橋のほとりの旅宿において秋成主催の蘆庵三周忌が催された。六月二十五日同所で秋成の七十賀を祝ったあと、そのまま滞在し続けていた秋成のもとに十時梅涯、釈斉収ら秋成と親しい数人が集い、蘆庵を偲んだのである。その日京都では、観荷堂において蘆庵門人らが大祥忌を盛大に執り行なっていた。秋成七十賀会に参加した昇道や信美らも京都へ戻り、大祥忌に列席している。肝胆相照らす仲であった蘆庵の三周忌を、あえて大坂で、心を許した者だけで偲ぼうとしたところに秋成の意思表明を見る。秋成は、すぐれた資質に恵まれた者のみが学問や芸術を大成することができる、という信念を持っていた[9]。蘆庵というすぐれた歌人あればこそ、その下に馳せ参じて修行する者の才能が磨かれたのであり、巨星墜ちた今、ぬけ殻となった結社を維持しようとすることの愚かしさが秋成にはよく見えていたに違いない。秋成は蘆庵に匹敵するほどの才能を彼らの中に見出すことができず、求心力を失った観荷堂社中にうごめく様々な思惑を目の当たりにして、苦々しい思いを味わっていたのではないだろうか。

一方ではこの頃香川景樹の台頭めざましく、秋成はその景樹への批判を、同年冬に草していたという[10]。景樹の手紙によれば「歌の狂なるもの」という激しい言葉を浴びせ、誹謗したものであった。折しも蘆庵没後の歌壇では、景樹の和歌をめぐる一大論争が繰り広げられつゝあった。江戸派の重鎮、橘千蔭・村田春海による景樹批判の書『筆のさが』（享和二年）を発端として、同年小川布淑が『雅俗弁』で師蘆庵の説を引いてこれを論駁、春海が再びこれに応じ、更に伴蒿蹊や昇道、佐々木真足、八田知紀らも加わり、東西両歌壇を巻き込んだ大論争へと発展していくのである。秋成の景樹批判も、この論争の線上に位置付けられるものであろう。だがこの論争の過程において、師説として主張される蘆庵の「たゞこと」がそれぞれによって少しずつ歪められていくのを、秋成が見過ごすはずはなかった。この、歌壇の長老を巻き込んだ論争を経て、蘆庵と並び称された伴蒿蹊が文化三年（一八〇六）に世を去ったあとの京都歌壇は完全に景樹の支配するところとなる。

このような状況の中で、誰一人秋成と同じ思いで和歌を語ることのできる者はなく、一人孤独感を募らせた秋成は蘆庵懐旧の念をひとしお強めたことであろう。この思いが、冒頭「秋の雲」の和歌とそれに続く連作三首を貫いているのである。そして、この孤独な歌人秋成の姿はそのまま曾丹へと重なる。あふれるばかりの才能を持ちながら誰にも認められず、その憤りを和歌を詠むことによって表現せずにはいられない曾丹を「前のほまれに、後のそしりを心づかひせられし人、猶わかし」とたしなめる秋成ではあるが、その心中には深い共感と同情を禁じ得なかったに違いない。ただ、老年を迎えた秋成は、もはや曾丹のように直截に嘆きや憤りを表現することはしない。先述したような表面にそれと見せない陰微な表現に託して、沈潜する思いを述べていくのである。序文に言う「まだわかうおはせしほどのすさびなりとおぼゆるには、我よはひのつもりなるに、いさゝかおとらせしにや」という曾丹評には、あまりにも真率に過ぎた曾丹に対して注がれた、老練の作家秋成の温かいまなざしが感じ取られよう。

五　「秋風」と「秋の雲」

『小沢大人手向歌』（西山雅雄編）に、先述した蘆庵の三周忌において秋成らが霊前に手向けた詠歌が収められている。[11] 秋成を筆頭に、九名の歌を載せる。秋成の詠は長歌で、

癸亥初秋十一日、小沢翁大祥忌、門人十時賜釈斉収等、会㆓大江橋頭之寓舎㆒修奠、且請㆓郷友㆒分㆑題咏㆑歌、可㆑詠㆑尽㆑善矣、老以㆑為㆓知音之交㆒、賦㆓秋風篇㆒述㆓之感懐㆒云、

という詞書を持ち、「秋風篇」の題を付す。蘆庵が亡くなったのは秋七月であり、恐らくは蘆庵没の知らせを受けて詠んだと思われる、

蘆庵翁をいたみて
秋風は草木のうへとおもひしにかねては人をさそふ嵐か（『藤簍冊子脱漏』[12]）

の歌にも「秋風」の語が用いられている。このことは、秋に亡くなった人を追悼するものとしてことさら取り上げるには及ばないかもしれない。しかし冒頭「秋の雲」の和歌の注としてわざわざ典拠となる漢詩を明示し、そ

れが「秋風辞」の一節であることを意識させていることに、やはり秋成の作為を感じざるを得ない。『万葉集会説』や『金砂』等の著作のある秋成であってみれば、『万葉集』巻十、秋雑謌に収められた七夕の連作九十八首のうちの一つ、「秋風の吹きたゞよはす白雲はたなばたつめの天つ領巾かも」の和歌を知らないはずはなく、[13]「秋の雲風にたゞよひ行みれば大籏小ばたいもが栲領巾」は明らかにこの万葉歌をふまえて詠まれたものである。にも関わらず、自注においてこの和歌をふまえていることを隠蔽し、ことさらに漢詩の一節を提示しているのである。このことを先述したような一連の蘆庵に対するメッセージ性の中に置いて考えれば、「秋風吹て白雲飛」の句の明示は、単なる漢詩の換骨奪胎を称揚したものとは思われない。秋成は「秋風」の語に、さりげなく蘆庵への追悼の念を表明していると捉えるべきであろう。「秋の雲」の和歌は、蘆庵の祥月七月の風物詩である七夕の歌で、しかも「秋風」の語を含む万葉集の和歌を本歌とする。しかしこの和歌はあまりにも織女の印象が強いからであろうか、同様に「秋風」と「白雲」の語を持つ漢詩「秋風辞」を表面に出すことで、蘆庵への思いにつながる「秋風」の語を意識させ、併せて先に指摘した様に、曾丹との対比によって浮かび上がってくる嘆老の思いをも忍び込ませたのではなかろうか。

考えてみれば、『秋の雲』が成立した文化四年（一八〇七）は、蘆庵の没した享和元年（一八〇一）から数えて七年目に当たる。とすれば、この書は秋成にとって、蘆庵七回忌追善の思いを込めたアンソロジーにほかならない。題号の『秋の雲』、これはもちろん第一首の一句目を採ったものであるが、先の蘆庵追悼の念を「秋風」で表現したことを考えると、同じ秋の和歌を春の部、つまりは集全体の冒頭に据え、それに夏・秋の長歌、冬の文に匹敵する重みを与えた意味を読み取ることができる。

『秋の雲』を構成するに当たり、俳諧的発想が採られていることは既に述べた。若き日の秋成は漁焉を名告って俳諧に遊び、「ひとり武者」（『列仙伝』）の異名をとっている。秋成の俳諧への興味は既に二十代後半には薄れ始めてはいるが、師とした高井几圭の子、几董とはその後も親しく交わり、寛政元年（一七八九）刊の几董の句集『井華集』には序を寄せている。その几董周辺に目を向けてみよう。明和九年（一七七二）、播州竜野の蘿来（明和八年七月没）の一周忌に追善集『秋しぐれ』が編まれた。この作品に蕪村、蝶夢らと共に几董の句が入集しており、秋成にとって「秋」の名を冠する追善集が、この『秋しぐれ』に限らず一般的に多いことは既知のことであった。また「雲」ということでは、『俳諧類船集』に付合として次の記述が見出される。

雲　夢の名残、なき人

この「雲」を「なき人」になぞらえる発想は俳諧で開拓されたものではなく、もちろん和歌の世界で常套の表現である。今さら特に引用するまでもないが、

見し人の煙を雲とながむれば夕の空もむつまじきかな（『源氏物語』「夕顔」巻）

なども、火葬の煙を雲と詠み、亡くなった人の霊魂に見立てているのである。その和歌の見立てが俳諧にも引き継がれたのであろう。つまり、『秋の雲』という題名それ自体に、蘆庵への追悼の寓意が込められているのではないだろうか。

『俳諧類船集』「雲」の項には、先の記述に続いて次の故事が引かれている。

秦青悲歌スレハ声振フルイ二林木ヲ一響ヒヽキ遏二行雲ヲ一云々

この秦青の故事は『俳諧類船集』だけでも三回引用されており、俳諧を学ぶ者には周知の故事である。この原拠は次の『列子』湯問篇である（返り点、送りがなは私に付した）。

薛譚学ブ二謳ヲ於秦青ニ一。未ダレ窮メ二青之技ヲ一自ラ謂ヒレ尽クストレ之ヲ、遂ニ辞シテ帰ル。秦青弗レ止メ。餞シテ二於郊衢ニ一撫チテレ節ヲ悲歌ス。声振ヒ二林木ヲ一、響遏（とど）ム二行ク雲ヲ一。薛譚乃チ謝シテ求メレ反ルヲ、終身不二敢ヘテ言一レ帰ルコトヲ。

秦青という謳の名人は、弟子の薛譚が修行半ばで去ろうとする時に、悲歌を餞別として謡った。その悲しい声は林の木々を振さぶり、その悲しい響きは行く雲さえとどめたという。果たして薛譚は師のもとを去ることを思いとどまり、終生師のそばを離れようとはしなかった。二人の清らかで力強い交情が胸を打つ。

先に挙げた蘆庵三周忌の時の手向歌、「秋風篇」の詞書に見られる「知音之交」の語も同じく『列子』湯問篇からの引用であり、伯牙という者が琴を弾くと、鍾子期がよくその音色を聞き分けたという故事をふまえている。(14) 蘆庵との初対面の日に蘆庵と橋本経亮とが琴をかき鳴らして秋成を歓迎してくれた、遠い懐しい思い出に重ね合わせてこの語を選び取ったとするならば、蘆庵追悼の意味合いを持つこの和歌集に名付けるに当たって、「うた」によって強く結ばれた師弟の美しく力強い交わりを描いた『列子』中のこの一篇が秋成の脳裏をかすめなかったとは言えないであろう。

今、『秋の雲』という題名自体に込められた寓意を読もうとするならば、「秋」は即ち「秋成」、「雲」は即ち「蘆庵」、まさに行く雲の如く天へとみまかった数少ない己れの理解者、蘆庵を今一度自らのもとへ呼び戻したいと奏でる秋成の悲歌、或いは、そう思いながらも手の届かぬ鬼籍の人となってしまった蘆庵に対する餞別だと言えば言いすぎであろうか。それ故に、冒頭の「秋の雲」一首が、一首ながらに長歌や文と同等の、或いはそれ以上の重みをもって春の部の巻頭を飾っているのであり、集全体にかかる序的な性格を帯びてそこに置かれるのである。[15]

六　村瀬栲亭と秋成

ちょうど『毎月集』や『秋の雲』の成った文化四年（一八〇七）の秋成の姿が、上京して村瀬栲亭に入門していた田能村竹田によって写し取られている。

> ○丁卯正月十三日、阮秋成再び栲亭先生の所に造る、十一年許も先生と音問を絶すと云ふ。朝より昼頃まで咄あり、余も側に侍す、清風茶言（ママ）の続篇を録し度由の話にて、此度は茶瘕酔言と題して、面白き話を叢るよし也、席上の話一二を記す。○故大仏の宮、蘆庵の墓を通り給うて、ナムアミダの五字を句の首におきて、五首の歌を詠じ手向給ふ、されど余斎の意には、屈竟の仏の字を落し給ふは残念なり、因て又五首をよみて、仏の字悉く句尾に置て咏ずと、先生笑曰、かやうの事は有るもの也、龍草廬の句に、金石絲竹匏土革と云ふあり、七言故、木の一字をもらす、扨も難儀なること也。
>
> （『屠赤瑣々録』[16]）

村瀬栲亭は煎茶を好んだ数寄人で、『清風瑣言』にも序を寄せている。寛政五年（一七九四）京で秋成が最初に居を定めた智恩院門前町では隣人として親交を結んだ。『胆大小心録』一三九に、

栲亭子は、前の清風瑣言に序書てたまえりし人なり。むかし軒をむかいてすみたりしかば、一口怠らず茗を烹て清談す。(17)

とあって、二人の交流は俗世を離れた清らかなものだったと思われ、南畝、蘆庵と共に三知人の一人として秋成に遇されている。この栲亭のもとへ秋成が十一年ぶりに訪れて『清風瑣言』の続篇ともいうべき『茶瘕酔言』を構想中であることを語り、また雑談をしていった、というのであるが、席上で蘆庵の名が登場していることに注目したい。しかも、蘆庵の墓前に参じ、そこでナムアミダブツにちなんだ和歌を手向けたというのである。栲亭と十一年間音信不通だったとはいえ、栲亭の弟子、釈昇道は親しく秋成のもとへ出入りし、『藤簍冊子』序文は当初、栲亭が執筆することになっていた。そのあまりの遅延のため、それを聞いた大田南畝が長崎から送ってきた序を後序として替わりに載せたといういきさつがある。この事情も、必ずしも栲亭との縁が全く切れていたわけではなく、人を介してでもその消息は聞き知っていたことを示していよう。この年が蘆庵の七周忌に当たることを考えると、わざわざ秋成が足を運んだこの十一年ぶりの再会は、或いは秋成と蘆庵との隔てのない風雅な交流をよく知る栲亭に、蘆庵追悼の話をする意味もあったのであろうか。或いはまた栲亭との間にたまたま語られた蘆庵の思い出が深く心にとまり、それがきっかけとなって『毎月集』や『秋の雲』の構想が生まれ、のちに栲亭に序を依頼するに至ったものでもあろうか。いずれにしろ、何らかの形で曾丹の「毎月集」に倣った三首六十首詠のことが語られたことと思われる。『屠赤瑣々録』にはこの時の話題の一つとして、桜の別称をめぐって西行の誤りを指摘する話が見える。秋成が、『胆大小心録』にも見られる自在な歌論を展開したものであろう。このような話題から、秋成自詠の和歌へと話が転じたとしても不自然ではないであろう。

秋成『毎月集』が編集されたのは、現存する冬部、「孟冬」の末の一文によれば、文化四年(一八〇七)の春のことである。

抑筆採そめしは、む月の末いつの日なりけん。日毎ならねど、十はたいつゝ六に止む日もありて、いつ限ならんとおもふ〳〵、木皿義十二日と云までに、三百首の数つもりぬ。この後は、れいのなやましくて過すにも忘れぬ物から、やよひの望の比、やをら取出て次つくす。今は窓打あられの、何のくまにか、かくも消くだけずは（「ぞ」ト改）ありける。

とあって、一月末に着手し、二月十二日には三百首に達したものの、病気のため一時中断、三月半ばに再び着手したという。そしてまた、佐藤三郎蔵の「書簡草稿断片」には、

毎月集、そこのいざなひにて成ぬる。□（ヤブレ）今は喜ぶべし。おほかたは哥のさまにあらずと、人にとがめられん事、打いづるはじめよりおのれも思ひつるを、よしや世に立走りて、歌よむと云人のつらに□（ヤブレ）あらぬものから、空にむかひておもふにまかせしは、たゞ浜のまさご□（ヤブレ）数（以下欠）(18)

とあって、秋成はある人物の慫慂によって『毎月集』執筆に取りかかったと見てよく、『上田秋成全集』第十二巻解説では、この人物を『秋の雲』冒頭部の文章から、蘆庵門の松本柳斎とする。

まさにちょうどその時期、蘆庵七周忌に当たるこの年正月十三日に、秋成は十一年ぶりに栲亭と対面して蘆庵に関する話を交しているのである。栲亭が『毎月集』の序文を書いたのは、秋成が草稿を井中に廃棄したこの秋以降であるが、前述のように、秋成はこの序文を大変気に入り、遺言としてこれを自らの墓に彫らせている。栲

亭は序中で「余読レ之往往不レ能レ得二其解一」と、『毎月集』の和歌が理解できないことを率直に告白しているが、秋成にとってそのことはさして問題ではなかったのであろう。己れの和歌を理解できるのは蘆庵のみ——その気持ちが秋成の内部に強まっていたからこそ、この序を受け入れ、更に蘆庵追悼の念を色濃く打ち出した『秋の雲』序文をも栲亭に依頼したと考えたいと思う。ともかくも、栲亭が果たした役割は決して小さくないことを確認しておきたい。

以上、冒頭の奇妙な現象に対する考察に端を発して論を進めてきたが、この冒頭に収斂される蘆庵への追悼の念がこの『秋の雲』を読む鍵となるであろう。その鍵によって、『秋の雲』という題名に込められた寓意、或いは栲亭に序を依頼した事情と秋成の思い、また冒頭の四首が実は四首相俟って、作品の序とも一脈通じる物語的な排列になっていることを読み取ることができると思う。

しかし、このような蘆庵への強い追悼の念をしのばせながら、一見素気なく自身の意図を糊塗した構成・自序を記しているところに秋成の「書く」ということに対するこだわりを見る思いがする。巧みに俳諧的に構成をひねり、自身の和歌に対する無理解への憤りを前面に押し出すということでしか作品を著わせない、そんな秋成の作家としての「書く」という行為、もしくは作品というものは何であったのだろうか。『秋の雲』末尾に次の記述がある。

哥とてよむは心やりいはんとて也。わかき人も老ゆきて後おもひしるべきものぞ。

日夜しのび来る老いへの寂寥、それは本稿でも『秋の雲』を貫く一つの主題であることを述べたが、その孤独に耐えつつ思うさまに和歌を詠む、それが「思いを遣る」「心を遣る」ことになるのだという。思えば秋成は業の深い作家であった。自身の「思いを遣る」という強い欲望が老軀の彼に筆を取らせるが、平易な作品を残したくないと思う作家としての矜持が同時に彼を文壇の異端児へと押しやっていく。『秋の雲』で明らかにし得た、構成への俳諧的ひねり、表面とは裏腹な蘆庵への追悼のメッセージ性などはすべてこの後者の、作家としての矜持ゆえの難解さであろう。彼が果たして自身の作品でどこまで「思いを遣る」ことができたのか。それが何びとに理解され得たかは、今は知るよしもない。

その数少ない理解者の一人、蘆庵への秋成の思いを考える時、この『秋の雲』という作品は、単なる自注自解の和歌手引書だと看過することのできない、秋成の「書く」ということに対する本質的な問題を孕んでいると思う。秋成にとって和歌を詠むということは、決して目前の景物を美的感覚によって切り出すばかりの、消閑の具としてのみ存在しているのではなかった。それは自らの内にわだかまる思いを盛る一つの形なのであり、時にその真意は深く潜行した、或いは屈折した方法で表現される。この手法はたとえば、晩年の秋成の思いを凝縮させた未完の作品集『春雨物語』における寓意とその表現に重なるものであろう。止むにやまれぬ思いがこみ上げてくる時、その思いを表出するにふさわしい形として物語があり、和歌があるのである。秋成にとって、「思いを遣る」という表現のレベルにおいて和歌と物語とは何ら区別されるものではなく、自在に選択し得る、等価のものとして存在していたのではなかろうか。

現存の天理図書館蔵の『秋の雲』は、春の部は整然とした筆で書かれているが、夏から秋、そして冬に至っては雑然とした筆致であり、いわば草稿と呼んでもよい。或いは『秋の雲』は、何らかの事情で計画が頓座したのであろうか。しかし、『春雨物語』の数度にわたる、執拗といってもいいほどの改稿のあと、そして蘆庵への追悼が色濃く打ち出されている自序と春の部が決しておざなりに書かれていないことを思い併せると、秋成の『秋の雲』に籠めた蘆庵への追悼の思いというものの強さ、やがては改稿に改稿を重ねて完成させようという思いを、ここに見たいと思う。

注

（1）秋成自身が命名したものではないが、先例に倣い、秋成作の『毎月集』と称する。

（2）浅野三平『秋成全歌集とその研究』（桜楓社、一九六九）、『上田秋成全集』第十二巻（中央公論社、一九九五）『毎月集』及び解説、大阪府立中之島図書館編『柏原家文書（追加）付上田秋成資料集』（一九九五・三）、多治比郁夫「新出の上田秋成稿本類――柏原家文書からの翻刻と紹介――」（『大阪府立図書館紀要』31、一九九五・三）。

（3）正しくは「秋風起兮白雲飛」。なお、「秋風辞」は『文選』『古文真宝後集』等に収載されている。

（4）『上田秋成全集』第九巻（中央公論社、一九九二）二四〇頁。

（5）『上田秋成全集』第十巻（中央公論社、一九九一）所収。

（6）『上田秋成全集』第九巻（中央公論社、一九九二）所収。

（7）注6に同じ。

（8）高田衛『上田秋成年譜考説』（明善堂書店、一九六四）二八〇頁〜二八一頁。

（9）『胆大小心録』二など。

（10）高田衛前掲書の推測に従う。

（11）未見。高田衛前掲書、二九〇頁に拠る。

（12）『上田秋成全集』第一（国書刊行会、一九六九）所収。

（13）秋成の万葉集研究書『金砂』巻二にこの歌が採り上げられている。

（14）勝部青魚『剪燈随筆』巻四には、福原貝錦を悼んで「琴を破る力も落て春寒し」と詠んだところ、漁焉が「外に又破琴の知音あるへし是等人に応ぜず」と言い越した、という記事があり、「知音之交」の語に対する秋成の敏感さが窺われる。

（15）曾丹の「毎月集」春の部冒頭の長歌は春だけでなく集全体を包括する序の役割を果たしていることが、神作光一・島田良二『曾禰好忠集全釈』（笠間書院、一九七五）に指摘される。秋成はこの点についても曾丹の「毎月集」を意識しているのであろう。

(16)『田能村竹田全集』（国書刊行会、一九一六）所収。

(17)注4に同じ。

(18)注2浅野論考に酒田市の佐藤三郎氏蔵「歌稿断片」として一部紹介、『上田秋成全集』第十二巻解説において、同氏蔵の「書簡草稿断片」として掲出部分を掲載、『秋の雲』冒頭部の文章より、「そこ」を松本柳斎とする。

［付記］　蘆庵没後の観荷堂社中と秋成との交流についての論に、高松亮太「上田秋成と蘆庵社中——雅交を論じて『金砂』に及ぶ——」『近世文藝』99（二〇一四・一）がある。併せ参看されたい。

第四章　『藤簍冊子』巻六「こを梅」をめぐって

一　はじめに

秋成は梅をこよなく愛した。生前、我が寿蔵を梅下に設営し、また眼病を治療してくれた神医谷川氏には感謝の意を込めて長さ十八メートルに及ぶ「春雨梅花歌文巻」を残した。そのほかにも数々の梅にまつわる作品や言説があるが、『藤簍冊子』巻六に収められた「こを梅」もその一つである。

「こを梅」は和文で綴られた前半部と、寿蔵をトしたことを記す「僕已不才且不幸」から始まる秋成の漢文に続き、この営みに寄せて送られた大田南畝の「長夜室記」や細合半斎、力斎、荷田信美、昇道らの歌文を収める後半部とに分かれる。そして本作はもっぱら、墓所を紅梅樹下に定めた秋成の格別な思いが窺われるこの後半部分に焦点が当てられて読まれてきた(1)。

ところで、「こを梅」の和文末尾に、本作成立の経緯が記される。すなわち、唯心尼の求めに応じて尼の住む河内国日下の庵の梅の木の下でものした文章であり、しかも梅の花盛りに作したのではなく、聖武帝が秋七月（秋成は五月と誤る）に梅樹下に花の宴を催して臣下に詩歌を賦せしめた例に倣い、時期はずれの時節に空想を巡らして作ったものであるという。この和文の成立について、本来は寿蔵設営の記事以降の漢文・和歌とは別に成立したもので、素材の共通性から後に「こを梅」として一つにまとめられたものであろうことが指摘されており、独立した異文も存する。[2] この和文は本来、後半部とは別個の、それとして自立した作品なのであった。

こういった成立の契機を考えると、深刻で重いテーマを語る後半部の歌文の前置きではなく、これと拮抗する、独立した作品として優雅な和文がある、ということには、もう少し注意が払われてよいのではないだろうか。

本稿ではこの視点に立ち、前半の流麗な和文を、従来取り上げられてきたように後半部との関連性において捉えるのではなく、まずは一つの自立した作品として措定し、和文そのものについて分析・注釈を加え、秋成の表現について考察していきたい。

二 「こを梅」和文の解釈（一）

「こを梅」の和文とはどのような性格の作品であるか。結論を先に述べてしまえば、本作は「紅梅」にまつわる様々な古典作品を織り交ぜた、万華鏡の如き作品なのである。ここには、紅梅についての自らの想いをただ連想の赴くに任せて綿々と述べたというのではない、「紅梅」をめぐる小宇宙が展開されていると考えられる。既に新日本古典文学大系『近世歌文集・下』に注釈（以下、新大系注）が備わるが、未だ指摘されていない点も多く、疑問のある点も存するので、以下に語句及び文章についての注釈を試み、考察を加えていきたい。

「こを梅」の表現を検討するに当たり、まずは本文全体を次に示す（傍線・記号・濁点、筆者）。

こを梅

（a）鶯の宿、春かけてしめしも、（b）やう〳〵あれゆくさまに、梢にしぼみ、木ごとに散こぼるゝも、香ばかりにほはしきは、（c）雪にこほりに、寒きあらしをもたへしのぶが、こと木にすぐれたればなりけり。

きさらぎ立て、（d）水の鏡をくもらせては、老をかくさふとするよ。（e）風けぬるく、野山のかすみをかしう引わたしたるを、おのが時ならずとて、散はつる心の、いとすざましな。

おなじくさはひながら、（f）紅にゝほふは、薄きもこきも、香こそおくれたれ、春知顔とは是が盛をこそ云べき。すむ庵の軒ちかう五もと六本枝をかはし、色香をきそひつゝ咲出たるに、春日のかゝやかしう照かはして、いと花々しきに、鶯の木末なつかしう、又是にうつり来て、（g）巣つくりなどするは、子をばいかでかうまんとすらんと、人のとがめたまへるばかりに、住なれ皃もにくましからずなん。花のかたち、こきもうすきも、すこしふつゝかめきて、八重にあつごえたるを、よき人の見たまひては、若き女房の、おもてあらはにゑみほこり、かはらけとりはやし、今やう一手二手、扇打ひろげてまなび出たるさまになんおぼすらめ。さればあまりにやしほに染つきたるは、枝もこちたく、うたて打見らるれ。

春毎にめなれなつかしまれては、（h）この花さかざらましかばと思ひなりぬるは、さすがにあてなることゞも見しらぬ心から相おもふなるべし。やう〱散がたになれば、薄きはもとより、こきもあさましうさめゆくを見れば、雪とまがひしには、むべもおとりて見ゆるをや。

（i）きぬの色あひ、紙のかさねなどをうち見ては、まさりげにてぞ。それはた世にあてやかならん人の、針目をかしうひねりぬひてめさせたまはんと、墨次はかなう書けちたまふらんをこそ、いとめでたしとは見奉れ、髪の末ほそり、ひたひすこしあがりたる人の御為には、いとむとくにやとおぼすはいかに。まして世をすて、ふかうそぎなしたらんおのがたぐひの、今は手だにふるまじきけざやかさを、身におはぬ言めでして何にかはせん。

夏の来て、（j）さみだれのころに、三つなゝつ落こぼれたる実をひろひては、せちみのいみじものにたふべかりける。されど高きいやしき、老もわかきも、先めうつりするは、この花の色あひになん。しかすがに解あらひぎぬの黒みづき、黄ばみなどしたるを見れば、こと色よりもうたて思へば、ゝやりかに花一時の色とは定めらるゝなりき。
山風さと雨をさそひては、ひと夜のほどに散はてたるを見るに、色は即空しく、仮初ものなること、是につきてもおもひしらるゝなりき。

河内国くさ香の郷の唯心尼が、すむ軒の木立に、あるじにかはりていへるは、しひたるもとめのさりがたければ也。今や花の時過にたるは、昔聖武のみかどの、西の池の宮の花の宴を、五月のそれの日に、御遊び有し例をおぼし出てぞ、物はいふなりける。

以上が「こを梅」前半部の和文全文である。これについて、以下に注釈を加えていく。

（a）「鶯の宿、春かけてしめし」
春を迎えて以来、鶯が梅の花を我が宿りとして占めてきた、というのであるが、これは『古今集』春上「梅が枝に来ゐる鶯春かけて鳴けどもいまだ雪は降りつつ」（五番歌、題知らず、詠人知らず）、及び藤原家隆の「春風にそはれわたる鶯の宿しめそむるのべの梅が枝」（『壬二集』六〇三）に拠る。家隆の和歌はよく知られた歌であると思われ、木下長嘯子の「千代までと声聞こゆなり鶯も宿しめそむる庭の梅が枝」（『挙白集』一二一）や契沖の「鶯の宿にしむれば我がその梅もとなりの物にぞありける」（『漫吟集』一六七）など、これを踏まえた和歌がある。契沖の歌は、我が家の梅であるにも関わらず鶯が住み始めたので、この梅はもう我が物ではなく、お隣さんとなった鶯の物となってしまった、というのである。秋成にも、この家隆の歌と三条西実隆の歌「今朝来鳴きまだうら若き初草のねよげにもあるかのべの鶯」（『雪玉集』九七）とを踏まえた「宿しめてねよげにもあるか鶯の梅のこまくら我にかさなん」（『藤簍冊子』一〇七）なる作品がある。

（b）「やう〳〵あれゆくさまに、梢にしぼみ、木ごとに散こぼるゝ」

（a）を受けて、鶯が我が宿として占有していた梅の美しい花が季節の移ろいと共にしぼみ、やがて落花する様を言う。荒れ行く宿は人の住む屋敷ではなく、鶯の宿であり、「屋敷は荒れても梅は変わらず花をつける意を含む」として菅原道真の故事を重ねる新大系注は訂正を要する。

（c）「雪にこほりに、寒きあらしをもたへしのぶが、こと木にすぐれたればなりけり」

言うまでもなく「花の兄」としての梅である。また、画題ともなっている「歳寒三友」、冬の寒さに堪える植物としての松竹梅もイメージされていよう。花は散ってもなお香りを残す気高さを称えているのである。

（d）「水の鏡をくもらせては、老をかくさふとするよ」

新大系本に指摘がある通り、『古今集』春上に収める伊勢の和歌「年を経て花のかがみとなる水は散りかかるをや曇るといふらむ」（四四番歌、詞書「水のほとりに梅の花咲けりけるをよめる」）、同じく『古今集』春上の源常の和歌「鶯の笠に縫ふといふ梅花折りてかざさむ老かくるやと」（三六番歌、詞書「梅の花を折てよめる」）を踏まえる。花を映す水面を鏡と見立て、そこに花が散りかかるのを「鏡が曇る」と表現する伊勢の和歌に、花をかざして老いを隠そうという常の和歌を取り合わせて、梅花を主語に据えて擬人化し、「梅が花びらを散らして水面を揺らすのは、我が老いを隠そうとするからだ」、と新たな世界を繰り広げる。ここでは二首の和歌の取り合わせの妙を味わうべきであろう。

（e）「風けぬるく」

仲春を迎え、風も何となく暖かくなってうらうらと春めいてきた頃、無常にも梅は散り始める。ここには重之女の和歌「こち風もけぬるくなれば我が宿の梅の匂ひをおりおりぞみる」（『重之女集』三、詞書「むめの花おそしといふ心を」）を踏まえているのではなかろうか。重之女の歌は、例年ならそろそろ散り始める時節なので、気になって花の色合いを折に触れて見てしまう、というのである。（a）（d）で指摘したように、この辺りには『古今集』的世界が展開している。と見るならば、「風けぬるく」に続く、人々が待ち望む春爛漫の季節に無常にも退場していく梅の花を嘆く一文は、『古今集』において四八番歌「散りぬとも香をだに残せ梅の花こひしき時の思いでにせん」を最後に梅の歌の一群が終わり、入れ替わるように桜の花とそれを隠す霞が詠まれるようになる、『古今集』的季節感を写し取っているのであろう。

（f）「紅にゝほふは、薄きもこきも、香こそおくれたれ、春知顔とは是が盛をこそ云べき」

「おなじくさはひ（同種）」ながら紅梅は、と始まっているので、ここまでは白梅を描いていたことがわかる。いよいよ紅梅の登場である。白梅に比べ紅梅はその濃淡によらず、香は劣るものの、美しく照り映える様はまさに春の象徴のようだ、というのである。

『源氏物語』「紅梅」巻に、按察大納言から奉られた色も香も見事な紅梅を見て、匂宮が「園に匂へる紅の、色にとられて香なん白き梅には劣れると言ふめるを、いとかしこくとり並べても咲きけるかな」と感嘆する場面がある。『源氏物語』のこの言葉は『後撰集』春上「紅に色をばかへて梅の花香ぞことごとに匂はざりける」を踏まえているとされるが、「こを梅」のこの部分は直接的には『源氏物語』の世界に拠っていると思われる。

(g)「巣つくりなどするは、子をばいかでかうまんとすらん」
新大系注に指摘があるように、『拾遺集』物名「うぐひすのすづくる枝を折りつればこうばいかでかうまむとすらん」(354番歌、詞書「紅梅」、詠人知らず)を踏まえる。また、正本綏子により、本作の題がこの和歌に拠っており、秋成が「こう梅」ではなく「こを梅」をあるべき表記と考えていたことが『霊語通』の音韻論を根拠として論証されている。(3) ただし、ここから「表題の「こを梅」という表記はこの一編において梅の実が焦点であること」を示している、という結論を導き出されている点については、再考の余地があるのではないだろうか。この点については後述する。

(h)「この花さかざらましかばと思ひなりぬるは、さすがにあてなることゞも見しらぬ心から相おもふなるべし。」
『伊勢物語』八二段にも見える、『古今集』春上の在原業平の和歌「世中にたえて桜のなかりせば春の心はのどけからまし」(五三番歌、詞書「渚院にて桜を見てよめる」)を踏まえての言と考えられる。渚院で惟喬親王一行が桜狩りをした折の風景を下敷きにして、高貴な人々は桜を惜しむが、雅やかな世界とはほど遠いこの私は、桜ならぬ紅梅に「もしこの世にこの花がなかったなら、どんなに心穏やかに春を過ごせるだろう」という気持ちになるのだ、と言うのではないだろうか。

三　「こを梅」和文の解釈（二）

前章では、一つの言葉を取り上げて、表現を支える和歌や物語を指摘してきた。率直に言ってシンプルな典拠の世界であった。しかし、以下は如何であろうか。様相が変わるように思われる。

（i）「きぬの色あひ、紙のかさねなどをうち見ては、まさりげにてぞ。それはた世にあてやかならん人の、針目をかしうひねりぬひてめさせたまはんと、墨次はかなう書けちたまふらんをこそ、いとめでたしとは見奉れ、髪の末ほそり、ひたひすこしあがりたる人の御為には、いとむとくにやとおぼすはいかに」

この部分について、新大系注には『枕草子』第七九段を挙げ、「若い貴公子が衣服の意匠に腐心する様子がひとつの景としてとらえられている。枕草子七九段、梅壺を頭中将が訪ねる条などが潜在化されていたか」と指摘している。確かにここには物語的な世界が展開されていると考えられる。しかし、「墨次はかなう書けちたまふらん」という部分に対し、貴公子が「書いたり消したり、あれこれ注文するさまを言」うとする解釈にはいささか疑問が残る。また「髪の末ほそり、ひたひすこしあがりたる人」が『枕草子』七九段に登場する清少納言自身を指した表現であるとしても、「若い貴公子が衣服の意匠に腐心する様子」とされる前段との繋がりが今ひとつ不分明である。そこで今、この部分に再検討を加えてみたい。

まずは『枕草子』七九段を見てみる。なお、この章段番号は新日本古典文学大系『枕草子』底本の陽明文庫本（三巻本）に拠っている。今、便宜上、この新大系『枕草子』に従うが、江戸時代の注釈書はすべて能因本によるもので、特に季吟の『枕草子春曙抄』が最も流布したと考えられるので、引用は『春曙抄』によることとする。(4)

七九段は長徳二年（九九六）二月、職御曹司に移られた中宮定子に付き従わず、清少納言が梅壺に残っていた折の話である。中宮に会いにやってきた頭中将（藤原斉信）を梅壺の東面に迎えた清少納言は、その麗しき姿を「まことに絵に描き、物語のめでたきことにいひたる、是にこそはと見えたる」と、惚れ惚れと見遣る（句読点・濁点を付した）。

御前の梅は、西は白く東は紅梅にて、少し落ちがたになりたれど、猶をかしきに、うらうらと日のけしきのどかにて、人に見せまほし。簾のうちに、まして若やかなる女房などの、髪うるはしく長く、こぼれかかりなどそひ居ためる、今すこし見所あり、をかしかりぬべきに、いとさだ過ぎ、ふるぶるしき人の、髪なども我にはあらねばや、所々わななき散りぼひて、大かた色ことなる頃なれば、あるかなきかなる薄鈍ども、あはひも見えぬ衣どもなどあれば、露のはえも見えぬに、おはしまさねば、裳も著ず、袿姿にて居たるこそ、物ぞこなひに口惜しけれ。（『枕草子』七九段、『春曙抄』七二段）

折しも局の前には紅梅・白梅が盛りを過ぎつつも尚美しく花開き、のどやかな春の光に照らされている。清少納言は、このような貴公子をお迎えするのが若く美しい女房であったなら、どんなに様になったであろうか、と想像しつつ、ご主人の留守ですっかり気を抜いた姿の、みすぼらしい老女である自分が出迎えていることを口惜しく思う、と少々戯画的に描く。

その後、中宮のもとを訪れた清少納言が女房たちと物語論を闘わせていると、既に清少納言が斉信に会っているとは知らない中宮が、先ほど参上した、いつにも増してりりしかった斉信に会わせたかった、と残念がる。そこで清少納言は自分が見た斉信について詳細に語るのであるが、その微細にわたる報告に一同、「たれも見つれどいとかう縫ひたる糸、針目までやは見とほしつる」と笑い合ったのであった。

「こを梅」本文の「それはた世にあてやかならん人の、針目をかしうひねりぬひてめさせたまはん」は、この斉信の姿をかすめていると考えてよいであろう。そしてこれに続く「髪の末ほそり」以下の部分も、この段において「髪なども我にはあらねばや、所々わななき散りぼひて」と表現される清少納言自身の姿を念頭に置いて、こういった優雅な雰囲気には「いとむとく（無徳）」、まことに不釣り合いなるものと思うがどうだろう、と言うのである。そして、品下った自分には尚更のこと、と謙遜するのである。

「こを梅」に『枕草子』のこの部分が取り上げられたのは、清少納言と斉信との対面の場に、美しい紅白の梅（特に紅梅）が咲いていたことによるのであろう。梅の花に関連して、王朝的な雅やかな世界が醸し出されているのである。

ところで、この話題の前後に、「きぬの色あひ、紙のかさねなどをうち見ては、まさりげにてぞ。それはた世にあてやかならん人の、針目をかしうひねりぬひてめさせたまはんと、墨次はかなう書けちたまふらんをこそ、いとめでたしとは見奉れ」とあることに注目したい。先述の斉信にまつわる逸話は、襲の色合いや和紙の色目などとは、特に関連があるようには思われない。ここでは単に、着物や和紙における「梅の意匠が他にまさっている」ということを言わんとしているのであろうか。あるいはこの表現にもまた、王朝的な雅な世界が隠されているのではなかろうか。

そこで、再び『枕草子』より、二五九段（『春曙抄』二四一段）を繙いてみる。「関白殿、二月十日のほどに、法興院の釈泉寺といふ御堂にて、一切経供養せさせ給ふ」から始まる『枕草子』の中で最も長い一段であり、七九段と同様、梅の花真っ盛りの二月の話題である。関白、すなわち中宮の父、藤原道隆が中宮のもとへおいでになる。これを迎える中宮はじめ女房たちの様子は、「御前より始めて、紅梅の濃き薄き織り物、固紋、りうもんなどある限り着たれば、只光満ちて、唐衣は萌黄、柳、紅梅などもあり」と、まことにきらびやかで華やかである。道隆は暖かみのあるユーモアで場を和ませ、帝から中宮に手紙が届くとその上包みを自ら解いて「開けてもいいですか」などと冗談を言いつつも、気を利かせてその場を退出する。中宮は、父がいなくなってから手紙を開き、すぐに返書するのであるが、その料紙は「紅梅の紙」であった。清少納言は次のように語る。「御返しは紅梅の紙に書かせ給ふが、御衣の同じ色に匂ひたる、猶かうしもおしはかり参らする人はなくやあらんとぞ口惜しき」。中宮は帝への返書に紅梅の料紙をわざわざお選びになった、それはお召しになっている着物と同じ色であり、中宮の細やかな心遣いが感じられることであるのに、自分以外に気付く人はいないのであろうか、と残念がっているのである。ここには、着物の色目と料紙の色合いとが取り上げられ、そしていずれもが「紅梅」である。そしてその美しい料紙には、水茎の跡もうるわしく返書がしたためられるのである。

同様の場面は『源氏物語』「梅枝」巻にも見られる。二月十日の梅の花盛り、夕霧が朝顔の姫君からの使者を歓待して、被け物として紅梅襲の唐織物の細長を添えた女装束を与え、また大臣から朝顔の君への返書も同じ紅梅の色紙で、それを庭先の紅梅の枝に付けて送るのである。まさに紅梅尽くしである。

このように、「衣」と「紙」、「紅梅」をキーワードとして考えると、やはりここにも『枕草子』や『源氏物語』に描かれた、王朝的な豊かな物語世界が密かに織り込まれているのであった。こういった優雅なる王朝的世界を背景にして、秋成は「今は手だにふるまじきけざやかさを、身におはぬ言めでして何にかはせん」と嘆息するのである。

(j)「さみだれのころに、三つなゝつ落こぼれたる実をひろひては、せちみのいみじものにたふべかりける」

正本が指摘するように、(5)「三つななつ」には『詩経』「召南」の「摽有梅」の表現が利用されている。ここでは、これまでとは一転して、花ではなく実が題材となっている。「せちみ（節忌）のいみじものにたふべかりける」の意味が判然としないが、五月雨の頃になると青梅が実を結ぶ、その落ちた実を拾っては、斎日の捧げ物とすることができる、というのであろうか。しかし、それにも関わらず、引き続いて「先めうつりするは、この花の色あひになん」と、人々の関心がやはり実ではなく赤い美しい花にあるのだ、という文脈となっており、ここにおいて花よりも実を重んじようとしているとは考えにくい。梅を総体として語るには花も実も、というスタンスでここでは実を取り上げたが、紅梅はやはり花の色合いこそがその美の本質である、という秋成の立場は変わらない。

しかし、色は移ろいやすいもの。文中にも、あまりにも色濃すぎる八重梅の暑苦しさばかりでなく、散りがたの色褪めた紅梅のみすぼらしさ、着古した紅衣の汚らしさを語り、どれほどに素晴らしい紅梅の色彩の美も結局は無常なるものとして、「色即是空」なる仏教語をもって一編は締めくくられる。

四　終わりに

以上、「こを梅」和文全文を注釈を加えながら読み進めてきた。これを通覧すると、本編を貫く方法として、さまざまな古典作品が意識的に織り交ぜられていることに気付くであろう。もとより紅梅を愛する秋成のことである、梅の季節はずれの時期に唯心尼より庭前の梅にちなんだ文を求められて、幻の中に花を見、紅梅にまつわる様々な古典作品を思い浮かべたに違いない。本作は、思いつく限りの和歌や漢詩、物語の世界を散りばめ、組み合わせ、あるいはさりげなく古典作品世界を忍ばせ、自在に想像の羽を伸ばして紅梅の美を称える文章なのであり、純粋な文藝作品と考えるべきものである。

末尾に添えられた一文には、唯心尼の依頼により「あるじにかはりていへる」という一節がある。ここには、単に依頼によって綴ったというだけではなく、一編を女性によって書かれたものと仮構する意識が働いているのかもしれない。平安朝の女房によって書かれた『源氏物語』や『枕草子』の表現を多用し、女性的な優美な雰囲気を醸し出しているのは、あるいはそれ故であろうか。

『藤簍冊子』においてこの和文は、「こを梅」という題のもとに、後半部の寿蔵設営にまつわる一連の作品と併せて収められたが、本来独立した一つの作品であったことを改めて確認しておきたい。従来、後半部に引き付け、それとの関連性において伝記的に読まれてきたこの作品の読まれ方は改められるべきであり、「こを梅」は晩年の秋成が到達した一つの和文の粋として、読み味わわれるべき作品なのである。

注

(1) 本作についての論に、井上泰至「秋成と梅花」(『近世文藝』61、一九九五・一)、正本綏子「『藤簍冊子』「こを梅」をめぐって——秋成と「摽有梅」——」(『鯉城往来』2、一九九九・一〇)などがある。正本の論は前半部の表現を問題にするが、やはり最終的には後半部との関連性を重んじている。

(2) 中村幸彦「『藤簍冊子』異文の資料と考証」『上田秋成全集』第十巻(中央公論社、一九九一)、多治比郁夫「新出の上田秋成稿本類——柏原家文書からの翻刻と紹介——」(『大阪府立図書館紀要』31、一九九五・三)等による。

(3) 注1正本論文。

(4) 『枕草子春曙抄』本文は『枕草子春曙抄(上・下)』〈北村季吟古註釈集成3・4〉(新典社、一九七六)、『枕草子(上巻・中巻・下巻)』〈岩波文庫〉(岩波書店、一九三一/一九三四)による。

(5) 注1正本論文。

第五章　秋成発句「けふぞたつる中納言どのゝ粥柱」考——正親町三条公則と秋成——

一　中納言とは誰か

秋成に「けふぞたつる中納言どのゝ粥柱」という発句がある。石川真弘の「上田秋成発句集」(1)によれば無腸の真蹟短冊として残るもので、寛政年間の作とされるが、確かな作句年次は不明である。この句で問題となるのは、「中納言」と「粥柱」との関係であろう。「粥柱」の語に、「中納言」と結びつく必然性があるとは思われないからである。

そこで、まず「粥柱」の語を検討してみれば、『華実年浪草』(天明三刊)に「倭俗、粥の中へ餅を入れて食するを、粥柱といふ。七種の粥にも入とも。十五日の小豆粥には、往古より入来たるにや、清少納言の枕草子に曰、もちのかゆのせく(節供)まゐる、と見えたり(2)」とあり、「粥柱」とは粥の中に餅を入れて食べること、或いはその餅を指し、また特に正月十五日、いわゆる小正月に食べる小豆粥の中に入れる餅を指すことがわかる。しかし、粥柱を詠んだ発句はさほど多くはない。句例としては、『俳諧雑巾』(延宝九刊)に「十五日粥　小豆嶋めぐるや天の粥柱」という吉長の発句がある。粥の中に点々とある小豆から「小豆嶋」という地名を導き出し、その小さな豆粒交じりのとろとろとした粥飯の中にしっかりとした存在感を示す餅を、粥柱の語から「柱」に見立てたものである。小さな椀の中の粥に未だ乾坤定まらぬ混沌とした宇宙を想像し、『古事記』等に見えるイザナギ・

イザナミの国生み神話を重ねて雄大な風景を詠出した、談林俳諧の句である。一方、秋成自身の発句として『去年の枝折』（安永九刊）の中に、

> 九月十二日の朝っとめて出たつ。（中略）此御前の海に月清き夜也。あすは新なめ奉る日なりとて、一さと打賑へり、今年なん豊の秋にて、よろづ打ほこりてたのしげなり。
>
> 祭餅それか夜寒の粥ばしら

とあり、こちらは正月ではなく新嘗祭の前日であることが明示されている。『胆大小心録』一二四段にも「例年の新嘗祭は豊年を祈りたまふ也。深更申嘉殿に出御ありて、暁天にいたるまで、祭礼丁寧慇懃、天明にいたる」と記されているが、この鄙びた旅先の村でも、豊作を祝う宵宮で夜に入っても明るいざわめきが打ち続いているのである。句は、晩秋のしんしんと身に沁みる寒さの中でふるまわれる粥の中には、祭りのための餅であろうか、夜寒の霜柱ならぬ真っ白な粥柱が立っている、という。寒さの中に立つ白い柱、ということから、この粥柱を霜柱に見立てたのであろう。

秋成の「けふぞたつる」句は粥柱を「たつる」と詠んで吉長の発句と同想ではあるが、新年を寿いで今日まさに立てられたという柱に、たとえ国学的な「神ながらの道」を想定するにしても、やはりそれに「中納言」の語を取り合わせる必然性は見えない。

確かに、公家の家では二日にわたる行事の一環として小豆粥が食されていた。『日次紀事』正月十四日の項には、次のような記述がある。「〈人事〉諸公家ノ敲クレ門ヲ〈割注――今夜諸公家ノ奴僕挿シ二団餅ヲ於枚杖ニ一毎ニ二諸家一敲ク二門戸ヲ一則此ノ餅入テ二十五日赤小豆粥ノ内ニ一同ク煮テ而食フレ之ヲ〉（後略）[3]」。しかしそれにしても、なぜ大臣でも大

納言でもなく、中納言でなければならないのであろうか。

「粥柱」の語自体に「中納言」を導く必然性がないとすれば、次に考えられるのは、この句が中納言に任ぜられている人物の特殊事情を詠んだ人事句ではないか、ということである。仮にこの「中納言」を秋成周辺のある特定の人物に措定しようとするならば、想到するのは正親町三条公則(おおぎまちさんじょうきんのり)である。秋成は親子ほども年齢の離れたこの公則を、国学上の弟子として、親しみを持って遇してきた。本稿では、この発句の「中納言」という言葉に注目して秋成と正親町三条公則との交渉を確認し、その上でこの句の作句年次と作句事情を検討していきたい。

二　正親町三条家

正親町三条家は藤原北家閑院流三条公氏を始祖とする名流で、第五代公秀が天皇家外祖父として内大臣に任じられて以来、内大臣を極官とする、いわゆる三大臣家の一つである。江戸時代における家禄は二百石。公則の祖父に当たる公積(きんつむ)(一七二一―七七)は、いわゆる宝暦事件に連坐している。宝暦事件とは明和事件と並ぶ江戸時代中期の尊王論弾圧事件の一つで、山崎闇斎の流れを汲む竹内式部が、門人である京都朝廷の少壮公卿に天子の学問修養と朝臣の奮起を説き、結果的に政治的現実の批判を繰り広げていることに対して、朝廷の重臣らが幕府の聞こえを憚ってこれを抑圧、式部門人の公卿らを幕府に無断で大量処分するとともに式部を京都所司代に告発し、宝暦九年(一七五九)に式部が重追放となった事件である。公積はこの竹内式部に神道・儒学を学び、桃園天皇への垂加流による『日本書紀』神代巻の進講を積極的に推進した少壮公卿たちの首脳の一人であった。そのため、議奏免職、権大納言辞任・永蟄居の処分を受け、ついには落飾をも命ぜられている(4)。この一件は公積にとって不幸な結末に終わりはしたが、一面、公積の進取の気性に富んだ、好学の気風を感じさせるものである。

公則は、『公卿補任』によれば安永三年（一七七四）六月十六日に生まれた。父、実同。母、家女房。寛政八年（一七九六）二十三歳にして参議に補せられる。父は天明五年（一七八五）公則十二歳の時、参議のまま三十八歳で世を去っており、事件に巻き込まれた祖父も早く公則四歳の時に死去しているから、この若い当主の公卿の列への参入は、ようやくこの家にもたらされた明るい話題であったに違いない。寛政十一年（一七九九）八月二十四日、公則は晴れて権中納言に任ぜられる。その前年には勧修寺経逸女を母として嫡子実義も誕生しており、正親町三条家は喜びに沸き返っていたことであろう。翌寛政十二年（一八〇〇）正月七日には着陣、すなわち昇任の後に初めて陣座に着する儀式に臨み、位階も正三位に上がった。しかし、その喜びもつかの間、その年九月一日、公則は二十七歳の若さで世を去ったのである。

秋成の作品中には「中納言」の称とともに、この公則の名が散見される。秋成が公則と交渉を持つに至った経緯やその時期については従来あまり明確でなく、高田衛の『上田秋成年譜考説』に拠るところが多かった。すなわち、何らかの由縁があって公則の父の代からの交渉があったのではないかと考えられてきたのである。それに対して近年、植谷元が秋成の『万葉集』研究書、『古葉剰言』末尾の荷田信美宛て添文を検討した結果、新たな見解を提示した。(5)『古葉剰言』は『霊語通』刊行（寛政九年二月）よりほど遠からぬ頃、秋成が信美を介して公則の知遇を得んとして書き上げたものであり、交渉の直接のきっかけは、秋成の『万葉集』研究を聞き知った公則より直筆の下問あるいは批評があったため、とするのである。

本稿において交渉の始まりはやはり秋成が京都に移住して以降であり、更に言えば公則の死の一、二年前、秋成が信美邸内に移り住んだ寛政十年頃からではないかという予想のもとに、論を進めていきたい。そもそも当該の発句における「中納言」は、この公則を指すとしてよいであろうか。以下、『文反古』を中心として秋成と公則との関わりを概観してみたい。

三 『文反古』の手紙（一）

『文反古』は文化五年（一八〇八）に刊行された、秋成の書簡の手控えと来簡とを合わせて編集した書簡集である。秋成晩年の交友の様や折々の秋成の心境がうかがわれ、伝記的にも、また和文集としても大変興味深いものである。本書は秋成に無断で出版したものであると門人の序文、及び跋文にいうが、本書は本来『藤簍冊子』の中に収められるはずであったものが分離され、改めて一書としてまとめられたもので、『藤簍冊子』同様、実際は秋成の意向が色濃く反映されたものだと考えられる。まず、この『文反古』の中から公則に関わる部分を取り上げ、検討していきたい。しかし、ここに収められた書簡は公則に宛てられたものではない。公則の訃報に接した秋成が、遺族に対する悔やみの気持ちと、自身の驚きと悲しみとを述べたものである。すなわち、生前の公則と秋成との交渉を、本稿ではその死の時点から逆に辿っていくことになる。長文に亘るため私に区切り、番号を付した。まずは冒頭部分から見ていきたい。

① 常にしたしく召まつはせし君の、あつき御こゝちにふい（臥）たまへるが、長月の朔日といふ日、世をはやうせさせ給ひしに、そのころは、かふ内の山里にいきて、しばしならずやどりしたるを、御内の人々より、訃しらせ給へりしかば、(ア)御身ちかきかたまで、こたへ中奉る。

大嶋加田のひと〴〵より、三日の御せうそこ、山ざとには、六日のあしたに、つたへ来たりぬ。都を出し日より片時わするゝひまなく、神ほとけに、おほんことなかれとねぎ奉るも、なほおぼつかなく思ふたまへられて、此御たより披き侍らぬにも、先胸つぶれ、くらき眼見はたかりつれば、あなかなし、北の御かたをはじめ、御はらからのきん達、いかに泣まどはせたまふらむ。御児の足ずりしつゝ、したひなげかせ給ふらん。(イ)まして其かたの御心のほど、おしはかり参らせては、聞え奉るべきこともあらずなむ。老て云かひなく、世に立さまよひ、をしからぬ命もて、おそれみながら、かはり奉らざることの朽をしき。今は何事もおもはで、目や泣つぶさむ。

さるにても何のすく世にてや、かけても参りつかふまじき御あたりに、おまし近く召れ、あやしき物がたりどもを、耳とゞめさせ給ひ、罪かうぶるべき言あやまちも、見ゆるさせたまひ、いとも〳〵かたじけなく、よろづをめぐませ給ひつる事、おのれこそ御罰にてとく死んを、なか〳〵に生恥かうぶりて、いつまでかあらん。さらば都にかへらんのこゝちも、足折たる思ひして、おぼしもたゝずなりぬ。

御はうむりは廿一日となむ。内々さたし給ひぬと承り侍りつれど、御おくりつかうまつるべくも侍らねば、そなたの空をさしあふぎたてまつりて、ふい拝みしたてまつらむ。(ウ)北の御方、そなたにも、おなじ道にとおぼし成たまふらむ。仏のをしへには、定まれるものに聞知侍る。御涙のひま〳〵には、御心をしづめさせ給ひて、(エ)若君のおひたちかしづきを、御こゝろつよくおぼし立給へ。翁がやめるまなこには、こゝの尼に筆かはらせて、申聞えたいまつる。くり言はてしなからんには、苦しさのまさりぬべければ、申さずなりぬ。御なみだのひまに聞えあげさせたまへ。あなかしこともかしこし。(6)（傍線筆者）

これによれば秋成は、寛政十二年九月一日の公則の死去を告げる三日付の大嶋・荷田らからの手紙を、滞在先の河内の里で六日に受け取った。秋成が都を出立する時から公則の体調は勝れず、むしろ重篤であったようである。公則に関する記事について『文反古』の異文を含む『麻知文』草稿類の一つ、『筆のすさび』には、次のような記述がある。

八月のはじめつかたより、いたう病心したまへりき。しかすがに日ごろ過し給はゞと思たまへれば、老が心残りなる事はてしてんと、かふ内の山里に出たつ。望の比、御暇申て、たゝ今還りこん、と申上てゆきぬる(7)

(以下略)。

つまり、公則は八月初旬から体調が思わしくなかったのである。しかし秋成には「心残りなる事」があった。どうしても河内に行かなくてはならない事情があったのである。用件の一は眼疾治療であったが、この年は神告による天命六十八歳の前年である。出発直前の八月十日付、実法院主宛て書簡に見える「只々閑然トシテ死ヲ待ノミ」の心境を想起すれば、この河内行は一つの死支度でもあったろうか。そこで、これが永遠の別れになるとは想像もせず、「すぐに帰るから」と御前を辞し、公則の快癒を念じつつ、八月十五日ごろ都を出発したのである。ところが、河内の秋成のもとへ都からの手紙が届けられる。開封する前から胸騒ぎがした秋成の不安は不幸にも的中し、それは公則の訃を告げるものであった。秋成は、悲嘆に暮れているであろう奥方、兄弟、遺児らの様子を思い遣り、これまで公則から身分の違いを超えて親しく恩顧を蒙り、拙い講義をお聞かせできた我が身の幸運を思い、老いた自分が惜しくもない命を長らえ若きが散る運命の皮肉を歎く。葬送は二十一日に予定され、「内々さたし給ひぬ」というところからは秋成も招かれたことが想像されるが、公則死去の衝撃で都へ帰る気力も失せ、身分上の遠慮もあったであろう、遥かの地から死を悼むことにする、と述べている。そして、遺族の身に寄り添った励ましの言葉を以て締め括っている。

この手紙の宛先は、傍線部（ア）のように公則の「御身ちかきかた」とあるのみで、誰と特定することはできないが、文中に北の方、兄弟、遺児と並べて（イ）「まして其かたの御心のほど」とあり、また（ウ）「北の御方、そなたにも、おなじ道にとおぼし成たまふらむ」、（エ）「若君のおひたちかしづきを、御こゝろつよくおぼし立給へ」とあって、妻と同等の悲しみを共有し、残された子供たちの後見をする立場にある人物でもあることから考えれば、公則の母親にでも宛てたものであろうか。

次に、この①の手紙に引き続き掲出されている二通目の手紙を検討したい。

② またの便して

夢ならばやと思ふに、はたゆめならざりけり。難波までも、足なえたれば、かき荷はれて出侍りて、ひとりごたるゝ。

かゝらむとおもひしらねばしばしとて告し別れぞながきわかれに

なかく\に都は遠し追しかむ君しばしまてよもつ坂路に

此春賜ひし、逍遥院とのゝ、御手づから合せたまひし、やま人、黒方の二くさを、上つゝみに御筆してかいつけ給ひしを、こゝにもて来たりしまゝに、御手向草に、くゆらせ奉るなへに、

をしからぬ君が御ために焼昇すけぶりがへしのうたてくもあるか

又翁が兼てもたる、めう香五くさに、くはへて奉る、

名残袖

ひるまなき君に別れのなみだ川けふぞなごりの袖はくちぬる

はた手

ゆふごとに立出てみるいこまやま雲のはたてを面影にして

八木

神まつる宜禰がさゝぐるしらげよねしらげいとはぬ君にませしを

無名

久かたのあまつ使の名なし雉ねなきあしともしらで別れし

老木花

名もつらし片枝はつかにめはる木を花とみられん老が身のすゑ

しるしとゞむるも、なか〳〵にうたて侍る。はかなかりつる事ども申契り奉りしを、追つきて御まのあたりして、かきくどき、かつは御心のかぎりも承るべく、あなかしこ。

夢であってほしいと願っても、現実は否応無しに公則の死の事実を突き付ける。足の衰えた秋成にとって、公則のいない京都は物理的にも心理的にも、限りなく遠く感じられるのであった。「なか〳〵に都は遠し」とは、却って黄泉の国の方が身近に感じられる、ということであり、「追し（及）かむ君しばしまてよもつ坂路に」とは、先立った公則に対して、六十八歳になる来年は自分も必ず後を追って黄泉路に向かい、追い付くはずだから、という切ない気持ちを込めたものであろう。そして、この旅にも持参してきていた公則から賜った三条西実隆ゆかりの香を、煙がよどむように製した寄せ口の香炉「けぶりがへし（煙返し）」に入れ手向けとして惜しみなく焚き燻らせつつ、この貴重な香の贈り物が、はかなくけぶりとなってしまった公則の運命の予兆でもあったかのように感じ取られて、「うたてくもあるか」と詠んでいる。

また、「名残袖」以下、秋成所持の香五種の名を詠み込んだ和歌五首も、手向けとして捧げている。「名残袖」「はた手（籏手）」は、河内の国にあって日ごと眺める生駒山の上空にたなびく雲に火葬の煙を連想して公則を偲び、涙する自らの姿を詠む。「八木」は、序詞として米を詠み込みながら、しらげ米の如くしらげることを厭わない、すなわち自らを磨き上げる向上心に満ちた公則であったのにと、その素質を惜しむ歌である。四首目の「無名」は、共に古典研究に勤しんだ愛弟子を送るためであろうか、『日本書紀』巻二、及び『古事記』上巻、天稚彦の神話を踏まえた和歌である。高天原から葦原中国平定のために遣わされた天稚彦は、長らく復命しなかった。高皇産霊尊（たかみむすひのみこと）らはその事情を聞くために無名雉（『日本書紀』）を地上に遣わしたが、天稚彦は天探女（あめのさぐめ）の「此の鳥は其の鳴く声甚悪し、故、身ら射よ」という天探女の進言に従って（『古事記』）これを射殺してしまい、血の付いた矢はそのまま天まで射上げられた。天上ではその矢が天稚彦のものであることを知り、返し矢をしたところ、天稚彦はこの矢に胸を貫かれて死んだ。また、雉は二度と天上に戻って来なかったため、「雉の頓使（ひたつかい）」という諺が生まれた（『古事記』）という。秋成は、周知のこの神話を下敷きにして自らを「あまつ使の名なし雉」に喩えた[8]。つまり、自分は雲上人である公則の側近くから下界へと降り立った、無名の雉だというのである。そして「音鳴（ねな）き悪（あ）しとも知らで別れし」、思いがけない運命によって二度と天界の神々（すなわち公則）にまみえることが出来なくなるとも知らないで、何心無く別れてきてしまった、と歎くのである。言わんとするところはこの手紙の冒頭、第一首目の「かゝらむと」の歌と同じであるが、それの率直さに比して、こちらには二人の学問的絆の強さと秋成の落胆とがくっきりと浮彫りにされており、印象的な一首である。そして末尾の「老木花」は、「片枝はつかにめはる」という表現に隻眼でかすかな視力しか残っていない自分自身を託し、老残の身で生き残った我を揶揄するかのような香の名につらい気持ちを抱く、と歌うのである。

　この五首はただ単に香の名を詠み込んで並べたのではなく、まさに連作と言うべきもので、一つの物語的な世界を構成していると考えられる。涙に暮れながら眼前の生駒山の風景を眺め遣るうちに、いつしか思いは在りし日の公則の姿、二人で語り合った豊かな古典の世界へと馳せ巡るものの、やがて、最後の対面の日に思いが及んで現実に引き戻され、一人この世に取り残された老人の我を恥じる、というものである。この深い悲しみを込めた和歌連作を香に添えて、公則の霊前に捧げるべく、①の手紙と同じ公則の「御身ちかきかた」に送ったのである。

この二通目の書簡の内容は先述の『筆のすさび』にほぼ同文が収められ、また一部が『反故詠草』(享和元年成)にも載るが、それによれば、葬送の後、秋成に対して公則の形見の品が送られたらしい。『筆のすさび』には「老木花」の和歌に続けて、次の記述がある。

御かたみにとて、蘇芳染の御かり衣くだしたまはりぬ。いとかたじけなく、是をいかにせん、なみだ払あへず、

身におはぬ天の羽衣手にさゝげおくかたもなくまどひぬる哉

この秋成の和歌も、『伊勢物語』第十六段、困窮を訴えた紀有常が友人に贈られた衣を喜んで詠んだ歌、「これやこのあまの羽衣むべしこそ君がみけしとたてまつりけれ」を本歌としている。秋成が賜ったのは紫を帯びた赤い華やかな狩衣であった。公則が本来なら親しく交わることなど考えられないような高貴な人であったことを改めて感じさせられる、分不相応な贈り物ではあったが、秋成はかつてその人を包んでいた、空蟬の如き衣を前にして、ただ悲しみに暮れるばかりであった。

四　『文反古』の手紙(二)

このように、突然もたらされた公則の死の報は、秋成にただならぬ衝撃と深い悲しみを与えたのである。公則

の近親者に宛てられた二通の書簡①②からも十分にそれは伝わってくるが、公則への思いはとどまるところを知らず、書簡集であるはずの『文反古』には続けて、次のような公則の思い出が綴られていく。

③おもへば〳〵わすられぬことぞ多かりき。物がたりせさせて聞せたまへる、いと喜ばしく時々まうのぼり侍りしに、あすのよひ雪いと深しとて、御使ありて、

御文

たのめこしこゝろもよはのしらゆきにあすはとかねておもひきりにき

御返し、すなはち

君みむとたのめしをけさのしらゆきにしらずや老がおもひきゆとは

④年のくれがたの、御賑はゝしき事どもの、うちつゞき給ふとて、春にと御使給はりしかば、承り侍る。かく奏し給へとて、

春かけてからきしほぢのふみなればとしのこなたやとまりなるべき

ふみは土佐日記にて有しかば。

⑤二月の頃、御まへの薄こを梅に、御文ゆひそへてたまへる、

みせばやとおもふばかりに日数さへうつろふはなは折もあやなし

こたへ奉る、

うつろはぬいろかをみれば君によりはなの日数もかごとなりけり

⑥　岡の梅と云題に、
水茎の岡のやかたの春とへばあさけのかぜにうめかをるなり
かやうによませたびしとて、人みなをしみたいまつる君なり。新中納言、正三位、御よはひ廿八にて、薨去有しなり。

秋成の脳裏には、二人の間に交わされた様々な思い出深いシーンが次々と思い浮かんでくるのである。この③から⑥までが時間軸に添ったものであるかどうかは不明であるが、④は恐らく、先述した中納言昇任の慶事に伴った慌ただしさであろう。一つ一つ見ていけば、③は、公則邸を折々訪問するようになって喜ばしく思っている秋成が、公則から召されて参上する約束の日の前日夜半、公則から、雪が深くなったので「心もよは（夜半・弱）」に明日の予定は断念した、という知らせを受け取り、翌朝、悄然とした気持ちを返歌したものである。

④は年末、賑わしさが続いて家が取り込んでいるため、なかなか対面が叶わず、公則方から「来春を期す」という知らせが来たことに対し、残念に思いながらも、現在二人で講読している『土佐日記』に掛けて返歌している。『筆のすさび』の同じ場面の記事には「よみはてがたに」とあるから、もう既に十分に読み込んでいる作品なのである。『土佐日記』は言うまでもなく任果てた土佐から都への船旅の日記であるが、主人公は暮れの二十七日に任地を出発したものの、順風に恵まれず、二十九日から新年の九日までずっと大湊に足止めされている。その、年を跨いで動きの取れないじれったさを踏まえて、「私は年のこなた、つまり今年に足止め、参上できるのは来年の春なのですね」というのである。しかし、この歌は『土佐日記』の世界を踏まえているだけではない。下の句には、作者貫之の著名な次の和歌二首をも下敷きにしていると考えられる。

秋のはつる心をたつた河に思ひやりてよめる

年ごとにもみぢば流す竜田河みなとや秋のとまりなるらむ

（『古今集』巻五、秋歌下、三一一番）

十二月ばかりに、かうぶりする所にて

いはふこと有りとなるべしけふなれど年のこなたに春もきにけり

（『後撰集』巻二十、慶賀哀傷、一三八五番）

このような日常のささいな和歌の遣り取りにも古典をふんだんに織り込んだ凝った手法を用いたのは、親しく古典を教授することを通して公則の豊かな才能を認めていたからであろう。もちろん公則も、即座に秋成の工夫を読み取ったことと思われる。

⑤は、秋成も愛した紅梅の花をめぐる和歌の贈答である。公則は我が庭の薄紅梅の枝を折り取り、文を結び付けて秋成に遣わした。それには、見せたいと思っていたのにあなたが御出にならないので、花の色香ばかりか「日数さへ」移ろってしまった、と認められていた。しかしその紅梅は未だ美しい色香を保っていたので、秋成は「はなの日数もかごとなりけり」、花にかこつけて、私がなかなか参上しないことにご不満を表明しているのですね、と戯れているのである。ここには儀礼的な和歌の贈答ではない、身分の違いを超え、師弟の隔ても超えた、親子の情愛にも似た暖かな心の交流が見て取れる。狷介と言われる秋成ではあるが、自然を愛で、自在に文藝に遊び、意外に茶目っ気もある、その柔らかな心のあり様は、若き公則には十分に伝わっていたのである。

⑥の、皆がその才を称賛したという「岡の梅」の題で詠まれた公則の和歌「水茎の岡のやかたの春とへばあさけのかぜにうめかをるなり」は、『古今集』巻二十、大歌所御歌に収められている「水茎の岡のやかたにいもとあれと寝てのあさけの霜のふりはも」（詞書「みづぐきぶり」、詠人知らず、一〇七二番）を踏まえている。しかし一首のうちにこれだけの文句取りをしながら、『古今集』の古代的な恋の歌は一転して、春の朝、岡のべにある邸宅を訪れたところ、未だひんやりとした朝風に乗って馥郁たる梅の香りが漂ってきた、という爽やかな早春の歌に変じている。鮮やかな手際で、しかもみずみずしい感覚を感じさせる歌である。この将来が大いに嘱望された公則は、しかし、もはや幽明を異にしてしまった、「人みなをしみたいまつる君」であったのに。

次々と蘇ってくる公則との思い出の、その最後に語られる公則の位階と年齢は、まさにこれから大きく羽ばたこうとしていた未来が不意に閉ざされてしまった公則への、限りない哀悼の気持ちの表れではないだろうか。その痛恨の思いが、書簡集という本来の『文反古』の性格を逸脱してまで、かくの如き公則との交流の一端を秋成に書き留めさせたのである。

秋成と正親町三条家との交流は、公則没後も途絶えることはなかった。『手ならひ』には文化元年（一八〇四）、公則の忘れ形見、実義が七歳になった時に送った祝いの歌が載る。

正親町三条どのゝ若ぎみ、ことし七歳にて侍従に任せさせ給ひし御喜びに、小松にくはへて奉る[10]

あづさゆみ春のこなたに根のひして陰たのまるゝ時は来にけり

又、鶴のかた折て、其はねにかいつけてたて祭る

なゝそぢの老がよはひのあり数は千代をゆづるの声にそへなむ

みかま木をはこびはてゝやゝま人の年をしづかに真柴こりつむ

春くとてくしげの塵をかきはらひ志珂の蜑めも小櫛とるらし(11)

七十一歳になった秋成の実義に向ける眼差しは、まるで我が孫を見るかのようである。天から長寿を賜った秋成は、早世した公則の代わりに、この実義に我が齢を譲りたいと願う。その羽に和歌を書き付けたという折り紙の鶴は、秋成手ずから折ったものであろうか。必ずしも肉親の情愛に恵まれたとは言いがたい秋成の、意外な一面を見る思いがする。これも公則に寄せる思いの深さを物語るものであろう。

五 『文反古』以外の資料から見る交流

これまで『文反古』を中心として、公則の死の時点から秋成との交流を振り返ってきたが、ことのついでに、これ以外の資料からも二人の交渉を見ていきたい。

まず『秋成詠艸』には、次の和歌が見られる。

三条どのゝ家の御会はじめに、こゝちあしくみえて、歌はよみて参らす

鶯千春友

ちゞの春をひと日のけふの朝影にむかふる友はうぐひすの声(12)

正親町三条邸で催された新年の御会始めに招かれたものの、体調がすぐれず、和歌だけを奉ったという。これがいつのことであるか定かでないが、ここに収められた詠草は小山源治によって寛政十年から十一年にかけてのも

のと推測されているから、これも寛政十一年春のものであろうか。[13]

『藤簍冊子』巻四には、先に取り上げた「落葉」という小品が載る。これは、公則邸の庭の落葉を漉き込んだ美しい和紙を賜り、それに文章を請われて書いたもので、本稿でこれまで見てきた秋成の和歌と同様、『源氏物語』を始めとする古典作品の典雅な世界を縦横に利用して、一つの春秋優劣論を構築したものである。作品末尾には寛政十二年冬の成立と記され、公則没後であるために不審とされているが、草稿と見られる一文が『余斎文集』にも収載されており、その大半が秋成六十六歳、すなわち寛政十一年に書かれたものであることから、これも十一年冬の成立と考えてよいであろう。[14]

『藻屑』には、唯心尼に請われて詠んだ、『源氏物語』の巻々にちなんだ和歌五十四首連作を収める。その末尾に「是を春の筆はじめに、妙法院一品の宮に書て奉る。又、三条中納言殿へも奉る」とあって、これを清書して妙法院宮と公則にも献上したことがわかる。中納言とあるから、これは寛政十一年春のことと推定される。

『文反古』との関連で度々引用した『筆のすさび』には、他に次のような記事も載る。

春のはじめに奉る、

春はまづこなたかなたに君をいはふわかなつむ野ゝ雪のむらぎえ

かたみの上に、すこしく雪をつみて奉りし也。

いまそがりし御時に、おのれ老てめくら者の、やくなき物に散残りたるふみ三箱奉るにくはへて、

今はたゞ老波よするくづれ岸ふみとゞめよとたのむ君かな

御かへし、

よしあしをわくるしるべも難波風なには思はずかひあれとこそ
とて、御禄に黄がね十ひら賜ぬ。

「春はまづ」の歌は、あちらこちらで君を祝っている、という内容から考えて、寛政十二年のものと考えてよいであろう。秋成が京都の雪を格別なものとして、友人を誘って雪見をするなど楽しみにしていたことは、『藤簍冊子』「聴雪」などに見える。ここでは、早春に降った雪を細かい竹で編んだ籠、筐（かたみ）に少しばかり積んで、公則に奉ったのである。これも『新古今集』所載の紀貫之の歌、「ゆきてみむ人もしのべと春の野のかたみにつめるわかななりけり」（巻一、春歌上、一四）を踏まえているが、貫之が筐に摘んだ若菜でなく、若菜の野に消え残る雪を「積んだ」ところが、秋成の諧謔であろう。

次の和歌に見える、秋成蔵書を公則に奉ったことは『胆大小心録』九八にも見えて、よく知られたことである。老い先短い秋成が今後の公則の学問上達をも願って、手元に残っていた蔵書のうち、比較的良いと思われるものを献上したのであった。それが秋成自筆の『万葉集』三十一巻であったこと（少なくともこれが主要なものであったこと）が、公則侍臣の立野直良『上田秋成見聞略伝』により判明する。

『楢の杣』は、公則に献呈するため、その『万葉集』の全注釈を目指して寛政十二年四月に起稿したものである。しかし巻五までを以て寛政十二年七月中に擱筆された。その理由は本書巻五に書き付けられた「薄命を惜みて、尚名利の途に迷ひゆくべきにあらず」という、死を目前にした秋成の「悔にみちた生の回顧[15]」に求められるが、植谷元はそこに一種の安堵の思いをも読み取り、「本書は案に相違して、正親町三条公則の生前に、実は届けられたものであったかも知れない[16]」とする。そうだとすれば、秋成は『万葉集』研究における後事を公則に託したとも言えようか。

六　「中納言」への思い

以上、もっぱら秋成の側から書き留められた資料を検討してきた。これらによれば、二人の交流は寛政十一、二年に集中している。そしてそこから、秋成と公則とが学問や文藝を通じて互いに深い信頼を寄せていたことが見て取れる。秋成にとって公則との交流は単なる貴顕の弟子の一人といったものではなく、一方的に恩顧を蒙ったというのでもない、文藝の良き理解者としての特別な関係にあったと認めてよいと思われる。その公則の中納言昇任は、秋成にとっても我がことのような喜びであった。作品中に公則を指してしばしば「中納言」「新中納言」と表現していることからも、それは窺われる。そのように二人の関係を捉えるならば、本稿の出発点である「けふぞたつる中納言どの丶粥柱」の一句はやはり、ほかならぬ公則を念頭に置いて詠んだものと捉えてよいのではないだろうか。

しばらくは不遇を託った正親町三条家から、ようやく若き中納言が誕生した。前年八月に補任され、寛政十二年正月七日には晴れがましく着陣の儀式に臨んだ前途洋々たる公則に対して、まぶしいような思いを込めて「けふぞたつる」と詠んだのであろう。想像を逞しくすれば、慶事が滞りなく一段落し、小正月には秋成も招かれて小豆粥が振舞われたのではないだろうか。正親町三条家の当主として凛々しくふるまう公則を家の柱と見なして、秋成は「中納言どの丶粥柱」と詠んだのであろう。しかし、本来なら和歌が詠まれるべき相手と場において、詠み出されたのが和歌ならぬ発句であるところに秋成の俳諧精神が見られるように思う。師でもある七十歳近い老人に、打ち解けた、くつろいだ気分で「中納言殿」と呼び掛けられた二十七歳の青年の面映ゆさを、ここに読み取るべきではないだろうか。

しかし公則が中納言として迎えた正月は、これ一度限りであった。一句のおどけたような口吻が秋成の浮き浮きした気分を映し出しているだけに、その後の秋成の悲嘆を思い浮かべると、却って読後の悲しみを誘われる。

注

(1) 石川真弘「上田秋成発句集」(『ビブリア』一一五、二〇〇一・五)。
(2) 尾形仂・小林祥次郎編『近世後期歳時記本文並びに総合索引』(勉誠社、一九八四)。
(3) 大阪女子大学近世文学研究会編『日次紀事本文と索引』(前田書店、一九八二)。
(4) 『国史大辞典』(吉川弘文館、一九七九—一九九七)による。
(5) 『上田秋成全集』第三巻(中央公論社、一九九一)解題。
(6) 『上田秋成全集』第十巻(中央公論社、一九九一)による。
(7) 『上田秋成全集』第九巻(中央公論社、一九九二)による。
(8) 秋成は『古葉剰言』添文においても、公則に呈上する本書について「あしとも見給はゞ、あまはせ使のたぶ手にも投げ返し給へ、もし罪ある事にしもあらば、天稚彦のかしこきためしに、高胸板いたく射とゞめられ奉らんものぞ。」と、同様の表現を用いている。
(9) このことは、公則侍臣の立野直良による『上田秋成見聞略伝』に「惜哉、君侯、寛政十二年庚申秋九月世を辞し給ふ、秋成これを聞て哀歎、起居を失へるが如し、五首の嘆歌、五首の珍香を献じて弔ひ奉る」とあって(歌謡俳書選集8『万葉集楢の杣』藤井乙男解題)、事実であることが確認できる。ただし、和歌五首が『文反古』と同じ排列であったという確証はない。むしろ、より草稿に近い『反故詠草』には二首のみを収めるが、こちらは「無銘」「簸手」の順になっていることから、『文反古』という作品を構築する中で意識的にこのような排列を取ったものと考えたい。
(10) 高田衛『上田秋成年譜考説』天明六年五月二十五日の項に、公則の元服に際し歌を奉呈したとする。しかしその根拠とされる天理図書館蔵「宮城が塚」断簡の「水そこに」の歌の後書には「こは正親町の三条の侍従ぎみのうひ冠のいはひ物によみて奉りし也」とあって、公則自身の元服とは考えられない。「侍従」が誰を指すかは明確ではないが、少なくとも祝い事をするぐらい親しい関係にあった侍臣がいることは確かであり、この『手ならひ』において、七歳になった実義の養育を任せたという「侍従」と、或いは同一人物を指すかと想像される。『文反古』に収める書簡も、本文中に指摘した如く、侍臣宛ての可能性がある。公則の侍臣については、注9に挙げた立野直良を含め、今後の課題としたい。

(11)『上田秋成全集』第十二巻（中央公論社、一九九五）による。

(12) 注11に同じ。

(13)『上田秋成全集』第十二巻の解題による。なお、天理図書館には『寛政歌会』なる写本一冊が蔵されていることが、高田衛『上田秋成年譜考説』に指摘がある（未見）。

(14) 秋成には年次の記憶違いが、まま見られる。本文中に取り上げた『文反古』⑥に公則の没年を二十八歳とし（正しくは二十七歳）、ここでも公則は寛政十二年の晩秋に亡くなっているにもかかわらず、その年の冬の出来事としているのも、秋成の記憶違いの可能性が高い。

(15) 高田衛『上田秋成年譜考説』（明善堂書店、一九六四）二五一頁。

(16)『上田秋成全集』第二巻（中央公論社、一九九一）解題。

終わりに――秋成文藝の当代性――

以上、本書では、第一部において秋成作品研究の常套である古典の享受やそのありようを中心に、最初期の作品から『春雨物語』までを取り上げ、従来とは異なる新たな視点を導入して秋成作品の新たな読みを試み、従来の研究における問題点をいくつか指摘した。第二部では視点を変え、秋成が身を置いた環境を踏まえ、『伊勢物語』理解の変遷と深化、それと同時並行で書かれ成長していった『癇癖談』における秋成の戯れと苦悩、これを回覧して楽しんでいた大坂騒壇の人々のあり方に注目して、こうした悪ふざけに傾く知的な戯れとそれを支える文化的な背景を点描した。第三部では京都に移住して以来の雅文壇との交流をテーマに、歌人・国学者としての秋成の達成や江戸歌壇との交流を概観し、和文作品の表現方法について考察した。

秋成の作品は『雨月物語』『春雨物語』にとどまらず、浮世草子などの小説や古典研究とそこから生み出された戯作、和歌・和文、狂歌・俳諧、随筆など多岐にわたっていることは言うまでもない。当然ながら、それらの作品群すべてを視野に収めた秋成研究が待たれている。本書で俎上に挙げたのはその中のほんの一部であるが、そこからだけでも秋成の豊かな古典的素養と自在な表現世界を垣間見ることができる。今後、これらの様々なジャンルの作品一つ一つを十分に味読し、秋成が精魂傾けた豊饒な表現世界を読み解いていくことが求められているのではないかと思う。

本書では、その秋成作品を俯瞰するために、秋成の物語における古典作品の受容および当代との関係性、大坂騒壇、和歌・和文という三つの括りを用意した。しかし、秋成の作品世界はこの三領域だけで論じ尽くせないこともまた、言うまでもないことである。そこで、この最終章ではそれらを踏まえて、本書で明らかにした秋成文藝の特質を改めて確認し、秋成研究における今後の課題と展望を述べて、本書を締め括りたい。

＊　＊　＊

本書第一部で『源氏物語』との関係において取り上げた『藤簍冊子』所収の小篇「落葉」は、秋成の年若き弟子、正親町三条公則に捧げられた春秋優劣論であった。公則への秋成の期待は並一通りのものではなく、『土佐日記』『源氏物語』を始め多くの古典作品を講義し、また自筆の『万葉集』を含む蔵書も公則に譲渡していることから、自らの後継者と目していたと思われる。公則はこの風雅なる戦いの一年後、わずか二十七歳にして世を去り秋成を落胆させたが、この聡明な公則は日頃の秋成の講義を思い浮かべつつ、当然のことながらこの小篇に込められた秋成の意図を解したことであろう。

「落葉」が収められた『藤簍冊子』の後序は、大田南畝によって書かれた。享和元年（一八〇一）六月、大坂出張中の南畝と秋成は初めて対面し、互いに意気投合、文化三・四年（一八〇六—七）刊行の『藤簍冊子』には長崎滞在中の南畝から後序を得て、秋成は「其文意和漢にわたりて事詳らか也。過当ながら喜ぶべし」（『胆大小心録』一〇八）と感謝の念を表明している。この南畝について触れた、次の秋成の言に耳を傾けたい。

翁三都に友のうるわしきなし。江戸の大田直次郎どの、京の小沢蘆庵、村瀬嘉右衛門は知己也。善友に非ず。（中略）（南畝が——筆者注）予におくる戯に、「わが国にしてわが国の文を書く事、余斎翁一石の中を八斗の才を保つ也。残り二斗は一斗四五升京坂のあいだに有るべし。江戸はわづか四五升のみ」と。（『胆大小心録』一

〇八）

知己と云ふは必ずよく文を弄ぶ人にあらず。文の意を知りて問ひかわす人なり。東都に南畝子といふ人あり、我を知る人なり。京には榜亭子・蘆庵翁なり。浪花になし。（『胆大小心録』一三九）

秋成一流の屈折した物言いながら、南畝、及び最晩年の秋成を陰に陽に見守った歌人小沢蘆庵、秋成が自らの墓碑を託した儒学者村瀬栲亭への、文を知る人としての厚い信頼が読み取れる。南畝が下した秋成の文章への評価は、当時ようやく勃興しつつあった和文創造の運動——京都では伴蒿蹊、江戸では村田春海、橘千蔭らが主導して、秋成も関わったもの——を視野に収めた上での発言ではなかったであろうか。秋成の自在にして含蓄の深い表現、何気ない言葉からあふれ出る豊穣な古典的世界、或いはまた俳諧に培われた軽妙洒脱な笑い。縦横に筆を振るう秋成の才を認め、その真髄を味わうことのできた人の一人に、南畝がいた。断片的な言葉の一つ一つに込められた含意を深く読み取り、作者に限りない満足を抱かせる南畝に、秋成は「知己」という彼なりの最大限の評価を与えたのである。ここに言う、自分の歌文の理解者は南畝、蘆庵、栲亭の三人しかいない、というのは秋成の極論だとしても、その否定的な言辞の裏に逆説的に、秋成が切望した「友」の一つの形が垣間見られよう。と同時に、理解者公則を失った秋成の悲しみの深さのほども偲ばれるのである。晩年の秋成にとって蘆庵、栲亭、南畝の三人が、「文の意を知りて問かわす」ことのできる人物なのであった。

その蘆庵が亡くなった時に秋成は、追悼の思いを込めて『秋の雲』を編んだが、それは曾禰好忠にならって詠んだ、世間からは全く理解されなかった百首和歌『毎月集』より自らの和歌を自選自注した、秋成にとって格別の意味を持つ作品集であった（本書第三部第三章）。その『毎月集』に得た栲亭の序文（「後毎月集題辞」として『栲亭三稿』巻四にも所収）が、秋成の遺言に従って今も京都西福寺の秋成墓碑に刻み込まれていることは、その象徴的事象である。また南畝は秋成の求めにより、秋成の寿蔵（生前墓）のために「長夜室記」（『藤簍冊子』巻六所収）の一文を寄せている。妻も子も無く天涯孤独であった秋成は、存命であった知己の栲亭・南畝に、その「文」を以て自らの死を見守ってほしいと考えたのであろうと思われる。栲亭によって「吾が友無腸翁、狷介峭直にして、富貴を視ること腐鼠の如く、俗士を以て蜣蜋と為す」（『毎月集』序文）と評された気難しい秋成であったが、存外に繊細で鋭敏な心を以て「文の意を知る」人々との心の交流を晩年に至るまで求め続けたのである。彼の気難しさは、それを求めて得られぬ苛立ちの裏返しだったのであろう。茲に、秋成の「文」についての錯綜した異常なまでのこだわりが存すると思われる。

曲亭馬琴は自らの著作に対して「百年以後の知音を俟つ」（『南総里見八犬伝』など）と、むしろ理解されないことへの自負の思いと明るい楽観主義を語っているが、秋成はそうではなかった。自らの著作に込められた真意を、今ここに、深く了解し受け止めてくれる理解者を切望していたのである。『伊勢物語』第一二四段の死を目前にしての絶唱、「思ふこと言はでぞただに止みぬべき我と等しき人しなければ」という意思の疎通に対する絶望の歌への並々ならぬ関心は、秋成自身の切実な思いから発せられたものであったと考えられる。この、「文」における理解者への性急な希求を秋成文学の「本質」として究明することが今後の課題の一つであることを、自戒をこめて提言したい。

本書では一連の秋成の諸作品を取り上げたが、初作の『諸道聴耳世間猿』から遺作となった『春雨物語』に至るまで作品中に数多くのモデルが登場することは、秋成にとっての文藝を考える上で示唆的なのであった。なぜなら、それがそのまま、秋成にとっての「文」が彼と外界とをつなぐ隘路であったことを物語っているからである。モデルを描き込むということは、現実世界をその作品世界に滑り込ませるということでもある。秋成は作品を執筆する際、常に誰彼という具体的な人物を念頭に置いて書いていたのではなかっただろうか。もちろんそれは、閉ざされた世界を意味するのではない。出版され、多くの一般読者に読まれることは当然、執筆の前提となっていたはずである。しかしそれにも拘わらず、特定のある読者に向けて、知る人ぞ知る情報を密かに作品中に仕込み、謎掛けをして楽しんでいるのである。モデル小説の面白さはそこにある。大坂騒壇における『癇癖談』の鑑賞の態度を見れば、読者もモデルをそれと了解した上で悪ふざけを楽しんでいたのであり、モデルとされた人物は、たとえそれが本人にとって不本意な描き方であったとしても、それなりの「くせ者」であり凡人ならざる人物である、という了解が相互にあったはずである。田宮仲宣の如き、いちいちモデルを詮索するような野暮な輩は、とうからその仲間には入り得ないのである。

近世文藝を特徴付けるものとして俳諧があるが、俳諧は参加者が一同に会して互いの句を鑑賞し合い、前句を受けて次々と句を連ねていく、言わば共同製作の文藝であり、「座の文藝」とも言われる。秋成の作品は強いて言えば、散文的「座の文藝」とも言うべきものであったのではないだろうか。そしてその文学的態度を育んだのは、大坂堂島の若旦那として潑剌とした輝く青春の日々を過ごした大坂騒壇だったのである。

そして、このことは単なる大坂騒壇におけるモデル小説のあり方にとどまらない、後年の和文にも通底する問題であると思われる。すなわち、秋成の作品は、小説や和歌・和文、俳諧、その他を含めて、まず秋成が想定した第一読者を探る、その両者間の共通理解がそのまま作品理解もしくは作品論となる、という研究手順が確立されるべきであろう。

「文の意を知る」とは、わかってほしい相手が正しく秋成の意図を認識する、ということであろう。胸にわだかまる思いを書いても遂に誰にも理解され得ないという憤懣を胸に、それでも構わぬと思い定めて、秋成は初めての自分自身の物語『春雨物語』を書いたが（『春雨物語』序文「物語のまねびはうひ事なり」）、そのことは逆に言えば、それまでは常に作品を相手に正しく読み取ってほしいという願望の下に作品を執筆していたということでもある。具体的な相手を密かに想定して、その相手にボールを投げかけるようにして作品を紡いでいく。秋成はそのような作家であったのではないだろうか。

その上で、今後の秋成研究には「当代性」の視点が必要であることを指摘したい。この当代性という言葉には前述の秋成の交友関係を含めた読者論が含まれているが、同時に、従来看過されてきた秋成の生きた時代の動向という要素も含意されている。第一部で論じた『雨月物語』「吉備津の釜」の「呪符」は、当代性に引き付けて秋成作品に新たな読みを提示したものである。ここで明らかにした鎮宅霊符については現在さらに調査を継続しているが、研究の進展により、近世初期の黄檗僧がもたらした文化の影響力や、当時の流行や思想的動向を把握する重要な鍵となる可能性がある。また、秋成がこのように新たな時事的な事件や社会現象を積極的に作品に取り込んでいることが判明した今、秋成の作品を詳細に読み解くことによって、近世社会の新たな一断面が浮かび上がってくる可能性もあるのではないだろうか。

秋成を研究するには、その人的繋がりを視野に収めつつ、秋成と現実社会との接点を意識して研究することが不可欠である。それは小説のみならず、国学研究、和歌・和文の読解、随筆の理解など、すべてのジャンルに亘ってのことである。その重要性を提言して、本書を擱筆したい。

初出一覧

第一部

第一章　『源氏物語』への眼差し――秋成の物語と物語論――

＊「『源氏物語』への眼差し――秋成の物語と物語論――」（『〈講座源氏物語研究5〉江戸時代の源氏物語』（おうふう、二〇〇七・一二））

＊「秋成の春秋優劣論――『藤簍冊子』巻四「落葉」私注――」（『上方文藝研究』2（二〇〇五・五）（一部分））

・以上の二論文を連接改編した。

第二章　『世間妾形気』と古典―巻一―一「人心汲てしられぬ朧夜の酒宴」を中心に――

＊「『世間妾形気』と古典――巻一―一「人心汲てしられぬ朧夜の酒宴」を中心に――」（『秋成文学の生成』（森話社、二〇〇八・二））

第三章　『雨月物語』の当代性――夢占と鎮宅霊符――

＊「『雨月物語』の当代性――夢占と鎮宅霊符――」（『近世文藝』99（二〇一四・一））

第四章　「二世の縁」論――「いといぶかしき世のさま」の解釈をめぐって――

＊「「二世の縁」論――「いといぶかしき世のさま」の解釈をめぐって――」（『お茶の水女子大学人文科学紀要』39（一九八六・三））

第二部　『癇癖談』と大坂騒壇

第一章　物語の変容――『癇癖談』の位置――

＊「物語の変容――『癇癖談』の位置――」（『国文（お茶の水女子大学）』77（一九九二・八））

第二章　『癇癖談』の読者たち

＊「『癇癖談』の読者たち」（『〈共同研究〉秋成とその時代』〈近世文学論集5〉勉誠社、一九九四・一一）

第三章　大坂騒壇の中の秋成――秦良と秋成――

＊「大坂騒壇の中の秋成――秦良と秋成――」（『国文（お茶の水女子大学）』84（一九九六・一））

＊「寛政年間の秋成のこと二、三――秋成の著書廃棄・秦良との交流――」（『駒澤国文』49（二〇一二・二）（一部分）)

・以上の二論文を連接改編した。

第四章　高安蘆屋をめぐる諸問題――藤井紫影旧蔵『万句集』を起点として――

＊「高安蘆屋をめぐる諸問題――藤井紫影氏旧蔵『万句集』を起点として――」（『駒澤国文』39（二〇〇二・二））

第五章　「鶉居」と「洛外半狂人」――退隠前後の秋成――

＊「「鶉居」と「洛外半狂人」――退隠前後の秋成――」（『讀本研究』8上（一九九四・九））

第三部　秋成の和歌と和文と

第一章　秋成と江戸歌壇――『天降言』秋成抜粋本をめぐって――（付、翻刻と解題）

＊「秋成と江戸歌壇――『天降言』秋成抜粋本をめぐって――」（『文学』10―1（二〇〇九・一））

＊「秋成抜粋本『天降言』（翻刻と解題）」（『駒澤国文』47（二〇一〇・二））

・以上の二論文を連接改編した。

第二章　雪岡覚え書き――『筆のさが』周辺――

＊「雪岡覚え書き――『筆のさが』周辺――」（『駒澤国文』46（二〇〇九・二））

第三章　秋成歌集『秋の雲』考――冒頭部における諸問題――

＊「秋成歌集『秋の雲』考――冒頭部における諸問題――」（『昭和学院短期大学紀要』28（一九九二・三））

第四章　『藤簍冊子』巻六「こを梅」をめぐって

＊「『藤簍冊子』巻六「こを梅」をめぐって」（『上方文藝研究』9（二〇一二・六））

第五章　秋成発句「けふぞたつる中納言どのゝ粥柱」考――正親町三条公則と秋成――

＊「秋成発句「けふぞたつる中納言どのゝ粥柱」考――正親町三条公則と秋成――」（『駒澤国文』41（二〇〇四・二））

＊「秋成の春秋優劣論――『藤簍冊子』巻四「落葉」私注――」（『上方文藝研究』2（二〇〇五・五）（一部分））

・以上の二論文を連接改編した。

あとがき

本書は平成二十七年（二〇一五）三月にお茶の水女子大学に提出した学位論文をまとめたものである。大学を卒業して長い時間が経っているにも拘わらず、主査を快くお引き受け下さった荻原千鶴先生を始めとして、市古夏生先生、浅田徹先生、高島元洋先生、神田由築先生には丁寧に拙論を審査していただき、多くの貴重なご意見を賜った。本書ではいちいち断ることはしなかったが、審査の過程でいただいた数々の助言は論文中に反映させていただいた。ご多忙の中、十分な時間を割いて審査して下さった先生方には心から御礼を申し上げたい。

本書は第一章においては秋成の物語の再検討として『世間妾形気』『雨月物語』『春雨物語』のそれぞれ一篇と、秋成の物語論に深く関わる『源氏物語』と諸作品の関係性について、第二章では『癇癖談』という作品が生み出された背景および秋成の精神史における本作品の位置付けと、この作品を愛した読者、大坂騒壇の問題を、第三章では歌道の達人と評された秋成の和歌と和文、及び俳諧を扱っている。こうして一書にまとめてみると、我ながら内容がバラバラで焦点の定まらない論文群のように見える。しかし私自身にとっては、学生時代に感じていた問題意識、「秋成とは一体どのような作家であるのか」というテーマに向き合い続けた結果なのである。

大学の指導教官である堤精二先生のご指導のもと、卒業論文・修士論文で私が扱ったのは『春雨物語』であった。しかし研究が進むに従って、最晩年の秋成の思想が色濃く現れていると言われるこの作品を理解するためには、単に『春雨物語』そのものや秋成の国学思想のみならず、より幅広く秋成の著作を再検討し、なぜ秋成がこのような思想に到達したのかを知る必要があるということを痛感するようになった。その後、徐々に研究の範囲を広げていったのであるが、その際に大きな糧となったのが、お二人の恩師のお教えであった。

お一人はもちろん、『国書総目録』を編纂したことで知られる堤精二先生である。先生のご専門は西鶴であったが、時々脱線して秋成の話になった。「もし時間があったら、秋成を研究してみたい」と仰った先生のお言葉に学部生だった私は、『雨月物語』の作者としてしか理解していなかった秋成にどのような魅力があるのか興味を抱いた。先生は何度か秋成と妻瑚璉尼との間に流れる暖かな情愛に言及され、従来の説とは異なる秋成像を示されて新鮮な驚きを覚えたものであったが、この柔軟で自由な思考は先生から教えていただいたものである。大学院に入学して早々、今後の研究方針をご相談していた折、堤先生が「僕だったら高田衛さんの『上田秋成年譜考説』を丹念に検証していくがね」と仰ったことを覚えている。その時はただ漫然とお聞きしていただけであったが、今思えば、早くも私の進むべき方向性を示唆して下さっていたのであった。もうお一人は、私達の学年の補導教官でいらした平野由紀子先生である。先生には『伊勢物語』や『後撰和歌集』をみっちり仕込まれた。大学一年の夏休みには『伊勢物語』全段をすべて自分の言葉で現代語訳せよ、という気の遠くなるような宿題を出され、青息吐息で何とか仕上げた。しかしその折に得た知識が、後年『痼癖談』や和歌を扱うに当たってどれほど役立ったことか。不肖の弟子であったが、お二人の先生に大切に育てていただいたご恩は忘れることができない。

また私ごとであるが、亡父の言葉にも知らず知らず影響を受けているかもしれない。外科医であった父は、時代もあって文学や音楽には縁遠かったが、父の学生時代、「君たちが社会に出たら、このような話題に触れることは少なくなるだろうから」と言って、いつも授業の最初に医学とは関係のない漢詩の一節を教えて下さった、という教授の思い出話をよく聞かされた。「高い山の裾野は広いものだ」という言葉は、視野が狭くなりがちな娘への父なりの教訓だったのだと思う。

そうやって研究の方向性を模索していた頃、木越治、稲田篤信両氏より『読本研究文献目録』（溪水社）の一項目である「上田秋成研究文献目録」作成に声を掛けていただいた。唯一東京在住であった私は、能う限り明治以降のすべての研究文献に当たり、その内容を確認するという作業を分担することになった。明治期の、ほとんど江戸時代からの伝承による聞書きに近い作家秋成像や、秋成の新出和歌や俳諧の紹介と使用された号の報告などに終始するような論文群は、現代の研究水準から言えば論文と言うより読み物のように思われ、単なる歴史的展開の確認という意味しかないように当初は思われた。それでも義務として、未だ江戸の息吹の残る時代を生きていたこの時代の研究者たちの論文を読み続けていくうちに、次第に時代の空気を知ることの重要性をひしひしと実感するようになった。また、大雑把ではあっても秋成という人物を丸ごと理解しようとする姿勢に触れ、もしかしたら何か、細分化された現代の秋成研究が見失ってしまったものがあるのかもしれない、という気もした。『藤簍冊子』が昭和に入っても名文として教科書に載ったりしていたことも、新たな発見であった。この仕事を通じて、第二次大戦後の『春雨物語』完本出現に伴う『雨月物語』から『春雨物語』への研究史のダイナミックな潮流の変化を知るとともに、「作家秋成の全体像を知りたい」という私自身の当初からの課題は、次なる研究へと私を駆り立て始めたのであった。

それから間もなく、『上田秋成全集』（中央公論社）が出版され、充実した解説と正確な本文が提供されて、多くの学恩を得ることができた。拙論の幾つかはこの全集の出版以前の発表であったため、今回大幅に書き改めた部分も多い。ただ残念なのは、今に至るまで第十三巻が未刊であることである。この巻には、和歌・俳諧・書簡その他が入集することになっている。私は『秋成研究資料集成』（クレス出版）を監修する機会をいただき、意識的に和歌・俳諧に一冊を割いた。百年の研究史の中で、秋成の韻文に注目した研究文献は少なく、しかも時代は明治・大正に片寄っている。しかしこの方面は今後研究されるべき分野であるという確信があり、改めて研究したいという時にすぐに過去の業績を参照できるよう、敢えて一巻を立てたのである。本書においても、秋成の書簡や俳諧作品などを取り扱っているが、『秋成遺文』に収められた書簡が現在どこに所蔵されているか、俳諧作品の異同がどのようになっているか等は、力不足もあって今回十分に追求することができなかった。もちろん今後も更に研究を進めていくつもりであるが、秋成の著作の全体像を見渡すためには、従来多くの論が展開されてきた小説や国学、和文といったジャンルばかりでなく、和歌・俳諧・狂歌などの分野も視野に収める必要があることは言うまでもなく、そのための基盤整備は急務であろう。

その問題意識の上に立って、本書を上梓する。ともあれこのような問題意識で秋成の諸作品に向かい合って来た結果、本書が示したような秋成の作品の多面性が改めて浮き彫りになったように思う。そしてそれは同時に、それを生み出した秋成という人物の様々な心持ちを反映したものでもあると思う。和歌的な優美と俳諧的な俗っぽさ、戯れと深刻、狷介さと人懐こさ、そういった秋成の両面を認識することによって初めて見えてくる秋成像を提示したつもりである。大方のご批正を仰ぎたいと思う。

なお、本書は平成二十七年度駒澤大学特別研究助成（出版助成）を得た。記して感謝申し上げる。本書に掲載した写真の多くは四国工業写真の岡野康完氏に撮影していただいたものである。香川での学会の折に撮影所を見学させていただき、そのお仕事ぶりに改めて感服した。また、どんな時でも夫、娘、犬二匹の顔を見ると心が和んだ。無言の応援が大きな支えとなった。

最後になったが、出版に際しては、ぺりかん社の小澤達哉さんに一方ならぬお世話になった。原稿作成に難渋する私を絶えず励まし支援して下さったが、陰でどれほど気を揉まれたことであろうか。心より深甚の感謝を申し上げたい。

平成二十七年十二月十八日

近衛典子

な

た

さ

か

索　引

著者略歴

近衛 典子（このえ のりこ）

お茶の水女子大学文教育学部卒業。同大学院人間文化研究科（博士課程）中退。同大学助手、昭和学院短期大学助教授を経て、現在は駒澤大学文学部教授。博士（人文科学）。専門は日本近世文学。業績に『読本研究文献目録』（共著、溪水社・1993年）、『秋成研究資料集成』（監修、クレス出版・2003年）、「秋成と江戸歌壇――『天降言』秋成抜粋本をめぐって」（『文学』10巻1号・2009年1月）、「『雨月物語』の当代性――夢占と鎮宅霊符――」（『近世文藝』99号・2014年3月）など。

装 訂――高麗 隆彦

上田秋成新考（うえだあきなりしんこう）
くせ者の文学

2016年2月10日　初版第1刷発行

著　者　近衛 典子

発行者　廣嶋 武人

発行所　株式会社 ぺりかん社
〒113-0033　東京都文京区本郷1-28-36
TEL 03(3814)8515
http://www.perikansha.co.jp/

印刷・製本　モリモト印刷

Printed in Japan

ISBN 978-4-8315-1431-8